— Ma belle, je t'ai trouvé un cavalier. Ce sera moi.

Tu peux courir.

Willow Taylor crispa la main sur son portable en fronçant les sourcils. Elle avait passé un merveilleux week-end à préparer le mariage de son amie Pippa, et maintenant elle faisait une pause sur le chemin du retour. Pourquoi avait-elle décroché ? Elle n'avait jamais apprécié Dave Greenslade, le frère de Pip, un médecin désagréable et prétentieux.

Ce coureur de jupons notoire s'imaginait sans doute lui rendre service. Il devait croire qu'elle allait se confondre en remerciements, elle, une « pauvre » handicapée. Il rêvait !

Nonobstant, ils se côtoieraient pendant la cérémonie et à la table d'honneur. Un minimum de diplomatie s'imposait par égard pour Pip.

— C'est gentil, mais je n'ai besoin de personne.

Surtout pas d'un crétin arrogant comme toi.

— Arrête, Willow. Je te déconseille de venir seule. Tout le gratin de Noosa sera là.

Elle ne faisait pas partie des gens importants, et après ? Les demoiselles d'honneur étaient toutes infirmières au Gold Coast Hospital. Ces filles étaient « normales » et très sympathiques. Elle pourrait facilement socialiser.

Elle inspira à fond pour garder son calme.

— Non, merci. Ne t'inquiète pas, ça ira.

— Penses-tu recevoir une meilleure invitation si près de la date ? Tu ne connais presque personne sur la Gold Coast, et moi je me propose gentiment. À mon bras, au moins, tu ne passeras pas inaperçue. Tu sais qui je suis.

Une vague de colère la submergea. Pour qui Dave se prenait-il ? Sans doute l'avait-il appelée en dernier recours après avoir essuyé plusieurs refus. Avec son ego surdimensionné, il devait toutes les faire fuir !

— Je vais me débrouiller, répliqua-t-elle, glaciale.

Et pour lui clouer le bec, elle viendrait accompagnée. Elle recruterait un chevalier servant en tout bien tout honneur. Elle aurait peut-être du mal à le trouver, mais elle y arriverait. Après ce qu'elle avait vécu, elle ne baissait jamais les bras. Dave allait vite le découvrir.

— Bon, je dois y aller. On se verra au mariage.

— Avec plaisir, marmonna-t-il, sans doute vexé.

— Si mon cavalier m'en laisse le loisir, je t'accorderai une danse, ajouta-t-elle d'un ton pointu.

— Quoi ? Tu m'as dit que tu venais seule. Il faudrait savoir, Willow. Comment…

— Salut. À bientôt, conclut-elle, puis elle raccrocha.

De l'avis général, Dave était l'un des meilleurs cardiologues australiens. Ses qualités humaines, en revanche, laissaient à désirer. Willow peinait à croire qu'il était le frère de Pippa, une fille toute simple, gentille et chaleureuse.

Elle remonta en voiture puis démarra, fulminant toujours. Oui, sa jambe droite se terminait par une demi-prothèse. Oui, du même côté, elle gardait de profondes cicatrices entre l'épaule et le coude. Et après ?

Jusqu'alors, sa « différence » n'avait jamais été un obstacle. Sauf, bien sûr, quand elle avait voulu reprendre une vie affective normale. Elle s'y était risquée une fois, pas deux. Jamais elle n'oublierait l'air dégoûté de Jordan lorsqu'elle avait retiré sa prothèse en se déshabillant…

Depuis ce jour-là, elle avait banni le mot « amour » de son vocabulaire. Elle s'en tenait aux bonnes résolutions prises après l'accident : s'entourer de personnes positives et ignorer les autres. Les gens qui la regardaient de travers ne méritaient pas son attention. Elle valait mieux que ça. Et maintenant, elle avait trois semaines pour dénicher un cavalier à son goût !

Comment vas-tu faire ? Il n'y a personne dans ta vie et tu n'es pas près de trouver quelqu'un.

Mieux valait être seule que mal accompagnée : voilà ce qu'elle se répétait les jours de déprime. Le plus important était de rester libre sans dépendre de quiconque. Heureusement, sa prothèse lui permettait de se déplacer et surtout de travailler auprès des animaux, sa grande passion.

— Tu vas voir ce que tu vas voir, Dave Greenslade.

Réfléchissant toujours, elle quitta l'autoroute pour s'engager sur une voie secondaire, direction Southport. Elle commencerait à travailler le mercredi suivant dans une clinique vétérinaire. Avec un peu de chance, peut-être tomberait-elle sur un collègue sympathique qui accepterait de jouer le jeu ? Cela lui éviterait de recruter un inconnu pour le mariage. Elle n'y croyait guère, mais savait-on jamais ?

Perdue dans ses pensées, elle donna un brusque coup de volant.

— Attention !

Elle avait failli écraser un chien…

Après avoir freiné, elle regarda dans le rétroviseur. L'animal se tenait dans une drôle de position, mi-couché, mi-debout. Il n'avait pas bougé d'un pouce et, sans réfléchir, elle actionna ses warning puis se gara sur le bas-côté.

Sourde aux élancements douloureux dans sa cuisse droite, elle se précipita vers le chien. En se rapprochant, elle l'entendit gémir. Bouleversée par son regard brun chargé d'angoisse et de souffrance, elle se pencha sur lui.

Une première observation lui apprit qu'il s'agissait d'un jeune mâle, et même d'un chiot car il avait les pattes un peu larges pour sa taille. Elle put ainsi estimer son âge à neuf mois, dix au maximum. Quant à la race, il s'agissait d'un huntaway néo-zélandais, un gardien de troupeau apprécié des éleveurs, mais aussi des particuliers pour son caractère vif et sociable.

— Alors mon gars, qu'est-ce qui t'arrive ?

Le chien tremblait de tous ses membres, probablement sous l'effet du choc et de la douleur. Il avait dû être renversé par une voiture ! Il tenait sa patte arrière gauche repliée sous le ventre, et une chose était claire : il avait besoin d'aide. Dans son malheur, il avait de la chance qu'elle ait failli lui rouler dessus…

Elle se cala sur son genou gauche puis, prudemment, avança une main.

— Tu t'es fait renverser, mon bonhomme, c'est ça ?

En fin de journée, les gens pressés de rentrer chez eux ou d'aller à la plage roulaient souvent trop vite. Elle en savait quelque chose, elle qui vivait à Southport depuis six mois.

La Gold Coast, région côtière du Sud de l'Australie, lui plaisait beaucoup. Au départ, elle n'avait pas prévu d'y rester, mais elle appréciait cette vie tranquille au soleil. De plus, elle aimait bien ses colocataires, une pilote de ligne et une esthéticienne. Elle avait donc changé ses projets et, à la fin de son remplacement dans une première clinique, elle avait cherché – avec succès – un nouveau contrat.

Mais après ces deux mois, c'était sûr, elle reprendrait la route !

— Allez, je suis là. Je suis là.

Voyant que le chien se laissait caresser, elle lui palpa le corps avec une grande délicatesse. La patte arrière gauche formait un angle bizarre, caractéristique.

— Tu t'es déboîté la hanche, mon pauvre, chuchota-t-elle. Au cas où tu ne me croirais pas, je suis assistante vétérinaire. Je vais te conduire chez mes nouveaux patrons.

Heureusement, elle se trouvait à cinq kilomètres à peine de la clinique Ville et Campagne, où elle prendrait bientôt ses fonctions. Avec un peu de chance, l'établissement serait encore ouvert et elle pourrait se rendre utile. Les yeux tristes de cet animal la bouleversaient. Elle voulait l'aider coûte que coûte.

Après s'être relevée péniblement, elle alla ouvrir la portière arrière de sa voiture. Puis elle revint vers le chiot et, pliant sa jambe valide, se pencha pour le soulever.

Qu'il était lourd ! Il promettait d'être un beau bébé à l'âge adulte.

— Courage. C'est juste pour quelques mètres, marmonna-t-elle, le front en sueur.

Même si elle avait mal partout, il n'était pas question de lâcher prise. Son protégé souffrirait trop si elle le laissait tomber.

Les gémissements du chiot s'accentuèrent lorsqu'elle se glissa dans l'habitacle pour l'installer sur la banquette arrière. Elle lui caressa la tête.

— On a fait le plus dur. Reste tranquille. Encore quelques minutes et on aura de l'aide.

Ignorant la douleur dans sa jambe droite, elle alla s'asseoir au volant. Elle avait conduit plus qu'il n'était raisonnable pendant le week-end, et son corps en payait le prix. À force, elle avait l'habitude.

Dès qu'elle eut démarré, le chien se mit à protester bruyamment.

— Ça vient, ça vient. Je fais aussi vite que je peux. Tout va s'arranger, c'est promis.

Sa voix s'étrangla sur ces mots. Promettre au hasard était toujours imprudent, elle en savait quelque chose. Son ex n'avait-il pas garanti que tout irait bien après l'accident ?

Grièvement blessée, elle avait aussi perdu deux amies proches décédées sur le coup. Et à l'hôpital, Gavin l'avait soutenue comme il se devait jusqu'à ce que le mot « amputation » soit prononcé.

Quelques heures après l'opération, il avait déclaré que c'était « trop dur pour lui ». Il avait déménagé ses affaires de chez elle. Il avait rapporté ses clés aux infirmières. Elle ne l'avait jamais revu.

Heureusement, tout le monde n'était pas comme Gavin. *Elle* n'était pas comme ça. Ce malheureux chiot allait recevoir les meilleurs soins de la terre !

— J'aimerais connaître ton histoire, mon gars…

Nouveau gémissement.

— Il va falloir que j'apprenne à parler « chien », moi.

Ne t'attache pas, Willow. Le vétérinaire va sûrement découvrir qu'il porte une puce électronique. Il va être soigné. Il retrouvera sa famille.

Le mot « famille » résonna en elle comme un écho douloureux. Bien sûr, la sienne était formidable. Bien sûr, elle pouvait rentrer chez ses parents à Sydney quand elle le voulait. Ils lui avaient plusieurs fois suggéré de s'y réinstaller, mais elle n'en avait pas le courage. Le souvenir de ses amies était encore trop vif. Elle se culpabilisait toujours d'avoir survécu alors qu'elles n'étaient plus là.

Un jour, peut-être, elle cesserait de fuir. Mais pas tout de suite.

Balayant ces réflexions pénibles, elle se focalisa sur sa conduite. Elle venait d'entrer en ville et, quelques instants plus tard, elle se gara devant une grande bâtisse blanche dont le fronton portait l'enseigne « vétérinaire ».

Soulagée, elle vit de la lumière briller à l'intérieur. Il y avait encore du monde. Sans doute la journée avait-elle été chargée, comme souvent le lundi. Allait-elle tomber sur Joe, le vétérinaire avec qui elle avait passé son entretien en vidéo ? Elle l'avait trouvé gentil, passionné par son métier et amoureux des animaux. Avec un peu de chance, il serait là.

Elle dut frapper et sonner plusieurs fois avant que quelqu'un ne vienne ouvrir. Elle se retrouva alors face à un homme de haute taille qui avait les yeux cernés, portait une barbe de trois jours et semblait épuisé. Ce n'était pas Joe…

— Bonsoir, dit-il d'un ton las. Puis-je vous aider ?

— Êtes-vous vétérinaire ?

— Oui.

— J'ai recueilli un chiot qui a dû se faire renverser. Je l'ai trouvé au bord de la route. Il est dans ma voiture. Au fait, je m'appelle Willow Taylor.

— Je vais l'examiner.

L'homme n'avait pas réagi lorsqu'elle s'était présentée, mais, au fond, quoi de plus normal ? Une assistante intérimaire devait être le cadet de ses soucis. Peut-être même ignorait-il que son collègue l'avait recrutée ?

— Je pense que le chien s'est déboîté la hanche, ajouta-t-elle en arrivant à sa voiture.

Elle ouvrit la portière et passa la tête à l'intérieur.

— Coucou, mon gars. Je suis allée chercher de l'aide. Ce monsieur est vétérinaire.

L'intéressé s'accroupit comme il put dans l'habitacle, puis, d'une voix douce, rassura le chiot qui gémissait toujours. Après une brève palpation, il se redressa.

— On va l'emmener à l'intérieur.

— Je suis désolée, ça va être un peu compliqué de le sortir. Je n'avais pas le choix, j'ai dû l'installer sur la banquette.

Elle repoussa le siège avant au maximum pour lui faciliter l'accès. Néanmoins, il semblait sportif et, malgré sa carrure imposante, il ressortit en moins d'une minute avec le chiot dans les bras.

— Voilà, c'est bon. Venez avec moi.

Bien, mon capitaine.

Croyait-il qu'elle allait partir ? Elle n'allait pas abandonner son protégé !

— Claquez la porte derrière vous, ordonna-t-il quand ils furent à l'accueil.

Décidément, il ne s'embarrassait pas de manières. Mais au fond, peu importait. Elle voulait juste qu'il soit efficace.

— J'espère que ce chien est pucé, dit-elle, s'adressant à un dos large et droit comme un I.

— Je vérifierai plus tard. Dans l'immédiat, je vais lui administrer un antalgique et l'examiner. La hanche semble en effet démise, mais il pourrait aussi y avoir des fractures. Et il a un coussinet abîmé.

Des images pénibles affluèrent à la mémoire de Willow. Après son accident, les urgentistes avaient découvert l'étendue des dégâts minute après minute jusqu'à ce que, finalement, ils lui annoncent le pire…

— Faudra-t-il l'amputer s'il présente des lésions graves ?

— Je verrai. Cela dépendra de beaucoup de choses.

Comme si elle l'ignorait ! Mais cet homme ne pouvait pas savoir… Jamais elle n'aurait dû aborder la question. C'était prématuré. Et puis, elle devait garder son sang-froid si elle voulait se rendre utile, en bonne professionnelle qu'elle était. Elle espérait juste que cet animal ne serait pas euthanasié…

Arrête de te faire des films. Il aura peut-être plus de chance que toi.

Quand le poids lourd avait foncé sur son groupe de cyclistes, personne n'avait eu le temps de s'écarter. Deux de ses coéquipières étaient mortes. Elle avait eu le corps et le cœur brisé. La défection de Gavin n'avait fait qu'aggraver sa douleur…

Elle inspira à fond, redressa les épaules et entra en salle d'examen derrière le vétérinaire.

La douceur avec laquelle il déposa le chien sur la table lui fit monter les larmes aux yeux. Il ne fallait pas se fier aux apparences. Cet homme bourru devait avoir un cœur gros comme ça. Il était sans doute très apprécié par ses collègues… et bien sûr, par ses « patients ».

Sans rien dire, elle se posta devant le chiot pour caresser sa tête ronde. Elle croisa de nouveau son regard implorant et frissonna en l'entendant gémir.

— Là, là, mon bonhomme. On s'occupe de toi. Ne t'inquiète pas. Tout va s'arranger.

Elle avait promis. Les choses ne *pouvaient pas* tourner mal. C'était hors de question.

Tandis que le vétérinaire se focalisait sur sa tâche, elle l'étudia à la dérobée. Tout bien considéré, il était séduisant pour qui aimait les grands blonds bien bâtis. Son jean délavé épousait ses cuisses à la perfection. Les manches courtes de sa chemise froissée révélaient des avant-bras bronzés, des biceps harmonieux. Une musculature parfaite se cachait probablement là-dessous…

Allons, elle s'égarait. Elle ne s'intéressait plus aux hommes. Elle gardait son corps imparfait pour elle-même, un moyen infaillible de préserver son ego !

Elle eut tout de même un pincement au cœur en observant les longs doigts du vétérinaire, dont la gentillesse envers le chien l'émouvait profondément. À une époque, elle avait aimé être choyée, cajolée, caressée, mais l'accident avait transformé sa vie affective en cauchemar…

Stop. Tu t'égares. Concentre-toi sur la situation.

— La raideur musculaire est très prononcée. Les blessures datent d'au moins vingt-quatre heures, déclara son nouveau patron. Je vais lui faire passer des radios pour y voir plus clair… Désolé, je ne me suis pas présenté. Je m'appelle Carter Adams.

— Et je suis Willow Taylor, votre nouvelle intérimaire.

Il écarquilla les yeux, l'air gêné.

— Pardon, je n'avais pas compris votre nom tout à l'heure ! Bienvenue, Willow. Vous n'imaginiez sûrement pas arriver chez nous de cette façon.

Elle lui sourit.

— Non, en effet. Mais quand j'ai trouvé ce pauvre chien, je n'ai pas hésité. J'étais presque sûre que le cabinet serait encore ouvert. Remarquez, vous auriez peut-être préféré que je l'emmène ailleurs. La journée a été dure, non ?

Carter la dévisagea, une lueur interloquée au fond de ses prunelles émeraude. Elle sentit ses joues s'enflammer sous ce regard intense.

— C'est l'impression que j'ai eue en vous voyant, marmonna-t-elle.

— D'accord… Bien, je vais m'occuper de lui, ajouta-t-il d'un ton bref, puis il se détourna.

Elle réprima un soupir de soulagement. D'ici quelques minutes, elle serait partie. Elle aurait ensuite deux jours pour se reprendre et préparer ses « vrais » débuts. En arrivant mercredi, elle se montrerait polie, professionnelle et distante. Elle ne pouvait pas se laisser troubler.

— Avez-vous besoin d'aide ?

Les mots lui avaient échappé sans qu'elle pût les retenir. Quelle idiote. Ce côté « girl scout » était son talon d'Achille. Elle voulait toujours rendre service.

— Pourquoi pas ? répondit Carter. Il a l'air de bien vous aimer. Votre présence le rassurera.

Et moi, je profiterai un peu de votre compagnie.

Elle se rappela tout à coup le mariage de Pip, et cette ridicule histoire de cavalier. Oserait-elle inviter Carter lorsqu'elle le connaîtrait mieux ? Sur le plan physique, il avait toutes les qualités requises, mais un « look » avantageux ne suffisait pas. Elle cherchait un homme sympathique, gentil, agréable. Pour l'instant, elle ne savait rien de lui. Et puis, il avait peut-être quelqu'un dans sa vie ?

Son attitude, en tout cas, était claire et nette. Elle avait peut-être flashé sur lui, mais ce n'était sûrement pas réciproque. Il la traitait de manière détachée et professionnelle, comme il est de règle avec une collaboratrice.

Du reste, il n'y avait là de quoi s'étonner. Elle était là pour travailler, rien d'autre.

Depuis dix minutes, Carter s'efforçait d'ignorer les curieuses vibrations qui émanaient de sa nouvelle assistante.

Allongé sur la table d'examen, le chiot, un magnifique huntaway, semblait apaisé par la présence de cette femme. Peut-être l'animal appréciait-il sa voix rauque, douce et mélodieuse ?

Pour un humain, en tout cas, elle ne manquait pas de charme. Son visage mince surmontait un corps qu'on devinait parfait, à l'exception d'un problème à la jambe droite. Carter avait remarqué qu'elle boitait sérieusement. Était-ce un problème permanent ou temporaire ? Il n'aurait jamais osé l'interroger…

Allons, cela suffisait. Au lieu de se laisser distraire, il devait remettre ce pauvre chien sur ses pattes. Dans un premier temps, il allait déjà essayer de le sauver. Et après cela, il pourrait clore cette journée interminable.

La prochaine fois qu'il verrait Willow Taylor, il serait moins fatigué. Il ne se laisserait pas surprendre. Ils entameraient une relation de travail « normale » et tout irait bien.

— Maintenez-le pendant que je lui injecte un calmant, s'il vous plaît. Même s'il n'est pas très agité, c'est préférable. Il ne nous connaît pas, il y a le bruit des appareils, les lumières… Il a eu assez d'émotions fortes aujourd'hui.

Carter parlait trop, comme chaque fois qu'il était perturbé. Willow devait connaître tout ça par cœur. Il n'avait pas besoin de lui fournir une tonne d'explications.

Elle considéra le huntaway avec une empathie touchante.

— Bien sûr. Pas de problème.

Des mains douces et fermes, aux ongles bleu azur parfaitement assortis au regard de leur propriétaire, immobilisèrent le chien. On aurait dit que Willow faisait corps avec lui. C'était comme si elle avait connu les mêmes souffrances, la même peur. Avait-elle, elle aussi, eu un accident ?

C'était tout de même incroyable. Il se focalisait sur *elle*, lui qui d'habitude ne se déconcentrait jamais !

— Vous savez vous y prendre, dit-il sans pouvoir s'en empêcher. Je parie que vous avez un chien à la maison.

— Pas du tout. Je n'ai aucun animal de compagnie.

Là, elle perdait des points. Elle semblait pourtant gentille. Il trouvait cela bizarre, ou plutôt il s'étonnait qu'elle ait répondu de manière si abrupte.

— Vous seriez bien la première assistante vétérinaire à ne pas avoir d'animal chez elle.

— Je vais bientôt quitter la région. Je refuse de prendre un chien au risque de devoir m'en séparer.

— Vous pourriez l'emmener…

— Non, pas partout. J'étais à Singapour avant de venir ici. Je n'ai pas encore choisi ma prochaine destination.

Comme elle avait un accent australien à couper au couteau, il posa la question suivante pour la forme :

— D'où êtes-vous originaire ?

Lui et Seamus, le troisième associé du cabinet, avaient fait confiance à Joe pour embaucher une assistante intérimaire. D'après Joe, la jeune femme recrutée par visioconférence était très compétente. Du coup, il n'avait même pas pris la peine de lire son CV.

— Je suis née dans la banlieue de Sydney… Alors mon gars, ça va ? ajouta Willow en se penchant sur le chien.

Tiens donc. Les questions personnelles semblaient la mettre mal à l'aise. Mais elle n'avait rien à craindre de lui : il avait appris depuis longtemps à se taire et à respecter la vie privée des uns et des autres.

— Il est bien calme, dit-il gentiment. Allez, jetons un coup d'œil à tout ça.

Il approcha l'appareil de radiographie portatif puis, méthodiquement, réalisa plusieurs clichés qu'il alla ensuite visionner sur l'écran fixé au mur.

— Le sacrum est déboîté, mais je ne vois aucune fracture, annonça-t-il. Je vais replacer l'articulation sous anesthésie. Je poserai un ligament synthétique pour éviter une nouvelle dislocation à la marche. Notre ami toutou aura droit à six semaines de convalescence. J'espère que son propriétaire pourra gérer ça correctement.

Tandis qu'il préparait son matériel, il vit Willow enfiler une chasuble bleue. Lorsqu'elle leva les bras pour l'attacher à l'arrière, il remarqua les jolies courbes de sa poitrine et fronça les sourcils. C'était de mieux en mieux ! Il n'avait pas regardé une femme depuis des lustres. Pourquoi là, ce soir ? Le moment était plutôt mal choisi.

Sans qu'il ait besoin de parler, Willow immobilisa l'épaule du chiot afin qu'il puisse l'endormir. Elle se focalisait uniquement sur leur patient, une attitude dont il ferait bien de s'inspirer. Car les pensées inavouables qui le submergeaient n'avaient aucun sens.

Les relations amoureuses ne l'intéressaient plus. C'était clair, net et sans appel. Il n'avait aimé que Cassandra. Il n'avait fait aucune rencontre sérieuse depuis leur rupture, cinq ans auparavant.

Inséparables dès l'école primaire, Cassandra et lui s'étaient mis en couple à quinze ans. Il avait toujours été convenu qu'ils se marieraient, et quand, après leurs études, ils avaient fixé une date, leurs proches avaient été aux anges.

Son univers idéal s'était écroulé deux heures avant la cérémonie. Cassandra avait débarqué chez lui en jean et T-shirt, les yeux cernés et pleins de larmes. Non seulement elle avait annulé le mariage, mais elle lui avait annoncé qu'elle « plaquait tout » pour aller vivre en Angleterre…

— Avez-vous replacé beaucoup d'articulations démises ?

La voix basse et mélodieuse de Willow le ramena au présent.

— Un certain nombre, oui. C'est une affection banale pour

les vieux chiens qui souffrent d'arthrite. La cause est différente ici, mais le résultat est le même.

Après s'être assuré que le chien dormait, il pratiqua une incision minimale, puis il plaça le ligament artificiel destiné à maintenir la capsule articulaire. Le regard de Willow pesait sur lui au point qu'il en était presque mal à l'aise.

Ne vous inquiétez pas. Je sais ce que je fais.

— Pardon. Je ne mettais pas vos compétences en doute.

Il leva la tête, interloqué. Les pommettes hâlées de Willow s'étaient teintées de rouge. Elle avait vraiment l'air gêné et il se traita d'imbécile. Avait-il parlé tout haut ? Il devait être plus fatigué qu'il ne l'imaginait…

Il posa rapidement des points de suture, avant de vérifier une nouvelle fois les constantes de son protégé. Arriva alors le moment qu'il redoutait le plus : il devait savoir si cet animal avait un propriétaire.

Par chance, le huntaway portait bien une micropuce à l'oreille. Carter n'eut plus qu'à renseigner le numéro inscrit sur son lecteur dans la base de données.

— Il s'appelle Axel. Il a dix mois, annonça-t-il, penché sur l'ordinateur. Je vais contacter ses maîtres.

Il installa le chiot confortablement dans un box spécial, puis se tourna vers Willow.

— Puis-je vous offrir un café ?

— Avec plaisir. Ensuite, j'irai me chercher une pizza.

En la guidant vers la cuisine, il remarqua que sa boiterie s'était accentuée. Elle semblait épuisée, mais il s'abstint de tout commentaire.

— Asseyez-vous, je vous en prie. Il y a une bonne pizzeria à deux rues d'ici. Nous passons souvent des commandes là-bas. Tenez…, ajouta-t-il, sortant le menu d'un tiroir.

— Merci.

Il prépara un café instantané qu'il posa devant elle.

— Merci, dit-elle à nouveau sans lever les yeux de la carte.

Elle n'était pas très bavarde. Comment rompre la glace ? Il cherchait ses mots quand la porte s'ouvrit à la volée.

— Carter, que se passe-t-il ? Je t'ai appelé dix fois et je t'ai laissé plusieurs messages !

Yvette, la femme de son associé Joe, entra dans la cuisine comme une tornade. Elle s'avança jusqu'au milieu de la pièce, jeta un coup d'œil à Willow puis se planta devant lui, les poings sur les hanches.

— D'accord. Je pensais à une urgence, mais apparemment tu as trouvé meilleure compagnie que la nôtre !

Carter pesta entre ses dents. Il aurait dû avertir Yvette qu'il serait en retard à l'anniversaire surprise qu'elle avait organisé pour les trente ans de Joe…

— Tu avais vu juste, répondit-il d'un ton las. J'ai dû soigner un chien accidenté.

— J'ai trouvé Axel sur le bord de la route, renchérit Willow. C'est moi qui l'ai conduit ici.

Yvette eut un rire incrédule.

— Oui, bien sûr ! Je ne suis pas née de la dernière pluie. Vous êtes là tous les deux, bien tranquilles, en train de boire un café et de choisir des pizzas. Merci, Carter. Tu es un beau lâcheur. Tout le monde se demande pourquoi tu n'es pas là.

— Stop ! Je te présente Willow, notre nouvelle intérimaire. Elle commence à travailler chez nous mercredi matin. Joe l'a recrutée en visioconférence.

Avant qu'Yvette n'ait pu réagir, Willow se leva, puis posa sa tasse et le menu sur le plan de travail.

— Merci pour le café, dit-elle d'un ton calme. Je vais vous laisser, maintenant. À mercredi. Bonne soirée.

Dépité, Carter la regarda partir. Mais au fond, c'était prévisible. Elle n'allait pas rester là, à écouter des histoires qui ne la concernaient en rien…

Il se tourna vers Yvette et soupira. Il l'avait beaucoup aidée à planifier cette fête d'anniversaire. Elle et Joe traversaient une crise de couple et elle comptait sur la soirée pour arrondir les angles. Il aurait dû s'en souvenir, mais dès que Willow avait franchi la porte, il avait tout oublié !

— Je vais me changer, dit-il. Je vous rejoindrai là-bas.

Yvette le considéra d'un air ombrageux.

— Je vais t'attendre, si cela ne t'ennuie pas.

— Écoute, excuse-moi de ne pas t'avoir téléphoné. J'aurais dû le faire, mais tout s'est passé très vite. J'ai commencé à soigner ce chien… et j'ai zappé le reste. Tu sais ce que c'est, Yvette. Joe aurait fait la même chose.

Il n'avouerait sûrement pas que Willow l'avait perturbé au point de lui faire oublier les trente ans de son associé et ami. Il s'était comporté comme un idiot…

Yvette le regarda en soupirant.

— Je suis désolée de m'être énervée. C'est juste… que vous aviez l'air très à l'aise dans cette cuisine, la nouvelle et toi. J'ai pensé… Bref. J'ignorais que Joe avait recruté quelqu'un. Il ne m'en a pas parlé. Elle s'appelle Willow ?

— Oui. Elle remplace Abbie pendant ses congés.

— Elle est très mignonne. Et… il y avait une petite étincelle dans ton regard. Ça ne t'est pas arrivé depuis longtemps !

Oh ! non. Pourvu qu'Yvette n'aille pas raconter ce genre de bêtises à leurs amis ! Il ne manquerait plus que ça.

— Retourne vite au restaurant, marmonna-t-il. J'ai des vêtements propres ici. Je vais ausculter le chien et prendre une douche. Je vous rejoins dans un quart d'heure.

— En te dépêchant, ça peut faire dix minutes. Et si ta belle assistante revient, amène-la !

Yvette souriait, à présent. Elle était encore un peu pâle, mais au moins elle semblait plus détendue.

— Oui, c'est ça… Allez, file.

Il se détourna et prit la direction des vestiaires. Non, Willow ne reviendrait pas. Pourquoi la jeune femme s'intéresserait-elle à lui ? Avec un pareil physique, elle n'était sûrement pas libre.

Et quand bien même ? Pour sa part, il avait la ferme intention de rester célibataire. Les marieurs de son entourage n'avaient qu'à bien se tenir.

2.

Le lendemain, malgré son impatience, Willow n'appela pas la clinique avant 10 heures. Elle avait hâte d'avoir des nouvelles d'Axel, mais pour une raison étrange, elle craignait de tomber sur Carter. Sauf qu'en milieu de matinée il serait sans doute au bloc. Elle ne risquait pas grand-chose.

Hélas, à peine s'était-elle présentée que la secrétaire bascula l'appel vers son patron. Après les politesses d'usage, Carter déclara d'un ton joyeux :

— Axel s'ennuie de vous, Willow. Il frétille dès qu'on va le voir, puis il cache la tête entre les pattes comme s'il était déçu.

— Oh ! mais… Il me connaît à peine. Ce n'est pas moi qu'il veut. Il cherche ses maîtres.

— Voilà justement tout le problème. Sa propriétaire est à l'hôpital et n'en sortira pas avant dix jours au minimum. Elle a eu un grave accident samedi. Dès qu'elle a repris connaissance, elle a signalé qu'Axel était dans la voiture. Ses amis ont battu la campagne dimanche, mais ils ne l'ont pas trouvé. Il avait passé deux jours dans la nature quand vous l'avez récupéré.

Pauvre petit gars. Il avait non seulement connu la souffrance mais la peur d'être seul, dehors, sans sa maîtresse.

— Y a-t-il au moins quelqu'un pour s'occuper de lui ?

— Malheureusement non. La fille de Mme Burnside vit à Londres, ses amies ont déjà des animaux… Bref, c'est compliqué. Elle s'est résolue à ce qu'il aille en pension, mais pour le moment aucun chenil n'est prêt à l'accueillir. Ils ont tous répondu à Kathy, notre réceptionniste, qu'ils ne prendraient pas cette responsabilité dans la mesure où Axel est convalescent.

— Il peut rester à la clinique, non ?

— Pas si longtemps. Son programme de rééducation quotidienne risquerait d'en pâtir. Du coup, je me demandais si par hasard vous pourriez…

— … si je pourrais ?

— Le prendre chez vous.

Et puis quoi encore ? Cela ne ferait que remuer le couteau dans la plaie. Quelques minutes lui avaient suffi pour s'attacher à Axel. Se séparer de lui serait un crève-cœur.

— Comme je vous l'ai expliqué hier, je vais bientôt quitter la région. Je me vois mal jouer les familles d'accueil.

— Rassurez-vous, vous n'auriez rien à acheter. Vous pourriez prendre tout le nécessaire à la clinique. Panier, nourriture, jouets, friandises…

Carter était du genre têtu, découverte qui ne l'étonna pas. Elle avait vite compris à quel point il se démenait pour ses patients. Il négligeait peut-être sa fiancée – la fameuse Yvette qui avait déboulé au cabinet comme une tornade –, mais ses amis à quatre pattes, eux, pouvaient compter sur lui.

— D'accord, j'habite une maison avec jardin et pergola. Pour autant, ce ne serait pas très sympa pour Axel de passer ses journées tout seul, objecta-t-elle.

— Rien ne vous empêcherait de l'amener au travail. Il nous reste toujours un ou deux box libres. Cette solution serait mille fois préférable au chenil, où il ne serait qu'un animal parmi d'autres alors qu'il a besoin d'une grosse surveillance. Je comprends qu'aucun responsable de pension ne veuille l'accueillir. C'est une situation très particulière.

Il avait décidément l'art et la manière d'appuyer sur la corde sensible. En tout cas la sienne. Néanmoins, elle ne céderait pas à ce chantage affectif déguisé !

— Au départ, j'appelais juste pour prendre des nouvelles…

— D'un point de vue médical, il va très bien. Il a voulu s'appuyer sur sa patte blessée, mais il l'a levée rapidement. Malgré tout, j'ai l'impression qu'il va vite gambader, même avec une boiterie. Un jeune animal récupère vite.

Ce chien et elle feraient la paire si elle l'emmenait en balade. Mais Axel, lui, avait une chance de se rétablir sans séquelles…

— Je passerai le voir en fin de journée.

Elle était, soudain, pressée de couper court à la conversation. Carter la perturbait trop, même au téléphone. Cette réaction était d'autant plus bizarre qu'elle ne laissait rien ni personne l'atteindre.

— Merci pour lui, c'est gentil, répondit Carter. Au fait, tant que je vous tiens, Yvette m'a demandé de vous faire ses excuses. On avait organisé une surprise pour les trente ans de Joe, son mari, et elle était sur les nerfs. Elle craignait que la soirée ne soit gâchée par mon absence. Quand elle est énervée, sauve qui peut ! Mais après coup, elle était désolée.

— Il n'y a aucun souci. Je ne me suis pas formalisée pour si peu.

Donc, Yvette n'était pas l'amie de Carter mais la femme de Joe. Intéressant. Ou plutôt, non. Cela ne changeait rien. Willow devait garder ses distances !

À moins qu'elle ne se décide à l'inviter au mariage ? Ses colocataires n'avaient trouvé aucun homme susceptible de lui rendre ce service parmi leurs relations. Elle en était toujours au même point…

— À quelle heure fermez-vous ?

— 18 heures en théorie, mais on déborde tous les jours et, moi, je ne pars jamais avant 20 heures.

Que cela lui plaise ou non, elle ne pourrait pas l'éviter. De toute manière, elle était censée travailler avec lui dès le lendemain. Elle devait arrêter de se faire des films. Un homme aussi séduisant avait sans doute quelqu'un dans sa vie.

— Je ne sais pas à quelle heure je passerai, marmonna-t-elle, fâchée de réagir comme une midinette.

— Sans problème, je vous attendrai. À plus tard.

Avant qu'elle n'ait pu répondre, il avait raccroché.

Elle regarda longuement son portable, sidérée par ses propres réactions. Aucun homme n'avait jamais produit un pareil effet sur elle. D'habitude, elle les fuyait méthodiquement, mais là…

C'était comme si elle sortait d'hibernation. On eût dit que son corps et son cœur se réveillaient après un long sommeil !

Non, ce n'était pas possible. Pas si tôt, pas si vite. Elle n'était pas prête à laisser quelqu'un entrer dans son univers. Qu'adviendrait-il en cas de nouvelle catastrophe ? Cette fois, elle ne s'en remettrait pas.

Un drame lui avait amplement suffi. Elle avait perdu ses chères amies Dee et Jess. Dans la foulée, l'homme de ses rêves l'avait quittée. Elle ne prendrait pas le risque de s'attacher à quelqu'un qui, peut-être, allait lui faire du mal ou même mourir.

Elle fourra le téléphone dans son sac en toile d'une main rageuse. Elle avait prévu d'aller à la plage, elle irait à la plage. Nager jusqu'à épuisement l'aidait toujours à remettre les choses en perspective.

Ensuite, elle aviserait.

La clinique était fermée depuis une demi-heure quand Carter jeta un coup d'œil nerveux sur sa montre.

C'était la troisième fois en dix minutes qu'il regardait l'heure. Que fabriquait donc Willow ? Elle ne pouvait quand même pas travailler ailleurs ! Dès le lendemain, elle serait son équipière. Il n'avait pas choisi d'être en binôme avec elle puisque Kathy s'occupait des plannings, mais le hasard faisait bien les choses, non ?

Son cœur manqua un battement lorsqu'une voiture se gara sur le parking. Elle était là, enfin !

Elle vient voir Axel, pas toi.

Il déglutit péniblement. Willow n'avait pas paru très intéressée par lui, la veille. Et la réciproque était vraie, non ? Alors pourquoi avait-il pensé à elle toute la journée ?

Quel idiot. Ils allaient se côtoyer pendant deux mois, voilà tout. Travail et relations amoureuses faisaient rarement bon ménage. Il serait bien inspiré de s'en souvenir pour ne pas mettre son équilibre en danger.

Il menait une vie de célibataire calme, tranquille, sans histoires. Il n'avait pas besoin de complications !

Après le départ de Cassandra, il lui avait fallu beaucoup de temps pour digérer cette rupture. Il avait eu du mal à accepter les arguments qu'elle lui avait servis à l'époque : ils étaient trop proches, ils n'avaient jamais quitté leur campagne, ils n'avaient pas connu d'autres expériences… Certes, elle avait raison, mais n'auraient-ils pas pu chercher des solutions à deux ?

Au lieu de cela, elle était partie. Elle n'avait pas mis longtemps à se forger de nouvelles « expériences » et à tourner la page. Il avait appris par des amis qu'elle avait épousé un Écossais. Un bonheur n'arrivant jamais seul, elle allait bientôt devenir maman.

Lui, en revanche, ne cherchait plus l'amour. Il répétait à qui voulait l'entendre qu'il n'était pas prêt. Certes, il enviait parfois ses deux frères d'avoir fondé chacun une famille, mais il ne s'y risquerait pas. Plonger à nouveau dans le bain, au risque d'être déçu ? Très peu pour lui. Il avait de bonnes raisons d'être méfiant. Ce n'était pas donné à tout le monde de se faire plaquer le jour de son mariage.

Il sursauta lorsque la porte s'ouvrit. Willow entra lentement, en boitant. Elle semblait épuisée, mais qu'elle était belle !

De longs cheveux humides, couleur chocolat au lait, tombaient en frisottis sur ses épaules. Un débardeur rose mettait en valeur ses jolis bras bronzés. Son bermuda en jean blanc épousait à la perfection ses cuisses fuselées, au point de faire oublier la demi-prothèse qu'elle portait du côté droit.

Un appareillage. Il avait maintenant la réponse à sa question. Et à en juger par les cicatrices qui lui striaient l'épaule et l'avant-bras, elle avait dû être victime d'un terrible accident…

— Bonsoir. Tout va bien ? demanda-t-il.

Elle redressa fièrement le menton.

— Mais oui. Pourquoi cela n'irait-il pas ?

Cette réponse abrupte l'étonna, puis il comprit. Elle avait dû en entendre des vertes et des pas mûres à propos de son handicap. Elle craignait sa réaction. C'était logique.

— Venez, dit-il. J'en connais un qui va être content de vous voir.

Elle grimaça en refermant la porte. Elle traînait la jambe droite et il se demanda ce qui avait pu lui causer une pareille fatigue.

— Y a-t-il du changement depuis ce matin ? s'enquit-elle.

— Il bouge un peu mieux, mais il gémit beaucoup. À mon avis, c'est le stress. Je crois qu'il n'aime pas être enfermé dans un box. En plus, il ne voit que des têtes inconnues.

Il guida Willow vers les salles aménagées à l'arrière du bâtiment. Dès qu'ils entrèrent dans la pièce où se trouvait Axel, le chiot se leva dans son box. Puis il se mit à aboyer en remuant la queue.

— Qu'est-ce que je vous disais, Willow !

Le regard brillant, elle se précipita vers la cage pour l'ouvrir en grand. Puis elle caressa Axel qui, aussitôt, blottit sa grosse tête contre sa main.

— Alors, mon gars, comment te sens-tu ?

Le chien émit un jappement joyeux qui toucha profondément Carter. C'était comme si ces deux-là se connaissaient depuis toujours, comme s'ils étaient faits l'un pour l'autre.

— Vous faites la paire, dit-il avec une pointe de regret car il était exclu de ce bel échange.

— Vous êtes tenace, maugréa Willow.

— En effet.

C'était un mensonge, mais elle ne pouvait pas le savoir. Si elle avait pu deviner à quoi il avait renoncé ! Le jour où Cassandra l'avait quitté, il avait tiré un trait sur ses rêves. Il n'avait échafaudé aucun plan, aucun projet de voyage. Il avait cessé de vivre…

Allons, c'était ridicule. Tout bien réfléchi, il avait quand même fait beaucoup de choses. Il avait cofondé la clinique. Il s'était offert une maison à Southport. Il avait également la jouissance d'un cottage sur le domaine de ses parents. Il s'y rendait le plus souvent possible pour voir ses neveux et nièces. En fait, il était très occupé… à sa manière.

— Qu'en penses-tu, mon toutou ? demanda Willow. Le docteur voudrait que tu restes un peu avec moi.

Collé contre elle, le chiot lui léchait la main avec adoration. Il frétillait, l'air tout ragaillardi.

— Je crois que la question est superflue, dit Carter.

Elle se redressa et le toisa sévèrement.

— Après mon coup de fil ce matin, je suis allée voir Miriam Burnside, la propriétaire d'Axel, à l'hôpital. Elle est soulagée qu'on l'ait retrouvé et soigné. Et bien sûr, elle vous remercie infiniment. Elle cherche une solution de garde, mais elle a du mal à téléphoner car elle est encore mal en point.

— C'est très gentil de votre part, répondit-il sans être vraiment surpris. Étant libérée de cette grosse inquiétude, Mme Burnside va pouvoir se concentrer sur sa santé.

Il n'ajouta rien, conscient que Willow risquait de lui opposer un refus catégorique s'il insistait. Pourquoi hésitait-elle à accueillir ce chiot ? Elle semblait pourtant avoir un cœur gros comme ça. Les animaux n'étaient-ils pas acceptés dans son logement ? Ou alors, avait-elle connu la douleur de perdre un animal ?

— Puis-je vous offrir un café ? Hier soir, vous êtes partie sans finir le vôtre. À moins que vous ne préfériez boire une bière dans le jardin ? On prendrait Axel avec nous pour qu'il se dégourdisse les pattes…

Elle le dévisagea, visiblement en proie à un dilemme. Puis, au bout d'un moment, elle lui sourit.

— La deuxième option me plaît. Merci de l'avoir proposée.

Sans attendre sa réponse, elle se dirigea vers la porte arrière, Axel sur les talons. Il les observa, émerveillé par la connexion qui s'était établie entre eux. Ce n'était pas la première fois qu'il voyait un chien se fier d'instinct à un être humain. Cela arrivait souvent avec les animaux en manque d'affection, bien que ce ne soit pas le cas de celui-ci…

Willow souffrait-elle d'un problème affectif ? Pour déménager si souvent, elle devait être célibataire et sans attaches. Accepterait-elle un jour de lui raconter sa vie ?

Une chose était sûre : il ne lui demanderait rien. Ses questions la mettraient sans doute mal à l'aise, or, elle devait se sentir en confiance pour bien travailler. Et d'ailleurs, il n'avait aucun besoin d'en savoir plus. Mieux valait qu'il s'en tienne au cadre professionnel. Une relation personnelle lui ferait courir un trop gros risque…

— Je vais chercher les bières, dit-il dans son dos.

Un rafraîchissement l'aiderait à recouvrer ses esprits. Il ne devait pas oublier que Willow, aussi jolie et sympathique soit-elle, allait partir. Il ne pouvait pas se lier à une femme qui avait la bougeotte.

Sa vie était ici, à Southport, et nulle part ailleurs.

On doit être mignons à boiter tous les deux. Carter a raison, on fait la paire.

Willow caressa la tête d'Axel, qui la suivait comme son ombre. Il ne s'était pas éloigné d'un pouce, même pour aller explorer le beau jardin de la clinique. Il était tellement collé à elle qu'il lui marchait presque sur les pieds.

Qu'avait pensé Carter en voyant sa prothèse ? Elle avait choisi sa tenue à dessein pour lui montrer que son corps était « différent ». Ainsi, il ne risquait pas de s'intéresser à elle en tant que femme. Les choses seraient claires dès le départ.

Si seulement les petites étincelles qui la titillaient pouvaient se calmer un peu ! Se rapprocher de Carter n'aurait aucun intérêt puisqu'elle allait partir. Fuir, et fuir encore était son seul moyen de survie.

Un long frisson la parcourut quand il vint s'asseoir à la grande table en bois installée sous une tonnelle. Pourquoi avait-elle flashé sur lui ? Elle croisait régulièrement des hommes sexy qui ne lui faisaient aucun effet…

En réfléchissant, elle devait admettre qu'il dégageait un charisme très particulier. Et point positif, il n'avait manifesté aucune réaction en voyant sa prothèse. D'habitude, les gens avaient un mouvement de recul. Elle les sentait se crisper, ou alors ils baissaient la tête avec gêne. Carter, lui, était resté naturel. Il avait continué à parler normalement, une attitude très positive.

Mais au fond, n'aurait-il pas mieux valu qu'il réagisse mal ? S'il lui avait déplu, elle aurait cessé d'être attirée par lui…

— Tenez, dit-il en lui tendant une petite bouteille. Venez vous rafraîchir.

— Merci.

Elle se rapprocha et prit la boisson en évitant de lui frôler la main. Puis elle s'installa face à lui et but une grande gorgée de liquide ambré.

— J'obéis aux ordres du docteur, lâcha-t-elle. Ou plutôt du vétérinaire.

— Puisque vous êtes humaine, « docteur » fera l'affaire.

Pour la première fois depuis son arrivée, elle se détendit. Elle aurait payé cher pour savoir si Carter ne voyait que sa demi-jambe en titane ou aussi ses cheveux, son sourire, ses courbes…

Sa gaieté s'évapora. Autant en avoir le cœur net.

— Vous avez donc remarqué que je ne suis pas un animal à quatre pattes. Ni même à deux. Ou que je n'ai pas de queue touffue…

Le rire bas et sexy de Carter lui déclencha un long frisson.

— Je m'en suis aperçu. L'anatomie, ça me connaît.

Encouragée par son regard chaleureux, elle sourit de nouveau. Elle ne trouverait peut-être jamais de meilleur moment pour lui parler. Elle qui détestait les gens trop curieux allait tout raconter à un inconnu, sans doute parce qu'il ne posait aucune question !

— Il y a quatre ans, lors d'une sortie avec mon club cycliste, j'ai été écrasée par un poids lourd. Le conducteur en état d'ébriété a perdu le contrôle.

— Vous semblez être bien remise. En tout cas, vous avez la pêche. Avez-vous été touchée ailleurs qu'à la jambe ?

— J'ai eu un bras cassé et plusieurs lacérations, expliqua-t-elle en montrant ses cicatrices.

— J'imagine que les nuits sont compliquées depuis…

Un intérêt sincère se lisait dans son regard. Sans en faire des tonnes, il se montrait à la fois empathique et ouvert à la confidence.

— C'est vrai, admit-elle. Ces moments horribles ne s'effaceront jamais complètement.

Mais qu'est-ce qui lui prenait ? Elle était en train de s'ouvrir, de laisser Carter voir une partie d'elle-même. Cela ne faisait pas partie du contrat. Elle devait détourner la conversation !

— Êtes-vous originaire d'ici ?

— Absolument. J'ai grandi dans une ferme à côté de Tamborine. Mes deux frères sont devenus agriculteurs. Ils ont repris l'exploitation familiale, mais moi, l'élevage, ce n'est pas mon truc. Je préfère soigner les animaux. J'ai quitté le domaine pour m'installer ici. J'habite en bord de mer, à Southport.

Il eut l'air un peu surpris, comme s'il n'avait pas l'habitude d'en raconter autant. Cela leur faisait un point commun.

— Vous avez grandi près des animaux. Votre vocation était toute trouvée.

— On peut le voir comme ça, répliqua-t-il en souriant. Et vous ? Pourquoi avoir choisi de devenir assistante vétérinaire ?

Elle eut un petit rire.

— Par un heureux hasard. Au lycée, on nous parlait sans arrêt d'orientation. Ma prof de biologie disait qu'elle me verrait bien médecin ou infirmière, mais ces études-là n'étaient pas compatibles avec le cyclisme professionnel. Alors j'ai bifurqué.

— Avez-vous des regrets ?

— Non, aucun. J'adore mon métier. Je n'en changerais pas pour tout l'or du monde. Aider les animaux m'apporte beaucoup de satisfaction.

— Comment faites-vous pour tenir debout toute la journée ? Votre jambe doit fatiguer, non ?

Carter l'interrogeait d'une telle manière qu'elle ne se vexa pas. Il se focalisait sur le côté pratique de son handicap, sujet sur lequel elle n'avait aucun mal à répondre.

— J'ai souvent l'impression qu'on me plante des aiguilles dans le genou, mais je serre les dents. Et j'essaie de prendre quelques jours de repos entre deux missions.

Sa condition physique n'était pas une excuse pour faire du mauvais travail. Elle n'avait jamais joué sur la corde sensible de ses employeurs. Elle donnait toujours le meilleur d'elle-même.

— Apparemment, vous bougez beaucoup.

Là, il touchait un point délicat. Elle n'allait sûrement pas se montrer aussi franche…

— J'aime voyager, découvrir de nouveaux paysages, rencontrer des gens. À chaque fois, je m'imprègne de la culture locale. C'est sympa.

Il s'esclaffa.

— La « culture locale » de la Gold Coast, c'est nouveau ! On est tous australiens. Quelles différences voyez-vous ici ?

Elle ne put s'empêcher de rire.

— Vous avez le surf, les fruits de mer, le soleil, des parcs d'attractions incroyables…

— Si je ne m'abuse, il y a tout ça à Sydney, non ?

— Bien sûr, mais la ville est gigantesque. Il faut des heures pour aller d'un endroit à l'autre.

Surtout quand on ne circulait plus à vélo, ce qui était son cas. Techniquement, elle pouvait le faire, mais elle avait renoncé. Savoir qu'elle ne roulerait plus en compétition lui fendait le cœur.

Elle se pencha et caressa la tête d'Axel afin de bannir ces pensées. L'heure n'était pas à la tristesse. Elle avait un chien heureux couché à ses pieds. Elle-même se sentait zen, détendue. Jamais, depuis longtemps, elle n'avait été si à l'aise avec un homme qui ne faisait pas partie de son entourage proche.

Oserait-elle inviter Carter au mariage de Pippa ? Au fond, elle n'avait rien à perdre. Il était gentil, sexy, agréable. S'il acceptait, ils passeraient une journée sympathique. Et ce ne serait pas un drame s'il refusait puisqu'ils se connaissaient à peine.

Elle termina sa bière d'une traite pour se donner du courage.

— Il faut peut-être que je vous laisse rentrer… au cas où vous seriez attendu.

Elle attendit, le cœur battant. Pourquoi avait-elle si peur de la réponse ? D'habitude, elle était solide comme un roc. Elle pouvait tout affronter. Elle ne craignait plus rien…

Il la dévisagea, l'air abasourdi.

— Est-ce une façon de me demander si je suis célibataire ?

Cette question ne la déstabilisa pas. Franche et directe, elle préférait les gens qui l'étaient aussi.

— En fait, oui. Je cherche un cavalier pour le mariage d'une amie. Comme je ne connais pas grand monde par ici, je suis un peu ennuyée. Mais… on travaille ensemble, alors ce n'est pas l'idée du siècle. Oubliez cette suggestion ridicule, s'il vous plaît.

Vraiment, elle ne se reconnaissait pas. Cette séance de natation intensive l'avait peut-être fatiguée, mais ce n'était pas une raison pour dire n'importe quoi. Qu'elle continue ainsi et elle allait se faire renvoyer !

— Cela ne me dérangerait pas de…

Un bruit de freinage violent, suivi d'un crissement de pneus, interrompit Carter. Quelques secondes plus tard, des cris de panique se firent entendre et il bondit sur ses pieds pour aller ouvrir le portillon donnant sur la rue.

— Willow, venez m'aider ! Il y a un gars couché par terre à côté d'une voiture. Il a dû se faire renverser !

Elle se leva et le rejoignit aussi vite que le lui permettait sa jambe douloureuse. Elle le précéda dans la rue, puis il referma le portillon derrière eux car Axel les avait suivis.

Voyant deux passants se rapprocher du blessé, elle les interpella :

— Attention, ne le bougez pas ! La colonne vertébrale est peut-être touchée.

Ils reculèrent en même temps.

— Désolé, dit l'un d'eux. On voulait juste essayer de voir s'il respirait.

— Avez-vous un brevet de secourisme ? demanda Carter.

Quand ils secouèrent la tête, il s'agenouilla près du blessé.

— Appelez une ambulance, s'il vous plaît. Dites-leur que j'ai une formation aux premiers secours.

— Moi aussi, renchérit Willow.

— Je ne l'ai pas vu arriver ! Il a déboulé comme un éclair sur son skateboard. Je n'ai pas eu le temps de freiner, il allait trop vite…

Tournant la tête, Willow avisa une dame d'une quarantaine d'années debout près de la voiture. Livide et affolée, la conductrice tremblait comme une feuille.

— Nous sommes là, madame. On va l'aider. Ne paniquez pas.

Maladroitement, elle s'agenouilla près de Carter. C'est alors qu'un objet tranchant lui piqua le tibia gauche.

— Aïe ! Méfiez-vous, il y a des éclats de métal sur la chaussée.

— Ce sont sans doute des morceaux du skateboard. Il est tout disloqué, indiqua un des passants, qui tenait l'objet en question sous le bras.

— D'accord, je vois... Bonsoir. M'entendez-vous ? demanda-t-elle au jeune blessé.

Il ouvrit brièvement les paupières, puis les referma.

— Que... s'est-il passé ?

— Vous avez été renversé par une voiture, répondit-elle doucement. Ne bougez pas. On va vous examiner.

Non sans inquiétude, elle remarqua que sa jambe gauche repliée formait un angle bizarre. Il présentait aussi une large entaille à la joue. Hélas, elle était presque sûre que les secouristes allaient découvrir d'autres lésions.

— Probable fracture, déclara Carter. On ne va pas y toucher. Le médecin urgentiste s'en occupera.

— Pouls irrégulier, annonça-t-elle. Un peu rapide, mais rien d'alarmant.

Elle avait suivi la formation aux premiers secours pendant sa carrière de cycliste, sachant que les accidents n'étaient pas rares à vélo. Heureusement, elle avait gardé de bons réflexes...

— C'est sans doute lié au choc, dit Carter. Il se produit la même chose pour nos patients.

— Ne bougez pas, répéta-t-elle, car le jeune homme tentait de s'asseoir.

— Que s'est-il passé ? demanda-t-il à nouveau.

Le sang coulait de ses lèvres et, fait inquiétant, il paraissait désorienté.

— L'ambulance arrive ! dit quelqu'un derrière Willow.

Carter lui jeta un bref coup d'œil.

— Maintenez-lui les épaules vers le bas pour éviter qu'il ne se redresse, ordonna-t-il. Moi, je vais l'empêcher de remuer la tête.

— Je le trouve très agité.

— Là aussi, c'est dû au choc. Et il dégage une forte odeur d'alcool. Il a dû en consommer pas mal.

Carter souleva le menton du blessé et lui ouvrit la bouche.

— Je vois au moins une dent cassée et des fragments à l'intérieur. D'habitude, j'ai des gants dans mes poches, mais tant pis, je vais les retirer avec le doigt. Je ne voudrais pas qu'il les avale.

— Tenez, j'ai des lingettes, intervint une dame parmi le cercle de curieux qui s'était formé.

— Merci beaucoup.

Il se désinfecta les mains puis, du bout de l'index, il nettoya la cavité buccale du patient qui s'agitait de plus en plus. Outre la jambe, l'imprudent skateur semblait avoir un bras cassé, et ce fut avec soulagement que Willow perçut enfin un hurlement de sirène.

— Comment vous appelez-vous ? demanda Carter.

Le blessé ne répondit pas, mais quelques instants plus tard, à l'arrivée des secours, il semblait toujours conscient.

— Qu'est-ce qu'on a ? demanda le médecin urgentiste en s'accroupissant près d'eux.

— Skateur contre voiture, annonça Carter. Apparemment, il a traversé à toute allure sans regarder. Il semble avoir reçu le gros de l'impact à gauche. Il est en état de choc. Probable état d'ébriété.

Il détailla les lésions qu'ils avaient constatées, précisant qu'il avait retiré une dent et plusieurs fragments.

— Il s'est aussi mordu la langue, conclut-il.

Le médecin émit un sifflement étonné.

— Vous connaissez votre affaire ! Êtes-vous des soignants ?

— Si on veut, répondit Carter avec un demi-sourire. Je suis vétérinaire juste ici, à la clinique. Willow est l'une de nos assistantes.

— Eh bien ! Ce petit gars a de la chance dans son malheur.

Willow se redressa et frictionna sa cuisse endolorie. Voyant que Carter l'observait, elle suspendit son geste quelques secondes, puis reprit son massage. Qu'il pense ce qu'il voulait ! Porter une prothèse n'était pas une sinécure, surtout dans ces circonstances.

— Bon courage, dit-elle au blessé que les ambulanciers sanglaient sur une civière-coque.

Il ne l'avait sans doute pas entendue, mais elle avait eu besoin de l'encourager. Même s'il avait commis une infraction, elle le plaignait de tout son cœur. Il allait connaître quelques semaines difficiles…

Elle y pensait toujours en regagnant le jardin de la clinique avec Carter. Il referma le portillon derrière eux et la dévisagea à nouveau, cette fois d'un air admiratif.

— Bravo pour votre sang-froid, dit-il. Je vous ai trouvée très calme et très sûre de vous.

— J'ai fait de mon mieux, répondit-elle, troublée.

Cet homme était vraiment spécial dans le bon sens du terme. En plus d'être beau à tomber, il possédait d'indéniables qualités humaines. Elle venait encore d'en découvrir quelques-unes !

— Vous vous êtes bien débrouillé aussi, ajouta-t-elle.

— Dans certains cas, les blessures des humains ressemblent à celles des animaux… Vous ne trouvez pas qu'on forme une bonne équipe, tous les deux ?

Son sourire ravageur lui fit monter le rouge aux joues.

— On n'est pas mal, en effet, bredouilla-t-elle.

— Allez donc vous asseoir que je nettoie votre jambe.

Interloquée, elle le dévisagea, puis regarda son tibia gauche. Dans le feu de l'action, elle ne s'était même pas rendu compte qu'elle saignait.

— Laissez tomber, ce n'est qu'une égratignure.

— Pas vraiment. De plus, vous êtes en contact avec un chien. Il vaut mieux mettre un pansement là-dessus.

— Soit.

Elle s'approcha lentement de la table en bois, se laissa tomber sur le banc et regarda Axel qui, discrètement, venait de lui fourrer le museau dans la main.

— On dirait que tu veux un câlin, monsieur…

Il poussa plus fort contre sa paume. Elle s'esclaffa.

— D'accord, j'ai compris !

Pendant qu'elle s'installait, Carter était parti. Il reparut bientôt, chargé d'une trousse de secours, et cette fois il portait des gants.

Un frisson la parcourut lorsqu'il s'agenouilla devant elle.

— Allongez la jambe, ce sera plus simple.

— Mais… je pourrais le faire moi-même.

— Sans doute, mais je préfère m'en occuper ! répondit-il d'un ton sévère.

Elle soupira. Peu de gens devaient lui résister quand il prenait cet air autoritaire. Il n'était pas du genre à s'en laisser conter.

Comme il l'avait demandé, elle étendit la jambe gauche devant lui. Puis elle se remit à caresser Axel pour ne pas se focaliser sur les mains qui, déjà, promenaient une compresse imbibée de désinfectant sur sa peau.

— La coupure est assez profonde, déclara Carter.

— J'étais concentrée sur ce pauvre gars. J'ai oublié de regarder par terre. Vous n'allez pas me recoudre, au moins ?

Plus vite il arrêterait de la toucher, mieux ce serait. À moins que la vision d'une aiguille ne lui remette les idées en place ? C'était peut-être la solution idéale pour calmer ses ardeurs…

Ignore-le. Ce n'est pas compliqué.

— Je vais poser des sutures adhésives. Cela devrait suffire pour resserrer les bords.

Carter avait répondu à voix basse. Il semblait un peu trop concentré pour être honnête et elle se demanda s'il peinait à garder le contrôle, lui aussi.

Elle tendit la main.

— Laissez, je vais le faire.

— Mais non. Arrêtez de bouger !

Elle obéit pour ne pas prolonger ce moment de façon inutile. Détournant la tête, elle se focalisa sur Axel jusqu'à ce que, finalement, Carter se relève.

— Voilà, c'est bon.

— Merci. Je viens de me faire soigner par un véto. C'est une grande première.

Sans la quitter des yeux, il retira ses gants.

— J'espère être un docteur sympa.

— Vous êtes plus que « sympa ».

Malgré sa grande expérience du corps médical, elle n'avait jamais rencontré un seul praticien qui lui ait fait battre le cœur plus vite. Elle détestait les visites chez le chirurgien. Elle voyait le moins de généralistes possible. Mais avec Carter, elle aurait bien consulté tous les jours !

Elle se leva brusquement. Axel sursauta, mais Carter, lui, ne broncha pas.

— Bravo, dit-elle. Vous m'avez impressionnée.

— Vous êtes indulgente, murmura-t-il avec un sourire en coin.

— Pas du tout. Je suis très pointilleuse.

Malgré elle, elle fit un pas vers lui, fascinée par son regard provocateur. Elle eut un long frisson lorsque, la prenant par surprise, il avança à son tour.

Avec douceur, il arrondit les mains sur ses bras nus.

— Pointilleuse comment ?

— Hmm. Disons que j'ai mes exigences…

— Il n'y a qu'un moyen de vérifier si je suis à la hauteur.

Se penchant, il effleura sa bouche. C'était comme s'il lui demandait la permission de l'embrasser et, d'instinct, elle entrouvrit les lèvres tout en lui enlaçant la taille.

Enivrée par le contact de son torse musclé, elle l'étreignit plus fort et lui donna un baiser ardent.

On n'embrasse pas quelqu'un comme ça pour le remercier. Tu le trouves sexy. Tu n'as pas pu te retenir…

Quand il lui rendit son baiser, elle eut l'impression d'atteindre le nirvana. Puis il lui en donna un autre, et un autre encore, si brûlant qu'elle perdit conscience de la réalité.

Elle retomba sur terre en sentant un petit coup vigoureux contre sa cuisse. Axel se rappelait à son bon souvenir ! Ce chien était son meilleur garde-fou…

Carter l'observait, un grand sourire aux lèvres.

— Quand je te disais qu'on forme une bonne équipe, chuchota-t-il, malicieux.

— J'aurais mauvaise grâce à dire le contraire…

Personne ne l'avait jamais embrassée ainsi. Carter avait le don de tout lui faire oublier, ce qui l'inquiétait un peu. Depuis sa dernière expérience malheureuse, elle n'avait jamais dérogé à ses bonnes résolutions. Elle ne devait pas flancher maintenant.

Tomber amoureuse et s'exposer à la perte d'un nouvel être cher ? C'était hors de question. Elle ne s'en remettrait pas.

— Willow ? Ça va ?

— Oui, très bien… Il faut que j'y aille. Je dois préparer le dîner pour mes colocataires.

— Ça marche. On va faire rentrer Axel.

Il avait répondu d'un ton égal, comme si leur baiser ne l'avait pas affecté le moins du monde. Certes, elle manquait de pratique, mais elle avait mis tout son cœur dans cette étreinte. Il lui avait donné l'impression d'être spéciale, et elle avait laissé tomber ses barrières !

Elle s'était conduite comme une idiote. Et si Carter était tout simplement un dragueur ? Après tout, elle ne le connaissait pas…

La tête haute, elle passa devant lui. Il l'arrêta d'une main posée sur son bras.

— Je suis content que tu sois venue. Tu étais là pour Axel, mais finalement c'est moi que tu as embrassé, dit-il, un rire dans la voix.

Puis, soudain, il la lâcha.

— Pardon, je n'aurais pas dû. Je serai ton employeur demain matin. Ma conduite est inexcusable.

Comme toujours, elle choisit la carte de la franchise.

— Ce n'est pas bien grave. Je m'en vais dans deux mois. Notre… relation de travail ne risque pas d'être impactée. Nous sommes assez grands pour faire la part des choses.

— Si tu le dis.

— Allez, j'y vais. Il se fait tard.

— Willow, attends.

Il se passa une main dans les cheveux, puis reprit :

— À propos de ce mariage…

— Laisse tomber. Je n'aurais même pas dû t'en parler. Entre employée et patron, certaines choses ne se font pas.

— Quand est-ce ?

— Dans deux semaines, samedi. Donc, dans dix-huit jours.

— Je viendrai.

— Euh… Tu es sûr ?

Un lent sourire étira la bouche sensuelle de Carter.

— Certain. Moi, j'aime les défis, et toi, tu as besoin d'un cavalier. J'aurais préféré que tu m'invites pour le plaisir de ma compagnie, mais dans un premier temps, ça m'ira.

Derrière la boutade, elle perçut une note plus sérieuse qui l'étonna. Il semblait, pour une fois, manquer de confiance en lui. Il devait pourtant avoir toutes les célibataires de Southport à ses pieds…

Comment lui faire comprendre qu'elle avait déjà changé sa façon de voir les choses ? Si au départ elle avait juste cherché « quelqu'un », elle se réjouissait maintenant qu'il soit l'homme de la situation.

— J'ai dû te paraître désespérée, c'est logique. Tu penses que j'aurais invité n'importe qui, mais ce n'est pas le cas. J'ai tout de suite su, en te voyant hier soir, que ça pourrait marcher. Je me sens à l'aise avec toi. Je te fais confiance. Donc, je suis ravie que tu viennes.

Elle n'ajouta pas qu'il lui faisait battre le cœur plus vite et qu'il lui mettait la tête à l'envers. Il n'avait aucun besoin de le savoir.

3.

Carter avait beau posséder un dressing bien garni, il comptait explorer les boutiques en prévision du mariage. Certes, il avait des chemises élégantes et des pantalons chics, mais il ne voulait pas faire honte à Willow.

Il installa dans un box la jeune femelle corgi qu'il venait de stériliser et se traita d'idiot. Depuis quand avait-il envie de paraître à son avantage pour une femme, aussi jolie et agréable soit-elle ? À se laisser embarquer sur cette voie, on finissait avec le cœur brisé. Il avait donné, merci.

Et pourtant… Chose exceptionnelle, il se sentait prêt à courir le risque car il pensait avoir bien cerné Willow. Il était presque sûr qu'elle était franche et honnête. Elle avait du caractère sans être manipulatrice pour deux sous.

Porter Axel avait dû lui demander un gros effort physique, mais aussi un mental d'acier. Elle avait également déployé son incroyable énergie la veille, lorsqu'elle s'était précipitée vers le jeune skateur au mépris de ses douleurs à la jambe. Quant au reste…

S'il continuait à revivre leurs baisers en boucle, il risquait de mal finir la journée. Il en avait rêvé toute la nuit et il y pensait encore !

Ce matin-là, Willow était arrivée tôt, portant l'uniforme bleu réglementaire, sa longue chevelure nouée en queue-de-cheval. Une tenue beaucoup moins sexy que la veille et, malgré tout, il avait senti son cœur s'affoler.

Elle, en revanche, avait rejoint la salle du personnel comme si de rien n'était. Les autres s'étaient présentés un par un, une conversation s'était engagée, mais il n'en avait pas suivi le quart…

Vraiment, il devait se reprendre. Il ne tiendrait pas deux mois à ce rythme.

Fermant le bloc opératoire 1, il regagna le hall. Kathy, la réceptionniste – qui vivait en couple avec son associé Seamus – lui lança un regard moqueur.

— Dis donc, tu sautes comme un sac à puces ce matin !

— Ah, bon ? Il y en avait une colonie chez moi mais je pensais les avoir exterminées, répondit-il, pince-sans-rire.

Était-il devenu si « terne » que le moindre regain d'énergie se remarquait ? Ses frères lui conseillaient depuis des années de vivre pour lui-même. Les gens le voyaient-ils comme un bonnet de nuit irrécupérable ?

— Ta patiente est prête !

La voix de Willow qui l'interpellait depuis la salle 2 le fit sursauter. Comment parvenait-elle à rester aussi zen en sa présence ? N'avait-elle rien ressenti lorsqu'ils s'étaient embrassés ?

J'aimerais beaucoup réitérer l'expérience…

— Carter ?

— J'arrive !

Plantée derrière son comptoir, Kathy éclata de rire.

— Ha ha ha ! Tu sautes encore.

Il se détourna, non sans l'avoir fusillée du regard. Si elle spéculait sur son compte, toute l'équipe allait s'y mettre, un honneur dont il se passerait volontiers.

Après avoir compté jusqu'à trois, il rejoignit Willow en salle d'opération.

Sa patiente, une chatte tigrée de deux ans prénommée Tootsy, s'était pris la patte arrière dans une trappe. Il devait amputer l'extrémité abîmée, mais d'après la maîtresse de Tootsy, une agricultrice, cette minette intrépide ne serait pas gênée longtemps. Son passe-temps favori était de chasser les rats dans les granges de la ferme. Elle s'était d'ailleurs traînée sur trente mètres jusqu'à la maison, le piège à la patte, quand l'accident était survenu.

Intrépide, Willow l'était aussi à sa manière. Elle semblait toujours confiante, déterminée, sûre d'elle. Comme il aurait voulu mieux la connaître ! Il espérait pouvoir passer un peu de temps avec elle avant le mariage. Il allait finir frustré s'il devait attendre plus de quinze jours.

— Tootsy est bien endormie, fit Willow.

Elle se demandait sûrement pourquoi il ne se mettait pas au travail. Encore un peu et elle allait le prendre pour un incapable.

Il se rapprocha de la table d'opération puis enfila les gants qui l'attendaient sur un plateau.

— Allez, Toots, on va te remettre d'aplomb, dit-il d'un ton faussement enjoué. La partie opérée va rester sensible quelques jours, mais rapidement elle courra comme si de rien n'était, ajouta-t-il pour Willow.

Déjà, elle lui tendait le scalpel. Quand il l'eut pris, elle caressa doucement la fourrure noire et blanche de la chatte inconsciente.

— Cette papatte abîmée te faisait mal, chuchota-t-elle. Tu te sentiras beaucoup mieux après, ma puce.

Dès qu'il eut incisé, elle nettoya le site avec une compresse imbibée d'antiseptique. Elle ne cilla pas lorsqu'il retira les chairs lacérées, ni au moment délicat de la pose des sutures. À peine avait-il fini avec la première aiguille qu'elle lui en donnait déjà une deuxième. Elle recommença alors à tamponner la plaie au fur et à mesure jusqu'à ce que, finalement, il ait recousu le bout de la patte.

Elle excellait dans son métier, découverte qui ne l'étonna pas. Il avait déjà remarqué à quel point elle était observatrice. Aucun détail ne semblait lui échapper. Sans doute avait-elle acquis une énorme vigilance, et pas mal d'expérience, dans son ancien métier de cycliste.

— Quel type de courses pratiquais-tu ? demanda-t-il.

— La longue distance sur route.

— En Australie seulement ?

— Non. À l'étranger aussi.

Quand elle se détourna pour installer Tootsy dans un box, il comprit que ce sujet la mettait mal à l'aise. N'étant pas du genre inquisiteur, il enchaîna aussitôt :

— On a terminé pour ce matin. Si on prenait une pause ?

— Ce n'est pas de refus.

Son rire bas et sexy lui donna le frisson. Espérait-elle se retrouver seule avec lui ? Il devait éviter de se faire des films.

— Je nettoie le matériel et j'arrive, ajouta-t-elle.

Dans la cuisine, il tomba sur Kathy qui, elle, terminait son déjeuner.

— Tout se passe bien ? demanda-t-elle d'un air curieux.

Le sous-entendu était clair : elle voulait parler de Willow. Il fit comme si de rien n'était.

— Très bien, oui. Les opérations ont été rondement menées.

— Donc, Willow connaît son métier. C'est génial. A-t-elle compris que tu en pinces pour elle ?

Il réprima de justesse un gros mot. Son attirance pour Willow était-elle si flagrante ? Il avait pourtant tout fait pour la dissimuler…

— Je n'en sais rien. J'espère que non, marmonna-t-il, ce qui déclencha l'hilarité de Kathy.

— Tu es trop transparent, Carter. Il faudra mieux cacher ton jeu, sinon les autres n'ont pas fini de te chambrer.

— Et toi avec !

Kathy rinça assiette et couverts, les rangea dans le lave-vaisselle et pivota vers lui.

— Je descends au supermarché. As-tu besoin de quelque chose ?

— Non, merci. Quoique… S'il faut que je cache ma tête, rapporte-moi un masque.

— Sans problème. J'essaierai de trouver un truc assorti à ta chemise.

Il s'esclaffa, chose qui lui arrivait souvent depuis deux jours. Arrivée au moment où Kathy sortait, Willow lui lança un regard intrigué.

— Quel truc assorti à ta chemise ? demanda-t-elle.

— Une cravate.

Elle leva les yeux au plafond.

— Tu cherches un nouveau jouet pour chiots ? Tu veux qu'ils la mordillent ?

— Au moins, ils auront quelque chose d'amusant à faire pendant leur séance de vaccination.

Tandis qu'elle sortait ses sandwichs du réfrigérateur, il attrapa deux mugs sur l'égouttoir.

— Un café ? proposa-t-il.

— Volontiers.

Il récupéra ses propres sandwichs, puis s'installa à table en face de Willow.

— Alors, que penses-tu de ce premier jour ? Tu n'as pas trop de mal à trouver le matériel ?

— Non, je m'en sors bien. Toutes les cliniques s'organisent plus ou moins de la même manière.

— C'est sans doute parce que toutes les cliniques manquent d'espace. Il n'y a donc pas trente-six façons de ranger. On va à l'essentiel.

— Oui, c'est vrai… En parlant d'essentiel, je vais emmener Axel faire un petit tour après le déjeuner.

— Il va être content ! Je t'ai mis de côté plusieurs choses qui pourront te servir.

Willow avait finalement accepté d'accueillir Axel le temps que Mme Burnside se rétablisse. Il était maintenant sûr qu'elle avait hésité par peur de s'attacher au chien. Elle redoutait sans doute la séparation. Il devrait lui en reparler le moment venu…

— Ah, c'est le tas que j'ai vu au fond du couloir ! Je me demandais d'où venait ce bazar. Merci beaucoup, mais ce n'était pas la peine. J'avais prévu de tout acheter.

— Tu plaisantes ? La clinique peut apporter sa modeste contribution. C'est la moindre des choses.

Sans réfléchir, il ajouta :

— Aimerais-tu qu'on aille boire un verre quelque part après la fermeture ?

Au lieu de répondre, Willow baissa les yeux et but une gorgée de café. Il avait déjà constaté qu'elle prenait toujours le temps de réfléchir avant de répondre. Mais que ce silence était long !

— Avec plaisir, dit-elle enfin. Où veux-tu aller ?

— Je pensais au Turf and Surf, si cela te convient ?

— Oui, c'est parfait. Je pourrai même y aller à pied de chez moi.

— Je pourrais passer te prendre…

— C'est gentil, mais j'aime bien me dégourdir les jambes le soir. J'ai moins de douleurs en marchant un peu.

— D'accord. Comme tu préfères.

S'il la contrariait, elle risquait de changer d'avis. Or, il tenait beaucoup à cette soirée car il espérait vérifier une chose simple. Il voulait comprendre s'il avait enfin digéré son échec avec Cassandra et s'il était prêt à entamer une nouvelle relation, même s'il risquait de s'y brûler les ailes. Malgré ses doutes et ses craintes, il se disait que, peut-être, le jeu en vaudrait la chandelle avec Willow.

Soudain, l'intéressée poussa un petit cri.

— Suis-je bête, c'est impossible ! Les filles ne sont pas là ce soir. Je ne vais pas laisser Axel tout seul pour sa première nuit à la maison.

— Tu peux l'amener sans problème. Le pub a un jardin d'été. Les clients viennent souvent avec leur chien.

— Super. Dans ce cas, adjugé, vendu.

Elle lança son emballage de sandwich dans la poubelle, prit sa tasse et se leva.

— Je vais aller le voir. À tout à l'heure.

Il la regarda partir en souriant. Elle avait accepté son invitation, ce qui était plutôt bon signe. Peut-être s'intéressait-elle à lui sous ses airs indifférents ? Y avait-il une chance qu'ils puissent vivre une courte histoire ? Même si leur relation n'avait aucun avenir, il aurait essayé…

Taraudé par l'envie d'en savoir plus à son sujet, il prit son téléphone dans sa poche.

Ce n'est pas bien. Laisse Willow te parler quand elle sera prête.

Mais c'était plus facile à dire qu'à faire : cette femme étonnante l'obsédait au point qu'il ne pouvait plus penser qu'à elle. Sa gaieté et son dynamisme masquaient une douleur qui le touchait profondément. S'il avait pu, il lui aurait enlevé sa fatigue, ses tracas, son chagrin…

Il inspira à fond, puis pianota « Sydney, camion contre cyclistes, 2019 ».

Seigneur. Ce fait divers avait fait les gros titres de la presse nationale à l'époque. Deux jeunes femmes étaient mortes. Trois avaient été blessées grièvement. Le conducteur avait été reconnu coupable d'homicide involontaire aggravé par la conduite en état d'ivresse. Il avait écopé d'une lourde peine de prison.

Horrifié par les photos qui s'affichaient, Carter posa son mobile et se prit la tête à deux mains. Que quiconque ait survécu au drame était un miracle ! En un sens, Willow s'en était « bien » sortie, mais elle avait perdu deux camarades, peut-être des amies proches. Il ne s'étonnait plus de cette lueur triste qui dansait au fond de son regard azur…

Même si c'était une battante, sa vie personnelle avait dû être impactée. Elle était probablement célibataire, sinon elle ne lui aurait pas demandé d'être son cavalier. À moins qu'elle ne « cache » un petit ami à Sydney ?

Il but trois gorgées de café d'un coup, se brûla la langue et se traita d'imbécile. Qu'il ait du mal à refaire confiance à quelqu'un après Cassandra était normal, mais il ne devait pas soupçonner Willow injustement. Laisser les choses suivre leur cours était la meilleure option. Il s'intéressait à une femme pour la première fois depuis des lustres. Au lieu de s'inquiéter, il aurait plutôt dû se réjouir.

— Carter, je m'excuse si j'ai eu l'air de manquer d'enthousiasme quand tu m'as invitée. Ça me fera vraiment plaisir d'aller boire un verre avec toi.

Plantée sur le seuil, Willow le considérait d'un air inquiet. Il lui sourit, à la fois ému et soulagé.

— J'en suis ravi. Mais ne t'inquiète pas, ton « avec plaisir » avait suffi à mon bonheur, ajouta-t-il, taquin.

Ce n'était pas tout à fait exact : son hésitation l'avait mis mal à l'aise. Mais il n'allait pas le lui dire…

— Alors c'est super. Vivement ce soir ! En attendant, je vais préparer l'épagneul breton pour l'anesthésie.

— Ça marche. Je te rejoins dans cinq minutes.

Dès qu'elle eut tourné le dos, il éclata d'un rire joyeux. Il avait un rendez-vous galant pour la première fois depuis cinq ans. Avec n'importe quelle autre femme, il aurait peut-être fait marche arrière, mais cette fois il ne reculerait pas.

Il avait l'impression que le soleil était revenu dans sa vie après une longue éclipse. Rien que pour ça, il avait envie d'essayer. Quant à la suite, il aviserait en temps utile.

Willow se tortilla afin de mieux voir son reflet dans la baie vitrée du pub.

Le jean slim qu'elle étrennait ce soir-là était plutôt flatteur. Il soulignait ses hanches et épousait les courbes de son postérieur à la perfection. Avec un peu de chance, Carter admirerait sa silhouette au lieu de regarder sa jambe déformée. Du moins l'espérait-elle.

À sa décharge, Carter ne s'était pas beaucoup intéressé à sa prothèse jusqu'alors. Les inconnus posaient souvent des questions indiscrètes et gênantes, mais lui s'était montré irréprochable sur ce point. Il était tout sauf ennuyeux, et la simple idée de passer la soirée avec lui la faisait vibrer d'excitation.

— Waouh, très joli ! Ça me plaît !

Elle se retourna vivement, rouge de confusion. Carter venait de la surprendre au mauvais moment ! Mais s'il avait un peu de jugeote, il avait dû comprendre qu'elle doutait d'elle-même. Quoi de plus normal après ce qui lui était arrivé ? Elle avait beau prétendre qu'elle vivait bien avec sa prothèse et ses cicatrices, la réalité était hélas plus complexe.

— J'avais peur de m'être assise sur un truc sale dans le jardin avant de partir, maugréa-t-elle.

— Rassure-toi, tu es parfaite.

Carter arborait un sourire charmeur qu'elle ne lui connaissait pas. Tant mieux s'il était en mode « séduction ». Ce n'était pas tous les jours qu'on la complimentait sur son physique. Elle pouvait bien en profiter un peu…

— Regarde qui est là, dit-elle pour masquer sa confusion.

— Salut, Axel ! Ça va, mon gars ?

Quand le chiot répondit en lui léchant la main avec vigueur, il rit de plus belle.

— Tu sais quoi, Willow ? Je n'avais pas passé une si bonne journée à la clinique depuis longtemps.

— Parce qu'il n'y a eu aucune intervention grave ?

— Oui, mais pas seulement. J'ai du mal à expliquer pourquoi. J'étais juste content d'être là. On aurait dit qu'un poids s'était envolé de mes épaules.

Pour un discours, c'en était un. Il ne l'avait pas habituée à être aussi loquace, surtout le premier soir. Elle devait admettre qu'il s'améliorait !

— C'est super, répondit-elle. Pourvu que ça dure…

Ils entrèrent au pub et gagnèrent la terrasse, où de petites tables en fer coloré avaient été disposées de façon charmante. Ils en choisirent une, puis Carter s'éclipsa pour aller au bar. Quand il revint, il portait deux pintes de bière blonde.

— Santé ! dit-il en levant la sienne. Espérons qu'aucun incident fâcheux ne perturbera notre soirée. On a le chic pour attirer les blessés de tout poil.

— Tchin ! répondit-elle en faisant tinter son verre contre le sien. Ce ne serait pas bien grave. Comme tu l'as dit, on forme une bonne équipe.

Elle aimait bien travailler avec lui car il se montrait calme, confiant et respectueux de tous. Elle ne pouvait pas en dire autant de tous les praticiens. Beaucoup de vétérinaires étaient sympathiques, mais il y avait des exceptions. Les plus pénibles mettaient toujours les assistantes en première ligne lorsqu'il y avait des risques de morsure !

— Normalement, il faut un temps d'adaptation, mais tu as été efficace tout de suite, répliqua-t-il avec une sincérité indéniable. Les gens pourraient croire qu'on travaille ensemble depuis longtemps.

Elle rougit sous le compliment.

— À la longue, le travail en intérim donne certains réflexes.

Je ne peux pas mettre quinze jours pour être opérationnelle quand je signe un contrat d'un mois.

— Ton nouvel ami te trouve très « opérationnelle », en tout cas, fit observer Carter en riant.

Axel était en train de tourner en rond sur le tapis disposé près de la table. Il essayait de s'installer le plus près possible de ses pieds et, voyant la manœuvre, elle s'esclaffa à son tour.

— Je suis tellement contente qu'il aille bien ! J'ai appelé Mme Burnside tout à l'heure pour lui donner des nouvelles. Dès qu'elle ira mieux, j'emmènerai Axel la voir. Les infirmières sont d'accord pour la faire descendre sur le parvis de l'hôpital en fauteuil roulant. J'ai posé la question.

— Oh ! ce serait génial. Tu es adorable d'y avoir pensé. Même si elle reçoit des visites, elle doit s'ennuyer d'Axel.

— En effet.

— Tu n'as jamais eu d'animal, toi ?

— Si un berger allemand. Elle s'appelait Lizzy, elle était exceptionnelle. J'ai eu beaucoup de chagrin quand elle est… partie. Elle était très âgée, mais… voilà.

— Et maintenant, tu déménages trop souvent pour en prendre un. C'est récent, cette passion des voyages ?

Le regard sérieux de Carter démentait son intonation légère. Il voulait *vraiment* savoir à quoi s'en tenir. Elle allait mettre les choses au point.

— Le monde est plein d'endroits merveilleux. Je voudrais en voir un maximum avant d'être trop vieille ou trop fatiguée. Je ne suis pas prête à me fixer quelque part. J'ai prévu de quitter Southport à la fin de mon contrat.

Elle en avait déjà parlé, mais une piqûre de rappel ne pouvait pas nuire. Si Carter voulait aller plus loin dans leur histoire, il le ferait en toute connaissance de cause. Il aurait été prévenu…

— Tu pourrais t'installer quelque part et voyager pendant les vacances, objecta-t-il. Tu n'as pas besoin de déménager à chaque fois pour voir du pays.

Il ne comprenait pas. Comment aurait-il pu se mettre à sa place ? Ayant vu deux amies proches fauchées en pleine jeunesse, elle connaissait le caractère injuste et éphémère de la vie. Elle voulait en profiter. Qui pouvait dire de combien de temps elle disposait ?

Bien sûr, elle rêvait de se « poser » un jour, de nouer des amitiés durables, de fonder une famille avec un homme merveilleux. Mas hélas, elle n'osait pas y croire. Elle avait trop peur d'une nouvelle catastrophe…

— Pour l'instant, c'est ma manière de fonctionner. Je ne suis pas prête à changer. J'ignore si j'en serai capable un jour.

Carter opina, l'air grave.

— J'apprécie ta franchise, Willow. Moi-même, j'ai mes habitudes, ajouta-t-il d'un ton plus léger. Par exemple, je n'imagine pas la vie sans mes deux chiens. Ce sont de vieux pépères maintenant. Ils sont contents de rester à la maison, dans la cour. Mais quand on va se balader sur la plage, c'est toujours la fête.

Elle le considéra avec une pointe d'envie. Il menait une carrière épanouissante. Il avait une maison, des chiens. Pour elle, ce genre d'existence ressemblait au Saint-Graal…

— Pourquoi travailles-tu en ville, toi, un gars de la campagne ?

— La clinique me permet de concilier les deux. Nos interventions en milieu rural sont de plus en plus nombreuses, mais personnellement je préfère les chats et les chiens. Je les trouve moins difficiles à manipuler que le bétail. Et puis côté ferme, je ne suis pas privé. Je vais souvent chez mes parents et mes frères.

— Tu n'as donc pas encore trouvé l'âme sœur ?

— Non.

Le sourire de Carter s'évapora d'un coup, et elle se mordit la lèvre. Qu'est-ce qui lui avait pris ? Pour quelqu'un qui appréciait la discrétion, elle se montrait bien curieuse.

— Pardon. Je… suis un peu sans filtres par moments, désolée, bafouilla-t-elle. Prendras-tu une autre bière… ?

— J'y vais, dit-il avant même qu'elle n'ait fini sa question. Veux-tu grignoter quelque chose ?

— Volontiers, excellente idée ! s'exclama-t-elle.

Elle aurait répondu « oui » à tout dans l'espoir qu'il oublie sa maladresse.

— Je rapporte le menu.

En réalité, ce n'était pas nécessaire : elle le connaissait par cœur. Ses colocataires et elle venaient souvent au pub chercher des plats lorsqu'elles n'avaient pas le temps ou l'envie de cuisiner. Elle s'étonnait d'ailleurs de ne jamais avoir croisé Carter parmi les clients. Avec sa haute silhouette, ses cheveux blonds et son physique incroyable, elle l'aurait forcément remarqué. Le pire, c'est qu'il n'était pas du genre m'as-tu-vu. Il dégageait une séduction tranquille dont il ne semblait pas avoir conscience…

Lorsqu'il revint, apportant leurs boissons, ils trinquèrent de nouveau. Elle secoua la tête quand il lui tendit le menu.

— Je prendrai les calamars au sel et au poivre noir.

Il s'esclaffa.

— Ah d'accord, tu es déjà venue.

— Pour les plats à emporter, oui. Avec les filles, on aime bien les bons repas tout prêts le soir.

— Comme je vous comprends.

Il la contempla un moment d'un air songeur.

— Pour répondre à ta question, je n'ai personne dans ma vie depuis cinq ans.

— C'est beaucoup, répondit-elle, surprise.

— Oui et non. Parfois j'ai l'impression que cela fait une éternité. Mais la plupart du temps, je suis très heureux ainsi. J'ai la chance d'avoir une famille unie, beaucoup de gens autour de moi. Et j'ai rarement le cafard, ajouta-t-il très vite.

— Je ne te voyais pas en célibataire pleurnichard, rassure-toi.

Il la gratifia d'un sourire malicieux totalement irrésistible.

— Tant mieux. En vérité, mon histoire est un peu spéciale. J'étais fiancé à mon amour d'enfance. Elle m'a laissé tomber le jour du mariage quelques heures avant la cérémonie.

— Oh ! non !

Sans réfléchir, elle lui pressa la main sur la nappe.

— Je suis désolée. Je n'imagine même pas ce que tu as dû ressentir. Avait-elle perdu la tête ? Tu es génial, Carter.

Il étreignit sa main quelques instants, puis la lâcha.

— Merci. J'avoue que le sujet est encore sensible. Parlons plutôt de toi, Willow. As-tu une grande famille ?

— J'ai un frère qui est avocat à Sydney. Sa spécialité, ce sont les affaires criminelles. On s'entend très bien. Nos parents nous ont toujours encouragés à suivre notre voie. Et quand j'ai besoin de réconfort, ils répondent « présent » plutôt deux fois qu'une.

— Tu n'aimerais pas te rapprocher d'eux ?

— Non. Du moins, pas tout de suite. Je ne veux plus vivre à Sydney pour l'instant.

Il opina sans répondre, comme s'il avait deviné que c'était « son » sujet sensible.

— On est vraiment opposés tous les deux, reprit-elle. Tu habites la région où tu as grandi, moi je vis à des milliers de kilomètres de ma famille.

— À vrai dire, je ne me suis jamais posé la question. J'ai fait mes études à Brisbane. J'ai connu Joe et Seamus, on est devenus amis, on a monté la clinique. Les choses se sont faites naturellement. Je n'envisage pas de bouger. Je suis très bien où je suis.

Il parut tout étonné, comme s'il venait d'en prendre conscience. Avait-il parfois eu des doutes ?

L'air un peu gêné, il se plongea dans la lecture de la carte.

— Je vais prendre la même chose que toi, dit-il enfin. Mais rien ne presse pour commander. Sauf si tu veux rentrer tôt ?

— Pas du tout. Je suis très bien ici.

Pour Carter, la soirée avec Willow tenait toutes ses promesses. Il avait l'impression qu'ils étaient sur la même longueur d'onde. Ils se comprenaient sans avoir besoin de tout dire. Entre eux, les choses semblaient fluides, simples et naturelles. Mais jusqu'à quel point pouvaient-elles l'être ?

Bien sûr, il saisirait la moindre occasion de l'embrasser à nouveau. Pour le reste… Il était encore trop tôt. Il ne voulait pas brûler les étapes.

— Sachant que tu es mon patron, es-tu sûr que ce soit une bonne chose de sortir avec moi ? demanda-t-elle, interrompant sa rêverie.

— Je ne vois rien de mal à ça. Quand j'ai dit à Joe qu'on allait boire un verre ensemble, j'ai cru qu'il allait applaudir. Il était ravi.

« Taquin » aurait été un meilleur adjectif car Joe avait bien sûr fait des commentaires. On pouvait toujours compter sur les amis pour en rajouter !

— Ça ne t'ennuie pas ? demanda-t-il, un peu inquiet.

— Non, au contraire. Je préfère la franchise. Les cachotteries au travail ne durent jamais bien longtemps.

Ébloui par son sourire lumineux, il faillit se pencher pour l'embrasser. Il se retint de justesse, se leva et repoussa sa chaise.

— Je vais commander nos assiettes au bar.

Willow redressa le menton, des éclairs dans les yeux.

— Tu as payé les boissons, je peux payer le repas.

— Willow, je t'ai proposé de venir ici ce soir. Laisse-moi t'inviter jusqu'au bout. Tu auras bien l'occasion de me rendre la pareille.

Il l'espérait très fort, en tout cas. Il risquait vite de prendre goût à ces moments !

— Merci, murmura-t-elle. Je m'excuse de t'avoir répondu un peu sèchement mais… je suis gênée, en fait.

— Pourquoi ?

— Parce que les hommes ne m'ont pas traitée avec beaucoup de galanterie depuis l'accident. La prothèse a tout changé.

Elle le dévisageait intensément, comme si elle guettait sa réaction. Croyait-elle qu'il allait se décourager ? Elle rêvait.

— Ne nous mets pas tous dans le même sac, Willow. Je suis capable de voir au-delà des apparences.

Bravo, Carter. Dis-lui que tu en pinces pour elle tant que tu y es. Allez, bouge avant d'aggraver ton cas.

Il entra dans le pub et se surprit à sourire. Toutes ses défenses tombaient devant Willow, mais était-ce un problème ? Avec elle, il réalisait soudain que certaines choses manquaient à sa vie. Il n'en avait pas eu conscience jusqu'alors, mais il avait vécu dans une tour d'ivoire.

Arrivé au bar, il passa commande puis se plongea de nouveau

dans ses réflexions. Il ne pouvait penser qu'à Willow. Cette femme incroyable l'obsédait depuis trois jours !

Était-elle venue à Southport pour l'extraire d'un long sommeil ? Allait-il enfin tourner le dos au passé ? Il commençait sérieusement à le croire.

Une chose était sûre : elle méritait mieux qu'une aventure d'un soir. Elle était fragile sous ses allures de femme déterminée et indépendante. Un homme l'avait-il abandonnée ? Il n'en aurait pas été autrement surpris, et rien que pour cela, il se promit d'être vigilant.

Elle s'en va dans deux mois. Tu risques de souffrir. À moins que tu ne gardes le contrôle…

En amour, il était du genre à se livrer entièrement. C'était tout ou rien et, depuis Cassandra, il avait choisi l'option « rien ». Jamais il ne serait capable de laisser tomber une femme après quelques soirées de plaisir. Il s'en voudrait terriblement s'il brisait le cœur de quelqu'un. Il ne devait pas blesser Willow.

Fort de cette résolution, il prit le plateau bien garni qu'un serveur lui tendait, puis il regagna le jardin. Malgré le dilemme qui l'agitait, il comptait profiter de la soirée au maximum !

Mais en bonne compagnie, le temps filait vite. Il ne vit pas le dîner passer et, finalement, il proposa à Willow de la raccompagner pour rester un peu plus avec elle.

Ils marchèrent lentement, soucieux de ménager Axel. Carter tenait la laisse d'un côté, la main de Willow de l'autre, et rien n'aurait plus le rendre plus heureux.

— Tu as l'air fatiguée, dit-il doucement.

— Un peu, mais ça va. Certains soirs, je suis épuisée. Enfin… j'ai l'habitude.

Il n'épilogua pas : elle détestait visiblement qu'on s'apitoie sur son sort.

— Le travail chez nous te plaît, au moins ? Par rapport aux autres cliniques, dirais-tu qu'on fonctionne de la même manière ? Y aurait-il des améliorations à apporter ?

— Tu me demandes ça à moi, une assistante ? s'exclama-t-elle, incrédule.

— Oui, bien sûr. Les personnes extérieures voient parfois des choses que nous, par habitude, ne remarquons plus. Tu as été super aujourd'hui. Tu connais ton métier et tu le fais extrêmement bien. Alors si tu avais des suggestions ou des remarques, on les écouterait volontiers.

— Waouh. C'est une grande première.

Levant le regard vers lui, elle trébucha sur le bord du trottoir. Il lui lâcha la main par réflexe pour la retenir par le bras.

— Reste avec moi !

Il attendit qu'elle ait repris son équilibre, puis la libéra à regret. Il aurait bien voulu marcher avec elle bras dessus, bras dessous, mais elle risquait de ne pas apprécier. Elle allait croire qu'il l'assistait à cause de son handicap. Comment lui faire comprendre qu'il voulait juste la toucher, l'embrasser, sentir le contact de ses courbes délicieuses ?

— Merci, marmonna-t-elle, les mains enfoncées dans les poches de son jean.

— Willow.

Il s'arrêta sous un réverbère, tendit la main et l'attira contre lui.

— Carter ?

Se penchant, il captura sa bouche et ils échangèrent un baiser sensuel dont l'intensité le laissa pantois. Willow se montrait à la fois douce et exigeante. Sa féminité le bouleversait, et quand leurs langues entamèrent un ballet enfiévré, il crut mourir de désir.

Jamais il ne pourrait se rassasier d'elle, de son corps mince, de ses bras noués autour de sa taille. Il avait envie d'elle. Le reste du monde s'était évaporé : elle était devenue le centre de son univers…

Surpris par une poussée contre son genou, il sursauta.

— Merci, mon pote, dit-il à Axel qui les regardait. Tu as le chic pour casser l'ambiance !

Willow se dégagea doucement et caressa la tête du chiot.

— Toi, tu es jaloux.

Carter s'esclaffa, entremêla les doigts aux siens puis se remit à marcher comme s'il avait des ailes. Quel baiser ! Willow lui avait rendu sa passion au centuple. Il s'était enflammé tel un fétu de paille, au point d'oublier le passé et de vouloir jeter sa prudence aux orties.

Après tout, que risquait-il ? S'ils étaient sur la même longueur d'onde, une histoire de quelques semaines ne nuirait à personne. Mais le souhaitait-elle vraiment ? Il ne devait rien faire qui puisse l'effrayer ou la blesser.

— Voilà, on est arrivés, dit-elle en s'arrêtant au bord d'une pelouse jouxtant le trottoir.

Son euphorie retomba lorsqu'il vit trois voitures garées devant la maison. À l'intérieur, toutes les lumières ou presque étaient allumées. Il ne se passerait rien d'autre ce soir-là et, au fond, c'était peut-être mieux.

Inutile de s'emballer. Prends ton temps.

Il se pencha pour lui voler un nouveau baiser, beaucoup plus chaste celui-là.

— Bonne nuit, chuchota-t-il. À demain.

Il s'éloigna rapidement, à la fois exalté et inquiet.

Il ne maîtrisait déjà plus rien. Il se demandait comment il allait gérer la situation et il n'avait pas l'ombre d'un début de réponse.

4.

— Willow, peux-tu préparer Lucy pour l'opération, s'il te plaît ?

— L'ablation des ergots postérieurs ?

Même si elle connaissait la réponse, elle n'avait pas pu s'empêcher de demander confirmation, juste pour le plaisir d'entendre la voix sexy de Carter.

— Oui, répondit-il. Celui de gauche a été presque arraché quand elle a sauté une haie.

— Mais pourquoi retirer l'autre ?

Cette fois, la curiosité avait parlé : elle n'avait pas eu cette information.

— Son maître me l'a demandé. Lucy passe beaucoup de temps dehors. Il craint qu'elle ne se blesse à nouveau.

— Ah… D'accord.

Elle se détourna, les joues en feu. Carter occupait toutes ses pensées depuis qu'elle travaillait à la clinique. Si elle s'était écoutée ce mardi soir, elle l'aurait invité chez elle. Ils seraient montés discrètement dans sa chambre, où elle se serait jetée sur lui…

Quatre jours plus tard, l'émotion n'était pas retombée, loin de là. Au contraire, elle fantasmait tellement sur Carter qu'elle avait redemandé à ses amies de lui trouver un autre cavalier. Pour l'instant sans succès.

Cet homme la rendait vulnérable. Son attirance envers lui l'effrayait. Elle ne devait en aucun cas oublier qu'elle partirait après cet intérim. Personne ne la ferait changer d'avis, pas même lui.

— Willow, aurais-tu cinq minutes, s'il te plaît ? J'ai besoin de toi pour tenir les chiots que je dois vacciner.

Seamus venait de l'appeler dela salle d'examen contiguë à l'accueil. Occupé à ranger ses fiches, Carter leva la tête en souriant.

— Vas-y, je t'en prie. Je n'ai pas tout à fait terminé. On se retrouve au bloc.

Le volume de travail était conséquent pour un samedi, mais cela arrivait parfois. Elle avait l'habitude. Elle aurait juste préféré ne pas soigner de chiots ou de chatons car elle était hypersensible depuis quelques jours. Dès qu'elle voyait un jeune animal, elle pensait à sa vie de nomade qui l'empêchait d'en adopter un…

Heureusement, Seamus était tout aussi efficace que Carter. Il fallut moins de dix minutes pour vacciner les sept miniboules de poils et, sitôt les bébés remis dans leur panier, elle gagna le bloc opératoire.

— C'est à toi, ma puce, dit-elle en sortant Lucy de son box.

Elle n'est pas ta puce. Elle a un maître.

Allons. Elle devait contenir ce genre de pensées et les pincements au cœur qui allaient avec. Sinon, elle allait craquer avant la fin de son contrat !

Elle prépara le matériel requis pour l'intervention, et Carter la rejoignit au moment où elle déposait Lucy sur la table. La chienne la regardait avec confiance. Elle lui caressa la tête.

— Ne t'inquiète pas, tout va bien se passer, chuchota-t-elle. Le docteur va t'endormir. Tu ne sentiras rien et, moi, je serai là tout le temps.

Carter s'esclaffa.

— Tu es une vraie gentille, toi.

— Pas plus gentille que mon patron…

— Que veux-tu, cela fait partie du métier. Quand je vois leurs grands yeux innocents, je fonds.

Il ne jouait pas les durs. Au contraire, il n'hésitait jamais à exprimer ses ressentis, ce qui était pour Willow une qualité majeure.

Avec des gestes sûrs, il procéda à l'anesthésie, injectant la quantité minimale de produit en fonction du temps prévu pour l'opération. Elle continua de caresser Lucy jusqu'à ce que la chienne s'endorme, puis, comme sa fonction l'exigeait, se mit en devoir de lui raser les pattes arrière.

Après avoir désinfecté le champ opératoire, Carter pratiqua deux incisions du côté droit pour retirer l'ergot qui n'était pas abîmé. La manœuvre fut rapide et lorsqu'il commença à suturer, Willow vérifia les constantes de Lucy.

— Tout va bien, dit-elle.

Le contraire l'aurait étonnée, mais dans le doute elle regardait toujours. Un check-up rapide évitait parfois de gérer des problèmes respiratoires en urgence…

L'intervention sur la patte gauche s'annonçait plus difficile car l'ergot – parfois appelé « griffe de loup » – avait subi une importante lésion. Cet orteil supplémentaire sur les pattes arrière n'avait aucun intérêt puisqu'il ne touchait pas le sol à la marche. Néanmoins, cette fois, il y aurait des précautions à prendre.

— Je vais devoir recoudre à l'intérieur, dit Carter. Le tendon est touché.

Il n'était jamais avare d'explications lorsqu'il opérait, chose qu'elle appréciait beaucoup. Quand les vétérinaires ne parlaient pas, elle restait sur sa faim car elle avait toujours soif d'apprendre. Elle n'excluait d'ailleurs pas de reprendre ses études pour devenir vétérinaire. L'argent des assurances lui permettrait de les financer sans problème. Mais elle n'était pas prête.

Elle observa Carter avec attention et se figea. En sa compagnie, elle oubliait presque qu'elle avait la bougeotte. Elle commençait à rêver d'une existence « normale ». Quel effet cela faisait-il d'avoir un homme à la maison, des enfants, des animaux domestiques ?

— Ça va ? demanda Carter, l'air intrigué par-dessus son masque.

— Très bien, oui, dit-elle, préférant cacher la vérité.

— Tu m'as fait peur. Tu faisais une drôle de tête. Pendant un moment, j'ai cru que la vue du sang te dérangeait.

— Pas du tout, répondit-elle d'un ton ferme. Je n'ai jamais eu le moindre problème avec ça. Et j'ai vu des choses bien pires au bloc.

— Oui, j'imagine.

Elle s'efforça de paraître naturelle pendant toute la fin de l'intervention. La pose des points se déroula sans encombre, et bientôt, elle put installer Lucy dans son box de réveil.

— Veux-tu boire un café avant la prochaine consultation ? proposa Carter.

— Tu es gentil, mais non, merci. Je vais plutôt aller voir Axel, histoire qu'il se dégourdisse les pattes.

Elle avait surtout besoin de s'éloigner pour reprendre ses esprits. Cette collaboration se révélait plus difficile qu'elle ne l'avait imaginé. Même si elle s'efforçait de rester professionnelle, Carter la perturbait trop pour qu'elle se sente vraiment à l'aise.

C'était décidé, elle allait lui dire qu'elle n'avait pas besoin d'un cavalier pour le mariage. Jamais elle ne pourrait passer un week-end entier à faire semblant. Leurs baisers lui avaient ouvert les portes d'un monde magique et, depuis, elle vivait un rêve dangereux.

— Je reviens dans dix minutes, dit-elle.

— Pas de souci. Prends ton temps.

À sa voix, elle comprit qu'il n'était pas heureux de la voir s'éloigner. Cela ne l'enchantait pas non plus, mais elle avait besoin d'air. Et point positif, elle verrait Axel…

Quand elle entra dans la salle de convalescence, le chiot ne bougea pas de son matelas moelleux. Fait inhabituel, la perspective d'une balade semblait le laisser indifférent.

— Coucou, mon bonhomme. Allez viens, on n'a pas beaucoup de temps, dit-elle en fixant la laisse à son collier.

Il se leva, fit quelques pas et gémit à fendre l'âme.

— Axel ! Qu'est-ce qui t'arrive ?

De manière réflexe, elle palpa la hanche que Carter avait remise en place. Quelque chose avait bougé. Mais comment avait-il pu se démettre à nouveau l'articulation ? Il ne sortait presque pas…

— Carter ! cria-t-elle.

Il se matérialisa immédiatement sur le seuil.

— Y a-t-il un problème ?

— Je crois que la hanche d'Axel s'est déboîtée à nouveau. Je n'y comprends rien. Il allait très bien tout à l'heure.

Avant même qu'elle n'ait fini de parler, il s'était accroupi près d'Axel. Il effectua une palpation rapide et se releva, l'air préoccupé.

— Tu as raison, c'est démis. L'as-tu emmené en promenade ce matin ?

— Oui, on s'est baladés dans ma rue pendant un petit quart d'heure. Je ne veux pas présumer de ses forces. Il est fragile.

— A-t-il trébuché sur un obstacle ?

— Non, je n'ai rien vu de partic… Attends un peu. Il y avait ce gamin qui faisait le fou à vélo. Il nous a frôlés. Axel a eu peur, il a fait un écart assez brusque… Mais il est reparti comme si de rien n'était.

— Boitait-il plus que d'habitude ?

Elle pesta à voix basse et lança un regard navré à Carter.

— Oui, mais pas de manière flagrante. À certains moments, cela se voyait à peine. Je n'ai pas percuté. J'aurais dû…

Pour une assistante vétérinaire, elle se posait là. Elle avait trop de choses en tête. Obsédée par Carter, elle était passée à côté de l'essentiel !

Il lui pressa doucement l'épaule.

— Arrête de te culpabiliser. Personne n'est infaillible dans nos métiers. Axel est convalescent, le simple fait de sursauter pouvait déclencher une boiterie. Il aurait fallu des symptômes plus flagrants pour que tu suspectes une dislocation.

— Tu es gentil, mais je suis impardonnable. Je n'ai rien vu !

— Personne n'est infaillible, Willow, répéta-t-il doucement.

Il se redressa et prit Axel dans ses bras.

— Je vais lui administrer un antalgique et faire une radio de contrôle. S'il faut intervenir sur la hanche, je m'en occuperai à la fin des consultations. La salle d'attente est encore pleine, ajouta-t-il en soupirant.

— Oui, bien sûr. Avec un antidouleur, ça devrait aller…

Si cela n'avait tenu qu'à elle, « son » chiot serait passé le premier. Néanmoins, elle ne gérait pas la priorisation des patients.

— Tu voudrais qu'il soit traité tout de suite, je le sais bien, dit Carter d'une voix douce. Mais tous les maîtres pensent la même chose et il y a des cas plus urgents.

Touchée par son empathie, elle faillit oublier qu'elle avait résolu de garder ses distances. Il était vraiment trop gentil, trop parfait. Il devait y avoir une faille quelque part…

— Je vais nous chercher un café pendant que tu t'occupes de lui, dit-elle.

Lorsqu'elle revint quelques minutes plus tard, Axel somnolait déjà dans son panier ultra-moelleux.

— Je voulais te poser une question…, dit Carter d'un ton un peu hésitant. Quel est le *dress code* pour le mariage ? Chic ou décontracté ?

C'est le moment. Dis-lui que tu n'as pas besoin de lui.

Elle ouvrit la bouche… et la referma. Qu'elle le veuille ou non, ils étaient devenus « amis ». Il serait probablement vexé qu'elle le rejette. Et en toute honnêteté, elle ne le souhaitait pas vraiment.

— Chic décontracté, répondit-elle. Le smoking n'est pas obligatoire, mais il ne faut pas non plus venir en short et en tongs… Enfin, tu vois l'idée.

Il s'esclaffa.

— Très bien, oui. Mon dressing est plein de trucs « chics décontractés ». Et j'ai aussi des costumes.

Rien qu'à l'imaginer en tenue élégante, elle eut l'eau à la bouche. Il était tellement beau…

— Si cela te fait plaisir d'en porter un, ne te gêne pas. Tu as l'air d'apprécier les beaux habits.

— C'est mon péché mignon, reconnut-il en riant.

Avait-il d'autres « péchés » plus inavouables ? Cette idée lui fit monter le rouge aux joues et elle se détourna pour masquer son embarras.

— Je vais préparer Rusty, marmonna-t-elle.

— Moi, je vais radiographier la hanche d'Axel. Je veux m'assurer que tout ira bien en notre absence.

Voyant qu'il la regardait avec malice, elle fronça les sourcils. Il savait pertinemment l'effet qu'il produisait sur elle. Mais s'il voulait en jouer, il en serait pour ses frais. Elle le toisa, la tête haute.

— Super. Je reviendrai le voir après l'opération de Rusty.

— Au fait, as-tu prévu quelque chose pour ce week-end ?

— Je compte aller voir Mme Burnside demain matin. Et je dois faire des courses cet après-midi.

— Axel devra rester au repos pendant un moment.

Voilà pourquoi il avait posé la question. Pendant un moment, elle avait eu l'espoir fou qu'il lui propose une sortie à deux !

— Oui, bien sûr. Je n'avais pas prévu de l'emmener en balade... Et toi ? Que vas-tu faire de ton temps libre ?

— Je dois passer à la ferme demain après-midi pour vacciner les taureaux.

— Super ! Ou pas..., ajouta-t-elle en souriant.

Ils venaient vraiment de mondes opposés. Elle était une pure citadine, lui, un gars de la campagne. Elle bougeait sans arrêt, il n'avait jamais quitté sa région. Leurs modes de vie diamétralement opposés n'avaient aucune chance de se rejoindre. Oui, elle le désirait physiquement, mais cela passerait dès qu'elle aurait quitté Southport.

— Et si tu venais m'aider, Willow ? D'accord, ce n'est pas très fun, mais après on pourrait aller dîner quelque part. Et à la ferme, Axel pourrait passer l'après-midi avec mes deux vieux pépères...

Carter recherchait donc sa compagnie. À moins qu'elle n'attache trop d'importance à cette invitation inattendue ? Elle devait garder la tête froide !

— Pourquoi pas ? répondit-elle d'un ton neutre. Cela me permettrait de mieux connaître mon cavalier. Au mariage, les gens risquent de nous poser des questions.

Au temps pour l'idée de maintenir ses distances. Elle n'en était plus là, et le pire, c'est qu'elle ne regrettait rien.

— Maman, papa, je vous présente Willow. Willow, mes parents, Josie et Charlie.

Sentant combien elle était tendue, Carter lui entoura les épaules en un geste protecteur. À cause de sa prothèse, elle devait avoir peur de rencontrer des inconnus. Néanmoins, elle ne faisait rien pour la cacher et il admirait son courage.

— Enchantée, Willow, dit sa mère, chaleureuse comme à son habitude. Je suis ravie de faire votre connaissance. J'espère que Carter n'a pas prévu de vous embarquer dans la vaccination des taureaux.

— De la part de mon fils, cela ne m'étonnerait pas, renchérit son père. Enchanté, Willow ! Alors comme ça, vous êtes assistante vétérinaire ?

Elle serra la main tendue et opina.

— Oui, mais je n'ai jamais eu l'occasion de travailler dans une ferme. D'ailleurs, je ne suis pas pressée d'approcher vos taureaux, ajouta-t-elle en souriant.

N'empêche, elle était venue. Pour Carter, c'était le principal.

— On va installer les chiens sur la terrasse et, ensuite, je me mettrai au boulot. Je ne veux pas finir trop tard. On a prévu d'aller au restaurant après.

— Ah bon, vous ne dînerez pas avec nous ? intervint sa mère, visiblement déçue. Ça nous ferait plaisir que vous restiez, Willow.

Voilà, c'était parti. Sa mère commençait déjà à se faire des films, et le reste de la famille risquait de s'y mettre aussi. Dans quel guêpier s'était-il fourré ? Il fallait vite décliner l'invitation !

— Non, nous…

— Avec plaisir, merci beaucoup, Josie, coupa Willow.

Il lui lança un regard stupéfait. Il n'aurait jamais cru qu'elle accepterait mais, après tout, peut-être était-ce une bonne chose ? Quitte à sortir de sa zone de confort, autant tâter le terrain avec sa propre famille…

— D'accord, renchérit-il. C'est sympa de l'avoir proposé, maman.

Laissant sa mère à l'intérieur, ils suivirent son père dans la cour. Axel les attendait sagement, couché à l'ombre sur le plancher de son pick-up. Il le fit sortir puis le guida vers la terrasse, où il l'attacha près de ses deux chiens qui, eux, n'avaient pas besoin de cette précaution.

— Je n'ai pas le choix, il risque de te suivre, dit-il à Willow.

— Tu as raison.

Cela fait, ils se dirigèrent vers l'enclos où son père et ses frères avaient rassemblé les taureaux dans la matinée. Willow regardait partout, les yeux écarquillés comme une gamine à la fête foraine.

— Tu vas rire, mais je n'ai jamais mis les pieds dans une ferme, dit-elle. C'est beau, tous ces paddocks à perte de vue.

— Sérieusement ? Ma parole, tu es une citadine pure souche.

Elle s'esclaffa.

— Je t'avais prévenu.

— Je n'imaginais pas que c'était à ce point-là.

— J'ai déjà traversé la campagne, bien sûr, mais le paysage n'est pas du tout le même derrière la vitre d'un bus ou d'une voiture. C'est génial ! s'exclama-t-elle, les bras grands ouverts.

Carter aussi trouvait l'après-midi « génial ». Il avait proposé une expérience nouvelle à Willow qui semblait y prendre plaisir. Rien n'aurait pu le rendre plus heureux.

— Intéressant, tout ça, lâcha son père en riant dans sa barbe.

Du calme, papa. Ce n'est pas ce que tu imagines.

Mais si ça l'était, finalement ?

Willow était la première femme qu'il invitait chez lui depuis Cassandra. Comment reprocher à ses parents de se faire des idées ? Cela ne lui avait pas traversé l'esprit, mais il aurait dû réfléchir.

— Combien de taureaux faut-il vacciner ? demanda Willow.

— Six, répondit son père. Je ne sais pas si Carter vous l'a dit, mais mon fils aîné, Cameron, a repris l'exploitation. Le plus jeune, Calvin, a acheté le domaine voisin et ils se sont associés. Donc, quand il y a une corvée comme celle-ci, tout le monde met la main à la pâte.

— C'est pratique de travailler en famille, fit-elle.

— On s'entend plutôt pas mal, c'est vrai, dit Carter.

— Mes garçons ont tous du tempérament. Il leur arrive de se chamailler, mais après une bonne explication, tout rentre dans l'ordre !

— Je comprends bien, déclara Willow. C'est la même chose pour moi avec mon frère.

Carter croisa son regard lumineux et sentit son cœur manquer un battement. Il ne regrettait pas de l'avoir amenée à la ferme, bien au contraire. Cela ne ressemblait pas à une sortie en couple puisqu'il avait du travail, mais il pouvait quand même profiter de sa compagnie. Or, plus le temps passait, plus il voulait être avec elle…

— Je suppose que ton frère aussi est un pur citadin ?

— Absolument, sauf qu'il n'a pas la bougeotte. Il travaille pour un gros cabinet d'avocats au centre de Sydney. Il habite le même quartier, et tous ses amis sont là-bas.

Carter leva les yeux vers l'immense ciel bleu. Il ne s'imaginait pas vivre entouré de gratte-ciel.

— Les rares fois où je suis allé à Sydney, j'ai cru devenir fou. Entre le monde, les embouteillages et la pollution… au secours !

— C'est dans mes gènes, tout ça.

Cette fois, Willow ne souriait pas. Il avait détecté une pointe d'avertissement dans sa voix et il hocha la tête sans répondre. Message reçu cinq sur cinq : il devait faire attention.

La vie était décidément bien compliquée. Après cinq ans de purgatoire affectif, il s'intéressait de nouveau à quelqu'un, mais il n'avait pas choisi la facilité. Willow et lui avaient des modes de vie diamétralement opposés. Il voyait mal sur quoi ils pourraient se rejoindre.

Cela vaut quand même le coup d'essayer, non ? Qui ne tente rien n'a rien.

— Si on allait faire un tour à la plage ?

Assise près de Carter sur la banquette du pick-up, Willow

n'avait pas envie de rentrer chez elle. Elle redoutait déjà les questions taquines de ses colocataires. Elle ne voulait pas y répondre. Elle espérait juste prolonger la magie de cet après-midi fabuleux passé chez les Adams.

— Bonne idée, répondit-il. On va laisser Axel dans la voiture. J'ai peur qu'il n'arrive pas à suivre.

— Tu as raison.

Elle esquissa un sourire heureux. Elle s'était sentie vraiment bien chez lui, avec sa famille. Les Adams étaient des gens ouverts, prévenants et chaleureux. À aucun moment elle n'avait ressenti de gêne à cause de sa prothèse. Était-ce parce que le sujet devenait moins douloureux ? Dans ce cas, elle pouvait remercier Carter : elle avait changé d'optique le jour où elle l'avait rencontré…

Il se gara sur le quai, puis ils descendirent et commencèrent à marcher sur le sable. Main dans la main, ils avançaient lentement, le visage offert à la caresse du vent tiède qui balayait la plage. Willow avaient l'impression d'exsuder la joie de vivre par tous les pores de son être. Jamais elle ne s'était sentie aussi libre, heureuse, exaltée…

— J'aime beaucoup ta famille.

— C'est réciproque, répondit-il doucement. Ils t'ont vite adoptée.

Elle opina, songeuse. Elle ne partageait plus la vie de ses parents depuis une éternité. Bien sûr, ils étaient toujours là pour bavarder au téléphone ou en appel vidéo. Elle pouvait aussi se rendre à Sydney chaque fois qu'elle le souhaitait, mais c'était différent. Elle ratait tous les petits moments heureux ou moins amusants qui soudent une famille au quotidien.

Soudain, Carter la poussa du coude.

— Ici la Terre ! Où es-tu partie ?

— Chez moi, répondit-elle sans réfléchir.

Avec Carter, elle baissait la garde. Elle ne songeait plus à se cacher.

— Ta famille te manque ?

— Oui, et je n'imaginais pas à quel point. Mais en te voyant si proche de tes frères et de tes parents, j'ai revécu plein de choses. Cet après-midi a fait remonter une foule de bons souvenirs et déclenché quelques regrets, je l'avoue.

Il lui enlaça taille et l'attira plus près.

— Qu'est-ce qui a changé, Willow ?

— Moi. C'est moi qui ai changé.

Elle lui sut gré de ne pas insister. Il avait l'art et la manière de la pousser à la confidence sans poser de questions. Sa présence solide et rassurante suffisait. Si elle lui racontait tout, peut-être comprendrait-il pourquoi elle ne restait jamais longtemps au même endroit ?

Elle se pressa un peu plus fort contre lui. Puis, en trébuchant sur les mots, elle relata le drame qui l'avait non seulement rendue invalide, mais avait tué ses deux amies.

— Je rêve souvent de Dee et Jess. Je pense à tout ce qu'elles ont manqué, aux belles choses qu'elles ne verront jamais. Tout ça à cause d'un ivrogne inconscient.

Les mots jaillissaient malgré elle. Cela faisait des mois, des années, qu'elle ne s'était pas confiée à quelqu'un. Quel réconfort c'était d'avoir rencontré un homme qui l'écoutait et s'intéressait à elle sans la juger !

— Je ne veux pas que ça m'arrive, expliqua-t-elle. Je ne veux pas mourir sans avoir vécu. Et puis, quelque part, Dee et Jess profitent de la vie à travers moi. C'est ma façon de leur rendre hommage. Je suis sûre qu'elles me voient et qu'elles sont contentes.

Elle se mordit la lèvre. Carter allait la prendre pour une folle, c'était sûr.

— Voyager me booste le moral, conclut-elle en haussant les épaules. Je n'y peux rien, c'est comme ça.

Il s'arrêta de marcher et la fit pivoter vers lui. Puis, avec une extrême douceur, il lui captura le visage.

— Tu es géniale, chuchota-t-il. Personne n'aurait pu sortir indemne d'une pareille tragédie. Et pourtant, tu continues à rire. Tu es bienveillante. Tu aides les humains, les animaux. Ne sous-estime jamais ta force et ton courage. Fais-moi confiance, je sais de quoi je parle.

Elle sentit une larme solitaire rouler sur sa joue. Jamais on ne lui avait dit des choses aussi belles, pas même chez elle, à Sydney, quand ses parents et son frère essayaient de l'aider.

— Carter, je…

— Chut.

Il effleura ses lèvres d'un baiser et pressa la joue contre la sienne.

— Continue à prendre bien soin de toi. Tu t'en sors à merveille.

Quand il l'embrassa de nouveau, avec passion cette fois, une symphonie se mit à chanter dans son cœur. Elle s'accrocha à lui et répondit à son baiser de toute son âme. Puis elle s'écarta et le regarda droit dans les yeux.

— Je n'ai pas envie de te quitter ce soir, murmura-t-elle.

Sans rien dire, il lui prit la main et l'entraîna vers son pick-up. Elle ne lui demanda même pas où il l'emmenait. Elle était sûre qu'il allait lui ouvrir les portes du paradis.

Carter se gara devant chez lui dans un crissement de pneus.

Sitôt le moteur coupé, il se rua dehors pour aller ouvrir la portière côté passager. Puis, sans laisser à Willow le temps de réagir, il la prit dans ses bras, claqua la portière d'un coup de pied et traversa sa cour au pas de charge.

Un kaléidoscope de sentiments se bousculait dans sa tête. Il était soulagé que Willow lui ait fait confiance. Il l'admirait énormément. Il avait envie de la protéger, de la chérir comme elle le méritait. S'il avait eu une baguette magique, il aurait effacé à jamais la souffrance qu'il avait lue dans son regard…

À l'intérieur, il monta directement à l'étage puis entra dans sa chambre. Il allongea Willow sur le lit avec délicatesse, se coucha près d'elle et entremêla les jambes aux siennes. Une vague de tendresse le submergea lorsqu'il sentit le contact de sa prothèse contre son tibia.

— Tu me plais comme tu es, Willow.

En disant cela, il était sincère. En quelques jours, cette femme incroyable avait mis son univers sens dessus dessous et il ne le regrettait pas.

— Merci, chuchota-t-elle, le regard embué.

— Assez bavardé, dit-il en souriant. Passons aux choses sérieuses.

Joignant le geste à la parole, il fit pleuvoir une multitude de baisers le long de son cou, jusqu'à l'encolure du T-shirt qui révélait la petite vallée entre ses seins. Il prit tout son temps pour la déshabiller, s'enivrant du contact de ce corps doux et ferme. Elle était si belle qu'il en avait le vertige. Jamais il n'aurait cru possible de désirer une femme à ce point !

Le plus naturellement du monde, il lui ôta sa prothèse et lui lécha la cuisse pour rendre ces instants délicats plus sensuels. Willow le récompensa en portant son attention sur des parties de son corps engourdies depuis des lustres. Cela faisait longtemps, trop longtemps. Il allait mourir de plaisir, c'était sûr…

N'y tenant plus, il se pencha pour prendre la boîte de préservatifs enfouie dans le tiroir de sa table de chevet. Et Willow qui le caressait toujours, fiévreuse et insatiable…

— Arrête, marmonna-t-il.

Il se protégea, puis il lui immobilisa les mains au-dessus de la tête. Alors, il continua de butiner son corps tel un précieux nectar jusqu'à ce que, finalement, elle se tortille sous lui.

— Carter…

Il glissa la main dans son string. Le contact de son intimité moite et chaude manqua de le rendre fou et, quand elle s'empara de son sexe durci, il eut l'impression de se liquéfier sur place.

Cambrée sous lui, elle l'invitait à unir leurs corps impatients. Comment aurait-il pu résister davantage ? Chaque fibre de son être lui criait de la rejoindre…

Il se dressa sur les coudes, entra en elle d'un coup de reins, se souleva légèrement et attendit, le souffle court. Quand Willow s'arc-bouta, ce fut alors un déferlement de passion tel qu'il n'en avait jamais connu. Ils oscillèrent ensemble, de plus en plus vite, jusqu'à ce qu'enfin ils culminent dans un cri aux sommets du plaisir.

Un feu d'artifice explosa dans son corps, sa tête, tout autour de lui… et il ne pensa plus à rien.

Lorsqu'il reprit conscience du temps et du monde, Willow était allongée contre lui. Le menton dans une main, elle le regardait en souriant, le regard lumineux comme jamais.

— Coucou, murmura-t-elle.

— Waouh, c'était…

— Waouh, en effet.

— Je crois qu'on attendait ce moment tous les deux depuis le premier soir.

Son sourire s'élargit.

— Je mentirais en disant le contraire !

Ils se comprenaient si bien que c'en était presque effrayant. Jamais Carter ne s'était senti spirituellement proche de quelqu'un à ce point-là…

Ivre de joie, il attira Willow sur son cœur. Comment allait-il pouvoir la laisser partir ? Il peinait à croire que cette magie s'arrêterait un jour.

Allons, mieux valait ne pas y penser. Dans l'immédiat, il devait goûter l'instant présent.

— Veux-tu dormir ici cette nuit ? chuchota-t-il.

— Je craignais que tu ne le proposes pas, répondit-elle en riant.

Puis elle reprit son sérieux :

— Oh ! non ! Axel est resté dans le pick-up !

— Relax, je vais aller le chercher. J'ai un panier tout neuf. Je vais le faire dormir dans la chambre d'amis. Il sera très bien.

Elle se rejeta en arrière contre les oreillers. Il déposa un délicat baiser sur ses lèvres, puis se leva.

— Je reviens tout de suite. Ne bouge pas.

Elle l'enveloppa d'un regard brûlant.

— Rassure-toi, je n'en avais pas l'intention.

5.

Quand Willow entra dans la salle commune ce matin-là, elle découvrit toute l'équipe réunie autour d'un café.

— Je viens d'avoir Miriam Burnside au téléphone, dit-elle. Sa fille est arrivée de Londres. Elle va passer un mois ici. Elle viendra chercher Axel dans la journée.

Elle avait réussi à parler d'un ton calme malgré une soudaine envie de pleurer. Elle n'avait pas envie de voir Axel partir. Qu'elle l'admette ou non, elle s'était attachée à lui.

En s'asseyant, elle croisa le regard navré de Carter et réprima un soupir. Il lisait en elle comme dans un livre ouvert. Elle s'en agaçait parfois, même si elle trouvait très agréable de se sentir comprise. On ne pouvait pas tout avoir !

— C'est une bonne solution, dit-il doucement.

Il *savait* à quel point elle était triste. C'était une évidence.

— Willow, on va te chercher un autre pensionnaire, déclara Joe. Tu te débrouilles tellement bien !

— Surtout pas, protesta-t-elle. Le pauvre sera trop perturbé quand je devrai partir.

Plus les jours passaient, plus elle redoutait le moment des adieux. Pourtant, même si elle avait baissé la garde avec Carter, elle ne changerait pas ses plans. Les voyages étaient nécessaires à son équilibre.

Tandis qu'elle réfléchissait, le silence était tombé. Elle s'aperçut que tout le monde la dévisageait.

— Quoi ? Ai-je dit quelque chose de mal ?

Kathy leva les deux mains.

— Pas du tout, mais en fait… Il se pourrait qu'Abbie

démissionne après ses vacances. Je ne crois pas trahir un secret en disant que tu serais prioritaire pour le poste.

— Absolument ! confirmèrent Joe et Seamus.

Un frisson glacé parcourut Willow. L'échéance encore lointaine venait de se rapprocher d'un coup. Elle allait devoir trancher. Au fond, c'était mieux ainsi : la question serait réglée.

— Je suis désolée, mais je dirais non si vous me le proposiez, répondit-elle gentiment.

Carter accusa le coup en fronçant les sourcils.

J'ai été claire dès le début. Je suis navrée si tu espérais que je change d'avis.

— C'est encore loin, déclara Seamus. Attendons de voir ce qu'Abbie va décider. On en reparlera à ce moment-là.

— Oui, tout à fait, renchérit Joe.

Par égard pour eux, elle se retint de secouer la tête. Huit jours ou six semaines ne feraient aucune différence. Elle ne reviendrait pas sur sa décision.

Le silence de Carter devenait pesant, et elle croisa les doigts sous la table. Pourvu qu'il ne regrette rien ! Pourvu qu'il veuille toujours passer du temps avec elle ! C'était peut-être égoïste, mais elle vivrait mal que tout s'arrête…

Soudain, il se leva.

— Allez, l'heure tourne. On va s'y mettre.

Occupé à rincer sa tasse, Seamus pivota vers lui.

— Au fait, j'ai un service à te demander. Cela t'embêterait qu'on échange un week-end ? J'ai une réunion de famille qui tombe sur mon prochain dimanche de garde.

Bingo. C'était le week-end du mariage. Willow retint son souffle.

Voyant Carter hésiter, Joe intervint :

— Tu peux changer avec moi, Seamus, si Carter n'est pas libre. Cela ne pose aucun problème.

Tic-tac. Tic-tac. Le moment de vérité approche, Willow.

Carter la regarda en souriant, puis se tourna vers Seamus.

— Désolé, je ne peux pas. Je suis invité à un mariage.

Willow faillit pousser un « ouf » de soulagement. Il n'avait pas changé d'avis. Certes, il n'était pas du genre à revenir sur sa parole, mais elle avait eu peur. Maintenant, elle pouvait enfin respirer.

Ils échangèrent un sourire discret… juste avant que la sonnette ne retentisse.

— Finie la tranquillité ! s'exclama Joe. On y va, messieurs-dames.

Willow gagna le bloc opératoire, où Carter la rejoignit rapidement.

Comme à chaque fois qu'elle le voyait, son cœur s'affola et elle sentit ses genoux trembler. Ils n'avaient pas eu l'occasion de se retrouver à deux depuis le dimanche précédent. Il avait assuré plusieurs gardes le soir, tandis qu'elle-même était retournée à Noosa pour l'enterrement de vie de jeune fille de Pip. Et c'était peut-être absurde, mais il lui avait manqué…

— Qu'est-ce qu'on a ce matin ? demanda-t-elle. On ferait mieux de ne pas traîner. J'ai l'impression…

Le verrou se ferma avec un petit « clic ». Puis Carter s'avança et la prit dans ses bras.

— Commençons par le commencement, chuchota-t-il. Tu parles trop.

Il l'embrassa avec une ardeur qui la laissa pantelante. Et quand, enfin, ils reprirent leur souffle, elle éclata de rire. Quel bien cela faisait de s'abandonner !

— Arrête ou je vais avoir besoin d'une douche froide, dit-elle en riant.

— Ah, bon ? Tiens donc.

Il se rapprocha de l'ordinateur pour consulter le planning.

— On démarre avec l'ablation d'une tumeur bénigne sur le poumon d'un labrador. Il va me falloir une petite heure, je pense.

Elle se prépara pour l'intervention, heureuse comme à chaque fois qu'elle travaillait avec lui. Cet après-midi-là, elle ferait équipe avec Seamus. Elle appréciait beaucoup les deux autres vétérinaires, mais ce n'était pas la même chose.

Aimait-elle Carter ?

Non, c'était impossible. Elle n'avait pas pu tomber amoureuse en si peu de temps. Elle avait juste… un gros faible pour lui.

— Willow ? Avril Burnside vient d'arriver. Je te laisse faire les présentations avec Axel ?

Avec un sourire forcé, Willow se tourna vers Kathy, qui l'appelait du seuil de la salle d'opération. Si elle s'était écoutée, elle aurait fait la sourde oreille. Elle aurait fait semblant de ne pas connaître Axel…

— Je te rejoins dans deux minutes.

Elle ne pouvait pas partir avant que Carter n'ait suturé la hanche du berger allemand qu'il venait d'opérer. Mais alors qu'elle lui passait une nouvelle aiguille, il leva la tête.

— J'irai si tu veux, proposa-t-il. On a bientôt fini. J'en ai pour deux minutes.

— C'est gentil mais non, merci. Je ne veux pas le laisser partir sans lui faire un dernier câlin.

— Il va te manquer.

— Oui, malheureusement.

Elle avait beaucoup plus de chagrin qu'elle n'aurait pu l'imaginer. Ce petit gars boiteux s'était glissé dans son cœur et, au fil des jours, elle s'était presque mise à croire qu'il était « à elle ». Ce matin-là, le retour sur terre était brutal.

— Pourtant, tu ne regrettes pas de l'avoir accueilli.

— C'est vrai, admit-elle. J'étais contente de m'occuper de lui, de l'emmener en balade, de le voir couché à mes pieds le soir sur la terrasse…

— Tu pourras prendre un chien quand tu t'installeras quelque part.

— Oui, peut-être.

Elle attendit que Carter ait posé le dernier point, puis elle rassembla le matériel et le mit dans un bac de désinfection.

— Allez, j'y vais. La dame attend.

En la voyant arriver avec la laisse, Axel poussa un aboiement joyeux qui lui fendit le cœur.

— Désolée, mon petit gars, on ne va pas se promener. Mais

j'ai une bonne nouvelle : tu rentres à la maison. Tu vas bientôt retrouver ta maîtresse. C'est génial, non ?

Elle lui caressa la tête et ravala un sanglot. Personne ne devait la voir pleurer, surtout pas Carter. Il risquait de croire qu'elle avait une corde sensible, qu'elle était capable de s'attacher. Or, c'était faux. Elle ne prendrait pas le risque de nouer des liens trop forts avec un animal ou un être humain.

Carter aussi s'était insinué dans son cœur. Elle avait flashé sur lui à la seconde où elle avait poussé la porte de la clinique. Elle se mentait lorsqu'elle se répétait que son attirance pour lui était purement physique. En réalité, elle appréciait sa gentillesse, sa douceur, toutes les qualités humaines qui la poussaient à sortir de sa zone de confort pour reprendre goût à la vie.

Elle ne pouvait pas se laisser aller. Il était temps qu'elle redevienne maîtresse du jeu. Seule, comme elle le faisait depuis quatre ans.

Carter pénétra dans le hall derrière Willow qui tenait Axel en laisse.

Elle marchait la tête haute, le menton pointé en avant, sans doute pour mieux contrôler son chagrin. Il était évident qu'elle souffrait et qu'elle avait du mal à le cacher.

D'un pas déterminé, elle se rapprocha de la seule personne assise dans la zone d'attente.

— Bonjour. Êtes-vous Avril ?

La dame se leva en souriant.

— Oui, c'est moi. Et vous devez être Willow. Ma mère m'a raconté ce que vous aviez fait pour Axel. Elle vous est infiniment reconnaissante. Merci beaucoup d'avoir pris soin de lui.

Quand Willow opina en se mordant la lèvre, Carter vola à son secours :

— En effet, ce pépère a eu beaucoup de chance que Willow le trouve au bord de la route et, ensuite, qu'elle gère sa convalescence. Je m'appelle Carter Adams. C'est moi qui ai soigné Axel. Si vous avez un peu de temps, je vais vous expliquer tout ça.

— Bien sûr, docteur. Avec plaisir.

Il alla prendre un dossier à la réception, puis il revint vers Avril pour lui donner les détails de l'opération. Tout en parlant, il surveillait Willow du coin de l'œil. Elle flattait l'encolure d'Axel et le caressait doucement, le regard figé, le visage aussi inexpressif qu'une pierre. Mais elle ne trompait personne. En tout cas pas lui…

Avril venait de poser une question. Que demandait-elle déjà ? Ah oui, des conseils. C'était logique !

— Axel a besoin d'exercice, mais allez-y doucement, dit-il. Il reste convalescent.

La fille de Mme Burnside se pencha pour caresser le chiot, qui recula légèrement.

— Tout va bien, dit-elle d'un ton enjôleur. On rentre à la maison. Tu vas bientôt revoir maman…

Axel se blottit contre la jambe gauche de Willow. Remarquablement intelligent, il se plaçait toujours du même côté pour éviter la prothèse. Carter allait trouver bizarre qu'il ne la suive plus comme son ombre…

— Il va falloir y aller, mon petit gars, chuchota-t-elle. Avril est une gentille dame. Tout ira bien. Je te le promets.

Sa voix s'étrangla, et Carter se retint de la prendre dans ses bras. Ce n'était ni le lieu ni le moment, mais il lui parlerait dès que possible.

Pendant qu'Avril réglait la facture de soins auprès de Kathy, elle s'accroupit sur son « bon » genou et caressa longuement le dos d'Axel.

— Tu es un adorable toutou, murmura-t-elle. Sois sage, d'accord ? Je te fais confiance.

En trois secondes, Carter se retrouva avec la laisse en main : elle s'était éclipsée. Et dire qu'il ne pouvait pas la suivre. Il devait attendre qu'Avril ait fini de bavarder avec Kathy, mais ces deux-là prenaient leur temps !

Il prit congé à son tour, bien décidé à accueillir un nouveau patient rapidement. Il n'y avait rien de tel que le travail pour se changer les idées. Willow en avait d'ailleurs plus besoin que lui.

Elle avait dû penser la même chose car il la retrouva en salle 1, occupée à préparer Moxy, une jeune chatte persane, pour la stérilisation. À cause de la négligence de sa propriétaire, la minette n'avait pas été opérée assez tôt, et l'inévitable s'était produit quelques jours auparavant !

Déjà sous sédatif léger, Moxy devait être endormie pour l'intervention. Carter se lava donc les mains, puis il enfila une paire de gants et rejoignit Willow qui s'affairait autour de la table. Il ne s'y trompait pas : elle était beaucoup trop concentrée pour une « simple » anesthésie. Son attitude en disait long sur son moral…

— Je suis prêt, dit-il d'un ton calme.

Elle lui tendit l'aiguille et le flacon qu'elle avait préparés.

— Quelle jolie minette, dit-elle.

— Visiblement, un matou du quartier s'est dit la même chose.

Sa tentative pour détendre l'atmosphère fut récompensée par un sourire.

— Eh oui. C'est beau, l'amour.

Si seulement elle pouvait penser la même chose des relations humaines ! La connaissant, il en doutait. Que faudrait-il pour qu'elle accepte de changer ? Cet horrible accident l'avait traumatisée. Elle se privait d'une relation stable, de la possibilité de fonder une famille. Néanmoins, elle ne pourrait pas fuir toute sa vie dès qu'elle se sentait bien quelque part. C'était absurde.

Allons, qui était-il pour en juger ? Il faisait plus ou moins la même chose, les déménagements en moins. Il ne s'autoriserait jamais à tomber amoureux, surtout pas d'une femme qui allait partir.

Il se reconcentra sur sa tâche et pratiqua une incision minimale sur l'abdomen de Moxy. Son travail l'occupait beaucoup et c'était tant mieux. Il aimait les animaux. Il les trouvait courageux, résilients, fidèles. Lui aussi serait capable d'être fidèle à Willow si elle l'acceptait.

Quant à l'aimer… Non, décidément, il ne pouvait pas s'engager sur ce terrain. Il espérait juste que le charme et la magie disparaîtraient lorsqu'elle aurait quitté Southport.

— Aimerais-tu aller boire un verre au pub ce soir ?

La question lui avait échappé et il retint son souffle. Comment Willow allait-elle réagir ?

Quand elle lui tendit son plateau de suture sans répondre, un frisson glacé le parcourut.

Respire. Du calme... Pourquoi ne dis-tu rien, Willow ? Accepte, je t'en prie.

Il s'empara d'une aiguille, puis leva les yeux. Willow s'était renfrognée et plissait les lèvres. C'était mauvais signe.

Enfin, elle secoua la tête.

— Merci, mais je vais plutôt rentrer. J'ai pas mal de corvées en retard, des lessives…

La voyant rougir comme un coquelicot, il jugea plus sage de ne pas épiloguer. Il comprenait très bien qu'elle préfère être seule pour digérer le départ d'Axel.

— Pas de souci. On fera ça une autre fois.

Du moins l'espérait-il car il n'était pas prêt à voir leur relation se terminer. Il devrait apprendre tôt ou tard à oublier leurs baisers ravageurs. Il devrait se résoudre à ne plus faire l'amour avec elle. Mais il n'y avait pas de raison de précipiter la « rupture ». Cette histoire improbable était la meilleure chose qui lui était arrivée depuis cinq ans !

— D'accord, on verra, lâcha-t-elle du bout des lèvres.

Cette réponse ne lui plut qu'à moitié, mais il n'avait pas le choix. Il devrait s'en satisfaire et attendre des jours meilleurs.

Carter n'avait pas apprécié qu'elle refuse son invitation. Toutefois, même si elle en était désolée, Willow ne changerait pas d'avis. Elle avait besoin de prendre du recul et, pour cela, elle devait être seule.

Même s'ils avaient passé des moments merveilleux, leur histoire ne pourrait pas durer. Mieux valait y mettre un terme tant que c'était possible. Le chagrin qu'elle avait éprouvé en voyant Axel partir avait sonné comme un avertissement. Elle avait pris conscience qu'elle risquait de s'attacher à Carter au point de ne plus pouvoir le quitter !

À bien des égards, il incarnait son idéal masculin. Il la comprenait sans la juger. Il l'écoutait avec bienveillance sans imposer sa propre opinion. Et surtout, il lui faisait sentir qu'elle était digne d'intérêt et peut-être… d'amour.

À ce train-là, elle allait finir par tomber amoureuse. C'était déjà *presque* le cas. Elle devait arrêter cette machine infernale avant qu'il ne soit trop tard.

Elle prit Moxy avec délicatesse pour l'installer dans son box de réveil.

— Tu prends le secteur campagne demain ? demanda-t-elle pour rompre le silence pesant qui s'était installé.

Carter ne releva pas le nez du lavabo où il se savonnait les mains.

— Oui, et vendredi aussi. Je dépanne Seamus. Il a un rendez-vous important en fin de matinée. Il avait peur de ne pas être revenu à temps.

Carter allait donc passer deux jours hors de la clinique, information dont elle aurait dû se réjouir. Mais en vérité, elle était plus déçue qu'autre chose. Il allait lui manquer, ce qui prouvait bien qu'elle était devenue « accro ».

— Resteras-tu à la ferme demain soir ?

Il se sécha les mains, puis pivota vers elle.

— Probablement. Je garde toujours des affaires de rechange en voiture au cas où. Et dans ces cas-là, ma mère est ravie.

— Oui, j'imagine.

Il esquissa enfin un sourire, le premier depuis qu'elle avait refusé de l'accompagner au pub.

— Que veux-tu, c'est ça, la famille, déclara-t-il. J'aime bien leur montrer que j'apprécie leur compagnie. Mes parents et mes frères ont le don de me remettre les idées en place.

Elle opina en souriant.

— C'est pareil chez moi. Mon frère a eu tendance à me surprotéger après l'accident, mais lorsqu'il a vu à quel point ça m'énervait, il s'est calmé. Mes parents se sont retenus de me couver. Ils ont fait l'effort de me laisser vivre sans intervenir.

— Ça a dû être difficile pour eux de te voir dans cet état.

— Oui, très. Je les appelle régulièrement pour éviter qu'ils ne s'inquiètent.

Fait exceptionnel, elle ne leur avait pas parlé depuis dix jours. Carter la perturbait vraiment trop !

— Savent-ils que tu as gardé un chien ?

— Je ne les ai pas appelés depuis que je travaille ici. Je leur téléphonerai ce soir.

Maintenant qu'Axel n'était plus là, elle aurait moins de mal à évoquer son rôle de « nounou ». S'il avait été près d'elle, ses parents auraient deviné, à sa voix, qu'elle s'était attachée à lui.

La tristesse d'avoir vu partir « son » chiot commençait enfin à s'estomper. Force était d'admettre que la présence de Carter boostait son moral. Il lui faisait du bien, mais la réciproque était-elle vraie ? Elle ne se hasarderait pas à lui poser la question. Car s'il répondait « oui », elle ne saurait plus du tout quoi faire…

— Le patient suivant est-il arrivé ?

— Je vais voir, répondit-elle, confuse. Je reviens tout de suite.

Elle aurait déjà dû aller se renseigner à l'accueil. Elle manquait à tous ses devoirs ! Le travail était prioritaire sur le reste. Du moins voulait-elle s'en convaincre pour ne pas perdre l'esprit.

En cette fin de semaine, les soirées traînaient en longueur.

Pour Willow qui ne s'ennuyait jamais, c'était une grande première. D'habitude, elle trouvait toujours une occupation, mais depuis qu'elle avait refusé l'invitation de Carter, elle ne voyait aucun intérêt à lire, se promener ou regarder un film avec ses colocataires.

Ce samedi matin, elle avait finalement accepté d'accompagner Lena au centre commercial, pensant que cela lui ferait du bien de sortir un peu. Cependant, l'achat d'un maillot de bain et d'une paire de chaussures neuves pour le mariage n'avait pas suffi à la dérider. Elle avait pensé à Carter, et son humeur s'était assombrie.

— Est-ce qu'un bon cappuccino te rendrait le sourire ? demanda Lena.

— Désolée… Avec plaisir. C'est moi qui t'invite pour me faire pardonner. Je ne suis pas d'une compagnie très agréable.

— Je ne comprends pas ce qui te chagrine. Regretterais-tu tes emplettes, par hasard ?

— Non, du tout. J'aime bien ces sandales rouges. Elles sont assorties à ma robe, et le talon n'est pas trop haut.

— Franchement, je t'admire. Que tu arrives à marcher avec relève de l'exploit.

— J'aurai peut-être du mal à les garder toute une journée mais, que veux-tu, j'apprécie les belles choses. Je ne compte pas me priver sous prétexte qu'il me manque un pied.

Lena s'esclaffa.

— Tu as raison. Au moins, tu auras une bonne excuse pour te pendre au bras de ton cavalier. Enfin… s'il est beau et qu'il te plaît, naturellement.

— C'est le cas. Je te le confirme.

— Super ! Quand vas-tu enfin nous présenter cet apollon ?

— Pour l'instant, on ne se voit plus en dehors du travail.

— Ah, bon ? Mais il t'accompagne quand même au mariage ? C'est un peu bizarre.

Bizarre, oui, et même incompréhensible vu de l'extérieur. Comment faire comprendre à Lena ce qu'elle ressentait ?

— Je ne veux pas m'engager, expliqua-t-elle. J'ai toujours l'intention de partir à la fin de mon contrat.

— En es-tu sûre ?

— Certaine. J'ai la bougeotte, tu le sais bien.

Elle eut conscience que cet argument sonnait de plus en plus faux à ses propres oreilles. Mais que faire ? Elle ne savait pas. Elle ne savait plus.

Une heure plus tard, de retour chez elle, elle décida d'aller nager pour éviter de tourner en rond. Elle s'était toujours sentie à l'aise dans l'eau, plus encore depuis l'accident. Que faisait Carter ce samedi ? Était-il allé voir ses parents à la ferme ?

Irritée, elle entra rapidement dans l'eau puis contourna les baigneurs qui s'arrêtaient aux bouées. Bras droit, bras gauche. Bras droit, bras gauche. Plus elle se fatiguerait, plus elle libérerait son cerveau de Carter.

Elle s'arrêta enfin et contempla l'immensité bleue qui s'offrait à sa vue. Son corps lui paraissait léger. Elle n'avait plus besoin de lutter pour maintenir son équilibre. La douleur la laissait enfin tranquille…

Ralentissant légèrement, elle fit demi-tour. Elle s'amusa à slalomer entre les kayaks et les planches de surf, détendue comme jamais. La natation avait produit son effet magique : elle se sentait beaucoup mieux.

Lorsqu'elle put reprendre pied, elle sautilla dans l'eau jusqu'à la plage.

— Tu n'aurais pas nagé en compétition, par hasard ? Tu avalais les mètres comme si c'était une promenade de santé !

Cette fois grave et profonde, elle l'aurait reconnue entre mille. Éblouie par le soleil, elle mit la main en visière et découvrit Carter planté devant elle. Juste à côté de lui, ses vieux chiens reniflaient le sable avec délectation. Il avait pris soin de ramasser la béquille qu'elle utilisait à la plage, où elle n'emportait jamais sa prothèse.

— Je me suis mise à la natation quand je n'ai plus pu rouler, expliqua-t-elle.

Elle lui prit la béquille et s'appuya dessus.

— Quel bon vent t'amène ?

— Je suis passé chez toi pour t'inviter à prendre un verre. Lena m'a dit que je te trouverais ici.

Une petite musique commença à chanter dans sa tête. Carter était venu la voir. Elle aurait dansé de joie si elle l'avait pu !

Reste prudente. Tu peux peut-être aller boire un verre, mais ne t'emballe pas.

— Avec plaisir, répondit-elle d'un ton calme.

Incapable de résister, elle se dressa sur la pointe du pied gauche pour effleurer ses lèvres.

— Il faudra d'abord que je me change.

Elle eut l'impression de prendre feu sous son regard brûlant.

— C'est dommage que tu ne puisses pas venir comme ça, Willow.

6.

Carter ne s'étonnait plus que Willow ait un si joli corps. Rien qu'à la voir nager, il s'était senti épuisé. Sa manière fluide, harmonieuse et rapide de fendre l'eau l'avait laissé sans voix. C'était une athlète exceptionnelle !

— Tu m'impressionnes, dit-il alors qu'ils longeaient la mer dans son pick-up.

Il la raccompagnait chez elle pour qu'elle puisse se changer. Ils iraient ensuite boire un verre, et il espérait que la soirée se prolongerait…

— Pourquoi ? demanda-t-elle, visiblement surprise.

— Parce que tu es très en forme.

— Après l'accident, j'ai cherché quoi faire. Je me suis mise à la natation pour renforcer ma jambe blessée. Mais j'aurais pu choisir un autre sport. L'essentiel, c'était de continuer les entraînements. Je n'aurais pas pu arrêter.

— Effectivement, je te verrais mal assise toute la journée devant la télévision.

Malgré son handicap, elle le battrait à plates coutures à la nage et probablement dans d'autres sports !

— Faire de l'exercice est essentiel à ma santé mentale, dit-elle avec un petit rire gêné.

Il n'y avait pas de quoi avoir honte. Au contraire, elle s'en sortait très bien.

— Personne ne peut se vanter d'être parfaitement sain d'esprit, répondit-il pour détendre l'atmosphère.

— Ah, bon ? Toi-même…

— Je suis un peu dingo sur les bords comme tout le monde !

Son rire joyeux lui fit un bien fou. Il tourna brièvement la tête pour la regarder.

— Ça m'a manqué, tu sais.

— Quoi donc ?

— Nos conversations, nos plaisanteries… Je me sens bien avec toi. Ça a fait « tilt » dès que tu es arrivée avec Axel le premier soir.

Jamais il n'aurait dû s'exposer autant, mais c'était plus fort que lui. Willow avait pris une place importante dans sa vie. Il n'aurait jamais cru pouvoir s'attacher si rapidement, mais c'était arrivé et il ne regrettait rien. Il souhaitait passer un maximum de temps avec elle, au travail et en dehors…

Un sourire incrédule étira les coins de sa jolie bouche.

— Waouh.

Il se gara sur le bas-côté et coupa le moteur.

— « Waouh », en effet. Désolé si ça te met la pression, mais j'avais besoin de te le dire.

Elle se détourna pour regarder le paysage, les poings crispés sur les cuisses. Il lui pressa gentiment la main.

— Relax, Willow. Je ne te demande pas de me répondre.

Il sentit ses doigts se détendre et agripper les siens.

— Je comprends ce que tu éprouves, murmura-t-elle. On s'entend bien. Ces derniers soirs ont été très… vides.

Le constat semblait lui avoir échappé. Elle avait sans doute du mal à l'admettre, mais ils étaient sur la même longueur d'onde. Submergé par une vague de tendresse, il lui sourit.

— On a peur, c'est normal. Depuis des années, on se protège derrière une carapace et c'est dur de lâcher prise. Si on prenait les choses comme elles viennent ? On pourrait juste vivre un peu, sans se poser mille questions…

Jusqu'à présent, il n'avait pas réalisé à quel point il y tenait. Finalement, ces derniers jours sans Willow avaient été bénéfiques. Il avait enfin compris où il allait. Il voulait tout faire pour que cette relation dure. C'était simple, au fond !

Soudain, des bras minces et fermes l'entourèrent. Willow

promena ses lèvres tièdes sur son cou, y faisant naître un long frisson.

— Excellente idée, chuchota-t-elle.

Elle lui donna un baiser ardent qui réveilla aussitôt le désir qui couvait en lui. Le contact du maillot de bain humide de Willow ne tempérait pas ses ardeurs, au contraire. L'idée que sa peau se réchauffait contre lui le rendait fou d'impatience.

— Pardon, mais…

Il la repoussa gentiment sur son siège, puis il mit le contact et démarra.

— On va chez moi. Tu n'auras pas besoin de te changer, ni de porter quoi que ce soit d'ailleurs.

Son rire bas et sensuel l'électrisa davantage encore. Elle glissa une main sur son short et palpa son érection.

— Allez, vite à la maison, dit-elle d'un ton taquin.

— On n'y arrivera jamais si tu continues comme ça.

Il écarta sa main et l'aplatit sur sa cuisse. Alors, au prix d'un énorme effort de volonté, il se focalisa sur la route en essayant de respecter les limitations de vitesse. Il y avait du monde, des familles, des gamins à skateboard. Il avait besoin de se concentrer !

— Je déteste quand tu es raisonnable, susurra Willow comme pour mieux le titiller.

— À vrai dire, moi aussi.

S'il avait suivi son instinct, il aurait coupé le moteur et se serait jeté sur elle, là, sur-le-champ. Au risque de se faire arrêter par une patrouille de police…

Heureusement, il habitait près de la plage et quand, enfin, il vit apparaître le bout de sa rue, il eut l'impression d'exploser. Il s'arrêta dans son allée en faisant crisser les pneus, puis alla ouvrir l'arrière du pick-up.

— Allez les gars, filez là-bas, dit-il à ses chiens qui, une fois n'était pas coutume, prenaient tout leur temps.

Willow éclata de rire.

— Ils jouent avec nos nerfs.

Béquille en main, elle prit Tommy par le collier.

— C'est par ici au moins ? s'écria-t-elle sans se retourner.

— Oui !

Il la suivait de près avec Sam, son autre chien. Et dès qu'il eut mis en place la barrière du jardin, il agrippa la main de Willow pour l'entraîner vers le porche.

Dans son impatience, il dut s'y reprendre à trois fois pour ouvrir. Puis, lorsqu'ils franchirent le seuil en trébuchant, il referma la porte d'un coup de pied, souleva Willow et la plaqua contre le mur.

Les cuisses serrées autour de sa taille, elle lui agrippa les épaules tandis que, de sa bouche, elle traçait un sillon humide sur son cou.

— Attends, gronda-t-il. Laisse-moi jouer aussi.

En guise de réponse, elle ouvrit sa chemise, aplatit les mains sur son torse et captura un mamelon entre ses lèvres.

Balayé par une onde de plaisir, il faillit la lâcher et resserra son étreinte. Alors, en tâtonnant un peu, il dénoua les attaches de son soutien-gorge, découvrant sa poitrine sublime. Il n'eut plus qu'à se pencher pour goûter un sein, puis l'autre, émoustillé de la sentir se cambrer contre lui. Mais il voulait plus encore. Beaucoup, beaucoup plus.

— Il faut enlever ça, marmonna-t-il, bataillant avec les ficelles de son slip de bain.

Elle se tortilla et remit le pied par terre afin d'ôter le bout de tissu gênant. Puis, malicieuse, elle le déshabilla du regard.

— À ton tour, Carter Adams.

Mais bien sûr. Où avait-il la tête ?

Il envoya valser sa chemise, récupéra son portefeuille dans la poche de son short et sortit le préservatif qu'il y avait glissé trois jours plus tôt. Il avait tellement espéré ce moment ! Il en avait rêvé toutes les nuits…

Rapidement, il acheva de se dévêtir et reprit Willow dans ses bras. Le dos plaqué au mur, elle se colla contre lui puis, d'une main glissée entre eux, s'empara de son sexe durci. Un long frisson le parcourut quand elle enfila la protection sans le quitter des yeux. Elle le rendait fou. Il allait se consumer sur place, c'était sûr…

N'y tenant plus, il la pénétra d'un coup de reins puissant. Puis, galvanisé par ses gémissements de plaisir, il accéléra la cadence jusqu'à ce que, finalement, il plonge dans le brasier qui les consumait tous les deux.

Quand ils jouirent ensemble, l'univers parut se désintégrer en mille couleurs. Il laissa reposer la tête sur l'épaule de Willow… et ne pensa plus à rien.

Les retrouvailles ont été magnifiques…

Allongée contre Carter, la tête sur sa poitrine, Willow eut un sourire heureux. Ils ne s'étaient jamais disputés, mais c'était comme s'ils avaient voulu se réconcilier. Et de quelle manière l'avaient-ils fait !

— J'espère que Tommy et Sam ont tout ce qu'il leur faut, chuchota-t-elle. On les a abandonnés.

— Rassure-toi, ils ne sont pas malheureux. Ils ont de l'eau, des croquettes, beaucoup d'ombre… Mais j'avoue qu'ils n'avaient jamais été largués si vite. Tu me perturbes, c'est incroyable.

— Je prends ça pour un compliment.

— Tu peux… Oh mince, j'ai laissé mon téléphone dans la voiture. Ils ont un taureau malade à la ferme. Mon frère va peut-être m'appeler.

Il sauta à bas du lit et se dirigea vers la porte.

— Qu'est-ce que je disais ! J'oublie tout avec toi.

— Pense à remettre ton short, répondit-elle en souriant.

N'étant pas partageuse, elle n'avait aucune envie que les dames du voisinage profitent du spectacle.

— Je ne vois pas pourquoi tu dis ça, s'exclama-t-il, puis il sortit.

Elle se redressa contre les oreillers. Après avoir fait l'amour, ils étaient venus s'allonger pour reprendre leur souffle et leurs esprits. Carter l'avait portée en travers de son épaule. Ils avaient gagné la chambre dans un grand éclat de rire…

Le fait qu'il ne soit pas gêné par son handicap lui donnait l'impression d'être spéciale. Avec lui, elle se trouvait à sa juste place. Elle était une femme « normale » et non pas un phénomène de foire.

Elle se leva, pensant le rejoindre, mais s'arrêta net. Ses vêtements de plage étaient restés dans la voiture. Quant à son bikini, il n'avait sûrement pas eu le temps de sécher sur le carrelage du vestibule.

À cloche-pied, elle s'avança vers la porte-fenêtre donnant sur l'extérieur. Dans ces moments-là, elle aurait payé cher pour avoir ses deux jambes. Que penserait Carter s'il la voyait là, toute bancale ? Aurait-il des regrets ?

Elle se donna une petite claque sur la joue. Cela ne lui ressemblait pas d'être aussi négative. Il avait fait l'amour avec elle deux fois sans hésiter. Cela voulait dire quelque chose, non ?

Par précaution – de peur d'être vue – elle entrouvrit la grande baie. Elle entendit les chiens gambader sur le carrelage de la terrasse et s'esclaffa.

— Ils ont l'air en forme ! lança-t-elle sans montrer le bout du nez.

— Ils sont toujours en forme, répondit Carter.

S'avançant, il lui tendit son short et son T-shirt. Étonnée, elle vit qu'il brandissait aussi sa prothèse.

— Lena me l'a donnée au cas où tu en aurais besoin, expliqua-t-il.

Il en parlait le plus naturellement du monde et elle se détendit. Il l'acceptait telle qu'elle était. Elle devait remiser ses vieilles angoisses au placard et se réjouir au lieu de s'inquiéter.

— Merci. J'espérais bien que tu m'apporterais mes affaires.

— Si tu veux prendre une douche, vas-y, fais comme chez toi. J'ai une plancha dans la cabane de jardin, je vais la mettre en marche. Il est encore tôt, mais je meurs de faim. Pas toi ?

— Oh ! si ! s'exclama-t-elle. C'est une très bonne idée. Je vais effectivement me rafraîchir un peu. Je vais faire vite.

— Prends ton temps. On a la soirée devant nous.

Il voulait donc qu'elle reste ? Mais au fond, pourquoi pas ? Elle n'avait aucune envie de le quitter…

Sachant qu'il s'occupait du dîner, elle entra dans la salle de bains attenant à la chambre. Puis, agréablement surprise par la beauté élégante des lieux, elle se prélassa sous l'eau tiède. Bien sûr, la douche aurait été encore meilleure si Carter avait été là. Elle devenait gourmande, mais quoi de plus logique ? Rien qu'à penser à leurs ébats, elle avait chaud partout…

Des coups insistants frappés à la porte d'entrée l'arrachèrent à sa rêverie.

— Carter, es-tu là ? Réponds, s'il te plaît. Au secours ! Milly s'est fait renverser par une voiture.

Elle entendit Carter courir sur la terrasse.

— J'arrive !

Qui était Milly ? Une personne ou un animal ? Willow se sécha à moitié puis, en un éclair, passa son short et son T-shirt.

— Vite, Carter ! Elle est dans un sale état. Il y a du sang partout.

Bouleversée par cette voix implorante, elle délaissa sa prothèse, empoigna sa béquille et sortit.

— Je vais chercher mon sac dans la voiture, dit Carter.

Donc, il s'agissait d'un animal…

— Je m'en charge, proposa-t-elle. Où dois-je te l'apporter ?

— Jack, où est Milly ? demanda-t-il.

— Dans l'impasse derrière chez nous, répondit l'homme avant de s'éloigner en courant.

— Passe par le portillon du jardin, Willow. Ensuite, contourne la maison. Tu nous verras.

Elle se dirigea vers le pick-up, récupéra le sac et suivit les instructions de Carter. En se rapprochant, elle entendit des voix, une femme qui pleurait… Et soudain, horrifiée, elle découvrit le lieu de l'accident.

Un chien énorme – de race rhodesian ridgeback – était couché au milieu de la route. L'animal, qui gémissait de douleur, avait une plaie profonde au niveau de l'épaule. Ses deux pattes avant paraissaient brisées, et Willow sentit son cœur se contracter dans sa poitrine. Le pronostic vital était engagé. Sans être pessimiste, elle craignait le pire…

Agenouillé sur le sol, Carter palpait les os avec une extrême délicatesse pour évaluer l'importance des fractures. Elle contourna deux gamines qui observaient la scène et déposa le sac près de lui.

— Veux-tu un coup de main ? demanda-t-elle.

— Ce ne serait pas de refus.

Elle voulut se mettre face à lui, mais un groupe de curieux entravait l'accès.

— Pardon ! dit-elle d'une voix forte. Je suis assistante vétérinaire. Je dois intervenir.

Les gens s'écartèrent enfin et, sans hésiter, elle s'agenouilla près de Milly, dont elle vérifia le pouls au niveau de la gorge.

— Il est instable, commenta Carter. Elle est sous le choc.

Elle sortit un paquet de coton du sac, en prit une grosse poignée et appuya sur la plaie afin de ralentir les saignements. Carter, lui, continuait de palper la chienne en fronçant les sourcils.

— Il faut l'emmener à la clinique, dit-il enfin. Je vais lui injecter un antidouleur.

Joignant le geste à la parole, il récupéra un flacon et une seringue dans ses affaires. Jack, qui s'était posté près de lui, bondit sur ses pieds.

— Je vais sortir ma voiture !

— Willow, peux-tu conduire le pick-up ? C'est un automatique.

— Oui, sans problème.

— Parfait. Va vite ouvrir la clinique. Les clés de la porte principale sont dans la boîte à gants. Prépare-moi un bloc.

Il donnait ses ordres comme un général, mais elle ne s'en formalisa pas. Il essayait de sauver Milly. Elle devait tout faire pour l'aider.

Concentrée sur sa mission, elle roula vers la clinique en dépassant légèrement la vitesse autorisée. Sur place, elle alluma les lumières, enfila une blouse bleue et désinfecta la table du bloc 1. Les surfaces étaient déjà propres, mais dans ces circonstances, deux précautions valaient mieux qu'une.

Enfin, elle plaça un tissu stérile sur le plan opératoire, au-dessus duquel elle positionna une lampe. Elle venait d'allumer l'appareil de radiographie mobile lorsqu'elle entendit un crissement de freins à l'extérieur. Jack et Carter arrivaient.

Comment avaient-ils fait pour transporter une chienne aussi imposante que Milly sans aggraver les lésions ? Le trajet avait dû être périlleux…

— Willow ? Peux-tu apporter une civière ? cria Carter de l'entrée.

— J'en ai sorti une. Regarde, elle est près du comptoir.

— Génial. Bravo pour ton efficacité.

Elle aimait réfléchir en amont, voilà tout. Mieux valait prévoir un maximum de choses quitte à ne pas les utiliser, plutôt que courir partout…

Ayant terminé ses préparatifs, elle rejoignit Carter à l'extérieur. Une grosse berline, dont on avait abaissé les sièges arrière, était garée devant la porte. Jack et Carter avaient utilisé une couverture pour soulever Milly avant de l'allonger dans le coffre.

Tandis qu'ils installaient la chienne sur le brancard avec moult précautions, Willow se rapprocha d'une dame qui observait la scène en pleurant. C'était la même personne qu'elle avait vue sangloter dans la rue.

— Bonjour, je ne sais pas si vous m'avez aperçue tout à l'heure. Je m'appelle Willow. Je suis assistante vétérinaire.

— Moi, c'est Amy, répondit la dame en reniflant.

— Venez, on va entrer. Vous allez boire un thé ou un café. Ça vous fera du bien.

— Merci beaucoup. J'ai tellement peur pour Milly !

Les larmes ruisselaient sur son visage blême. Willow lui entoura les épaules.

— Je comprends, c'est normal. Carter fera le maximum…

Elle s'interrompit. Amy savait à quoi s'en tenir. Il n'était pas nécessaire d'épiloguer.

À l'intérieur, elle la fit asseoir dans la cuisine.

— Jack va vous rejoindre, dit-elle. Mettez-vous à l'aise, ouvrez les placards et prenez tout ce qu'il vous faut.

— Merci, Willow.

Sans perdre de temps, elle rejoignit Carter en salle d'opération.

— Je vais intuber, annonça-t-il. La respiration est saccadée.

Elle connaissait la procédure par cœur et maintint la tête de Milly vers l'arrière. Une fois le tube en place dans la trachée, elle le fixa avec un sparadrap. Tout s'était déroulé à la perfection.

— Les radios, maintenant, fit Carter. On va regarder la tête, les épaules, les pattes avant, l'abdomen, les pattes arrière.

Tandis qu'elle déplaçait la caméra aux endroits voulus, il manipulait Milly avec une douceur bouleversante. Un pli soucieux barrait son front et, pire encore, il semblait très triste.

— Tu connais bien ces gens ?

— Jack, Amy et moi sommes devenus amis quand j'ai emménagé dans le quartier. Ils n'ont pas d'enfants. Molly est leur bébé.

— Les pauvres… C'est affreux, murmura-t-elle en voyant apparaître les os brisés de la patte avant gauche.

— Je confirme. Je pourrais peut-être sauver le membre, mais à mon avis, ce n'est pas la meilleure solution. La convalescence sera longue et douloureuse. Les os resteront fragiles, Milly va boiter… Il vaudrait mieux amputer et mettre une prothèse.

— Tu veux en discuter avec Jack et Amy ?

— Absolument. J'essaie de faire vite.

Après son départ, elle écarta l'appareil de radio, puis nettoya la table autour de Milly tout en surveillant les constantes. La chienne respirait bien. Aucun organe n'était touché et il n'y avait pas de saignements internes. Néanmoins, si elle survivait, elle mettrait du temps à guérir.

Carter revint au bout de dix minutes, l'air déterminé.

— On va amputer, Jack et Amy sont d'accord. La patte droite est moins touchée. La fracture devrait se consolider rapidement. De ce fait, Milly aura un bon point d'appui. Mais avant tout, je vais suturer l'épaule. Même si l'hémorragie s'est arrêtée, il faut faire attention. Je ne voudrais pas qu'elle perde davantage de sang… Qu'est-ce qui t'a pris de courser ce chat, Milly ?

— Elle a traversé la route en poursuivant un chat ? Je suis surprise. Les gros chiens se fichent des matous, en général.

— Tout à fait d'accord avec toi. Il a dû chercher la bagarre. D'habitude, c'est une mémère tranquille. Elle n'a vraiment pas eu de chance…

Il enfila une paire de gants et soupira.

— On imaginait finir la journée d'une autre manière.

Elle lui sourit.

— Tant qu'on est ensemble, ça me va. Mais naturellement, j'aurais préféré qu'aucun animal ne soit blessé.

— Tu as raison. L'essentiel, c'est d'être ensemble.

— Ouf, on a terminé !

Carter se redressa, puis essuya son front moite d'un revers de manche. Il avait le dos en compote à force de se pencher sur la table, mais l'opération se soldait par un succès.

— Pauvre Milly, répondit Willow en caressant la grosse tête de la chienne. Le plus dur reste à faire pour elle.

— C'est vrai, mais Jack et Amy vont la chouchouter, crois-moi. Je vais les appeler tout de suite.

Sachant que l'intervention serait longue, ses voisins étaient rentrés chez eux, la mort dans l'âme. Carter avait eu mal au cœur en voyant son ami essuyer quelques larmes furtives. Sous ses airs de dur à cuire, Jack était une crème pour Amy et Milly, qu'il appelait son « gros bébé ».

— Ils craignaient le pire et tu vas leur annoncer une bonne nouvelle. Détends-toi.

Comme toujours, Willow relativisait. Elle voyait le bon côté des choses. Jamais personne ne l'avait aussi bien compris. Elle devinait sa tristesse. Elle l'aidait à surmonter ses émotions pour donner le meilleur de lui-même.

La vie réservait décidément son lot de surprises. Alors qu'ils nageaient dans le bonheur, tout avait basculé en quelques secondes. Ils s'étaient retrouvés au cœur d'une situation chaotique qui aurait pu très mal tourner. Et ils avaient géré, ensemble…

Bien sûr, il aurait fait le même travail sans Willow, mais la pression aurait été décuplée. Elle le rendait plus heureux et plus serein, à la clinique et en dehors. Car à présent, c'était dans sa vie qu'il avait le plus besoin d'elle.

Oui, il était prêt à se lancer dans une nouvelle histoire. Il anticipait chaque journée le cœur léger, sachant que Willow serait là. Il était en train… de tomber amoureux !

Une légère pression sur son épaule le fit sursauter.

— Carter ? Tout va bien ?

Oui. Non. Peut-être. En réalité, les choses allaient mieux que « bien », mais il n'était pas prêt à l'avouer.

— Oui, oui, assura-t-il.

— Dans ce cas, va vite téléphoner. Jack et Amy doivent se ronger les sangs.

— J'y vais.

Il gagna l'accueil, s'assit sur la chaise de Kathy et prit son téléphone. La conversation risquait d'être longue, mais il prendrait tout le temps nécessaire pour répondre aux questions de ses voisins.

— Café ? chuchota Willow alors qu'il bavardait depuis un moment déjà.

Il opina. Cela lui ferait le plus grand bien !

Un bon quart d'heure s'écoula encore avant qu'il ne puisse raccrocher. Amy et Jack avaient finalement accepté que Milly reste quelques jours à la clinique pour éviter tout risque d'infection. Ils viendraient lui rendre visite un peu plus tard dans la soirée. Tout était en ordre.

— J'ai presque peur de rentrer, dit-il en souriant. Je sais qu'Amy et Jack vont m'attendre à la barrière…

— Dans ce cas, si nous restions un peu ici ? Je pourrais commander des plats à emporter ?

Son estomac se mit à gargouiller et il éclata de rire.

— Volontiers. Je meurs de faim.

Willow poussa un petit cri, puis elle porta la main à ses lèvres.

— Tu n'avais pas allumé la plancha, au moins ?

— Non, je n'en ai pas eu le temps. Je suis d'abord allé chercher mon téléphone dans le pick-up.

— Ouf…

Voyant qu'elle s'adossait au comptoir, il lui lança un regard inquiet. Dans le feu de l'action, il n'avait pas pensé à elle. Il se serait giflé.

— Comment vas-tu ? La fin d'après-midi a été mouvementée. Tu as tout fait en tenant sur cette béquille.

— Pas de panique, je vais très bien. Pas de prothèse, zéro douleur. C'est le point positif de l'histoire. Je suis assez douée pour le cloche-pied, ajouta-t-elle, malicieuse.

Il eut un sourire attendri. Comment ne pas tomber amoureux d'une femme aussi exceptionnelle ?

— Tu as même eu le temps de passer ce bel uniforme…

— Sans sous-vêtements ! À la guerre comme à la guerre. Il fallait faire avec les moyens du bord.

— Si cela ne tenait qu'à moi, tu serais encore mieux toute nue…

Elle rougit comme un coquelicot et secoua la tête.

— Au lieu de dire des bêtises, va voir Milly pendant que je commande le dîner. J'imagine que tu vas rester un peu ici ?

— Oui, je vais accueillir Jack et Amy. Ils attendent mon appel pour venir. Je repartirai en même temps qu'eux. Je reviendrai une ou deux fois dans la nuit par sécurité.

— Il faut installer Milly dans un box large.

— Je m'en occupe tout de suite. Je vais aller chercher l'épicier d'en face pour qu'il me donne un coup de main.

— Bonne idée. Elle commençait à bouger dans son sommeil.

Après le transfert de Milly en zone de réveil, il alla chercher deux bières à la cuisine.

— Allons décompresser dans le jardin en attendant nos pizzas, proposa-t-il.

— C'est l'idée du siècle, répliqua Willow.

— Meilleure que s'encanailler dans mon vestibule ?

Elle éclata de rire.

— Aussi bonne, en tout cas. J'ai soif et je suis affamée. J'ai fait trop d'exercice le ventre vide.

Il l'entraîna dehors et, comme la première fois, ils s'assirent à la grande table en bois.

— Prenons les problèmes dans l'ordre, Willow. On va satisfaire tes besoins primaires avant de s'intéresser au reste.

— Auras-tu le temps pour le reste, comme tu dis ? demanda-t-elle, taquine. Tu vas être bien occupé cette nuit.

— Pas au point de te négliger. Tu es trop belle et trop sexy pour que j'oublie mon envie de te faire l'amour…

Elle rit de nouveau.

— Le premier soir, avec Axel, je t'ai pris pour un grand taciturne. Mais en fait, tu es plutôt bavard quand tu t'y mets ! Sauf au travail, bien sûr. Là, tu es hyper concentré. Tout à l'heure dans la rue, tu ne disais presque rien.

— Quand la situation est grave, mieux vaut se taire. Cela évite beaucoup d'erreurs et de malentendus.

Rester silencieux permettait aussi de cacher des émotions dérangeantes comme la tristesse ou l'angoisse…

— Renfermé par moments, extraverti à d'autres. Tu ne serais pas Gémeaux, toi ?

— J'hallucine ! Tu crois à ces trucs-là ? Vas-tu me prédire mon avenir pour les prochaines semaines ?

— Bien sûr que non. J'essaie juste de savoir quand tu es né.

— En juin.

Willow ne serait plus là pour son anniversaire… sauf si elle décidait de rester. Pourrait-il la convaincre ? S'il n'y parvenait pas, il finirait de nouveau avec le cœur brisé et, cette fois, irrémédiablement. Car plus il y pensait, plus il était convaincu qu'elle était la femme de sa vie.

Arrête. Vis au présent. C'est ta meilleure chance de conquérir son cœur.

— Ah, j'avais raison. Tu es Gémeaux.

— En fait, oui. Et toi ?

— Verseau. Je suis née le 20 janvier.

— Huit jours avant notre première rencontre. On aurait

presque pu fêter ton anniversaire ensemble. Tu n'étais pas toute seule, au moins ?

— Oh ! non. Ce soir-là, j'ai fait un aller-retour express à Sydney pour être chez mes parents.

— Est-il indiscret de te demander ton âge ?

— Pas du tout. J'ai 29 ans.

— La grande fiesta sera donc l'année prochaine. Pour moi, ce sera cette année. Je vais réunir ma famille, mes amis. J'aimerais beaucoup que tu viennes.

— Avec plaisir ! Si je ne suis pas trop loin, évidemment.

Elle avait répondu avec enthousiasme… pour mieux lui administrer sa douche froide. Elle allait quitter Southport. Son départ était toujours d'actualité.

— Tu viendrais vraiment ? murmura-t-il.

Elle le regarda droit dans les yeux.

— Oui. J'ai plus ou moins prévu d'aller en Nouvelle-Zélande. Ce serait faisable. Quelques heures d'avion ne sont pas un problème.

— Tu ferais ça, juste pour mon anniversaire ?

— Je le ferais pour toi.

— Tu es géniale.

Il se pencha et l'embrassa passionnément.

— T'ai-je dit que tes baisers me rendaient fou ?

Ding-ding… La sonnette empêcha Willow de répondre.

— Voilà nos pizzas, dit-elle en se dégageant de son étreinte. J'y vais.

— Oh ! non, je t'invite ! C'est le moins que je puisse faire.

Sans lui laisser le loisir d'argumenter, il rentra dans la clinique. Une invitation à dîner n'était peut-être pas grand-chose, mais à ses yeux, cela signifiait beaucoup. Car il était prêt à tout lui donner pour la rendre heureuse.

Tout, y compris son cœur.

7.

— Le temps est idéal pour un mariage.

Willow sortit du taxi et regarda autour d'elle avec un sourire heureux. Nichée dans la verdure, l'église avait un charme fou. Pippa et Billy avaient bien choisi leur endroit.

Suprêmement élégant en costume gris et chemise blanche, Carter la dévisageait avec admiration. Formaient-ils un beau couple ? Accrochée à son bras, elle n'était pas loin de le penser. Elle se sentait pousser des ailes avec lui.

— Tu as le sens du détail, fit-elle en riant. Ta cravate est assortie à ma robe. Comment savais-tu que je porterais du rouge ?

— Je vous ai espionnées l'autre jour, toi et Kathy, quand tu lui montrais ces magnifiques chaussures.

Elle s'esclaffa.

— Vilain ! Elles me plaisent beaucoup, c'est vrai.

— Moi, je suis fan de ta tenue. Je te trouve sublime, ajouta-t-il d'une voix rauque.

Ce compliment valait de l'or et elle se félicita de ne pas avoir caché sa prothèse. Sa robe fluide lui tombait sous le genou, mais si les autres étaient gênés, tant pis pour eux. Elle avait le droit de s'habiller comme elle voulait, non ? D'ailleurs, le seul avis qui comptait était celui de Carter.

Elle le prit par le bras et appuya la joue sur sa manche.

— Je me sens belle quand tu es là…

— Tu es *toujours* belle. On y va ?

— Avec plaisir.

Quelques têtes se tournèrent vers eux lorsqu'ils entrèrent dans l'église, mais elle continua de sourire. Et quand Faye, la mère de Pippa, vint les accueillir pour les inviter à s'asseoir devant, près des demoiselles d'honneur, ce fut avec fierté que Willow fit les présentations.

L'air surpris de Faye ne lui échappa pas. Cette dernière essayait plus ou moins discrètement de la pousser à sortir avec son fils, le fameux Dave. Au moins, maintenant, la cause était entendue !

Elle remonta la nef au bras de Carter jusqu'aux premières rangées, saluant les rares invités qu'elle connaissait. Puis, avant de s'asseoir à sa place, elle adressa un signe d'encouragement à Billy. Le futur marié dansait d'un pied sur l'autre devant l'autel, entouré de ses garçons d'honneur. Visiblement, il n'en menait pas large.

— Billy et Pip se sont rencontrés il y a dix mois. Quinze jours plus tard, ils voulaient déjà se marier, mais ça prend du temps d'organiser des noces, expliqua-t-elle.

— Pourquoi a-t-il l'air si tendu ? C'est bizarre.

— Comme il vit un rêve, il doit avoir peur de se réveiller, répondit-elle en riant. Mais il n'y a aucun risque. Ils ont chacun trouvé leur alter ego.

— Ils ont bien de la chance…

Elle tourna la tête vers lui et eut la surprise de le voir rougir.

— Garde espoir. Tout vient à point pour qui sait attendre.

Ce vieil adage pouvait aussi s'appliquer à elle-même. Oserait-elle tenter sa chance avec Carter ? Pouvait-elle courir ce risque ? Elle avait déjà fait un grand pas en acceptant de revenir pour fêter avec lui son trentième anniversaire…

Entendant l'organiste jouer plus fort, elle émergea de sa rêverie. Elle se leva puis, comme les autres invités, se pencha pour regarder Pippa qui remontait la nef au bras de son père.

Magnifique dans son fourreau de soie crème, la jeune femme irradiait de bonheur. Elle n'avait d'yeux que pour Billy et, de manière réflexe, Willow entremêla les doigts à ceux de Carter. Jamais elle n'oublierait ce moment. L'amour était une émotion unique, exceptionnelle. Elle en avait tellement besoin. Mais toutes ses peurs n'avaient pas disparu…

— Tiens, chuchota Carter.

Elle se rendit compte qu'elle pleurait lorsqu'il lui tendit un mouchoir en tissu impeccablement plié. Elle ignorait que les hommes possédaient encore ce genre d'objets !

Elle se tamponna les yeux avec précaution pour ne pas faire couler son mascara. Carter récupéra le mouchoir, puis il lui reprit la main comme si de rien n'était. Il était capable de la voir pleurer sans faire de commentaires. Sa simple présence suffisait : elle savait qu'il était là pour elle. D'ailleurs, la réciproque serait vraie en cas de besoin.

Lorsqu'ils se rassirent, il lui entoura discrètement la taille. Simple et émouvante, la cérémonie se déroula alors comme dans un film romantique. Après l'échange des vœux, Willow s'aperçut qu'elle pleurait encore. Le fameux mouchoir reparut dans son champ de vision. Carter la dévisageait avec une telle tendresse que les larmes se remirent à couler malgré elle.

— … je vous déclare à présent mari et femme. Vous pouvez embrasser la mariée.

Un tonnerre d'applaudissements se déclencha, et Willow profita de l'allégresse générale pour se ressaisir. Elle extirpa un petit miroir de son sac, vérifia son maquillage et, cette fois, garda le mouchoir. On n'était jamais trop prudent.

Soudain, Carter la fit lever d'une main glissée sous son coude. Heureusement qu'il avait suivi l'action ! Les mariés commençaient à descendre l'allée suivis de leur famille…

Passant devant eux, Dave marqua un temps d'arrêt.

— Bonjour, Dave, dit-elle d'un ton calme.

— Bonjour, Willow.

Son regard tomba sur Carter et il pinça les lèvres. Elle faillit éclater de rire.

Oui, mon vieux. Je suis avec un gars génial qui m'apprécie pour moi-même. Ça t'étonne ?

Après la sortie des mariés sous un déluge de pétales, le cortège se dispersa. Tout le monde était attendu dans le parc d'une propriété voisine où de grands chapiteaux blancs avaient été dressés pour l'occasion. Willow et Carter, main dans la main, suivirent les autres invités.

— Je n'ai jamais vu un mariage aussi émouvant, déclara-t-il.

Ainsi, ils avaient eu le même ressenti. Rien n'aurait pu faire davantage plaisir à Willow, qui resserra son étreinte sur ses doigts.

— Moi non plus, répondit-elle. Pip était aux anges.

— Billy aussi ! Ils nagent dans le bonheur. Voilà ce que tous les couples devraient ressentir…

Soudain, un voile obscurcit son beau regard. Bouleversée, Willow lui enlaça la taille et l'étreignit de toutes ses forces.

Il avait repensé au jour de son mariage. Elle le comprenait, mais, hélas, elle ne pouvait pas faire grand-chose, hormis lui témoigner son soutien. Elle espérait que ces souvenirs pénibles ne le poursuivraient pas toute la journée car il méritait mieux.

Elle aussi, d'ailleurs.

Quel imbécile. Elle va s'imaginer que tu n'es pas guéri de cette histoire. Elle doit croire que tu es incapable de tourner la page…

Carter se serait giflé pour sa stupidité. Il se dégagea doucement de l'étreinte de Willow.

— Tout va bien, dit-il. Promis.

Certes, il avait eu un court flash-back, mais sans nostalgie ni regret. Il avait fait son deuil de sa relation avec Cassandra. Ils avaient failli se marier, bâtir un foyer. Les choses n'avaient pas tourné comme prévu et, au fond, c'était tant mieux.

Rien n'arrivait par hasard dans la vie. Le destin avait mis Willow sur sa route. Aujourd'hui, il voulait savourer l'instant présent avec elle.

— Chouette, répondit-elle en souriant. Mais tu sais, je prendrais n'importe quel prétexte pour te faire un câlin.

Son rire malicieux l'emplit d'une joie absurde. Comme il était heureux ! C'en était presque effrayant…

— Allons-y, dit-il en l'entraînant vers le parc. Connais-tu le programme des réjouissances ?

— Ils ont prévu une séance de photos pendant le vin

d'honneur, pour que personne n'ait l'air de prendre la pose. C'est une super idée.

Une foule d'idées beaucoup moins avouables traversa l'esprit de Carter, mais il les refréna. En bon gentleman, il saurait attendre !

Ils entrèrent dans le parc en flânant, et il attrapa deux coupes de champagne sur le plateau d'un serveur.

— Portons un toast. À un très beau couple ! dit-il d'un ton joyeux.

— À un très beau couple.

Il pensait à eux autant qu'à Billy et Pippa. Willow l'avait-elle compris ? Son air complice laissait supposer que oui…

À partir de ce moment-là, les heures défilèrent comme des minutes.

Pour un homme qui détestait les mariages, Carter devait reconnaître qu'il s'amusait bien. Les invités étaient sympathiques, l'atmosphère, décontractée, le buffet, somptueux. À présent, les traditionnels discours se terminaient et il sourit de voir Willow se tamponner les yeux avec le mouchoir qu'il lui avait prêté.

— Tu m'étonneras toujours, dit-il.

— Pourquoi ? Me croyais-tu insensible au romantisme ?

Voilà, on y était. Il nageait effectivement en plein « romantisme » depuis le début de l'après-midi. Et, bien que ce mot lui fasse peur, il devait reconnaître que l'ambiance ne manquait pas de charme.

— Je ne t'ai jamais vue si émotive, ni si heureuse d'ailleurs.

Tandis que les mariés ouvraient le bal sur une musique « romantique » à souhait, Willow le surprit encore :

— Veux-tu danser ?

— Avec plaisir, répondit-il sans hésiter.

Il n'aurait pas dû s'étonner de sa proposition : elle était du genre intrépide. D'ailleurs, avec lui, elle ne risquait pas de tomber. Il y veillerait…

Alors qu'il se levait pour tirer sa chaise, elle le devança et courut presque vers la piste. Mais son genou se déroba et elle pivota vers lui en grimaçant.

— Tu vois pourquoi j'avais besoin d'un cavalier. Allez, montre-moi ce que tu sais faire !

— Pas de souci. Accroche-toi.

Si elle le prenait pour un novice, elle allait vite s'apercevoir que ce n'était pas le cas. Il avait toujours aimé danser.

Il lui captura une main, lui encercla la taille, puis il commença à la faire tournoyer en se frayant un passage parmi les autres couples.

— Bonsoir de bonsoir, je suis engourdie, marmonna-t-elle.

Il s'écarta légèrement pour ne pas heurter sa prothèse.

— Relax, Willow. Continue à danser. Je gère.

Ces quelques mots produisirent l'effet voulu : elle se détendit, appuya la joue contre son épaule et se laissa aller comme il le souhaitait.

— Tu te débrouilles bien, dit-elle d'un ton appréciateur.

— Que veux-tu, dans mon métier, il faut savoir bouger. Ça aide pour courir devant les taureaux furieux, répondit-il en riant.

— Je suis ravie que tu mettes tes compétences en pratique ce soir.

— Tant mieux, chuchota-t-il. On est tellement bien là, tous les deux…

Combien de temps restèrent-ils dans les bras l'un de l'autre ? Ils reprirent conscience de la réalité quand l'orchestre marqua une pause. Il était temps de regagner la table d'honneur.

— Je ne me suis jamais autant amusée, déclara Willow, les yeux brillants.

Il bomba le torse comme un adolescent.

— C'est super. Si tu veux, on y retournera dès que les musiciens reviendront.

Voyant qu'elle se servait un grand verre d'eau, il ajouta :

— Que dirais-tu d'une coupe de champagne ? Tu n'en as presque pas bu.

— Volontiers.

Il fit signe au maître d'hôtel et lui chuchota quelques mots. Quelques instants plus tard, un serveur en livrée se matérialisa près d'eux, apportant le champagne sur un plateau d'argent.

Après avoir trinqué avec Willow, Carter étendit le bras derrière elle sur le dossier de sa chaise. Il s'aperçut alors que Dave, le frère de la mariée, les observait du bar.

— Apparemment, tu as fait un déçu, dit-il.

— Oh ! il s'en remettra. Sa mère aussi aurait voulu qu'on sorte ensemble, mais c'est ridicule. On n'a rien en commun. Faye doit commencer à désespérer qu'il se case un jour. Avant, elle harcelait Pippa pour qu'elle trouve chaussure à son pied. C'est pathologique, expliqua-t-elle, hilare.

— Ça a marché ?

— Tu penses bien que non ! Pip voulait finir ses études et voyager d'abord. Elle a géré sa vie comme *elle* le souhaitait. La seule chose qu'elle n'avait pas prévue, c'est de rencontrer l'Amour avec un grand A. Sa carrière n'a plus d'importance. Elle veut juste être avec Billy.

— Dans ce domaine, on ne peut rien anticiper. En tout cas, ce serait impossible pour moi.

Il eut conscience que cette phrase sonnait faux. Cassandra et lui n'avaient-ils pas tout planifié depuis l'adolescence ? Leur histoire n'avait laissé aucune place à la spontanéité ou à l'imprévu. Heureusement, elle avait eu la lucidité de dire « stop ».

— Tu réfléchis trop, déclara Willow en souriant.

— Arrête ! Comment fais-tu pour lire dans ma tête ? Je vais me retenir d'avoir des pensées trop personnelles…

— Non, surtout pas. Sinon, comment pourrais-je savoir ce dont tu as envie ou besoin ?

Son sourire était devenu un peu trop sérieux. Mieux valait couper court.

— Il faudra attendre que je te le dise. Mais d'ici là, si on s'amusait un peu ?

Elle n'eut pas le temps de répondre car les jeunes mariés s'avançaient vers eux, tout souriants.

— Willow, Carter ! Vos talents de danseurs nous ont impressionnés, s'exclama Pippa.

La jeune femme se pencha pour embrasser Willow.

— Il est génial, chuchota-t-elle.

Voyant Willow rougir comme une pivoine, Carter fit semblant de ne pas avoir entendu. Pour faire diversion, il se leva et serra la main de Billy.

— Encore toutes mes félicitations. Je n'avais jamais vu un si beau mariage.

Pip se redressa, l'air sincèrement étonné.

— Ah, bon ? Pour nous c'est le mariage du siècle, évidemment, mais on n'a pas la même vision des choses quand on est les vedettes du jour.

— Ce n'est pas moi qui dirai le contraire, renchérit Billy en prenant sa femme par la main.

Quand Willow se leva à son tour, Carter lui enlaça la taille.

— Votre bonheur est contagieux, déclara-t-elle. Votre amour rejaillit sur les invités. Vous voir heureux fait du bien à tout le monde. C'est tellement beau, et tellement rare !

Carter resserra son étreinte. Il n'aurait pas pu mieux dire. Elle avait exprimé en quelques mots tout ce qu'il ressentait. S'il se mariait un jour, il prendrait exemple sur ces noces en tout point magnifiques…

Cette pensée soudaine le stupéfia. Jamais, depuis Cassandra, il n'avait eu ce genre d'idées. Il se croyait vacciné pour de bon !

— Willow a très bien résumé ma pensée, dit-il.

Le sourire de Pippa s'élargit encore.

— Merci, cela nous touche beaucoup. Je suis ravie que Willow t'ait invité, Carter. Elle est radieuse, elle s'amuse…

Enfin, il plaisait à quelqu'un dans cette famille. Il était temps ! songea-t-il, amusé. Mais au fond, cela n'avait aucune importance. La seule famille qu'il devrait conquérir était celle de Willow si leur relation se poursuivait.

— Elle est hyper contente pour vous, répondit-il, un peu gêné.

Willow le gratifia d'un vigoureux coup de coude, puis toisa Pippa, faussement sévère.

— « Elle » a des oreilles, au cas où vous l'ignoriez ! Donc oui, « elle » est aux anges de partager votre bonheur… Et aussi de t'avoir invité, Carter, ajouta-t-elle à voix basse.

Il se pencha pour l'embrasser, mais Pippa fut plus rapide :

elle attira Willow contre son cœur et l'étreignit longuement. Elle lui chuchota ensuite quelques mots à l'oreille, et la relâcha sur un dernier clin d'œil.

— Alors, M. Billy Ross, est-il temps de partir ?

— J'ai failli te le proposer au moment où on s'est dit « oui ». Mais j'ai pensé que ça ferait désordre, répondit son époux en riant. Tu sais quoi ? Retournons danser un moment avec nos invités. Ensuite, on prendra le micro, on dira au revoir et hop, direction l'hôtel !

L'orchestre venait de rejoindre l'estrade. Les jeunes mariés montrèrent aussitôt l'exemple, et Carter croisa le regard malicieux de Willow.

— Si on faisait comme eux ? suggéra-t-elle. Une dernière danse, et hop, direction l'hôtel.

— Excellente idée.

Dès qu'ils se retrouvèrent sur la piste, elle se pressa contre lui.

— Serre-moi plus fort, chuchota-t-elle.

Trop heureux d'obéir, il s'exécuta sur-le-champ. Cette journée avait été exceptionnelle. Seul son propre mariage pourrait le rendre plus heureux, et il était maintenant certain d'avoir trouvé la femme idéale.

Le plus dur serait de convaincre Willow, mais il y mettrait toute son énergie et, bien sûr, tout son cœur.

— Pour un gars qui déteste les grandes villes, tu n'as pas l'air trop perdu.

Carter resserra son étreinte sur la main de Willow. Après une folle journée et une courte nuit, ils avaient décidé d'aller marcher au bord de la rivière. Ils déambulaient tranquillement, fatigués mais heureux…

— Pour moi, Brisbane n'est pas une grande ville. Je viens ici depuis ma plus tendre enfance. J'ai mes repères, mes bonnes adresses. Mais à part celle-ci, tu as raison, je n'aime pas beaucoup les grandes agglomérations. Va savoir pourquoi.

— C'est peut-être parce que tu as grandi dans une ferme.

Tu as l'habitude des grands espaces, tu te sens libre… Moi, c'est le contraire. Je me sens mal à l'aise à la campagne. J'ai l'impression qu'il manque toujours quelque chose. Mais va savoir pourquoi, cela ne m'a pas fait le même effet chez tes parents.

Elle avait prononcé les mots comme pour elle-même, visiblement surprise.

— Peut-être parce qu'ils habitent près de Southport. Cela a dû te rassurer de sentir la ville toute proche.

— Je ne suis pas phobique à ce point ! Quoique…

— Dans ce cas, on va dire que j'ai la phobie inverse.

Elle s'esclaffa.

— On fait vraiment la paire.

Il déposa un tendre baiser sur son front.

— On en a encore eu la preuve cette nuit.

Ils avaient fait l'amour deux fois dans leur immense lit, avaient commandé un en-cas à 3 heures du matin et s'étaient endormis dans les bras l'un de l'autre.

— Je pourrai prendre goût à la vie citadine si toutes les nuits ressemblent à celle-là, déclara-t-il.

— D'accord. Prochaine étape, Paris.

— Tu l'as inscrite sur ta liste de voyages ?

— Bien sûr, pour plus tard. Dans l'immédiat, je cherche surtout des endroits où je peux travailler. Je m'entraînais pour une course cycliste en France lorsque j'ai eu mon accident. Ensuite, je n'y ai plus pensé.

— Bien sûr, c'est normal. Mais au moins, tu as des projets. Peut-être que j'arriverai à me secouer un jour pour avoir les mêmes envies que toi.

— Le seul moyen de le savoir, c'est de te lancer. Il faudrait essayer une fois pour voir si ça te plaît.

— On n'est pas près de partir ensemble. Tes projets à court terme sont très différents des miens.

En réalité, il avait peur de se jeter à l'eau. Il n'avait aucun mal à reconnaître qu'il était tombé amoureux. Le mariage de Pip et Billy lui avait fait prendre conscience qu'il voulait garder Willow dans sa vie. Pour autant, elle ne lui avait fait aucune promesse. Elle était censée partir à la fin de son contrat. Qu'adviendrait-il s'il se jetait dans l'aventure corps et âme pour se retrouver seul à nouveau ?

Bien sûr, elle avait accepté de venir à son anniversaire. Mais d'ici le mois de juin, il pouvait se passer une foule de choses. Elle serait peut-être trop loin pour avoir le temps de faire le voyage. Et même si elle venait, elle repartirait immédiatement.

Cette fuite en avant lui permettait d'exorciser le passé. Lui, au contraire, resté cloué à Southport, plombé qu'il était par cette vieille histoire de mariage. Dans ces conditions, n'était-il pas illusoire d'espérer un avenir commun ?

Un petit coup de coude le ramena à l'instant présent.

— Je t'ai fait peur ? demanda Willow.

— Un peu, avoua-t-il. Mais tout va bien.

Leur relation était trop fraîche pour qu'il s'emballe. Même s'il flottait sur un petit nuage, il devait garder les pieds sur terre et avancer prudemment.

— « Un peu », c'est mieux que beaucoup, déclara Willow.

Comme elle souriait, il supposa qu'elle ne s'était pas formalisée de sa réaction. Mais avec elle, il ne savait jamais sur quel pied danser. Que pensait-elle de lui ? Était-elle prête à vivre une histoire plus sérieuse qu'une aventure ?

Ne voulant pas gâcher la journée par ces questions sans réponses, il se concentra sur le moment présent.

— T'es-tu déjà promenée en bateau par ici ?

Lui-même connaissait la rivière dans les moindres recoins. Il y avait vogué des dizaines de fois avec ses parents et ses frères. Mais avec Willow, ce serait plus romantique…

— Jamais, répondit-elle. Aimerais-tu qu'on y aille ?

— Ça me plairait beaucoup. Ensuite, on pourrait déjeuner sur la route avant de rentrer. Qu'en penses-tu ?

— Le plus grand bien, répliqua-t-elle en riant.

Rassuré par l'enthousiasme de Willow, il se pencha et l'embrassa. C'était décidément le week-end des grandes premières.

Jamais, depuis cinq ans, il n'était resté deux jours avec une femme, et il se sentait presque gêné.

Néanmoins, il ne reculerait pas.

Passer du temps avec Willow était l'unique moyen de savoir si leur relation avait une chance de durer.

8.

— Alors, ce mariage ? Raconte.

Assise sur le canapé du salon, Willow pivota vers Lena en bâillant. On était dimanche soir, elle se sentait épuisée, mais c'était une bonne fatigue !

— J'ai passé de super moments, répondit-elle. La cérémonie était magnifique. Pip et Billy s'aiment tellement qu'ils ont fait pleurer tout le monde.

— Carter aussi ?

— Non, mais il était très ému.

— Tant mieux s'il est capable de le montrer. Les hommes ont souvent tendance à tout cacher.

— Lui ne fait pas ça, heureusement. Il est… génial. Et en plus, bon danseur.

Lena s'esclaffa.

— Il a beaucoup de qualités, dis-moi. Tu vas avoir du mal à le quitter.

Elle haussa les épaules.

— Peut-être, mais je ne reviendrai pas sur ma décision.

Ce serait le départ le plus difficile de sa vie de globe-trotteuse. Elle appréhendait déjà le moment des adieux, sachant à quel point elle tenait à Carter. Elle craignait aussi de lui faire de la peine, mais c'était inévitable.

L'image de Pip et Billy radieux imprégna soudain sa mémoire. Elle aurait aimé connaître un bonheur similaire. Elle le voulait plus que tout au monde, et malgré cela elle ne se projetait pas dans une vie sédentaire. Mettre fin à ses voyages était au-dessus de ses forces.

— Arrête de te faire des nœuds au cerveau, conseilla Lena.

— Ce n'est pas le cas…

— À d'autres !

Sa colocataire empoigna la télécommande, changea de chaîne et secoua la tête.

— Si tu veux parler, apporte-moi un verre de vin et je serai tout ouïe. Je t'écouterai aussi longtemps que tu voudras.

Lena avait parlé sur le ton de la plaisanterie, mais Willow ne doutait pas que sa proposition soit sérieuse. Elle n'avait pas noué d'amitié aussi proche depuis longtemps. Elle aurait une raison supplémentaire d'être triste le jour du départ…

— Un verre de vin, c'est cher payé, mais je garde ta proposition sous le coude, répondit-elle avec une gaieté factice.

Comment avouer à Lena qu'elle était tombée amoureuse ? Elle avait encore le plus grand mal à l'admettre. Elle n'aurait jamais cru cela possible, mais c'était arrivé.

— Que vais-je faire ? demanda-t-elle tout haut.

— Essayer de changer de perspective.

— Regarde ta série, toi !

— Et toi, réfléchis à ce que je viens de dire.

Au lieu de palabrer, elle souhaita une bonne nuit à Lena et gagna sa chambre. Il était temps de passer à l'action. Elle refusait de tourner en boucle pendant un mois encore.

Elle s'installa devant son ordinateur portable puis, résolument, éplucha les offres d'emploi en Nouvelle-Zélande. Certaines n'étaient plus disponibles depuis la dernière fois où elle avait regardé, mais d'autres étaient apparues.

L'une d'elles attira davantage son attention. Un nouveau cabinet vétérinaire d'Auckland recherchait une assistante avec une embauche immédiate et deux autres pour le mois d'avril. Quel timing parfait ! Et puis, Auckland était un point de chute idéal. Dans cette grande ville, elle pourrait conjuguer travail et tourisme, sortir, prendre du bon temps.

Dans ce cas, pourquoi n'était-elle pas plus enthousiaste ? D'habitude, elle frétillait d'impatience au moment de choisir une nouvelle destination.

Ignorant le frisson glacé qui la parcourait, elle commença

à remplir le formulaire. Elle y joignit son CV, appuya sur le bouton d'envoi… et garda la main au-dessus du clavier. Rien ne s'était passé. Le déclic ne s'était pas produit. Au contraire, elle avait le cœur lourd.

Allons, cela passerait. Elle était sûre d'avoir pris la bonne décision. Remettre à plus tard ne l'aurait pas aidée, au contraire.

Si tout allait bien, elle travaillerait à Auckland d'ici un mois. Elle n'avait pas renoncé à ses projets et c'était beaucoup mieux ainsi.

En ce lundi matin, Willow roulait vers la clinique à une allure de tortue.

Elle appréhendait de revoir Carter. Après réflexion, elle avait conclu qu'il vaudrait mieux l'éviter en dehors du travail. Ces trois dernières semaines l'avaient déstabilisée. Elle devait reprendre le contrôle de la situation.

Arrivée à la clinique, elle resta quelques minutes dans sa voiture, le temps de rassembler ses idées. Néanmoins, elle comprit vite qu'elle s'était angoissée pour rien : Carter n'était pas là.

— Il a échangé ses semaines ville-campagne avec Joe, l'informa Kathy. Il travaille dans les fermes jusqu'à jeudi.

Ah, bon ? Première nouvelle. Il n'en avait pas parlé au cours du week-end.

— Avec qui vais-je faire équipe ? demanda-t-elle d'un ton neutre.

— Avec Seamus. Il doit stériliser plusieurs chats et, ensuite, opérer deux hernies sur des chiens.

— On ne va pas s'ennuyer. Tant mieux.

Elle gagna le vestiaire et revêtit son uniforme, la tête pleine de questions. Carter avait-il délibérément changé son planning pour s'éloigner d'elle ? Essayait-il de l'éviter ? Si, comme elle, il s'inquiétait pour l'avenir, il avait peut-être eu besoin de faire un break. L'explication tenait debout et elle aurait été mal placée pour lui en vouloir.

Allons, assez gambergé. Dans l'immédiat, elle devait se

concentrer sur son travail. Elle passa dans la cuisine, se servit un café et adressa un grand sourire à Seamus qui venait d'entrer.

— Coucou, Willow ! On a du pain sur la planche ce matin, dit-il d'un ton gai.

— Eh oui. Apparemment, le mot à la mode est « stérilisation ». Je vais aller préparer le bloc.

— Relax. Finis ton café tranquillement.

Il s'en servit un, puis s'assit à la table en face d'elle.

— As-tu passé un bon week-end ? demanda-t-elle.

— Oui, excellent. On est allés dîner au restaurant L'Esplanade avec Kathy. On n'a pas été déçus, leur cuisine est exceptionnelle. Tu connais ?

D'après ses informations, il s'agissait d'un établissement haut de gamme. Elle secoua la tête.

— Tu devrais y aller avec Carter. Ça vous plairait, je pense.

Elle baissa les yeux. Carter ne risquait pas de l'inviter pour un tête-à-tête romantique. L'heure était plutôt à la prise de distance…

— Il va passer presque toute la semaine chez ses parents, enchaîna Seamus. Il doit vacciner plusieurs troupeaux de vaches dans le secteur.

Visiblement, il avait lu dans ses pensées. Carter lui avait-il fourni des explications sur ce changement impromptu ?

— Il devait y aller la semaine dernière, lâcha-t-elle.

— Je sais. Il faut croire qu'il a trop de choses en tête, répliqua Seamus avec un clin d'œil. Tu lui fais du bien, Willow. Tu lui secoues le cocotier. Il était temps qu'il se remue.

— Dans ce cas, on est deux à tomber du cocotier.

Incrédule, elle termina son café d'une traite. Elle venait ni plus ni moins de confier à Seamus ce qu'elle éprouvait pour son associé et ami !

Son sourire s'effaça. Elle reposa son mug avec brusquerie.

— Ne nous emballons pas. Je vais bientôt partir.

— Tu n'as pas changé d'avis ? Comme tu le sais, la possibilité de rester chez nous se précise. Abbie est quasiment certaine de ne pas revenir.

— C'est gentil, mais… je compte partir en Nouvelle-Zélande. J'ai déjà répondu à deux offres d'intérim.

— Ah, d'accord, répondit Seamus, l'air déçu.

Il était temps d'abréger une discussion qui, hélas, risquait de devenir embarrassante. Elle se leva.

— Je vais préparer la salle. Il faut qu'on s'y mette.

Moins elle penserait à Carter, mieux cela vaudrait. Elle n'avait pas besoin de perturbations au travail.

— C'est bon.

Carter ôta la seringue et, d'une claque sur le derrière, renvoya la vache nouvellement vaccinée dans sa pâture. Jock, l'agriculteur, opina d'un air satisfait.

— On est à la moitié du troupeau.

— Super. Ça avance bien.

Il prépara la dose suivante, puis il embrassa le paysage du regard. Les champs à perte de vue, le ciel bleu et le gazouillis des oiseaux lui faisaient un bien fou. Il aurait été incapable de rester entre quatre murs, seul, ou presque, avec Willow.

Voir Pip et Billy échanger leurs vœux lui avait causé un électrochoc. Il s'était rendu compte qu'il n'avait renoncé ni au mariage ni au projet de fonder une famille. Il n'avait pas oublié son idéal, il l'avait juste mis en sommeil. Et sa rencontre avec Willow l'avait réveillé d'un coup…

On était mercredi, à présent, et il se culpabilisait toujours d'avoir changé son planning sur un coup de tête. Il aurait dû en informer Willow mais, s'il était allé la voir, il n'aurait pas pu lui cacher ses sentiments. Or, il n'était pas prêt à se livrer. Ses vieilles peurs avaient la vie dure…

Il secoua la tête et prit son mobile dans sa poche. On ne traitait pas ainsi la femme de ses rêves. Trois jours de silence, c'était beaucoup. Elle méritait mieux.

— Jock, j'ai un coup de fil à passer, dit-il. J'en ai pour deux minutes.

Le cœur battant, il pianota sur l'écran du téléphone. Willow décrocha à la deuxième sonnerie.

— Salut, dit-il doucement. Je viens aux nouvelles. Comment se passe la semaine ?

— Coucou… Ça va. On est débordés. Et toi ?

Elle avait répondu d'un ton neutre, bien différent de l'intonation enjouée dont il avait l'habitude. Mais à quoi aurait-il pu s'attendre ?

— Willow, je t'appelle pour m'excuser. J'aurais dû te prévenir de ce changement de planning. Je suis désolé, mais… j'avais besoin de faire le point. Le week-end dernier a été tellement génial que j'ai voulu réfléchir un peu.

Silence. Comme toujours, Willow prenait son temps pour répondre. Il retint son souffle. Aurait-il dû s'expliquer davantage ? La rassurer ?

— Je comprends, dit-elle enfin.

Soulagé, il exhala une grande bouffée d'air. Mais il ne devait pas se réjouir trop vite. Willow était peut-être contente d'être débarrassée de lui !

— Ah bon ?

— Oui. J'ai paniqué un peu, moi aussi, expliqua-t-elle. On s'entend trop bien et, quelque part, ça me fait peur. J'ai été déçue de ne pas te voir lundi, évidemment. Je pensais t'appeler, mais je me suis retenue. Tu avais besoin de prendre tes distances. Je m'en doutais, alors je t'ai laissé tranquille.

Une fois encore, ils étaient sur la même longueur d'onde. Il ne s'en étonnait plus. Quel bonheur c'était d'avoir rencontré une femme qui le comprenait si bien, et réciproquement !

— Si on se retrouvait pour dîner vendredi soir ? proposa-t-il. Je rentre à Southport dans l'après-midi.

— Avec plaisir. Très bonne idée…

Il leva le poing en l'air, ignorant le regard curieux de Jock.

— Je voulais tester un restaurant dont Seamus m'a parlé, enchaîna-t-elle. C'est moi qui t'invite, cette fois.

Gêné, il hésita. Plutôt conventionnel et gentleman dans l'âme, il n'aimait pas l'idée qu'une femme paye la note. Néanmoins,

Willow allait se braquer s'il refusait. Or, il voulait la voir coûte que coûte.

— Super, je te laisse gérer, répondit-il. À quelle heure veux-tu que je passe te prendre ?

— 18 h 30, si ça te va ? On pourra boire l'apéritif avant d'y aller.

— Ça marche.

Il raccrocha peu après, un sourire flottant sur ses lèvres. Comment avait-il pu croire que l'éloignement était la bonne solution ? Willow lui manquait !

Pivotant vers Jock, il lui fit signe d'amener la vache suivante. Puis il se remit au travail en mode pilote automatique car il ne pouvait penser qu'à Willow. Il craignait qu'elle ne partage pas ses sentiments. Elle allait lui briser le cœur en quittant Southport, mais il était prêt à courir le risque. Il était trop engagé pour faire marche arrière. Il voulait profiter des bons moments sans se poser de questions.

Pour la suite, il aviserait. À chaque jour suffisait sa peine.

— Seamus avait raison. Leur cuisine est exceptionnelle.

Carter sourit à Willow, qui venait de plier sa serviette, un sourire heureux aux lèvres.

— Je voulais t'inviter ici l'autre soir, mais tout était complet, répondit-il. Joe et Yvette m'ont donné cette bonne adresse il y a plusieurs mois. Jusqu'à maintenant, je n'avais personne avec qui venir. Il était temps que tu arrives.

Il ne craignait pas d'admettre qu'elle avait changé sa vie. De toute manière, elle le savait déjà.

— J'ai eu plus de chance que toi et j'en suis ravie, répliqua-t-elle, taquine. Qu'aimerais-tu faire maintenant ?

— On pourrait marcher un peu sur la plage, et ensuite aller chez moi…

— J'adore ce programme !

La lueur de désir qui flambait dans ses grands yeux bleus le rassura complètement. Elle ne le quitterait pas cette nuit. Cela suffisait à son bonheur.

Les jours défilaient à une vitesse hallucinante.

Entre Willow et Carter, une routine agréable s'était instaurée. Ils travaillaient ensemble. Ils se voyaient à l'extérieur de la clinique et même le week-end. En vérité, ils ne se quittaient presque plus.

Ce soir-là, après dîner, Carter lui avait proposé d'aller danser. C'était une nouvelle aventure pour elle, qui ne fréquentait pas les boîtes de nuit. Sa vie était d'ailleurs une aventure permanente depuis quelques semaines.

— Rien ne t'oblige à partir, murmura-t-elle pour elle-même.

Assise à une table, elle observa Carter qui se frayait un chemin parmi les danseurs, deux grands verres à la main.

— Et voilà ! dit-il en la rejoignant. De l'eau fraîche sans glaçons.

— Merci beaucoup. Il fait une chaleur d'enfer.

Il s'installa sur un tabouret en face d'elle. Elle lui trouvait l'air heureux, plus détendu que lorsqu'elle était arrivée à Southport. Était-ce grâce à sa présence ? Elle commençait à le croire. Elle aurait d'ailleurs bien voulu rester, mais elle craignait de souffrir si les choses tournaient mal.

— Quoi ? demanda-t-il.

Elle haussa les épaules.

— Rien.

Il fronça les sourcils.

— Ah, non ? Pourquoi me regardes-tu comme ça ? Tu m'inquiètes, Willow.

À vrai dire, elle se faisait peur à elle-même, mais elle ne risquait pas de l'avouer.

— Excuse-moi. On va danser ? ajouta-t-elle avec un enthousiasme forcé.

Carter crispa la main sur son verre, la regarda et soupira.

— Si tu veux. Allons-y.

Sur la piste, elle eut l'impression qu'il bougeait de manière plus raide et moins spontanée qu'auparavant. Mais s'il était mal à l'aise, elle en portait l'entière responsabilité. Il avait sans doute compris qu'elle se posait mille questions sur l'avenir. Des interrogations toujours plus lancinantes alors que l'échéance approchait.

Elle se pencha et arrondit les lèvres dans son cou.

— Carter… Tout va bien.

Sans répondre, il lui captura les deux mains et la fit tournoyer. Non, il n'était pas dupe. Oui, le moment fatidique des explications arrivait. Elle ne pourrait pas différer l'inéluctable *ad vitam æternam*.

Se penchant, il lui effleura la joue de ses lèvres.

— Allons faire un tour sur la plage, souffla-t-il. Un peu d'air frais nous fera du bien.

Elle sentit son estomac se nouer. Ce soir, ils n'allaient pas s'embrasser au clair de lune. Elle le savait déjà, mais elle ne pouvait plus reculer.

Une brise légère soufflait de l'océan.

Main dans la main avec Willow, Carter marchait lentement sur le sable. D'un côté, il regrettait d'avoir proposé cette balade nocturne, mais de l'autre, il voulait en avoir le cœur net. Le jour du départ approchait pour Willow, qui n'avait évoqué aucun changement de programme. Il savait néanmoins qu'elle se posait des questions. Et il avait besoin de connaître les réponses.

— Il fait plus frais, dit-elle. On sent que l'automne arrive.

Cela ne lui ressemblait guère de parler de la météo. Elle devait être aussi nerveuse que lui.

— L'eau est encore assez chaude pour les nageurs et les surfeurs, rétorqua-il.

En juin, pendant l'hiver, les accros à la baignade revêtaient des combinaisons spéciales, mais si Willow en portait une, il ne la verrait pas. Elle serait partie depuis longtemps.

— Je suis contente de pouvoir nager tous les matins avant d'aller au travail. Ce rituel va me manquer.

— Alors ne pars pas !

Il s'arrêta net, puis se planta devant elle.

— Je suis sérieux, Willow. Donne-nous une chance.

Il voulait crever l'abcès. Que la réponse soit positive ou négative, il avait besoin d'être fixé.

Elle le regarda longuement, les yeux écarquillés. Puis elle se rembrunit.

— C'est impossible. Je ne suis pas prête. Je suis désolée.

Bouleversé, il arrondit les mains sur ses épaules et l'attira plus près.

— En es-tu sûre ? Absolument certaine ?

— Je… suis comme ça, Carter. Je ne peux pas prendre de risques. J'ai vécu trop de choses difficiles pour aller chercher la misère maintenant que je vais mieux.

Même si elle parlait avec le cœur, l'explication le laissa sur sa faim. Son accident ne pouvait pas servir d'excuse à tout.

— On pourrait chercher des solutions ensemble, Willow. Depuis qu'on se connaît, on s'est toujours soutenus. On a résolu les problèmes un par un. Pourquoi pas celui-ci ?

Elle se détourna, le regard perdu dans l'immensité de l'océan.

— J'ai peur.

Lui aussi avait des craintes, mais il fallait dépasser ce stade. Sinon, ils n'avanceraient jamais.

— Parle-moi. Je suis là. Je serai toujours là pour toi.

Au bout d'un long moment, elle pivota vers lui. Elle lui reprit les mains et il s'aperçut qu'elle tremblait.

— Tu pourrais me parler aussi, Carter. Tu ne m'as pas raconté grand-chose au sujet de Cassandra. Je sais que tu as beaucoup souffert, mais comment as-tu passé le cap ?

Elle déviait la conversation sur lui. Après tout, pourquoi pas ? Il n'avait plus rien à cacher.

— Marchons un peu, fit-il. Tu vas prendre froid.

L'immobilité ne les aidait pas à communiquer. Les mots viendraient peut-être mieux s'ils bougeaient…

— Quand tu tombes amoureux d'une amie d'enfance, tu t'imagines connaître la personne par cœur. Du moins, c'était mon cas. J'ai su tout de suite, en voyant Cassandra arriver chez moi avant le mariage, qu'elle allait détruire mon univers. Et quand elle m'a parlé, j'ai cru halluciner. On était si proches. On avait grandi ensemble, tout fait ensemble…

Pour la première fois, il eut pitié de Cassandra. Elle avait eu beaucoup de courage ce jour-là. Elle aussi avait dû être très malheureuse. Il aurait dû comprendre plus tôt que quelque chose clochait, mais il avait foncé tête baissée sans jamais s'interroger sur les fondements de leur relation.

Il captura la main de Willow, puis poursuivit :

— En fait, on se connaissait trop bien. On n'avait plus rien à découvrir l'un sur l'autre. Pour moi, c'était parfait. J'étais heureux. J'allais épouser la femme de ma vie. Mais Cassandra avait besoin d'autre chose. Elle voulait vivre sa jeunesse, voir du pays, rencontrer d'autres personnes.

— Sais-tu ce qu'elle devient ?

— Nos parents sont restés amis et on a gardé des relations communes, donc j'ai des nouvelles de temps à autre. Mais on ne s'est jamais reparlé directement. J'ai appris qu'elle s'était mariée en Écosse, qu'elle était enceinte. La roue a tourné et c'est très bien ainsi.

Il avait mis le temps, mais il avait enfin tiré un trait sur cette histoire.

— Serais-tu prêt à recommencer avec quelqu'un d'autre ?

Avec toi, si tu veux. Il n'y a plus que toi dans ma vie.

— Oui, répondit-il d'un ton ferme. Ce n'est pas sans risque, mais ça vaut le coup d'essayer. Il faut bien se lancer un jour. Sinon, je ne vois pas comment on pourrait construire quelque chose, fonder une famille…

— En y allant doucement, sans brûler les étapes ?

— C'est ce que tu penses ? Dis-moi ce que tu veux, Willow. Espères-tu rencontrer le grand amour ? Te marier, avoir des enfants ?

Elle dégagea sa main et s'arrêta net.

— Je… n'arrive pas à en parler. Je fais un blocage.

— On aura du mal à avancer si tu ne coopères pas un minimum. Je faisais confiance à Cassandra. Elle m'a laissé tomber, je me suis relevé. Et là, j'ai envie de croire qu'on a une chance. Je saurai me montrer patient, mais j'ai besoin d'avoir quelques certitudes en échange. Tu es fragile, je le sais bien. Je suis passé par là. Mais tu peux quand même dire quelque chose, non ?

— J'aimerais bien, chuchota-t-elle d'une voix étranglée. Je voudrais tellement que les mots sortent. C'est trop dur.

— Nous sommes dans une impasse. Je suis prêt à tout te donner : mon cœur, ma vie, mon avenir. Mais je dois au moins savoir si on veut les mêmes choses. Et une fois que tu me l'auras dit, j'attendrai le temps qu'il faudra. Sinon…

Il s'interrompit, à court d'arguments.

— Je suis désolée, dit-elle dans un souffle.

Se détournant, elle marcha vers le quai d'un bon pas. Elle choisissait l'ombre plutôt que la lumière. Elle se réfugiait dans la solitude et le chagrin. Le même chagrin qui avait glacé le cœur de Carter pendant des années, avant qu'elle ne vienne y mettre un rayon de soleil.

— Je t'aime ! cria-t-il dans son dos.

Il la vit s'essuyer les yeux, mais elle ne s'arrêta pas. Tout était dit. Il restait seul. Désespérément seul.

Willow fendait les vagues avec l'énergie du désespoir.

Quelle lâche elle faisait ! Carter ne lui avait pas demandé grand-chose, la veille, mais elle avait été incapable de s'ouvrir. Elle n'avait pas pu exprimer son angoisse ni évoquer les doutes qui la taraudaient depuis que Gavin l'avait quittée. Elle était pourtant sûre qu'il l'aurait écoutée et comprise. Il s'était toujours montré formidable avec elle.

Il avait su vaincre ses peurs, elle non. Il était merveilleux et elle l'avait blessé. À présent, il était trop tard pour revenir en arrière.

Cette dernière quinzaine à la clinique s'annonçait comme la pire de sa vie professionnelle. Elle allait devoir faire semblant de rien devant les autres. Il lui faudrait jouer la comédie, prétendre que tout allait pour le mieux dans le meilleur des mondes. Mais déjà, elle se sentait comme une coquille vide.

Des milliers de kilomètres ne suffiraient pas à lui faire oublier Carter. Grâce à lui, elle n'était plus la même personne. Elle avait pris conscience de ce que la vie pouvait offrir si on le voulait vraiment. Elle était simplement trop faible et trop lâche pour prendre le risque.

Tenaillée par une douleur soudaine à la cuisse gauche, elle bascula sur le dos. Alors, luttant contre les vagues, elle se massa du mieux qu'elle pût pour éliminer la crampe.

Il lui fallut un long moment avant de pouvoir allonger la jambe. Elle rejoignit la rive à la brasse, lentement, pour éviter une nouvelle crampe. Elle avait présumé de ses forces, trop énervée pour être raisonnable. Elle allait se faire remarquer en arrivant en retard à la clinique. Que penserait Carter ?

— Ah, te voilà ! Je m'inquiétais ! s'exclama Kathy lorsqu'elle franchit la porte vingt minutes après l'heure prévue.

— Pardon, j'ai eu une crampe dans l'eau et…

— Cela ne fait rien. Tu es là, c'est le principal. Joe et Carter ont échangé leurs plannings. Carter a pris le secteur campagne pour la semaine, précisa Kathy en la dévisageant avec curiosité.

— D'accord, je vais voir Joe. J'ai assez traîné comme ça.

Comme prévu, la journée s'étira en longueur. Le reste de la semaine fut à l'avenant, et le vendredi soir elle s'éclipsa dès la fin de son service. Elle avait toujours peur de croiser Carter, même s'il se faisait discret. Il ne s'était pas manifesté, du moins pas en sa présence…

Après un week-end calamiteux, ses derniers jours de travail furent, hélas, semblables aux précédents.

Pendant cinq jours, Willow dut composer avec les regards tantôt inquiets, tantôt attristés de ses collègues. Il semblait maintenant évident que Carter ne viendrait pas lui dire au revoir.

Le chagrin de quitter cette équipe formidable se doublait d'une immense nostalgie et, bien sûr, de profonds regrets.

Elle était arrivée ici avec Axel dans sa voiture. Elle avait rencontré l'homme qu'elle aimait. Elle avait perdu son cœur.

Oui, elle aimait Carter. Elle n'avait plus peur de se l'avouer, mais il était trop tard. Elle avait tout gâché.

Il ne lui restait plus qu'à repartir de zéro, d'abord à Auckland, et ensuite…

Ensuite, elle aviserait. Il n'y avait rien de nouveau sous le soleil.

9.

— Je ne louerai pas ce taudis. C'est hors de question.

Willow toisa l'agent immobilier d'un œil sévère. Ils échangeaient des mails depuis un mois, et tout ce qu'il avait à proposer, c'était un studio délabré aux murs humides avec une salle de douche crasseuse ?

— À ce prix, vous ne trouverez rien d'autre, ou alors il faudra être patiente, répondit-il d'un ton mielleux.

— Il est déjà bien trop cher. On laisse tomber.

— Votre chèque de dépôt n'est pas remboursable, dois-je le préciser ?

— C'est ce que nous verrons. Je n'ai pas le temps d'en discuter maintenant.

Willow tourna les talons et quitta l'appartement sans un regard en arrière. Elle n'était pas à cent dollars près. Elle ne dénicherait peut-être pas l'équivalent de sa colocation à Southport, mais il y avait des limites. Elle allait prolonger son séjour à l'hôtel jusqu'à ce qu'elle trouve son bonheur.

Décidément, cette installation à Auckland s'annonçait compliquée. Elle était là depuis trois jours et, déjà, elle se demandait si elle avait eu raison de venir.

Une fois sortie de l'immeuble, elle prit la direction des quais, où elle respira l'air pur en observant les touristes qui flânaient au soleil. Elle aurait plutôt dû courir les agences immobilières, sauf qu'elle n'en avait pas le courage. Cela pouvait bien attendre le lendemain…

Mais quand le lendemain arriva, elle trouva mieux à faire. Le temps était radieux et elle décida de rejoindre l'île Waiheke en ferry-boat. Enchantée par sa visite, elle ne regagna le centre-ville qu'en fin d'après-midi. Elle alluma son téléphone… et s'aperçut qu'elle avait oublié d'aller voir son futur patron. Elle aurait dû se présenter à la clinique à 17 heures, mais ça lui était sorti de la tête !

Honteuse, elle rappela pour présenter ses excuses. Jamais, de toute sa carrière, elle n'avait loupé un rendez-vous professionnel. Voilà qui en disait long sur son moral…

Les jours suivants, elle visita l'île Rangitoto, reprit le ferry pour aller à Devonport et, plus proche d'elle, explora le centre d'Auckland. Comme chaque fois qu'elle arrivait quelque part, elle s'intéressait aux paysages, aux rues, aux édifices. À une énorme différence près : le cœur n'y était pas.

Cette ville avait tout pour plaire. La mer, les paysages urbains, les restaurants, les boutiques. Cependant, rien n'y faisait. Elle ne trouvait pas ses marques.

Jamais, depuis les jours suivant l'accident, elle n'avait été si malheureuse. Carter lui manquait. Elle le voyait partout, à chaque coin de rue. Elle imaginait le plaisir qu'ils auraient pris à arpenter ensemble les quais inondés de soleil…

Finalement, le personnel de la clinique accueillit son arrivée avec enthousiasme. Loin de lui tenir rigueur du premier rendez-vous manqué, l'assistante vétérinaire, prénommée Carol, se montra chaleureuse et enjouée.

— Y a-t-il une grosse patientèle ? demanda Willow alors qu'elles faisaient le tour des lieux.

— On est en train de la développer, répondit Carol. Le cabinet vient d'ouvrir. Beaucoup de gens ont des chiens ou des chats par ici.

Pourquoi, alors, y avait-il si peu d'animaux dans les box ? Pourquoi les trois vétérinaires semblaient-ils si peu affairés ? Willow n'avait jamais vu cela, ni dans les grandes villes, ni dans des endroits plus petits comme Southport. Elle devait commencer la semaine suivante, mais elle risquait de se tourner les pouces. Et puis, ses patrons n'allaient-ils pas interrompre son contrat si la clientèle ne s'accroissait pas ?

Je n'ai pas envie d'être ici. Ça ne marchera jamais.

Cette prise de conscience lui fit l'effet d'un électrochoc. Elle aurait pu être recrutée par le plus grand cabinet de Nouvelle-Zélande qu'elle n'aurait pas voulu y travailler. Elle pensait sans arrêt à « sa » petite clinique Ville et Campagne où un poste vacant attendait d'être pourvu. Mais Carter accepterait-il qu'elle soit embauchée ? Cela semblait peu probable, vu la manière dont leur histoire s'était finie…

De retour à l'hôtel, elle s'arrêta dans le hall pour bavarder avec Juliet, la réceptionniste. En quelques jours, elles avaient sympathisé, et la jeune femme lui avait donné une foule de conseils.

— Où vas-tu dîner aujourd'hui ? s'enquit Juliet en souriant.

Les repas étaient devenus un sujet de plaisanterie. Willow prenait le petit déjeuner à l'hôtel, avalait un sandwich et un fruit à midi, et s'autorisait un bon restaurant le soir. Obéissant à sa règle numéro 1, elle se faisait plaisir. La vie était trop courte pour se priver.

— Je vais retourner à l'italien sur le quai, répondit-elle. Leurs linguine aux fruits de mer sont à tomber.

— Excellent choix. As-trouvé un appartement ?

— Pas encore.

— Mais tu cherches ?

— En fait, non.

Ayant négocié un tarif hebdomadaire avantageux, elle n'était plus pressée de quitter l'hôtel. D'ailleurs, elle n'avait aucune envie de s'installer quelque part.

— Est-ce que tout va bien ? demanda Juliet d'un ton inquiet.

Je suis dans une ville inconnue. J'ai trouvé un job qui ne me plaît pas. L'homme de mes rêves est au Queensland. Je n'oserai même pas y retourner pour son anniversaire…

— À peu près, marmonna-t-elle en haussant les épaules.

Elle regagna sa chambre, prit un imperméable, car le temps avait tourné à la pluie, et ressortit dans la rue. Elle s'était assez apitoyée sur son sort comme cela. Elle avait touché le fond, mais à présent elle devait donner un bon coup de talon pour remonter à la surface.

Sa vie, son avenir, étaient entre ses mains. Il ne tenait qu'à elle de faire les bons choix.

— Dis donc, frangin, tu deviens ramollo !

Carter pivota vers Cameron, ajusta son chapeau en toile et leva les sourcils.

— Ah oui, tiens donc ! Comment se fait-il que j'aie creusé huit trous et, toi, seulement cinq ?

Appuyé sur sa pelle, il jeta un coup d'œil satisfait à son œuvre. Ses frères et lui avaient presque terminé les fondations de la nouvelle étable qui devait être aménagée derrière la ferme.

— Je t'ai laissé commencer avant moi, rétorqua Cameron. Vous autres, les gars de la ville, êtes moins dégourdis que nous.

— Mais pour maîtriser les taureaux, il est bien meilleur, déclara Calvin.

Carter s'esclaffa. Que serait-il devenu sans ses frères et ses parents ? Le départ de Willow l'avait plongé dans un abîme de tristesse. Heureusement, il avait sa famille…

— Au fait, comment va ton animal furieux de la semaine dernière ? demanda Cameron.

— Très bien depuis que Carter lui a enlevé une épine mal placée.

Ils éclatèrent de rire en chœur. Aucun d'eux n'aurait aimé avoir une aiguille plantée dans les testicules…

— Vétérinaire, quel beau métier ! s'exclama Calvin.

Carter reprit sa pelle, dégagea un nouveau trou et s'essuya le front.

— Quelle chaleur, maugréa-t-il.

On avait beau être en automne, le soleil restait brûlant pour qui travaillait dehors. Quel temps faisait-il à Auckland ? Il n'avait pas regardé la météo néo-zélandaise ce matin-là…

Cameron lui donna un léger coup de manche dans le tibia.

— Dis donc, vas-tu tenir le choc ? Il nous faudra pas mal de week-ends pour construire cette étable.

— Le week-end prochain, justement, vous ferez sans moi. J'ai prévu d'aller à Auckland.

Les choses ne pouvaient pas en rester là avec Willow. Il devait lui dire qu'il l'aimait. L'éloignement aidant, peut-être avait-elle réfléchi ? En tout cas, il ne pouvait pas tourner la page sans essayer de la convaincre. Sinon, il le regretterait toute sa vie.

Calvin le gratifia d'une grande claque dans le dos.

— Ah, tout de même ! Ce n'est pas trop tôt. J'en ai assez de voir cette tête d'enterrement.

— Tu aurais dû y aller avant, renchérit Cameron.

Ainsi, ses frères le soutenaient. Il n'en était pas surpris, mais cela faisait chaud au cœur.

Ils allaient se remettre au travail quand ils entendirent une voiture se garer dans la cour.

— Tiens, une visite, maugréa Carter. Maman ne nous avait pas dit qu'elle attendait des invités.

— Maman et papa ont *toujours* du monde à la maison, répondit Cameron. Tu le sais bien.

N'étant pas d'humeur sociable, Carter se détourna et, une nouvelle fois, reprit sa pelle. Mais la voix de Calvin s'éleva dans son dos.

— Hou hou… C'est toi qui as de la visite.

Le cœur battant, il se retourna. Willow s'avançait vers eux, un grand sourire aux lèvres. Mais… que fabriquait-elle ici ?

Lorsqu'elle s'approcha, son regard lui parut plus lumineux que jamais. Elle marchait avec détermination, la tête haute, l'air décidé. Willow dans toute sa splendeur.

Dès qu'ils l'eurent saluée, ses frères battirent en retraite vers le fond de la cour. Carter se retrouva seul avec elle et il attendit, le cœur battant.

— Bonjour, toi, dit-elle.

— Willow, mais que…

— Je suis revenue. Je rentre à la maison.

Quelle maison ? Elle n'était pas de Southport. À moins que…

— Ça veut dire ?

— Ça veut dire que je t'aime. Je t'aime, Carter.

Saisi de vertiges, il fit un pas en avant, puis un autre, et un autre encore. Willow le regardait sans ciller. Il prit ses deux mains menues dans les siennes.

— Je t'aime aussi, répondit-il. De tout mon cœur.

Il aurait voulu la serrer contre lui, l'embrasser à perdre haleine, mais sa prudence l'en empêcha. Et si, malgré son amour, elle était incapable d'envisager un avenir commun ?

— J'ai vécu l'enfer ces dernières semaines, murmura-t-il.

— Carter… Je suis tellement, tellement désolée. J'ai très mal réagi ce soir-là sur la plage. Je suis impardonnable.

— Tu avais peur.

— Oui, mais ce n'est pas une excuse. Toi aussi tu avais peur, mais tu as surmonté tes doutes. Il m'a fallu longtemps pour admettre que j'étais tombée amoureuse. Je t'aime vraiment, Carter. Je ne peux pas vivre sans toi. Je ne veux plus jamais te quitter.

Le cœur battant, il l'enveloppa d'un regard incrédule.

— Es-tu prête à t'installer ici ? demanda-t-il d'une voix rauque. Prête pour la vie de couple ?

— Absolument !

Son sourire radieux, la lueur déterminée de son regard ne laissaient plus place au doute. Elle avait réfléchi, toute seule, à Auckland. Elle se réveillait enfin.

— Accepterais-tu de m'épouser pour le meilleur et pour le pire ? De fonder une famille avec moi ?

— Oui ! s'écria-t-elle. Oui, oui, oui ! Et toi, as-tu envie de m'épouser pour le meilleur et pour le pire ? Aimerais-tu avoir des enfants ?

— Bien sûr que oui… Viens là.

N'y tenant plus, il l'attira dans ses bras. Ils scellèrent leur engagement d'un long baiser, gage de leur amour mais aussi de leur confiance en l'avenir. Et quand, enfin, ils se séparèrent, Carter eut la certitude que tout irait bien. Il tenait dans ses bras la femme de sa vie, son alter ego. Ils avaient trouvé ensemble la clé du bonheur.

Des applaudissements nourris l'obligèrent à descendre de son nuage.

— Youpi, hourra !

— Ah, ce n'est pas trop tôt !

Faussement exaspéré, il se tourna vers ses frères qui, postés un peu plus loin, n'avaient pas perdu une miette de leurs retrouvailles.

— Bienvenue dans la famille, marmonna-t-il.

Willow éclata de rire.

— Merci. Je crois qu'on va bien s'amuser.

Ses parents sortirent dans la cour, suivis par ses deux belles-sœurs. Son père apportait une bouteille de champagne, sa mère des coupes. Tout le monde avait l'air ravi, et il éclata de rire. Willow et lui avaient dû s'embrasser pendant un bon moment !

— Il va falloir t'y habituer, dit-il, hilare.

— Attends de rencontrer ma famille. Ils vont bien s'entendre.

— On veut tout savoir, s'écria Cameron. Vous avez fait la paix, et quoi d'autre ?

— On va se marier, répondit-il d'un ton gai.

De saisissement, son père renversa la première coupe de champagne sur la pelouse. Sa mère se hâta de poser les verres qu'elle tenait pour se précipiter vers eux. Puis elle les entoura de ses bras.

— Bienvenue, Willow, ma chérie. Si vous saviez comme on est contents !

— J'en ai une petite idée. Et je suis très, très heureuse aussi, répondit Willow, les larmes aux yeux.

— Félicitations, ça s'arrose. J'avais eu la bonne intuition, s'exclama son père en montrant le champagne.

— On vous rejoint dans deux minutes, dit Carter. On a encore quelque chose à faire tous les deux.

Le silence tomba, et Willow pivota vers lui, l'air un peu inquiet.

— Relax. Prépare-toi pour une grande surprise.

Il lui prit la main, lui fit traverser la cour et l'entraîna vers la grange.

— Mais qu'est-ce que…

Ouaf, ouaf.

De stupeur, elle trébucha. Elle serait tombée s'il ne l'avait pas retenue.

— C'est… Axel ?

Au lieu de répondre, il alla ouvrir la porte de la grange. Willow poussa un cri de joie comme il n'en avait jamais entendu.

— Axel ! Mais qu'est-ce que tu fais là ?

Riant et pleurant à la fois, elle courut vers le chiot, dont la queue frétillait si fort qu'il aurait pu décoller de terre. Quand il se jeta sur elle, pattes en avant, elle s'agenouilla et l'entoura de ses bras. Ému, Carter les photographia avec son téléphone. Ils étaient si beaux tous les deux…

— Mme Burnside s'est installée dans une résidence pour seniors qui n'accepte pas les gros chiens, expliqua-t-il. Elle a aussitôt pensé à toi pour adopter Axel. Quand elle m'a contacté, j'ai pris le relais. Il n'était pas question qu'il parte ailleurs. Je l'aurais gardé quoi qu'il arrive.

— Mais… elle ne m'a pas appelée.

— Elle a perdu tous ses contacts quand son portable est tombé dans la baignoire. Elle a téléphoné à la clinique.

Willow se releva lentement, puis se pressa contre lui.

— C'est le plus beau jour de ma vie. Je t'aime tellement, Carter Adams. Je t'aime au moins autant qu'Axel, ajouta-t-elle, du rire dans la voix.

Ils échangèrent un nouveau baiser, vite interrompu lorsqu'un invité surprise se glissa entre eux.

— Allez, un pénible de plus dans la famille, lâcha Carter, hilare, en flattant le dos d'Axel.

— Il va falloir t'y habituer ! Si on allait rejoindre tout le monde ? Tant qu'on y est, on appellera mes parents.

— On n'aura qu'à faire un appel vidéo. Comme ça, ils participeront à la fête.

Ils retraversèrent la cour main dans la main, avec Axel qui trottinait derrière eux. Avant d'entrer, Carter marqua une pause sur le seuil.

— Maintenant, je peux annuler mon billet d'avion pour Auckland, dit-il.

— Que… Quoi ?

— Je comptais aller te voir le week-end prochain pour te demander une deuxième chance. Tu n'allais pas te débarrasser de moi si facilement. Je t'aime trop.

Willow se jeta à son cou.

— Je t'aime, Carter. Nous deux, c'est pour la vie.

ANNIE CLAYDON

Un pédiatre au grand cœur

Traduction française de
MICHELLE LECŒUR

BLANCHE

HARLEQUIN

Titre original :
CHILDREN'S DOC TO HEAL HER HEART

1.

« Reba fonce toujours tête baissée. »

Les amis de Rebekah Sloane plaisantaient souvent là-dessus, et en général elle en riait avec eux. Mais pour le moment elle n'en avait aucune envie.

Elle s'était précipitée pour obtenir ce job parce qu'elle savait qu'il représentait un défi. Lorsque le poste de musicothérapeute s'était retrouvé vacant au sein du département pédiatrie du London and Surrey Hospital, il avait été décidé d'augmenter la fréquence des séances d'un à deux jours par semaine. Reba avait envoyé son CV, accompagné d'un commentaire écrit à la hâte dans lequel elle avait jeté quelques idées sur la manière dont elle envisageait d'utiliser ce temps supplémentaire.

Elle avait passé un entretien avec le chef du service de rééducation de l'hôpital et on lui avait offert le poste presque immédiatement. Au lieu d'en déduire que ses compétences avaient été jugées supérieures à celles des autres candidats, elle avait supposé que peu de gens étaient prêts à se jeter dans la gueule du loup pour gagner leur vie.

Mais si son choix ne se portait pas sur les postes difficiles – et son entretien ne lui avait laissé aucun doute sur le fait que celui-ci en était un – comment saurait-elle de quoi elle était capable ? Dès son plus jeune âge, son père lui avait inculqué cette façon de penser, même s'il n'avait pas vraiment envisagé le domaine médical pour la carrière de sa fille unique.

Travailler avec des enfants était toujours un défi. C'était une des raisons pour lesquelles Reba aimait tant ce métier. Mais reprendre le flambeau de la musicothérapeute précédente, attachée au service pendant les vingt dernières années et apparemment très appréciée, ne facilitait pas les choses. Étant donné les circonstances tragiques de sa mort, Reba devrait agir avec délicatesse et respect.

Elle y avait été très bien préparée par les ressources humaines de l'hôpital et son nouveau patron, quand il l'avait appelée pour discuter avec elle avant de finaliser leur accord.

Mais personne – absolument personne – n'avait pensé à la préparer à sa rencontre avec le Dr John Thornton.

Il se leva de sa chaise et saisit une pile de documents entassés sur la chaise en face de lui afin qu'elle puisse s'asseoir. Et soudain, Reba se dit qu'elle avait omis un point très important sur sa liste d'objectifs et de solutions.

Son travail lui avait appris à relever les défis, sortir des sentiers battus et trouver le moyen d'avancer. Cependant, la vie ne l'avait pas disposée à se trouver devant quelqu'un qui lui déclenchait des picotements dans les doigts et des frissons dans le dos.

Il se présenta, prenant tout juste la peine de mentionner qu'il était à la tête du département. Puis il se rassit derrière son bureau et elle se retrouva séparée de sa bouche tentante et de son corps superbe – ce qui quelque part était plutôt un soulagement.

— Je regrette que nous n'ayons pas eu l'occasion de faire connaissance plus tôt, dit-il. Bienvenue dans le département.

— Merci, répondit-elle avec un sourire un peu forcé. J'ai vraiment hâte de travailler ici.

— Ce sera le mardi et le vendredi.

— Parfait. J'ai des patients privés le reste du temps.

— Nous n'avons obtenu les fonds pour passer à deux jours par semaine que récemment. Nous avons tous très envie de contribuer à agrandir avec vous la place de la musicothérapie dans le département.

Mais bien sûr. Il disait tous les mots qu'il fallait, mais il n'y avait aucune sincérité dans sa voix. Il jeta un coup d'œil à son CV qu'il avait sorti d'une des piles de son bureau. Reba ne parvenait pas à décider si ses yeux étaient gris ou bleus.

Quelle que soit leur couleur, ils étaient ensorcelants. Pourtant elle avait remarqué des cernes sombres qui les soulignaient. Elles avaient sûrement mis plus d'une nuit à se former.

— Rebekah Sloane… Y a-t-il un rapport avec Hans Sloane, le pianiste ?

Bien. Une question qu'on lui posait souvent, et qui paraissait expliquer son enfance chaotique, passée à voyager à travers le monde avec la conviction que la musique était la clé de presque tout.

— En fait, c'est mon père.

Il continuait à étudier le document devant lui.

— Je vois que vous aussi vous jouez du piano…

— Oui, mais parfois quand je travaille j'ai l'impression qu'être assise derrière un clavier m'empêche d'avoir un contact direct avec les gens pour qui je joue. Le violon est mon premier amour, et il est beaucoup plus maniable.

— Je voudrais vous demander…

Il hésita, comme s'il avait besoin de sa permission pour l'interroger.

— Oui ? dit-elle avec un sourire encourageant.

— Ce que vous faites semble très différent de ce qu'il se passe dans une salle de concert, où on vous demande de vous taire si vous ne vous tenez pas tranquille. Au contraire, vous cherchez à provoquer des réactions.

— En effet. C'est pour cela que j'aime jouer des chansons de marins et des airs folkloriques en plus des chansons populaires, car il est difficile de ne pas participer en tapant des mains ou des pieds. Pourtant je connais un petit garçon qui adore Beethoven et a inventé une sorte de danse de robot quand il entend *L'Hymne à la joie*.

Cela le fit sourire.

— Cependant, on n'attend pas de la musicothérapie qu'elle soit là pour distraire, n'est-ce pas ?

— Non, mais c'est une façon d'y amener les patients. La musique parle aux gens, et qu'y a-t-il de mieux pour toucher un enfant de sept ans qui est à l'hôpital ?

Hans n'aurait pas été d'accord avec ça. Peut-être que si elle avait grandi en l'appelant *papa* elle aurait réussi à distinguer le père du pianiste… Mais pour elle, Hans avait toujours ressemblé davantage à un mentor qu'elle adorait. Elle était allée de l'avant, s'efforçant d'ignorer la déception qu'il n'avait pas cachée devant le choix de carrière qu'elle avait fait.

Cela ne ressemblait pas à Reba de laisser son esprit s'égarer ainsi pendant un entretien professionnel. Elle résista à la tentation de chercher le regard de John et de tout lui raconter sur elle.

— N'est-ce pas le genre de connexion que tout le personnel médical cherche à établir ? Peu importe le moyen, l'important n'est-il pas d'y arriver ?

Elle le vit esquisser un sourire désabusé et, devant son air fatigué, elle ne put s'empêcher de remarquer qu'il avait dû un peu trop tirer sur la corde récemment. Le risque était qu'il soit trop épuisé pour remplir toutes ses obligations auprès de son entourage.

Est-ce que quelqu'un lui avait suggéré de faire une pause et de trouver un endroit tranquille à l'écart des bruits du monde ?

— Oui, vous avez raison, répondit-il. Cathy avait une autre manière de travailler, mais… je suppose que personne n'a envie de s'entendre dire le premier jour que son prédécesseur faisait les choses différemment.

Là, elle avait une réponse toute prête.

— J'ai encore beaucoup à apprendre. Le jour où j'estimerai que je n'ai rien à retirer de la façon dont les autres travaillent, je n'aurai plus qu'à changer de métier.

John lui décocha son premier vrai sourire.

— Cathy utilisait des techniques légèrement différentes des vôtres, mais son approche était essentiellement la même. Elle puisait en elle pour se connecter à ses patients.

Il joua avec un de ses stylos, comme s'il ne lui avait pas encore tout dit. Reba attendit. Hans lui avait appris qu'il valait mieux laisser sortir ses émotions. C'était un bon principe, même si son habitude de crier d'une voix suraiguë n'était sans doute pas la meilleure façon de le faire.

— Je suppose que vous savez déjà ce qui est arrivé à Cathy...

Elle ne répondit pas. Chacun avait sa manière d'appréhender une situation, et il était clair que John n'était pas une exception.

— Elle était là depuis de nombreuses années et était très appréciée. Elle a eu une crise cardiaque dans la salle de repos du personnel et, malgré la présence de médecins sur place, nous n'avons pas réussi à la sauver. Cela a été difficile pour chacun d'entre nous.

— Je ne peux que l'imaginer...

— Il est important de préciser que, selon un amendement récent, je ne suis pas votre référent et vous devez donc vous adresser directement au chef des services de rééducation. Mais le personnel du département est sous ma responsabilité. J'aimerais travailler avec vous de façon que tout se passe sans difficulté.

Elle lui savait gré de lui avoir parlé franchement. Ainsi elle pourrait aborder un sujet plus facilement si le besoin s'en faisait sentir. Mais elle trouvait son visage fatigué et son air soucieux plutôt alarmants.

— Je suis sûre qu'il n'y aura aucun problème...

Reba savait que ce n'était pas vrai, mais elle avait pris l'habitude de minimiser les difficultés. On lui avait assuré qu'il y aurait sans doute des problèmes, et elle pensait y être préparée. Le regard gris-bleu intense lui avait fait comprendre qu'il pouvait en être autrement.

Elle haussa les épaules.

— Il y en aura probablement un ou deux, ajouta-t-elle. Mais je ferai tout pour que ça marche, pour vous et pour moi. Je pense qu'un des moyens d'y arriver est pour moi d'accepter l'idée que tout le monde préférerait ne pas avoir besoin d'une nouvelle musicothérapeute – et ne pas le prendre comme une offense personnelle. Je vais leur laisser le temps de me connaître un peu, et les choses se feront à leur rythme.

— C'est un début qui me semble prometteur, dit John avec un sourire prudent. Je pourrais moi-même être en mesure d'y contribuer. Joanne est notre administratrice de stagiaires et c'est elle qui vous fera faire le tour des lieux.

— Avec plaisir.

— Si vous avez des questions d'ordre médical ou que vous désiriez connaître comment les choses fonctionnent, ma porte vous sera toujours ouverte. Pour des questions plus précises, Joanne sera plus à même de vous répondre. Y a-t-il d'autres points que vous voudriez voir avec moi, Rebekah ?

— Non, si ce n'est que je préfère que l'on m'appelle Reba.

Généralement, quand Hans l'appelait Rebekah, c'était que quelque chose n'allait pas.

John saisit son téléphone.

— Joanne, Rebekah est ici et je me demandais si vous pouviez lui faire faire le grand tour…

Rebekah. C'était un joli prénom et qui semblait fait pour elle. Mais désormais il ne devrait pas oublier de l'appeler Reba, comme elle le souhaitait.

John se balança sur sa chaise de bureau en regardant par la fenêtre. N'importe qui la croisant dans la rue la trouverait belle, mais ce ne serait pas lui rendre assez justice. Elle était superbe, avec ses grands yeux bleus et ses cheveux presque noirs assemblés sur la nuque, en un savant arrangement qui défiait les lois de la gravité.

Elle avait une mâchoire volontaire et un regard presque trop franc, mais dont l'effet était électrisant. Quant à sa façon de marcher, on aurait dit qu'elle dansait sur une musique inaudible pour les simples mortels.

Reba… Le problème, c'était qu'il n'avait pas de temps pour elle. Il devait s'occuper de son enfant et avait un job très prenant, tous les deux monopolisant toute son énergie émotionnelle.

Il ne savait pas non plus partager son chagrin. Cathy avait été une bonne amie, la mère de deux filles adultes, et elle avait fait preuve d'un grand pragmatisme quand la sœur de John était morte. Il s'était alors rendu compte que se retrouver seul à élever une petite fille de quatre ans était beaucoup plus compliqué que d'être son oncle unique et préféré…

À présent Rosalie avait cinq ans. Elle commençait à surmonter le bouleversement causé par la perte de sa maman, en bonne partie grâce aux conseils avisés et à la bonne humeur de Cathy.

« Tu tiens vraiment à tout peindre en rose ? » lui avait-elle demandé en le voyant décorer la chambre de Rosalie.

Il avait haussé les épaules.

« Toutes les petites filles aiment le rose, non ? »

« Bien sûr… Et elles sont à la vanille et les garçons, en chocolat. »

« Alors quelle couleur choisirais-tu ? »

« Tu pourrais peut-être lui poser la question, et voir en fonction de sa réponse. Ma fille aînée avait décidé qu'elle voulait du rouge vif et elle faisait des cauchemars. J'ai fait pas mal d'erreurs de mon côté, autant te les éviter. »

« Comment t'y es-tu prise pour recouvrir le rouge avec l'accord de ta fille ? »

« Le mieux, c'est de sélectionner plusieurs couleurs qui selon toi pourraient convenir et, à l'aide de petits pots pour tester, peindre différents carrés sur le mur. Demande à Rosalie de t'aider, puis de choisir la couleur qu'elle préfère. »

Il avait suivi son conseil. Rosalie avait opté pour un vert clair, qui fut du plus bel effet une fois qu'il eut terminé de peindre. Pour finir, Rosalie avait une pièce qu'elle adorait, dans laquelle se trouvaient tous les objets qu'il avait rapportés de son ancienne chambre, plus quelques nouveaux jouets que Cathy l'avait aidé à choisir.

À présent Cathy n'était plus là, laissant derrière elle un mari effondré et deux filles. Toutes ses connaissances médicales et son expérience de cardiologue n'avaient pas suffi. Il avait tenté de la sauver tout en sachant qu'il n'y parviendrait pas. Cela ne l'avait pas empêché d'éprouver un sentiment de culpabilité quand son mari lui avait serré la main aux funérailles, en le remerciant d'avoir fait tout son possible.

Son chagrin ne s'était toujours pas dissipé, comme lorsque sa sœur était morte. En tant que mère célibataire, sa sœur Cara avait compté sur lui pour qu'il l'aide à s'occuper de Rosalie.

Il lui avait promis qu'il prendrait soin d'elle si quelque chose lui arrivait.

Tout ce qui importait à présent, c'était que Rosalie l'ait, lui, John. Craquer émotionnellement ne ferait de bien à personne. Pas plus que de se dire qu'il pourrait facilement tomber amoureux de Reba. Cela lui avait servi de leçon quand sa compagne, Elaine, lui avait demandé de choisir entre elle et Rosalie, lui affirmant qu'il lui serait impossible de s'occuper d'un enfant en plus d'une nouvelle promotion au travail, alors qu'il n'avait toujours pas fait le deuil de sa sœur.

Il avait donc simplement renoncé à avoir une relation amoureuse. Même s'il trouvait une partenaire qui l'accepte en tant que père célibataire, il courrait de nouveau le risque de perdre un jour quelqu'un.

Son téléphone se mit à sonner et il sursauta. La secrétaire du département lui signalait qu'il était en retard pour faire la tournée des salles. C'était ce qu'il faisait le mieux, mettant tout le reste de côté pour se concentrer sur sa tâche.

2.

Joanne était une jeune femme énergique au regard vif, qui manifestement passait un peu plus de temps que Reba chaque matin pour décider ce qu'elle allait porter. Elle lui serra la main avec enthousiasme et commença le grand tour d'un pas alerte.

— Voici notre salle de thérapie. Elle est entièrement à vous pendant les deux jours de la semaine où vous êtes ici, c'est-à-dire le mardi et le vendredi. Les ergothérapeutes l'utilisent le reste du temps. Le Dr Thornton a simplifié le système d'attribution des salles quand il a pris la direction du département, il y a un an.

Elle ouvrit la porte sur une pièce claire et spacieuse.

— Qu'en est-il du jardin ? Est-ce que je peux l'utiliser aussi ? demanda Reba.

Les deux portes du fond donnaient sur un espace pavé à l'ombre des arbres et orné de pots de fleurs. Un petit muret de briques séparait le jardin des autres terrains autour de l'hôpital.

Joanne sourit.

— Oui, cette zone est également employée par les thérapeutes. Cathy y faisait souvent des séances quand le temps le permettait. Comme c'est à l'écart des autres salles de l'hôpital, on peut faire un peu de bruit sans déranger personne.

— C'est super, merci.

La jeune femme lui montra un grand panneau d'affichage vide accroché au mur.

— Celui-ci est pour vous. Et votre placard est à côté…

La façon dont elle laissa courir sa main sur les deux posters multicolores qui décoraient les portes du placard retint l'attention de Reba.

— C'étaient les posters de Cathy ?

— Oui. J'aurais dû les enlever quand j'ai tout préparé pour vous… Mais désormais ce placard est le vôtre.

Lentement, comme à contrecœur, Joanne entreprit de décoller l'un des posters.

— Attendez… Et si on les posait ailleurs, par exemple sur le panneau ? proposa Reba.

Certes Reba était nouvelle ici et elle voulait imprimer sa propre marque, mais balayer tout ce qui était relié à Cathy n'était pas la meilleure manière.

— C'est une bonne idée, mais… n'aurez-vous pas besoin d'espace pour vos annonces ? demanda Joanne.

— Ce n'est pas un problème. Pensez-vous que ce serait bien de les conserver ?

— Oui… Mais maintenant c'est *votre* poste.

Reba sourit.

— Le Dr Thornton m'a dit la même chose et j'apprécie l'intention, mais je sais que vous pensez tous encore à Cathy et il ne va pas être facile de la remplacer.

— C'est lui qui a tenté de la sauver, vous savez.

— Oh.

— Elle était assise dans la salle du personnel, sans doute en train de prendre une tasse de thé car on a trouvé du liquide répandu partout sur le sol. Elle a fait un arrêt cardiaque et je l'ai trouvée là, en allant chercher quelque chose dans mon casier…

Les yeux de Joanne étaient remplis de larmes. Ce n'était sans doute pas la première fois qu'elle racontait ce drame, mais quand on avait du chagrin cela faisait du bien d'en reparler jusqu'à ce que la douleur s'atténue peu à peu.

— Je suis désolée que vous ayez dû vivre ça, Joanne.

— J'ai couru chercher le Dr Thornton, mais… les médecins ont dit ensuite qu'il était déjà trop tard. Il a quand même tenté de la réanimer. Je crois qu'on voulait tous qu'il le fasse, parce qu'on n'acceptait pas la situation…

D'un seul coup Joanne se raidit en s'essuyant les yeux.

— Vous n'avez pas besoin d'entendre ça. Pas pendant votre premier jour.

Les points à noter sur la liste de Reba s'étaient soudain matérialisés en êtres humains, qui pleuraient de vraies larmes. Hans aurait levé les yeux au ciel en signe d'exaspération, mais elle devait se rappeler Joanne chaque fois qu'elle serait tentée, comme lui, de tout classer par catégories et de ne ressentir que la musique.

— Merci de m'en avoir parlé. Je me rends compte que cela vous a profondément affectée.

Joanne hocha la tête.

— Lorsque le consultant en cardiologie a pris le relais et nous a dit…

À l'évidence, Joanne avait toujours besoin d'en parler, mais ne parvenait pas à prononcer certains mots. Reba lui vint en aide.

— Il a dit que Cathy était partie ?

— Tout le monde était silencieux, et le Dr Thornton était blanc comme un linge, au point que j'ai craint qu'il ne s'évanouisse. Et d'un seul coup il a tout pris en main, disant à chacun ce qu'il devait faire. Il m'a emmenée dans son bureau et m'a servi une tasse de thé, puis il a appelé mon petit ami pour qu'il me ramène chez moi.

— C'était attentionné de sa part.

— Oui. J'ai appris plus tard qu'il avait accompagné l'assistante sociale de l'hôpital pour annoncer son décès à la famille de Cathy. Et ici il a aussi parlé à chacun. La plupart étaient au courant, mais il voulait leur raconter lui-même comment les choses s'étaient passées.

Voilà qui expliquait le visage fatigué de John.

— Vous voulez bien m'aider, Joanne ? demanda-t-elle en décollant soigneusement le scotch du premier poster collé sur la porte du placard.

Joanne lui prêta main-forte et quand les deux posters se retrouvèrent épinglés sur le panneau, ils occupaient moins d'un tiers de l'espace total.

Elle lui tendit la clé du placard.

— Il y a des instruments à l'intérieur, essentiellement des tambourins. N'hésitez pas à le remplir.

— J'ai deux cartons dans mon coffre, je les installerai plus tard, répondit Reba.

— Parfait. Continuons le tour des salles, puis je vous montrerai les choses essentielles à connaître, ajouta Joanne avec un sourire. Les toilettes pour dames, la cantine…

La visite guidée de Joanne lui avait été très utile. Elle était allée droit vers les personnes qui étaient le plus susceptibles de l'aider dans chaque salle et l'avait présentée à tout le monde. Reba n'était pas sûre de se rappeler tous les noms, mais un premier contact souriant était un bon départ.

Elles allèrent déjeuner toutes les deux à la cantine, et elle se risqua à aborder un sujet qu'elle avait évité avec John.

— Ce que je souhaite quand cela est possible, c'est que la musique fasse partie de la culture quotidienne d'un département. Je pense que c'est important.

Le regard de Joanne s'anima.

— Parce que la musique nous aide à nous sentir mieux ? Ça ne peut jamais faire de mal par ici.

— Exactement. Et comme aujourd'hui c'est vendredi, j'ai pensé que je pourrais rester plus tard après le travail et simplement jouer quelque chose au violon. Ce serait informel, plutôt une façon de voir si cela intéresse quelqu'un.

— Qu'allez-vous jouer ?

— Tout ce qu'on voudra. Avez-vous vous-même des souhaits ?

Joanne parut réfléchir.

— Il faudra que le Dr Thornton donne son feu vert pour ce genre de manifestation…

— J'espérais que vous pourriez intervenir en ma faveur et me donner des conseils pour agir sans marcher sur les plates-bandes de quiconque. Si vous avez le temps, bien sûr.

— Tout à fait, dit Joanne en souriant. Le Dr Thornton m'a demandé de vous aider à vous installer.

Elle saisit son téléphone.

— Je vais lui demander ce qu'il en pense…

Le trac du premier soir. Quand cela lui arrivait avant un concert, Hans avait coutume de s'en prendre à quelqu'un, puis de jeter contre le mur tout ce qui passait à portée de sa main. Reba préférait une approche plus silencieuse, avec l'estomac noué.

Joanne avait été d'une grande efficacité. Non seulement elle avait obtenu la permission de John, mais elle avait apporté des chaises supplémentaires dans la salle de thérapie et avait aidé à caler les tables contre le mur. La porte du couloir était fermée de sorte que le reste de l'hôpital ne soit pas dérangé dans son travail, et celles donnant sur le petit jardin avaient été ouvertes pour qu'on puisse entrer par là.

Tout était prêt. Une brise fraîche caressa les épaules de Reba et elle frissonna. Il ne restait plus qu'à espérer qu'il y ait du monde et que les gens se tiennent chaud.

Elle vit Joanne apparaître dans le jardin et lui faire signe de commencer à jouer. Reba leva son violon, réconfortée par le contact du bois contre sa joue, et la musique se répandit dans la pièce vide. Une femme entra par le jardin et fit signe à un homme de la suivre. Il portait un petit garçon vêtu d'un pyjama de superhéros. La famille s'assit tout au fond tandis que Reba attaquait l'air du dernier film à la mode chez les enfants.

Le garçon sourit et descendit des genoux de son père pour s'avancer peu à peu vers elle. De plus en plus de gens arrivaient, et Reba jouait pour chaque enfant, circulant parmi eux avec son instrument de sorte que ceux qui étaient en fauteuil roulant ne soient pas mis à l'écart.

À présent, elle commençait vraiment à s'amuser. Elle joua la musique de dessins animés et de films, des thèmes de slogans publicitaires et de chansons populaires, puis quelques airs pour plaire aux adultes.

Joanne entra avec une petite fille aux boucles blondes qu'elle fit asseoir sur une chaise dans un coin, et elle resta écouter la musique avec elle.

Quand la salle fut pleine, Reba accéléra un peu le rythme. Elle entama un air folklorique fait pour danser, et tout le monde se mit à marquer la cadence en tapant du pied. Tout en jouant, elle se dirigea vers les portes menant au jardin. Joanne comprit le message et la suivit dehors en dansant dans le soleil couchant.

Chacun fit comme il lui plaisait. Deux mamans sortirent en dansant avec leurs enfants, tandis qu'une infirmière restait près de ceux qui ne pouvaient pas courir, tendant des tambourins à ceux qui le réclamaient. Un gardien qui avait amené une petite fille dans un fauteuil s'assura qu'elle était bien installée dans le jardin et se mit à mimer une danse avec une partenaire imaginaire qui déclencha l'hilarité.

La petite fille blonde était toujours assise dans le coin, regardant avec envie par la fenêtre ceux qui dansaient dans le jardin. Elle était le seul enfant à n'être pas accompagné par un parent ou sous la surveillance d'une infirmière. Reba attira l'attention de Joanne en la désignant du regard, et celle-ci fit signe à la fillette de sortir.

Elle avait besoin d'être encouragée. Reba se dirigea avec son instrument vers l'endroit où elle était assise et la musique réussit à la faire lever de sa chaise. L'enfant la suivit dehors en commençant à danser, ses boucles blondes tressautant au soleil.

— Oncle John ! Nous dansons !

En entendant sa voix aiguë, Reba regarda autour d'elle. Le Dr John Thornton était debout à l'ombre d'un arbre et elle eut du mal à le reconnaître. À part ses cheveux et ses vêtements, rien ne ressemblait à l'homme grave dont elle avait fait la connaissance.

Son sourire n'était que pour la petite fille, pourtant elle sentit un frisson lui parcourir le dos. Il semblait détendu, appuyé contre le tronc large de l'arbre comme s'il n'avait rien d'autre à faire que d'apprécier cet instant. Reba attaqua un nouvel air avec un regain d'énergie, dans l'espoir qu'il serait tenté de se joindre aux danseurs.

Raté. Mais quand elle joua un chant de marins dont le rythme évoquait le mouvement des vagues et les voiles que l'on hissait avec effort, il se mit à taper dans ses mains comme les autres. Une petite victoire quand même.

Joanne l'aperçut et se précipita vers lui, comme si elle

appréhendait sa réaction. Reba les vit échanger quelques mots puis John sourit, l'invitant manifestement à rejoindre la danse.

Reba continua à jouer en se tenant debout entre la salle de thérapie et le jardin, de façon à voir les réactions de tout le monde.

Après avoir consulté la pendule, elle jugea qu'elle avait encore le temps de jouer un morceau et, cette fois, choisit une balade de façon à calmer peu à peu l'atmosphère. Ainsi les enfants qui séjournaient à l'hôpital ne seraient pas surexcités en regagnant les salles. Elle remarqua que la petite fille avait couru jusqu'à John et qu'il s'était assis sur l'herbe avec elle.

Tous les deux la fascinaient, mais elle devait accorder la même attention à chacun. Tout en jouant, elle rentra dans la salle, le cœur frémissant. Même si John ne la voyait plus, il pouvait encore entendre la musique.

Après avoir perdu Cathy, John n'avait plus écouté de musique à la radio, préférant suivre plus ou moins distraitement des débats à propos d'événements sur lesquels il n'avait pas pris la peine de s'informer.

Pour le bien de Rosalie, il faisait comme si rien ne s'était passé. Mais cette existence silencieuse et monotone était devenue une sorte de refuge quand il était seul. Quelque part où il n'était pas tourmenté par la culpabilité et le chagrin, et où il ne se demandait pas constamment s'il n'aurait pas pu remarquer plus tôt que Cara ou Cathy n'allaient pas bien – et peut-être les sauver.

Il avait eu l'intention de venir ici juste pour s'assurer que tout se passait bien et voir comment Rosalie réagissait. Mais quand il l'avait regardée sauter et danser sur la musique, il n'avait pas pu repartir.

Elle l'appela d'une voix enthousiaste et il lui fit un signe de la main.

Oncle John.

Rosalie remarquait peut-être une différence entre l'homme insouciant qui avait été son oncle et celui qui était maintenant son père, car elle ne l'appelait pas souvent *oncle* ces jours-ci. Sous les branches de l'arbre qui ombrageait l'entrée du jardin, il l'observait discrètement ainsi que les autres enfants.

Et puis il avait vu Reba. En la regardant bouger, jouer et danser, il s'était senti touché au cœur. Incapable de résister à la joie qui émanait d'elle, il s'était mis lui aussi à taper dans ses mains au rythme de la musique.

— Docteur Thornton ?

La voix de Joanne le ramena sur terre.

— Qu'est-ce que vous en pensez ? demanda-t-elle, l'air vaguement inquiet.

Il pensait qu'il aurait voulu s'approcher de Reba et la toucher… sentir de plus près la passion qui l'animait.

— Ça a l'air très réussi. Et vous, est-ce que ça vous plaît ?

Joanne haussa les épaules. À en juger par les appels qu'il avait reçus d'elle dans le courant de l'après-midi, il la soupçonnait d'avoir été si accaparée par les préparatifs de cette soirée qu'elle n'avait pas pris le temps de l'apprécier.

— Tous les patients sont-ils encadrés ? demanda-t-il.

Joanne hocha la tête.

— Reba a parlé à la responsable des salles et il y a des infirmières pour veiller sur tout le monde.

— Il serait peut-être temps de penser à vous détendre et apprécier la fête. Vous avez fait un excellent travail d'organisation, merci.

Cette réflexion venait de la bouche de l'ancien Dr John Thornton. Celui qui avait appris à faire de son mieux et à renoncer à ce qu'il ne pouvait pas changer.

Le visage de Joanne s'éclaira.

— Entendu. Merci, docteur Thornton.

Il pouvait partir à présent. Joanne avait rejoint le groupe des enfants et dansait avec eux. Dans son excitation, Rosalie semblait avoir oublié jusqu'à son existence. Il pouvait regagner son bureau et finir le rapport qu'il avait commencé…

Mais soudain, il se dit qu'il pouvait attendre. John voulait avoir un moment pour lui et alla s'asseoir sur l'herbe, regardant

Reba qui se tenait dans l'embrasure de la porte entre la salle de thérapie et le jardin. Son visage irradiait la joie. Puis elle entama une mélodie plus lente qui instaura peu à peu le calme.

Rosalie courut jusqu'à lui et s'assit sur ses jambes étendues.

— Tu t'amuses bien ?

Elle hocha vigoureusement la tête.

— Ça te plaît, papa ?

— Oui. Est-ce que tu veux rentrer maintenant, ou rester jusqu'à la fin ?

— Rester ! s'exclama-t-elle en jetant les bras autour de sa taille comme pour s'assurer qu'il ne partirait pas.

John se mit à rire et la serra contre lui.

— Très bien, nous restons.

Joanne avait insisté pour aider à tout remettre en ordre à la fin, et elles commencèrent à réinstaller les tables pour le lundi matin. Les parents et les enfants s'éloignaient peu à peu, et quand Reba regarda dehors John était parti, emmenant la petite fille.

— Je vous ai vue parler avec le Dr Thornton, dit-elle à Joanne. Était-il satisfait ?

— Oui, il a dit que tout était vraiment bien.

— La petite fille qui était avec lui semblait s'amuser beaucoup. S'agit-il de sa nièce ?

— Oui, Rosalie est sa nièce. Mais…

Joanne fut interrompue par les derniers parents qui quittaient la salle en disant au revoir.

— C'était un plaisir de la voir rejoindre la danse.

— Je suis certaine que le Dr Thornton nous donnera le feu vert pour recommencer.

— Vous savez, je n'y serais pas arrivée sans vous. J'ai fait la partie la plus facile, vous avez tout organisé et avez réussi à faire venir tout le monde.

— Nous formons une bonne équipe, répondit Joanne en souriant. De mon côté, je ne sais pas jouer du violon.

— Vous avez travaillé assez dur pour aujourd'hui. N'avez-vous pas un endroit où aller ce soir ?

C'était le cas de la plupart des gens le vendredi soir. Quant à Reba, elle rentrait généralement chez elle pour faire le bilan de sa semaine – ce qu'elle aurait pu mieux faire et comment y remédier la semaine suivante.

— Tout le monde se rend au bar à vin pour l'anniversaire de Lizzie, répondit Joanne. Vous devriez venir aussi. Ce sera pour vous une occasion de mieux connaître tout le monde.

Parmi toutes les personnes qui lui avaient été présentées, Reba ne parvenait pas à se rappeler une Lizzie.

— Entendu, merci. Vous devriez y aller maintenant, il n'y a plus grand-chose à faire ici. Je vous remercie vraiment de votre aide aujourd'hui, mais je ne voudrais pas que vous ratiez votre soirée…

Reba regagna à pied le parking de l'hôpital, perdue dans ses pensées.

À la soirée, Lizzie avait ouvert une pile de cartes d'anniversaire, les lisant à voix haute. Il y en avait une écrite par John, et une des infirmières s'était plainte qu'il ne venait jamais prendre un pot après le travail.

— Quel dommage. J'aimerais bien le voir se lâcher un peu autour d'un verre…

— C'est probablement pour ça qu'il ne vient pas, avait répondu un de ses collègues en riant. Laisse-le tranquille, c'est un type correct qui s'occupe bien de son personnel – ce qui n'est pas toujours le cas.

Tout le monde autour de la table avait hoché la tête en signe d'approbation, et Reba s'était dit qu'apparemment elle n'était pas la seule à avoir noté le côté réservé de John.

Elle actionna la manette pour déverrouiller la voiture, et les phares brillèrent dans le noir. Reba ne pouvait s'empêcher d'être fascinée par John, mais si elle avait envie de le connaître mieux et de le voir sourire, elle ne devait pas se laisser distraire de son but. Elle était ici pour assurer un poste qui représentait un vrai défi, et elle se devait de réussir.

Elle y arriverait. Hans lui avait appris que la recherche de l'excellence impliquait d'être résolu et tenace, et il en était le parfait exemple. S'il lui arrivait de jeter des objets, c'était en rapport avec la musique. S'il restait debout toute la nuit, incapable d'arrêter de travailler, c'était pour la musique. Et quand il lui avait montré de l'amour, c'était en relation avec la musique que lui et Reba partageaient.

Il avait réagi exactement comme elle s'y était attendue quand il avait appris sa décision de devenir musicothérapeute, martelant qu'elle gâchait son talent. Ils avaient recollé les morceaux, mais les choses n'avaient plus été pareilles entre eux. Reba avait rassemblé toute son énergie et sa détermination pour lui prouver qu'il avait tort. Si seulement il avait pu être là pour cette première soirée musicale à l'hôpital…

Sans doute l'aurait-elle quand même déçu – il ne l'aurait pas jugée aussi digne de son amour qu'avant. Reba s'était fait une raison maintenant, mais elle avait l'impression qu'elle devait en faire toujours plus pour mériter le respect des gens autour d'elle.

Le respect était une chose. S'entendre avec John, voire être amie avec lui était souhaitable, et cela l'aiderait à consolider les fondations que Cathy avait posées. Vouloir davantage ne ferait que la distraire et risquerait de mettre en péril ce qu'elle avait accompli.

La semaine suivante, Reba devrait être un peu plus prudente avec ses émotions.

3.

Mardi matin. Le mardi et le vendredi n'étaient-ils pas les jours de Reba ?

John fronça les sourcils. Le mardi et le vendredi étaient avant tout les jours de musicothérapie de ses jeunes patients. Nul besoin de penser à la personne qui dispensait ces séances. Tout ce qu'il devait savoir, c'est qu'elle était qualifiée et se présentait bien ces jours-là.

Il avait trop pensé à Reba pendant le week-end et ne devait pas perdre de vue certains aspects. Reba était certes ravissante, mais la vie qu'elle représentait n'était plus pour lui. Donner à Rosalie ce dont elle avait besoin et accomplir correctement son travail à l'hôpital était déjà beaucoup.

Il sursauta quand on frappa à la porte de son bureau. Voilà qu'il se sentait coupable rien qu'en pensant à Reba. Il soupira, exaspéré par sa propre stupidité. Comme personne n'entrait, il se leva pour ouvrir la porte et se trouva face à Reba, qui sursauta. Tous deux se regardèrent fixement.

Reba fut la première à reprendre ses esprits.

— Désolée, je ne vous ai pas entendu me dire d'entrer.

— Je n'ai rien dit.

Il ne put s'empêcher de sourire, secrètement ravi de la revoir après trois longs jours passés sans elle.

— En général, on se contente de frapper et d'entrer. Si je ne veux pas être dérangé, j'allume la lumière au-dessus de la porte et soit on repasse plus tard, soit on parle à ma secrétaire.

Il la fit entrer et alla trouver refuge derrière son bureau. Quelle que soit l'émotion que Reba ressentait – qu'il s'agisse de joie ou d'incertitude – elle semblait remplir toute la pièce et il se sentait plus à l'aise avec une barrière solide entre eux.

— Qu'avez-vous pensé de la séance de vendredi soir ? demanda-t-elle sans préambule.

— Je serais heureux de la voir se poursuivre, si vous en avez envie, répondit-il aussitôt. Je pense que cela peut être profitable pour tout le monde.

Il devait s'efforcer d'oublier la profonde émotion qu'il avait éprouvée en regardant Reba jouer et se concentrer sur ce que cela pouvait apporter au département.

— Est-ce que c'était divertissant ?

Reba semblait vouloir l'amener à s'exprimer davantage, mais il ne tenait pas à parler de sa propre réaction.

— Ma fille s'est beaucoup amusée.

— La petite fille que j'ai vue avec vous ? Je croyais que c'était votre nièce…

Il pouvait lui répondre là-dessus, tout le monde était de toute façon au courant. Et d'après son expérience il était toujours préférable de fournir des réponses honnêtes et claires, notamment sur un sujet difficile, pour éviter de futures difficultés.

— Rosalie est ma fille adoptive. Sa mère – ma sœur – est morte il y a un an.

Reba devint rouge de confusion.

— Je suis désolée, je ne voulais pas être indiscrète.

Son regard était plein de compassion.

— Je suis sincèrement navrée de la perte que vous avez subie, vous et Rosalie.

Il hocha la tête, essayant de rester distant pour ne pas se laisser happer par l'émotion.

— C'était un plaisir de voir Rosalie s'amuser et danser avec les autres enfants. Elle est encore très triste par moments.

— Je suis heureuse qu'elle ait apprécié ce moment. Si elle a envie de revenir, je lui demanderai s'il y a un morceau qu'elle aimerait que je joue.

— Merci.

Reba se pencha pour ramasser un grand sac à main en cuir et le serra contre sa poitrine.

— Y avait-il autre chose ? demanda-t-il.

— Euh… pas vraiment. Je voulais juste connaître votre avis et vous demander si vous étiez d'accord pour une autre séance vendredi prochain.

— Oui, s'il vous plaît.

— C'est super, dit Reba en se levant.

Elle semblait soudain pressée et sortit précipitamment de son bureau. John soupira en s'enfonçant dans son fauteuil. Il était toujours attiré par Reba, et il devrait faire appel à toute sa volonté pour maintenir leur relation sur un plan strictement professionnel.

Reba tremblait en s'éloignant du bureau de John, son sac toujours serré contre elle. Elle ne lui avait pas montré son rapport, n'avait pas posé les questions qu'elle voulait. Elle ne lui avait pas non plus donné les réponses qu'elle avait préparées pour les questions qu'il aurait pu lui poser.

Elle descendit rapidement en salle de thérapie, réfléchissant à ce que John lui avait dit. Elle savait qu'il occupait ce poste depuis un an. Et il avait aussi perdu sa sœur un an plus tôt et adopté la petite Rosalie. Chacun de ces trois événements constituait une importante charge émotionnelle, alors les trois ensemble…

Pas étonnant qu'il se soit retiré derrière un mur de professionnalisme. Et la mort de Cathy après sa vaine tentative de la sauver avait été le dernier choc venu s'ajouter à une succession de bouleversements qui avaient secoué sa vie.

John avait parlé de la mort de sa sœur comme s'il s'était agi de quelqu'un d'autre. C'était cette dissociation qui avait le plus choqué Reba. Certes, son dévouement désintéressé pour son département et sa nièce était admirable, mais pour elle il vivait dans le déni et à un moment ou à un autre il risquait de craquer.

John Thornton était un homme en difficulté.

— Ce ne sont pas tes affaires, Reba.

Elle marmonna ses mots entre ses dents tout en ouvrant le placard de musicothérapie et déposa l'enveloppe qu'elle avait eu l'intention de remettre à John sur une des étagères. Cela pouvait attendre.

Ce qui était plus important, c'était la façon dont John avait réagi à la musique vendredi. Il avait paru se détendre et apprécier le moment présent.

Reba se rendait compte maintenant à quel point ces instants avaient dû être précieux pour lui. Elle savait qu'elle ne répondait pas seulement à l'attirance qu'il lui inspirait en voulant l'aider.

Ce ne serait pas facile. Les brefs échanges qu'ils avaient eus lui avaient donné la nette impression que John ne voulait l'aide de personne. Mais les difficultés ne l'avaient jamais arrêtée.

Reba consulta sa montre. Il lui restait une heure avant de voir arriver son premier patient, et il y avait du travail à faire.

Le petit Matthew était son dernier patient de la matinée. Il avait été victime d'un accident de voiture, et un traumatisme crânien l'avait laissé aphasique. Il ne pouvait pas formuler ses pensées avec des mots. Reba n'était pas sûre de pouvoir l'aider, mais elle avait décidé que cela valait la peine d'essayer.

Alors qu'elle s'approchait de la petite salle où quatre patients se trouvaient alités, la voix de John la fit sursauter.

— Vous allez voir Matthew ? J'aimerais me joindre à vous, si vous le permettez.

— Bien sûr. Pourquoi ?

En fait, elle était si peu confiante dans le résultat de la thérapie sur ce petit patient qu'elle aurait préféré être seule.

— J'aimerais savoir ce qui vous fait penser que la musicothérapie pourrait lui être bénéfique. Je pourrais apprendre quelque chose en observant ce cas.

N'était-ce pas une façon polie de dire qu'il ne lui faisait pas confiance ? Elle s'efforça de se détendre. John n'était pas Hans, il ne l'avait pas rejetée pour avoir pris une décision qui ne lui convenait pas. Néanmoins son opinion sur elle comptait, et cela la perturbait.

Inspirant profondément, elle s'arrêta et se tourna vers lui.

— Il n'y a aucune garantie de succès, mais j'ai remarqué vendredi qu'il essayait de chanter pendant que je jouais. Comme je n'ai pas pu entendre s'il avait réussi, je suis allée à l'hôpital dimanche pour passer un peu de temps avec lui.

— Et qu'avez-vous trouvé, pendant ce temps libre ?

Elle nota l'allusion et répliqua aussitôt.

— Le simple fait de passer les portes de cet hôpital suffit pour que je me sente au travail, dit-elle un peu sèchement. Dans certains cas certifiés, des personnes atteintes d'aphasie, ayant perdu la capacité de s'exprimer par la parole, peuvent réagir à la musique et parfois même chanter.

— Ce n'est pas le cas pour tout le monde, n'est-ce pas ?

— Non, mais d'après mes observations Matthew pourrait y arriver. J'ai parlé à son orthophoniste et elle approuve ma démarche. Elle va lui apprendre à s'apaiser et retrouver un état de calme qui l'aide peu à peu à reparler. J'ai également consulté le Dr Curry, qui pense que ça ne peut pas lui faire de mal.

À vrai dire le médecin de Matthew n'avait pas montré un grand enthousiasme devant sa proposition, mais elle ne s'y était pas non plus opposée.

— J'ai aussi parlé avec Anna Curry, répondit John. Il m'a semblé qu'elle n'avait pas grand espoir.

— Si vous permettez, c'est son opinion. S'il existe une chance que je puisse aider Matthew, je la saisirai. N'est-ce pas ce que nous devrions tous faire, pour chaque enfant qui se trouve ici ?

Reba se mordit la lèvre. En parlant avec Anna Curry, elle n'avait pas ressenti cet accès d'indignation qui la submergeait maintenant devant l'air sceptique de John. Pourquoi lui ?

John hocha la tête.

— Je suis d'accord avec vous. Anna est un médecin exceptionnel, mais elle a tendance à se fier un peu trop à ce qui est quantifiable.

— La musicothérapie peut aussi être quantifiée, John.

— Je voulais dire que… Je m'intéresse à ce que vous faites avec Matthew parce que j'ai envie que vous réussissiez et je veux apprendre de cette expérience.

Ils se toisèrent un instant.

— Très bien, dans ce cas. Vous serez toujours le bienvenu pendant mes séances. Après tout, vous êtes le chef du département, ne put-elle s'empêcher d'ajouter.

— Vous n'avez pas de comptes à me rendre. Je pense que le chef du service de thérapie serait rapidement sur mon dos si je me mêlais de votre travail.

Il y avait de la tension dans l'air, mais Reba n'était pas mécontente de voir cet homme si calme sortir de sa réserve.

Elle acquiesça, et la conversation aurait pu s'arrêter là, mais John ne semblait pas pressé d'aller voir Matthew.

— Est-ce que vous vous définiriez comme quelqu'un d'ambitieux ? demanda-t-il.

Il abordait là un terrain plus personnel.

— Je suis ambitieuse, et je ne crains pas de faire de nouvelles expériences. Y a-t-il quelque chose de mal à ça ?

— Non. Tant que ça profite à nos patients, je n'ai rien contre un peu de mouvement et d'agitation.

Pour l'instant, c'était surtout lui qu'elle avait envie de secouer.

— C'est ce que j'appelle de l'ambition. Être capable d'innover pour obtenir des résultats avec mes patients.

Il approuva de la tête.

— Je me demandais… Avez-vous d'autres idées qui vont dans ce sens ? J'ai constaté que votre séance de vendredi soir fonctionnait bien pour les enfants et leurs parents.

Elle avait même fonctionné pour John, bien qu'elle doutât qu'il l'admette.

— J'en ai quelques-unes. Ce soir, je termine à 6 heures. Si vous avez un moment…

Finalement, elle aurait dû rester dans son bureau ce matin et lui montrer le document qu'elle avait apporté.

— Désolé, mais ce soir je dois passer prendre Rosalie à

la garderie. Mais je serai là vendredi, et j'arrive tôt la plupart du temps.

Elle consulta sa montre : il était grand temps d'aller voir son patient.

Entre autres blessures dues à l'accident, Matthew avait une jambe cassée. Quand ils arrivèrent, il attendait sa séance de thérapie dans un fauteuil roulant. L'infirmière en chef donna à Reba une liste de ses airs préférés dressée par la maman de son patient. Elle lui posa quelques questions pour savoir comment il allait depuis la soirée de vendredi, tout en gardant un œil sur John.

Celui-ci alla s'accroupir devant Matthew, et le garçon sourit en lui faisant un signe de la main. John lui parla à voix basse et, quand Matthew hocha la tête, il débloqua le frein du fauteuil et l'amena jusqu'à l'endroit où se trouvait Reba.

— Hello, Matthew. Es-tu prêt à venir travailler avec moi ? demanda-t-elle en souriant.

Elle attendit. Il était important de lui donner du temps et de montrer qu'elle était intéressée par ses réactions, quelle que soit sa façon de les exprimer.

Matthew hocha de nouveau la tête, lui rendant son sourire.

Certes elle n'était pas très à l'aise à la pensée de devoir travailler sous le regard attentif de John, mais il alla s'asseoir tranquillement dans un coin de la salle et ne bougea plus.

Elle commença à chanter le refrain d'une des chansons de la liste pour voir comment Matthew réagissait. Après quelques répétitions et beaucoup d'encouragements, Matthew fut capable de reproduire l'air ainsi que quelques paroles indistinctes.

— Très bien, Matthew. C'est vraiment super !

Elle n'ignorait pas les efforts qu'il avait dû fournir pour y parvenir et il méritait amplement ses louanges.

— Fantastique, renchérit John.

C'était la seconde fois que Reba le voyait sourire pour de bon. La première fois, c'était avec Rosalie, et Reba avait senti ses genoux flageoler. Peut-être fallait-il avoir cinq ans – huit dans le cas de Matthew – pour bénéficier d'une telle faveur.

À cet instant, John se leva et s'approcha du fauteuil.

— J'ai hâte d'entendre ce que tu nous diras dans quelques semaines, Matthew. Continue, hein ?

Le garçon hocha la tête en levant les pouces. Après avoir fait un signe à Reba, John quitta rapidement la pièce, et les choses purent reprendre leur cours normal.

— Bien. Si on essayait encore une fois, Matthew ?

4.

Reba faisait bien son job. Elle était patiente et gentille, encourageant Matthew avec juste la fermeté nécessaire. Quand John avait parcouru les notes qu'elle avait écrites dans l'intention de rejoindre l'équipe de thérapie, il avait été évident pour lui qu'elle voulait s'impliquer dans tous les aspects du travail du département. Réconforter les enfants et les aider à exprimer leurs peurs, en jouant ou en écrivant des chansons. Être disponible pour se joindre à des séances de kiné ou d'orthophonie, si les thérapeutes concernés estimaient qu'elle pouvait être utile…

Elle aurait beaucoup plu à Cathy, même si l'approche de Reba était un peu différente. Elle aurait certainement estimé que le poste dans lequel elle-même s'était tant impliquée était entre de bonnes mains. Et elle aurait apprécié son côté passionné…

Pourquoi sa passion serait-elle un problème pour toi, John ? Il pouvait presque voir les yeux de Cathy briller de malice en imaginant qu'elle lui posait cette question.

Parce que la passion ne faisait plus partie de sa vie. Il avait accepté un poste aux lourdes responsabilités peu après un deuil et l'adoption d'un enfant. C'était suffisant pour n'importe qui.

Tu n'as rien à prouver, John.

Cathy le lui avait répété plus d'une fois avec un sourire compréhensif. Car il avait effectivement quelque chose à prouver. Elaine l'avait quitté parce qu'il ne voulait pas renoncer à s'occuper de Rosalie, lui assurant qu'il ne parviendrait pas à tout gérer avec son nouveau travail. Sans doute était-ce une excuse parce qu'elle ne voulait pas qu'il adopte Rosalie. Mais il savait qu'il pouvait être un bon père pour elle, et c'était ce que sa sœur avait voulu. Il savait qu'il pouvait aussi se charger de ce nouveau travail, en allégeant un système empêtré dans une organisation de plus en plus complexe au fil des années.

Et il y était parvenu.

Pas sans conséquences pour toi, John. Si tu ne prends pas le temps de faire ton deuil, tu ne pourras pas aller de l'avant. Et si tu ne peux pas aller de l'avant, comment peux-tu sentir la passion ?

Assez ! S'il voulait honorer la mémoire de Cathy, il ferait bien d'arrêter d'avoir des conversations imaginaires avec elle dans son bureau.

D'un claquement sec, John rabattit le couvercle de son ordinateur, le cala sous son bras et saisit sa veste.

Il devait cesser de se demander comment la passion qui émanait de Reba avait éveillé en lui un désir aussi ardent et continuer de mener sa vie. Aujourd'hui c'était soirée pizza avec Rosalie, et un concours de grimaces ne manquerait pas de remettre les choses en ordre.

Pourquoi John ne fut-il pas surpris d'entendre frapper à sa porte le vendredi matin à 7 h 5 ? Ceux qui travaillaient la nuit n'avaient pas terminé leur service, et les autres n'avaient pas encore commencé leur journée. Il retint un sourire en voyant Reba entrer précipitamment dans son bureau.

— Vous vouliez me dire un mot ?

— Oui, si vous avez un moment.

Il hocha la tête en désignant une chaise en face de lui et Reba s'en empara sans hésiter. Chaque fois qu'il se trouvait en sa présence, il avait l'impression qu'elle devenait le centre de tout. Elle rejeta ses cheveux en arrière, et il laissa son regard s'attarder sur l'ovale de son visage avant de se ressaisir et de détourner les yeux.

Reba sortit une grande enveloppe de son sac et la posa sur le bureau.

— Ce document n'est qu'une ébauche. J'y ai noté quelques idées autour de la façon de développer la musicothérapie dans le département. Je me demandais si vous auriez le temps d'y jeter un coup d'œil.

— Oui, bien sûr. Je serais très intéressé de connaître vos suggestions dans ce domaine.

Il ouvrit l'enveloppe et trouva deux copies du rapport. À en juger par leur épaisseur, il y avait probablement plus que quelques idées jetées à la va-vite. Reba avait même soigné la présentation. Il ouvrit l'exemplaire du dessus et le feuilleta rapidement.

— Il y a beaucoup à lire, dit-il. Donnez-moi le temps de tout étudier soigneusement, et je vous dirai ce que j'en pense. Ensuite nous pourrions faire une réunion avec le chef de la thérapie, qui aura sans doute le dernier mot.

Il vit Reba réprimer une grimace.

— C'est-à-dire que… je lui ai remis un document assez semblable à celui-ci avec un résumé de mes expériences passées et… il m'a dit qu'il aimait certaines de mes idées et qu'il faudrait que je les adapte à ce département et qu'ensuite je pourrais vous les soumettre.

— Je vois… Jusqu'à présent personne n'a voulu prendre la responsabilité de mettre vos idées en application.

Elle hocha la tête en silence, mais son visage exprimait la frustration.

— Dans ce cas, laissez-moi faire. J'en prends la responsabilité et je vous fournirai une réponse ferme.

Reba poussa un soupir de soulagement.

— Merci beaucoup.

— Donnez-moi un peu de temps pour les étudier, prit-il la peine d'ajouter. Je n'ai pas l'intention de mettre en œuvre des changements sans discuter d'abord de leurs implications avec chacun de ceux qui sont chargés des soins des patients. Et cela va prendre du temps.

Reba lui jeta un regard de reproche, comme s'il cherchait à la préparer à d'éventuels refus de sa part.

Mais il l'avait vue avec Matthew. Et il avait entendu les rapports des médecins et des directeurs de salles à qui il faisait confiance. Si l'approche de Reba n'était parfois pas très orthodoxe, elle avait toujours avant tout à cœur le bien-être du patient et elle était efficace.

Il aurait presque souhaité qu'elle cesse d'avoir l'air déçu et parlemente directement avec lui.

— John… Mes suggestions sont bonnes. Ce ne sont pas juste des idées en l'air, elles sont fondées sur mes expériences passées et les recherches d'autres personnes.

— De mon côté, je dois m'assurer que nous pouvons les mettre correctement en pratique.

— Je sais bien, mais… Non seulement les bases thérapeutiques sont solides, mais il est aussi question de plaisir. De faire sourire les patients pour qu'ils trouvent la force de faire face à leur situation. C'est ce que nous devrions tous pouvoir faire, non ?

— Nous devons faire notre travail, Reba. Vous savez très bien qu'il n'est pas question que de plaisir.

Reba craignait-elle qu'il n'assure pas ? se demanda-t-il, un peu vexé.

— Mais vous êtes satisfait que la soirée du vendredi continue, n'est-ce pas ?

Il avait déjà dit oui. Et il ne voulait plus penser aux émotions que cette soirée avait engendrées… à quel point il avait eu envie de la toucher, de ressentir la passion qu'elle éveillait avec un tel talent.

— Je vous ai déjà répondu à ce sujet.

— Je vous remercie.

Elle ramassa son sac et le serra contre elle, mais elle n'en avait manifestement pas fini avec lui. Elle fit quelques pas en direction de la porte et pivota sur ses talons pour revenir vers lui, avec une expression qui lui serra le cœur. Il y avait chez elle une spontanéité dans ses émotions qu'il semblait avoir perdue en chemin.

Elle ne pensait plus, elle agissait. Une force de la nature, semblant déferler sur lui comme un ouragan. C'était la Reba qu'il avait vue vendredi, celle qui avait touché le cœur de tous avec sa musique.

Quand elle se pencha au-dessus de son bureau, il recula. Inutile de discuter avec un ouragan.

— On m'a appris à ne jamais fuir en cas de désaccord. Dire ce qu'il y avait à dire et aller de l'avant.

— Serait-ce une proposition de paix ? lâcha-t-il.

— Non. Disons plutôt un répit temporaire. Je ne laisserai pas tomber, John, déclara-t-elle en relevant le menton avec défi.

Il soutint son regard.

— Bien. J'ai hâte de voir ça.

Reba sortit du bureau d'un pas vif, son parfum flottant derrière elle. Il resta un moment les yeux fixés sur la porte, le cœur battant un peu trop fort, espérant presque qu'elle revienne sur ses pas pour lui assener encore quelques paroles bien senties.

Puis il soupira et se pinça l'arête du nez, se demandant s'il n'aurait pas dû simplement prendre le rapport en la remerciant.

Cependant il savait que le vrai problème n'était pas dans leur affrontement, mais plutôt dans la passion qui semblait flotter dans l'air dès qu'ils se trouvaient à moins de quinze mètres l'un de l'autre.

Il devait cesser de penser avec son cœur et commencer à se servir de sa tête. Achever sa journée de travail et veiller à ce que Rosalie soit heureuse était tout ce qu'il pouvait espérer de façon réaliste pour le moment.

Reba n'avait qu'une envie : s'enfermer dans la salle de thérapie et y rester cachée. Mais qu'est-ce qui lui avait pris ? Elle avait pratiquement déclaré la guerre au chef du département.

Une fois de plus, elle n'avait pas réfléchi et laissé parler ses émotions. Ce n'était jamais une bonne idée. Elle savait aussi bien que John que le changement prenait du temps, avec les inévitables discussions et, plus important que tout, du doigté. Elle n'était jamais entrée en conflit avec quiconque ni n'avait tenté d'imposer ses idées de cette façon.

Au départ, son rapport avait été écrit dans le but de soutenir sa candidature pour ce poste et montrer qu'elle avait des idées, et c'était le chef du service de thérapie qui l'avait aiguillée vers le Dr Thornton.

Et soudain ce rapport était devenu important pour elle. Elle avait travaillé dessus tout le week-end et plusieurs soirs de la semaine, pour le mettre à jour et le perfectionner. Elle avait du mal à se l'avouer, mais elle savait très bien ce qui l'avait poussée à faire ça. Grandir avec Hans lui avait appris que l'amour était lié de façon inextricable à la réussite. Et afin d'obtenir l'approbation de John, elle s'était retrouvée en train d'insister pour réaliser un projet qui aurait dû attendre.

John allait-il évoquer son comportement de ce matin avec le chef du service de thérapie ? Reba écarta rapidement cette pensée. Elle n'avait pas mis longtemps à se rendre compte que tout le monde dans le département reconnaissait qu'il était un patron honnête et juste. Malgré tout, mieux valait qu'elle fasse profil bas pendant quelque temps. Peut-être pourrait-elle conserver l'espoir que John aimerait certaines des idées qu'elle avait proposées…

La journée avait été dense, et Reba était fatiguée. Elle avait aperçu John plusieurs fois aujourd'hui en allant voir ses patients dans le département ; à chaque fois il lui avait souri, et elle s'était empressée de lui répondre. Apparemment il avait décidé d'aller de l'avant ainsi qu'elle l'avait suggéré, et elle lui en était reconnaissante. Rien ne devait aller de travers aujourd'hui.

C'était une soirée agréable et elle ouvrit les portes menant au jardin. Son estomac se noua quand elle vit John se diriger vers elle avec Rosalie. La petite fille sautillait d'excitation et John lui lâcha la main, la laissant accourir vers elle à travers le jardin.

— Bonjour, Rosalie. Tu viens pour la musique ?

Rosalie hocha la tête, devenue soudain timide.

— J'espérais que tu serais là. Ce ne serait pas la même chose sans toi. Voudrais-tu choisir une chanson pour que je la joue ?

— Oui ! s'écria Rosalie.

Reba se mit à rire.

— Bon. Alors tu y réfléchis et tu me diras ce que tu as choisi.

— Merci, dit John en les rejoignant.

— Hello, Rosalie, dit Joanne qui venait d'apparaître aux portes du jardin, portant un grand sac.

Elle fit signe à Reba, qui laissa John et sa fille pour la rejoindre.

— Qu'est-ce que vous en pensez ? Ce week-end je suis allée à la fête d'anniversaire de la fille de ma cousine, et voilà ce que j'en ai rapporté.

Reba se pencha sur le sac et en retira une baguette magique.

— C'est super ! s'exclama-t-elle en effleurant la tête de Joanne, qui se mit à rire.

— Me voilà devenue une princesse. Il y a aussi des décorations lumineuses.

— Joanne, vous êtes un trésor. Merci.

Elle sentit quelqu'un s'appuyer contre sa jambe et, baissant les yeux, vit Rosalie qui semblait hypnotisée par la baguette magique qu'elle tenait.

Éclatant de rire, Joanne lui présenta le sac afin qu'elle choisisse ce qu'elle préférait dedans.

Quand Reba commença à jouer, toute sa fatigue et son inquiétude avaient disparu. Elle avait vu John circuler au milieu du groupe de parents et d'enfants. Il s'adressait aimablement à tout le monde, mais avec une certaine distance qui le laissait un peu à l'écart des autres.

Son sourire réservé trahissait son état d'esprit. John était toujours en train de travailler. Elle le vit seul un moment et saisit l'occasion pour s'approcher de lui.

— Qu'est-ce que vous en pensez ?

Le sourire disparut aussitôt et c'était tant mieux. Reba voulait son opinion, et non une réponsc polie.

— Je vois que vous mettez vos propres principes en pratique, dit-il sans hésiter. Laisser chacun apporter sa contribution et que tous se sentent partie prenante, de sorte que tout se développe naturellement. Quand j'ai parlé à Anya, elle m'a répondu qu'elle en avait entendu parler et avait décidé de venir voir par elle-même.

Il lui désigna la réceptionniste du département, qui était passée prendre son enfant de deux ans à la nursery de l'hôpital et l'avait amené avec elle.

— Je fais comme vous, répondit-elle. Je me fie à ce qui fonctionne d'après mon expérience.

— Que se passe-t-il si vous avez plus de monde que vous ne pouvez en gérer ?

— Je ne pense pas que ce soit un problème pendant quelque temps. Je m'attends à ce que la fréquentation diminue un peu une fois que l'attrait de la nouveauté sera passé. Si vous avez lu mon rapport, vous savez que je recommande une approche très flexible de ce type d'activité.

— Parfait. Eh bien, passez un bon week-end…

— Vous aussi. Merci, John.

Elle préféra son hochement de tête impassible à son sourire de commande. Il appela Rosalie, lui disant qu'il était temps de rentrer. Reba le regarda s'éloigner, tenant sa fille par la main, la tête penchée vers elle tandis qu'elle bavardait avec excitation.

John était un défi. Elle l'avait toujours su, mais elle était maintenant convaincue qu'elle pouvait relever ce défi, même si elle ignorait quel en serait le coût.

5.

Mardi matin. Reba avait passé tout le week-end à réfléchir et préparer la semaine. Elle frappa à la porte de John à 8 h 30 et entra sans attendre.

Il leva les yeux de son ordinateur.

— Vous êtes en retard, aujourd'hui.

Était-ce de l'humour ? Elle préféra ignorer la remarque et posa devant lui les prospectus qu'elle avait imprimés.

John approuva de la tête.

— Ils ont l'air réussis. Avez-vous un souci quelconque ?

— Non, si vous n'avez rien contre la couleur orange.

Elle craignait d'en avoir abusé pour les illustrations.

— Non. L'orange me convient.

Il ouvrit un des prospectus pliés en trois et en lut soigneusement le contenu.

— Ça me paraît bien. J'aime votre idée de faire des invitations personnelles à la soirée musicale du vendredi. Je suppose que vous allez écrire le nom de chaque enfant à l'intérieur ?

— En effet. Si vous n'y voyez pas d'inconvénient, je vais en donner à chacune des responsables de salle pour qu'elles les distribuent à ceux qui peuvent participer.

— Vous n'avez pas besoin de mon approbation. Néanmoins je pense que c'est une bonne idée de laisser les responsables décider à qui donner une invitation – enfants ou parents. Ils voient tout le monde, et pas seulement les enfants qui vous sont adressés.

Elle soutint son regard et vit une lueur amusée dans ses yeux, ce qui déclencha chez elle un frisson d'excitation.

C'était bon de le revoir après avoir passé trois jours à penser à lui. Et c'était encore meilleur de constater qu'il avait aimé ce qu'elle avait fait.

Elle lui prit le prospectus des mains pour écrire dessus son nom et celui de Rosalie, avant de le lui rendre.

— Merci, dit John. Autre chose ?

— Non, c'est tout pour ce matin.

— À propos, j'ai fini de lire votre rapport ce week-end, et je vais le parcourir de nouveau pour y ajouter quelques commentaires. Auriez-vous un moment de libre vendredi matin ?

— À 7 h 30 ?

— Parfait. Cela me laissera le temps de préparer ma réponse. Je me réjouis d'avance d'en discuter avec vous.

Reba avait eu le plaisir de voir John durant la journée de mardi, en se disant qu'elle était tout à fait capable de gérer son regard sur elle et la façon dont ses yeux gris-bleu semblaient toujours plus bleus quand il souriait. Sans parler du frisson qui la parcourait quand elle le voyait et du désir qu'elle avait de le toucher.

Elle avait passé la soirée du jeudi et une bonne partie de la nuit à s'efforcer de ne pas s'inquiéter de la réaction de John à propos de son rapport, et avait lamentablement échoué.

Après avoir dormi à peine quatre heures, quand elle se retrouva à l'hôpital et devant la queue au café, elle se dit qu'elle n'aurait pas le temps de monter et d'être à l'heure à son rendez-vous.

— Je suppose que si nous sommes en retard tous les deux, personne ne l'est, dit une voix grave derrière elle.

— Hum. Logique.

Reba rejoignit la queue avec John. Il s'arrangea pour passer devant elle avant d'arriver à la caisse et paya pour elle. Elle lui sourit en guise de remerciement, se rendant compte que cet homme commençait à beaucoup lui plaire. Tant qu'il n'était pas question de sexe entre eux…

Ils se dirigèrent ensemble vers le bureau de John, en échangeant poliment des propos sur la façon dont les derniers jours s'étaient passés pour chacun d'eux. Quand ils s'assirent l'un en face de l'autre, l'atmosphère était un peu plus gaie et détendue que d'habitude.

John sourit.

— J'ai été sincèrement impressionné par votre rapport, commença-t-il sans préambule. J'ai écrit quelques notes en marge, mais ce sont juste des points de discussion.

Il sortit le document de son attaché-case et le lui tendit. Reba se mit à le feuilleter en silence. Son écriture nette était visible partout. Des questions, des points à considérer… même quelques remarques sur des passages qu'il avait particulièrement appréciés. John avait parcouru son travail avec le même soin méticuleux que l'aurait fait Hans…

Elle aurait dû être contente et le remercier pour le temps que cet homme, dont l'avis comptait pour elle, y avait passé. Pourtant elle n'avait pu s'empêcher de craindre un rejet.

Touchée aux larmes, elle se détourna pour que John ne se rende compte de rien et avala une gorgée de café.

— Merci, dit-elle enfin. Il va me falloir un peu de temps pour tout lire, mais j'apprécie vraiment le soin que vous y avez apporté.

— Je vous en prie, répondit-il en lui jetant un coup d'œil un peu trop perspicace. J'espère que vous comprenez que je l'ai fait dans le but que ce projet se réalise.

Elle s'était attendue à une confrontation plus musclée.

— Oui… oui, je comprends. Merci.

Elle prit son sac, prête à partir. Il lui faudrait au moins une heure seule pour lire ses commentaires et se convaincre que tout allait bien.

— Il y a encore une chose… que je voulais voir avec vous en personne.

Le brusque froncement de sourcils de John ne lui dit rien de bon.

— Bien sûr, répondit-elle en se raidissant, attendant la suite.

— Je suis très heureux de votre engagement dans ce projet, mais j'ai deux soucis. Tout d'abord, il ne faudrait pas demander aux employés de ce département de fournir des efforts supplémentaires qui viendraient s'ajouter à leur charge de travail déjà considérable.

Reba réprima un soupir de soulagement. Elle pouvait répondre à cela.

— Ce n'est pas du tout mon intention. Ceux qui ont envie de participer sont les bienvenus, mais c'est moi qui ferai tout le travail.

— C'est beaucoup pour une seule personne. Je crains justement que cela ne prenne trop de votre temps sur le plan privé.

Elle aurait dû partir immédiatement après l'avoir assuré que la tâche n'était pas si lourde mais, après tout, ce qu'elle faisait de son temps en dehors de l'hôpital ne le regardait en aucune façon.

— John, il y a quelque chose que je tiens à vous dire.

— Oui ?

— C'est *vous* qui avez besoin de faire une pause. Peut-être que la musique n'est pas votre truc, mais vous devez vraiment lâcher un peu de lest.

Soudain elle le vit pâlir, et son visage n'exprima plus aucune émotion. C'était justement de cela qu'elle parlait.

— Je vais prendre votre remarque en considération.

— Non, vous ne le ferez pas.

Un mélange de colère et de passion monta en elle.

— Vous êtes visiblement fatigué et vous avez tant donné qu'il ne vous reste plus grand-chose. Que se passera-t-il quand vous n'aurez plus rien ?

Quelque chose d'imperceptible passa sur le visage de John. Le même genre de passion dangereuse qu'elle ressentait. Ils avaient joué avec le feu, laissant les joutes verbales modeler leur relation. Reba s'en était servie comme d'une barrière pour contenir les sentiments qu'elle sentait bouillonner en elle. Pourtant elle aurait dû savoir que cela ne marcherait jamais, leurs rapports ayant si rapidement tourné en confrontation ouverte.

— Merci pour le conseil. Mais n'êtes-vous pas en train de dépasser les bornes ?

C'était lui qui avait commencé, non ?

— Oui, je dépasse les bornes que vous avez vous-même mises en place en n'acceptant jamais rien de quelqu'un d'autre ici. Parce que vous êtes le boss et que vous êtes censé vous occuper de tout le monde. En tout cas, vous n'êtes pas *mon* boss et je vais donc parler pour tous les autres.

— Alors nous y voilà, n'est-ce pas ? Vous avez décidé d'appliquer vos théories sur mon cas ?

Elle le vit se lever, visiblement habité par une rage contrôlée, et elle sentit des frissons courir le long de son dos.

— Je vous préviens, je n'y mettrai pas de la bonne volonté, et franchement c'est un peu insultant.

— Ce n'est pas mon intention, assura-t-elle. Simplement je sais ce que je vois et je me fais du souci. En tant que…

Collègue ? Pas vraiment. Elle ne faisait pas réellement partie de son département. Amie ? Elle le connaissait depuis deux semaines.

— En tant que musicienne, acheva-t-elle.

Mais ce n'était pas ça non plus.

Quelque chose parut se détendre en lui et il poussa un soupir.

— Bon. Donc vous voulez jouer quelques airs choisis et que tout le monde suive dans la foulée. Vous vous prenez pour le joueur de flûte de Hamelin ?

— Non ! s'exclama-t-elle. Ce n'est pas ça du tout.

Elle s'était pourtant dit qu'elle allait gérer ses émotions et ne comprenait pas bien ce qui les faisait réagir tous deux de façon excessive. Elle sentait une connexion avec John qu'il était difficile de définir.

— Alors qu'est-ce que vous voulez faire, Reba ?

Il posa ses mains à plat sur son bureau et se pencha en avant.

— Dites-le moi maintenant, afin que je sache à quoi m'attendre et que je puisse prendre des dispositions pour l'éviter.

Comme si elle allait faire machine arrière maintenant. Elle soutint son regard. Aucun des deux n'allait céder, et elle aurait été déçue si John l'avait fait.

— J'ai parlé en tant que thérapeute. J'ai été formée pour

reconnaître les signes d'une personne en surcharge émotionnelle et pour proposer mon aide si c'est possible.

— Dans ce cas, merci de votre offre, que je vais décliner… À propos, je suis médecin. J'ai été formé pour reconnaître les signes d'une personne en surcharge physique. Vous êtes excellente dans votre job, mais parfois vous avez besoin de lâcher du lest et prendre un peu de temps pour vous. Vous voulez qu'on vous aide pour ça ?

De toute évidence, ce n'était pas une offre.

— Je travaille dur et je n'en ai pas honte. Je n'ai fait de mal à personne, que je sache.

John leva les yeux au ciel.

— Vous voulez vraiment que je vous dresse une liste de ce qui peut arriver quand on ne fait pas de pause ?

Ils tournaient en rond. La seule chose à faire était d'oublier leurs différends et de canaliser cette passion, ou de s'en aller.

Pivotant sur ses talons, Reba saisit sa veste et son sac et se dirigea vers la porte.

— Allez-y, faites cette liste, John. Vous pourriez y voir certains points qui vous rappellent quelque chose et, sait-on jamais, vous pourriez même suivre votre propre conseil, puisque vous ne semblez vouloir écouter personne d'autre.

Elle sortit en claquant la porte. Reba n'était pas fan de ce genre de fin théâtrale – elle en avait entendu suffisamment quand elle était enfant. Mais parfois, il le fallait.

Reba, Reba…

C'était inévitable depuis la première fois qu'il avait posé les yeux sur elle. Tout avait contribué à cette soudaine perte de contrôle.

John se mit à faire les cent pas dans son bureau comme un animal en cage, puis il prit le temps de respirer profondément et ne put s'empêcher de sourire en pensant à son beau visage animé par la colère. Ce n'était pourtant pas approprié, pas plus que la soudaine envie qu'il avait eue de la prendre par le bras pour qu'elle se retourne et le regarde dans les yeux… Qu'elle comprenne la douleur qu'il ressentait, dans l'espoir qu'elle la combatte pour lui. Elle n'avait pas besoin d'être gentille – beaucoup d'autres s'y étaient essayés et avaient échoué.

Ce qu'il lui fallait, c'était un guerrier en fureur – et il voyait cela dans les yeux de Reba.

On frappa à sa porte et il sursauta, avant de sourire à Joanne qui venait d'entrer.

— Hé, vous êtes en avance.

— Oui, j'ai décidé de travailler de 8 heures à 16 heures aujourd'hui, pour avoir le temps d'aider Reba pour la soirée musicale de ce soir. Si c'est d'accord…

— Bien sûr.

Le personnel avait des horaires flexibles. Il devait travailler sur une base de huit heures par jour et se trouver au bureau entre 10 heures et 16 heures.

— On dirait que ça vous plaît, fit-il.

Joanne sourit.

— Oui, beaucoup. C'est bon de lâcher un peu la pression à la fin de la semaine, et j'aime regarder les enfants s'amuser.

Il approuva de la tête.

— Vous aviez besoin de quelque chose ?

— Avez-vous eu le temps de signer les feuilles de présence que je vous ai passées hier ?

— Asseyez-vous, je vais le faire maintenant.

Il prit le dossier sur son bureau et le parcourut en signant les pages au fur et à mesure.

— Ce sont des feuilles de présence, Joanne, dit-il en le lui rendant. Pas une œuvre de fiction.

Elle écarquilla les yeux d'un air inquiet.

— Qu'est-ce qui ne va pas ?

— Vous avez noté que vous étiez là de 9 heures à 17 heures vendredi en quinze. Or vous étiez présente à la réunion de 8 heures ce matin-là, et vous n'êtes pas partie avant 18 h 30.

— Oh.

Manifestement Joanne était contente qu'il l'ait remarqué.

— Oui, mais c'était la première séance musicale de Reba et je l'avais aidée aussi l'après-midi.

— Je vous avais demandé d'assister Reba ce jour-là en fonction de ses besoins et, quand vous êtes venue me demander mon feu vert pour la soirée, je me rappelle vous avoir priée de bien vouloir avoir un œil sur son bon déroulement.

— Alors il faut que je l'indique ?

— Pour ce jour-là, oui. Et si vous voulez continuer à aller aux séances pour votre plaisir, vous pourrez le faire au lieu de vous occuper des feuilles de présence. Ne croyez pas que je ne sois pas conscient de tout le travail que vous accomplissez, Joanne.

— Merci, répondit-elle, rayonnant littéralement. Est-ce que Rosalie vient ce soir ? Je peux l'emmener, si vous êtes occupé.

— J'ai effectivement du travail, mais comme le dîner de mes parents a été annulé, ma mère va passer la prendre. C'est gentil à vous d'avoir pensé à elle, ajouta-t-il avec un sourire.

Joanne sortit d'un pas alerte, souriant jusqu'aux oreilles.

John se renfonça dans son fauteuil et croisa les mains derrière sa tête. Reba n'avait peut-être pas tort quand elle lui disait de relâcher la pression de temps en temps. Leur échange avait été frustrant et irritant, voire douloureux, et sa première impulsion avait été de tout oublier. Mais si difficile à admettre que soit la vérité, c'était toujours la vérité.

6.

Reba n'avait pas vu John de la journée. Peut-être pouvait-elle l'éviter pendant un moment et prétendre que ce qui s'était passé ce matin n'était rien. Mais cette soudaine explosion couvait depuis le début, et désormais aucun des deux ne pouvait faire semblant de l'ignorer.

Pour l'instant elle devait se concentrer sur ici et maintenant et jouer pour ceux qui avaient choisi d'être là pour l'heure de musique.

Elle ferma les yeux, les doigts sur le manche de son violon, répétant mentalement les exercices habituels pour se concentrer. Ils ne marchaient pas aussi bien que d'habitude.

Entendant une porte claquer, elle rouvrit les yeux et aperçut Rosalie, le nez collé contre la vitre. Une bouffée de joie l'envahit : John avait finalement décidé de venir ce soir.

Ou pas. Rosalie ouvrit la porte et se précipita à l'intérieur, poursuivie par une femme d'âge mûr.

— Rosalie…

La femme jeta un coup d'œil d'excuse à Reba.

— Désolée, Rosie et moi cherchions la séance de musique. Je crois que nous l'avons trouvée.

— En effet. Vous êtes les premières arrivées.

— Est-ce que je peux me joindre à vous ? Je suis Babs Thornton, la grand-mère de Rosalie.

Elle pouvait voir la ressemblance à présent. Babs avait le même sourire de commande que John quand il ne s'autorisait à exprimer une émotion qu'après réflexion. Et les mêmes yeux gris-bleu.

— Bien sûr, tout le monde est bienvenu. Je suis ravie que vous soyez ici.

— Rosalie n'a pas cessé d'en parler, et John m'a dit que vous faisiez un merveilleux travail.

L'avait-il dit récemment ?

— Merci, répondit-elle, se sentant rougir jusqu'aux oreilles.

— C'est Reba, mamie, dit Rosalie en rejoignant sa grand-mère. Je l'aide à jouer du violon.

Babs sourit en clignant de l'œil à Reba.

— C'est très aimable à toi, Rosalie.

Les deux femmes se serrèrent la main. Celle de Babs était étonnamment ferme. Elle sortit deux boîtes en métal de son sac et tendit la plus petite à Rosalie.

— Tu la donnes à Reba ?

La boîte contenait une douzaine de cupcakes recouverts de glaçage.

— Des gâteaux ! s'exclama Reba. Merci beaucoup, ils sont magnifiques.

— Là il y en a plus, dit Rosalie en lui tendant l'autre boîte.

À en juger par son poids, Babs avait veillé à ce qu'il y en ait pour tout le monde.

Elle lui tendit un paquet de serviettes en papier.

— Je me suis arrêtée à la cantine et je leur en ai piqué quelques-unes. J'ai travaillé ici à une époque et ils me connaissent.

— Que faisiez-vous ? demanda Reba avec curiosité.

— J'étais neurologue. John avait la même idée quand il était à l'école de médecine, mais après avoir effectué des stages en pédiatrie il a décidé que c'était ce qu'il voulait faire.

Matthew et sa mère arrivaient à leur tour. Reba s'excusa auprès de Babs pour aller les saluer.

— Sommes-nous en avance ? demanda la maman.

— Non, nous allons bientôt commencer. Hello, Matthew…

L'enfant répondit en levant les pouces. Elle sourit et commença à jouer sur son violon les accords sur lesquels Matthew s'était entraîné à dire *hello*.

Il répondit non seulement par un *hello*, mais par les mots *musique* et *maman*.

Une des plus belles récompenses quand on aidait un enfant à parler de nouveau était de voir les visages de ses parents s'illuminer en l'entendant dire *maman* et *papa*.

— Merveilleux ! s'exclama Babs avant de porter la main à sa bouche. Désolée… La force de l'habitude, je ne voulais pas intervenir.

Babs et John avaient survécu à la même tragédie, mais apparemment ils avaient réagi différemment. La maman de Matthew alla s'installer dans le coin où Babs s'était assise. Celle-ci fit de la place pour le fauteuil roulant de Matthew, et les deux femmes se mirent à bavarder tandis que Rosalie courait en direction de Joanne, qui était en train de faire rentrer des jeunes patients de l'unité dans la pièce.

Comme il faisait plus frais ce soir, l'infirmière en chef avant recommandé de rester à l'intérieur. Joanne aida à sortir les instruments à percussion du placard et à les distribuer. Cette fois, Reba fit surtout jouer les enfants. À présent elle connaissait certaines chansons préférées de ses patients. Quand elle joua celles de Matthew, elle le vit bouger la tête en cadence, et ses lèvres remuèrent comme s'il essayait de chanter. Babs se pencha vers lui pour écouter avec un sourire d'encouragement, tout en faisant un signe de la tête à sa maman…

Tout le monde était rentré. La soirée s'était bien passée. Les parents commençaient à faire connaissance entre eux et les enfants avaient tous demandé des chansons qu'ils aimaient. Reba avait conclu la séance comme elle le faisait habituellement en ralentissant peu à peu le rythme.

Une fois que les enfants eurent regagné leurs salles respectives, certains parents restèrent bavarder un moment. C'était une des choses que Reba avait espérées : que les parents commencent à avoir des contacts entre eux.

Enveloppée dans une large veste en laine qu'elle gardait dans la voiture, elle s'assit sur le muret qui séparait le petit jardin de la thérapie des autres terrains de l'hôpital. Les lumières des salles brillaient à travers les rideaux des fenêtres, et au troisième et dernier étage du long bâtiment le bureau de John était allumé.

Il vint à la fenêtre et elle le vit regarder dehors en étirant les bras. Elle se figea, priant pour qu'il ne l'ait pas repérée parmi les ombres anonymes des arbres. Il regarda un instant, puis se détourna.

Dix minutes plus tard elle n'avait pas bougé, se remémorant encore les événements de la journée. La lumière de John s'éteignit, et le semblant de connexion qu'il y avait encore entre eux disparut. Elle aurait dû rentrer chez elle, se verser un verre de vin et tenter d'oublier ses erreurs – qui ne lui avaient pas paru comme telles quand elle les avait commises… C'était probablement la définition d'une erreur. Quelque chose qui semblait une bonne idée sur le moment mais se révélait être le contraire.

Une brise fraîche descendit des arbres, et elle frissonna en serrant sa veste en laine autour d'elle.

Derrière elle, elle entendit la porte de la salle de thérapie s'ouvrir et se refermer. John sortit dans le jardin et vint s'asseoir à deux mètres d'elle.

— Je devrais m'excuser, mais…

Reba secoua la tête.

— C'est à moi de m'excuser.

John parut réfléchir un instant.

— Ne pouvons-nous pas tous les deux nous engager à ne pas recommencer ?

— Je ne le peux pas.

Leur attirance mutuelle – car maintenant elle en était sûre – était basée sur ces échanges conflictuels.

— Êtes-vous libre dimanche ? demanda-t-il.

Elle le regarda sans répondre. Même dans la pénombre, elle le trouvait terriblement séduisant. Il avait quelque chose de presque magnétique – les aimants ayant le pouvoir d'attirer et de repousser avec une égale force.

— Vous nous avez inscrits tous les deux à des séances de lavage de cerveau ? fit-elle pour plaisanter.

Il sourit.

— C'est une mesure de dernier recours. Je pensais à un déjeuner chez moi. Avec Rosalie…

Bon. La présence de la petite fille empêcherait toute discussion passionnée.

— Il y aura du poulet, des pommes de terre rôties et quelques garnitures, poursuivit-il. À moins que vous ne soyez végétarienne, auquel cas je réfléchirai à quelque chose d'autre.

— Je me demande ce que j'ai fait pour mériter cette invitation…

John haussa les épaules.

— Nous avons essentiellement deux options. Soit nous nous asseyons quelque part en terrain neutre et apprenons à nous connaître, soit je fais insonoriser mon bureau et nous nous y retrouvons pour discuter. La première est moins onéreuse et plus cool que la deuxième.

Ou bien ils pouvaient s'éviter complètement. Elle fut plutôt soulagée que John n'ait pas évoqué cette possibilité.

— D'accord, dit-elle. J'aimerais apporter un dessert pour montrer ma bonne volonté.

— J'apprécie. Peut-être que si nous nous connaissons un peu mieux, nous pourrons nous excuser en toute connaissance de cause.

Pourquoi pas ? La forme de fascination qu'ils éprouvaient l'un pour l'autre n'était pas près de disparaître. Chercher à pacifier leur relation était une bonne idée, et pas seulement d'un point de vue professionnel.

— Merci d'avoir eu cette idée, dit-elle en souriant. Je viens à quelle heure ?

— Entre midi et 1 heure, quand cela vous arrange.

John se leva et ce fut seulement quand il fut sur le point de passer les portes de la salle de thérapie qu'elle se rappela un détail important.

— À propos, John. Où habitez-vous ?

Elle fut certaine de l'avoir vu sourire dans le noir. Ils s'étaient rencontrés seulement deux semaines auparavant, mais il lui sembla qu'ils se connaissaient depuis beaucoup plus longtemps.

— Eight Marvell Avenue. Vous tournez à gauche après le cinéma, et c'est la quatrième à droite sur la High Street. Vous avez votre téléphone ?

Reba le lui tendit et il y inscrivit son numéro avant de s'éloigner.

C'était pratiquement un déjeuner de travail. Il n'était pas nécessaire qu'il passe un quart d'heure au supermarché à choisir les plus beaux légumes, et encore moins qu'il fasse le ménage à fond. Rosalie avait accepté de participer en rangeant son coffre à jouets. Quand la sonnette de la porte retentit à exactement midi et demi, la moitié de son contenu était encore répandue sur le sol.

Sa fille sautilla d'excitation quand John ouvrit la porte. Reba se tenait devant lui, magnifique, vêtue d'une jupe moulante agrémentée d'une large ceinture en cuir, d'un haut noir et d'une épaisse veste en laine tricotée. Il l'avait toujours trouvée belle avec ses cheveux noirs, mais cette fois il se surprit à penser qu'elle était probablement la femme la plus intéressante qu'il ait jamais rencontrée.

— Entre, tout est prêt ! s'écria Rosalie.

— J'ai apporté quelque chose à manger, dit-elle en lui montrant le récipient en verre qu'elle tenait dans les bras.

Rosalie se pencha et en inspecta le contenu.

— Des fraises !

— Tu aimes les diplomates à la fraise ?

Elle hocha vigoureusement la tête.

— Tu peux donner le bol à papa et je prends ta veste.

Reba s'exécuta, et la petite fille s'empressa de l'accrocher sur le valet de l'entrée en montant sur deux marches d'escalier.

John l'entraîna à la cuisine et rangea le récipient dans le réfrigérateur.

Elle renifla, le nez en l'air.

— Il y a quelque chose qui sent bon…

— Ce sera prêt dans une demi-heure. Voulez-vous un verre de vin ?

Tout cela était si étrange. Ils n'étaient pas amis, mais n'étaient pas non plus des ennemis. Il la connaissait à peine, et pourtant il pouvait parfois deviner ce qu'elle pensait.

Elle déclina son offre.

— Je ne dois pas trop boire car je conduis. Peut-être un verre pendant le déjeuner.

Et il y avait Rosalie qui babillait à côté d'eux.

— Je vais te montrer la salle de bains pour que tu te laves les mains, et à côté il y a *ma* chambre. Tu viens la voir après ?

Il était sur le point de protester, mais sa gorge se noua devant le sourire de Reba.

— Merci, Rosalie. Avec plaisir.

Après tout, si sa fille prenait plaisir à jouer les hôtesses, cela aiderait probablement à rompre la glace.

— Suis-moi, dit Rosalie en se ruant dans le couloir.

Reba s'exécuta, non sans se retourner pour lui décocher un sourire avant de quitter la cuisine.

John pouvait les entendre à l'étage – leurs pas au-dessus de sa tête, la voix excitée de Rosalie et le rire de Reba.

La cuisson suivait son cours, dans dix minutes le déjeuner serait prêt. Il sortit deux verres du placard, fit une imitation de cocktail pour Rosalie avec du jus d'orange et de la limonade, ajouta une ombrelle en papier et une cerise pour la déco. Pour Reba, un demi-verre de vin.

Il les trouva dans la chambre de Rosalie, assises sur les deux petits fauteuils en osier près de la fenêtre. Sa fille avait reproduit l'attitude de Reba, jambes croisées et un coude appuyé sur le bras du fauteuil. Elles étaient en train de discuter de la mangeoire pour oiseaux qui était suspendue dehors.

En le voyant, Reba lui sourit, et il sentit ses genoux fléchir.

— Des boissons ! Comme c'est gentil. Merci…

Il posa les verres sur la petite table entre elles, ce qui ravit Rosalie.

— Le déjeuner est dans dix minutes, annonça-t-il.

Il savait que c'était important pour sa fille d'avoir sa propre chambre – un endroit qui lui appartenait et où elle pouvait amener ses amies. Et il était reconnaissant à Reba d'avoir joué le jeu devant son désir de recevoir chez elle.

Il retourna dans la cuisine, le sourire aux lèvres. Rosalie n'avait pas besoin de lui en ce moment.

7.

Comment Reba aurait-elle pu décrire ce déjeuner ? Le terme le plus approprié était peut-être *civil*. Ce qui quelque part était une réussite, dans la mesure où être polie était la dernière chose dont elle avait envie avec John. C'était bien le problème. Même la plus petite étincelle entre eux avait le pouvoir de l'enflammer.

Mais cet après-midi, la présence de Rosalie excluait la possibilité de la moindre flamme. La petite fille avait donné le ton en l'invitant à voir sa chambre, et John en leur apportant leurs « cocktails » sur place.

Finalement ils déjeunèrent d'un rôti entouré de divers légumes et conclurent avec le dessert qu'elle avait apporté. Puis Rosalie, qui avait atteint ses limites pour la journée en termes de station assise, courut retrouver son tas de jouets, qui avait été poussé à la hâte dans un coin du salon. John alla chercher les cafés et désigna à Reba le jardin d'hiver, dont les baies vitrées permettaient de garder un œil sur Rosalie. Mais quand il referma les portes, ils se retrouvèrent seuls.

Comme à chaque fois qu'ils étaient dans cette situation, il lui sembla que la température s'élevait de plusieurs degrés.

— La chambre de Rosalie est charmante, dit-elle pour masquer son embarras. Et le choix des couleurs est très réussi.

John parut se détendre en s'abandonnant dans son fauteuil. À l'évidence, c'était l'endroit de la maison où il aimait se relaxer.

— C'est grâce aux conseils avisés de Cathy…

Reba ne put s'empêcher de sourire.

— Plus j'entends parler de Cathy, plus elle me plaît. Vous étiez amis avant de prendre ce poste à l'hôpital ?

— Oui. Cathy se partageait entre quatre unités différentes

et, alors que je venais juste d'être diplômé et travaillais aux urgences pédiatriques d'un autre hôpital, j'ai fait sa connaissance, le jour où un car scolaire est entré en collision avec un camion. La journée a été très pénible, et le soir, alors que j'étais en train de me demander comment chacun de nous allait pouvoir s'en remettre, j'ai trouvé Cathy assise avec, sur les genoux, un petit garçon au bras cassé à qui elle chantait une chanson.

Reba hocha lentement la tête.

— C'est un joli souvenir…

John sourit brusquement, de son vrai sourire qui remuait toutes sortes d'émotions en elle.

— Elle était parmi les meilleurs. Quand j'ai adopté Rosalie, je pensais que je savais comment m'occuper d'elle puisque je la connaissais depuis qu'elle était bébé. J'ai appris très vite qu'il y avait une grande différence entre le fait d'être un oncle, même impliqué, et un père. Cathy avait deux filles, qui sont adultes à présent. Elle est venue à mon secours avec ses précieux conseils.

— Vous avez eu de la chance de connaître quelqu'un comme elle.

Il chercha son regard.

— Êtes-vous sur le point de me dire que cela fait du bien d'en parler ?

Quelque chose plana dans l'air. Elle pouvait mettre les pieds dans le plat et lui dire ce qu'elle pensait. Rosalie était visible de l'autre côté des portes vitrées. Si sa présence signifiait qu'ils ne pouvaient pas élever la voix, ils avaient encore la possibilité d'un échange véhément qui risquait de se conclure par son départ précipité.

Elle ne voulait pas prendre ce risque. Elle avait envie de rester.

— Je n'ai pas l'intention de vous dire quoi que ce soit. Je suis venue pour écouter.

Et de nouveau ce sourire, qui lui révélait que, lentement, John était en train de baisser sa garde.

Pendant un moment, ils restèrent assis en silence.

— J'adore vraiment la chambre de Rosalie, dit-elle enfin. Je n'avais pas de chambre à moi quand j'étais petite.

— Vous avez des frères et sœurs ?

— Non, mais ce n'était pas un problème d'espace. Avec mon père, on était toujours en train de voyager.

— Oh… Ce n'est pas banal.

— La plupart des enfants pensent que ce qui est normal est ce que fait leur famille. C'était super de grandir de cette façon. On a vécu dans de belles villes, et chaque maison qu'on louait quelque temps était remplie de merveilleux musiciens quand mes parents donnaient une fête. Mais je n'ai jamais eu une chambre comme celle de Rosalie, dans laquelle je pouvais garder tous les objets auxquels tiennent les enfants. Nommez-moi une seule personne qui n'ait pas gardé un caillou ou un coquillage qu'elle avait ramassé sur la plage étant enfant.

John resta un moment songeur, puis se leva.

— Vous me faites penser que…

Il retourna au salon, où elle le vit fouiller dans un tiroir. Rosalie le rejoignit et ils échangèrent quelques mots, puis elle partit en courant, et Reba l'entendit monter l'escalier.

Apparemment elle avait déclenché quelque chose. John n'avait pas trouvé ce qu'il cherchait et partit fouiller dans la cuisine. Elle alla le rejoindre et le trouva en train de vider un tiroir de toutes sortes d'objets hétéroclites.

— Ah ! Le voilà ! s'exclama-t-il.

Il sourit en déposant un petit objet dans sa main tendue. Un morceau de verre d'un bleu profond, dépoli par l'eau.

— C'est très joli…

— J'avais même oublié que je l'avais.

Il se pencha sur sa main et l'examina comme si c'était la première fois qu'il le voyait.

De nouveau la température s'éleva. Tous ses sens étaient en alerte, et elle eut une soudaine envie de le toucher. Quand elle le regarda, il lui sembla qu'il la dévorait des yeux.

John fit un pas en arrière, ce qui lui parut très avisé. Elle aurait dû le faire plus tôt. Il retourna fouiller dans le tiroir et en sortit deux autres morceaux de verre marin et un galet rond avec un trou au milieu.

— J'en avais toute une collection. J'imaginais que c'était un conquérant viking qui avait jeté le verre par-dessus son bateau…

Reba sourit.

— Est-ce que les Vikings fabriquaient du verre ?

— Aucune idée. Ne me mettez pas le doute, répondit-il en lui rendant son sourire.

Elle tenait dans sa main un peu de son imagination d'enfant. C'était très spécial.

Les pas de Rosalie résonnèrent dans l'escalier et elle fit irruption en serrant une boîte en plastique contre sa poitrine.

— J'en ai plus que papa, déclara-t-elle fièrement.

Reba rendit ses trésors à John. Il referma les doigts autour des siens en les reprenant et ils échangèrent un regard. Il avait bien voulu partager avec elle cette petite partie de son passé qui avait été importante pour lui.

Puis elle sourit à Rosalie, qui avait posé sa boîte sur le comptoir de la cuisine. John la prit dans ses bras et la fit asseoir à côté. Elle souleva le couvercle et il se pencha sur les trésors de sa fille.

— C'est vrai que tu en as beaucoup. Tu veux bien me les montrer ?

L'après-midi que John avait vu venir avec appréhension s'était finalement très bien passé, même s'il n'avait pas été complètement à l'aise parce qu'il continuait à se demander s'il était très avisé d'agir ainsi. Laisser quelqu'un s'approcher de nouveau, après s'être coupé de tout le monde en fuyant constamment ce qui pouvait être douloureux… À plus forte raison Reba, qu'il connaissait à peine mais avait toujours envie de toucher.

— Je ne veux pas vous retenir, mais vous êtes la bienvenue pour le thé…

Il avait plu tout l'après-midi, pourtant le temps avait passé vite. La maison était devenue une cour de récréation. Ils avaient trié les pierres de Rosalie, avaient sélectionné des livres sur les étagères en se recommandant mutuellement certaines lectures…

Tout ce que Reba touchait était gagné par son rayonnement. Même les petites plantes qu'il soignait avec Rosalie semblaient se redresser quand elle riait.

— Volontiers, répondit-elle. Il pleut toujours des cordes…

La pluie ne l'aurait pas empêchée de regagner sa voiture et de rentrer, mais à l'évidence elle avait envie de rester, et lui qu'elle reste.

Il installa Rosalie devant la télévision avec son film préféré, qu'elle réclamait depuis dix minutes, en se disant que Reba resterait peut-être avec elle. Mais elle le suivit dans la cuisine.

— Vous n'avez pas du travail à faire pour demain ? s'enquit-il.

— Je me suis levée tôt ce matin et j'ai déjà préparé tout ce dont j'avais absolument besoin pour demain. Vous savez, j'ai vécu dans un milieu où la musique était tout. Il fallait toujours s'entraîner davantage, remporter toujours plus de succès. J'ai commencé à apprendre le piano à quatre ans, le violon à cinq. Il y avait toujours des musiciens qui allaient et venaient à la maison, et je n'étais jamais aussi heureuse que quand on me permettait de jouer avec eux.

— N'avez-vous pas pensé à être musicienne de concert ?

— Pendant quelque temps, si. Et puis j'ai changé d'avis. Qu'est-ce qui est le plus important, d'après vous ? Se produire devant un public ou se servir de la musique pour guérir des enfants malades ?

Il posa le couteau avec lequel il était en train de trancher du pain.

— Difficile de vous répondre. Je pense qu'un musicien apporte aussi beaucoup à un public venu l'écouter.

— En effet. Pour ma part, j'ai décidé d'aider les enfants malades. Après avoir obtenu mon diplôme de musique, au lieu de courir les auditions et de faire des spectacles, j'ai passé un master en musicothérapie. Lorsque Hans – mon père – l'a appris, il a été catastrophé.

— Il l'ignorait ?

— Lui et ma mère étaient en Afrique du Sud pour une saison de concerts. Ils m'appelaient toutes les semaines et me demandaient si tout se passait bien, je leur répondais « super » et que je travaillais dur, ce qui n'était pas faux. À leur retour à Londres les jeux étaient faits, j'étais presque au bout de mon master. Pour mon père, c'était un vrai désastre.

— J'espère que ce n'est pas ce à quoi je dois m'attendre avec Rosalie…

Reba se mit à rire.

— J'en doute. Il suffit de lui demander ce qu'elle veut faire, au lieu de décider pour elle ou de penser le savoir à sa place.

— Je garderai ça à l'esprit.

Peut-être était-ce ainsi qu'il fallait agir aussi avec Reba. Et ne pas exploser…

— Votre père était très en colère ?

— Oh ! vous savez, il est d'humeur assez changeante. Parfois tout est merveilleux, mais il a la fâcheuse habitude de jeter des objets quand il ne peut pas contrôler ses émotions. Plus ça casse, mieux c'est. Il m'a dit qu'il ne me pardonnerait jamais, et a mis six bons mois avant de me parler à nouveau.

John ne sut que répondre. Reba racontait ses démêlés avec son père sur le ton de la plaisanterie, mais il vit une vraie souffrance dans son regard. Elle s'était raidie sur son siège, comme si elle avait encore besoin de se défendre.

Oubliant les sandwichs, il s'appuya contre le comptoir de la cuisine et lui fit face.

— On s'en est remis, assura-t-elle. Hans ne rate pas une occasion de me faire des remarques sur mon talent gâché quand il me voit, et je lui demande quelle est la dernière fois qu'il a aidé un enfant à se rétablir de blessures traumatisantes. Ma mère sert généralement de tampon entre nous…

Elle haussa les épaules.

— Ça ne nous empêche pas de nous aimer, même si nous sommes en désaccord.

Cela expliquait pourquoi Reba semblait avoir quelque chose à prouver. Sa détermination, son désir que tout soit parfait, depuis les prospectus jusqu'à l'organisation des concerts, ne venaient pas seulement de son engagement dans son travail.

Il y avait aussi les souvenirs de son enfance et les remarques sans équivoque de son père, selon lesquelles elle avait fait le mauvais choix. Il n'accordait que peu de valeur à ce qu'elle accomplissait actuellement.

— Lorsque j'ai adopté Rosalie, au début j'ai dû apprendre à cesser d'être un oncle « gâteau » pour commencer à devenir un papa. Être moins un ami avec qui on joue et davantage quelqu'un qui est là pour elle et l'accepte telle qu'elle est.

— C'est exactement ça, renchérit Reba. Hans m'a donné une merveilleuse enfance. Il était mon mentor et mon ami, mais il perdait parfois le côté *papa*. Sa déception devant mes choix a été vraiment douloureuse pour moi.

— Qu'est-ce qui vous a fait changer d'avis ?

— Je faisais partie d'un quatuor qui jouait dans les écoles, les maisons de retraite et les hôpitaux… à vrai dire, partout où on voulait bien de nous. On a commencé à se dire que c'était le moyen de jouer ensemble dans beaucoup d'endroits différents, et soudain l'environnement est devenu beaucoup plus important pour moi que le spectacle lui-même. J'ai discuté avec un thérapeute dans un hôpital où on jouait et… j'ai su que c'était ce que je voulais faire.

Il hocha la tête.

— Je comprends. Quand j'étais à l'école de médecine, je voulais être à la pointe du domaine que j'avais choisi, la neurologie. C'est en faisant des gardes en pédiatrie que j'ai pris conscience que le plus important pour moi, c'était un sourire d'enfant. Tout est une question de priorités.

Le sourire de Reba le fit fondre. Ils restèrent un moment silencieux, écoutant Rosalie qui chantait sur la musique de son film.

— Souvent elle reproduit aussi les mêmes gestes que les acteurs, dit-il.

Reba mit un doigt sur ses lèvres et se leva, se rapprochant de la porte de la cuisine pour mieux entendre. Il ne put résister à l'envie de la suivre.

— Vous avez entendu ça ? chuchota-t-elle en souriant. Elle ne rate pas une seule note et chante très juste.

— Quand j'essaie de l'accompagner, elle met sa main sur ma bouche et prétend que ce n'est pas bien. Êtes-vous en train de me dire que Rosalie a un don pour la musique ?

— Je dis qu'elle a une bonne oreille. C'est un problème ? demanda-t-elle d'un air surpris.

Peut-être. En fait, il ne savait pas. Oubliant les sandwichs à moitié faits, il alla s'asseoir sur le canapé pour mieux y réfléchir. Il fut tenté de lui dire qu'il n'était pas certain de pouvoir préserver Rosalie de tous les dangers et de savoir distinguer entre ce qui pouvait ou non être un souci. Reba était une musicienne professionnelle, il était naturel de connaître son avis.

— John, est-ce que c'est un problème ?

— Je ne sais pas. Que faites-vous quand un enfant a une bonne oreille ?

Elle posa la main sur la sienne, et ce simple contact le fit frissonner.

— Écoutez… Je ne me permettrais pas de dire à quelqu'un comment élever son enfant. Mais la musique est mon domaine. Rosalie semble avoir une bonne oreille, et si c'est le cas la musique pourrait lui apporter autant de joie que j'en ai eu au fil des années. D'après mon expérience, si elle a envie de jouer, vous n'aurez pas besoin de la pousser. Évitez seulement d'avoir trop d'attentes.

Reba parlait avec son cœur. Sa passion était presque palpable et toucha quelque chose dans son propre cœur.

— Alors que conseillez-vous, sur le plan pratique ?

— Faites-lui écouter de la musique – les parcs du coin donnent souvent de très bons concerts, qui sont bien pour les enfants parce qu'ils ne sont pas formels, et elle peut y rester tant qu'elle en a envie ou aller faire autre chose. Essayez peut-être de lui mettre un instrument dans les mains et de voir ce qu'elle en fait. J'ai un glockenspiel à la maison, vous savez, une sorte de carillon à clavier dont on joue avec des baguettes et qu'elle pourrait essayer. Il a un beau son.

Il ne put s'empêcher de rire.

— À vous entendre, on croirait que c'est le rêve de toutes les petites filles.

— Certains enfants aiment les poupées ou les trains. Moi j'ai beaucoup aimé le carillon, jusqu'à ce que le piano prenne sa place.

Reba sourit de nouveau.

— Je suppose qu'il y a eu beaucoup de difficultés autour de l'adoption de Rosalie. Ce n'est pas du tout le cas pour la musique.

Il devina que c'était une invitation à s'exprimer – ce qu'il avait fait lui-même avec elle. Mais il se rendait compte à présent que, pour lui, il était beaucoup plus facile d'écouter. Un jour, peut-être, il lui raconterait les peurs qui pouvaient parfois le laisser haletant.

— Merci. Je serais très reconnaissant si Rosie pouvait essayer votre glockenspiel. Ça a l'air plutôt amusant…

8.

Reba était restée plus longtemps chez John qu'elle ne l'avait prévu. L'énergie de Rosalie avait soudain faibli et elle était montée sur les genoux de son papa. Pendant un moment elle avait paru suivre leur conversation, puis ses paupières étaient devenues lourdes.

— Il vaudrait mieux que je la mette au lit, dit John.

Elle se leva d'un bond.

— Oui ! Et moi je ferais bien de rentrer.

C'était un peu trop confortable ici, et elle avait encore des choses à faire chez elle.

John laissa Rosalie pelotonnée sur le canapé pour l'accompagner dans le couloir. Devaient-ils s'embrasser ou pas ? Elle décida d'agir comme elle le ferait avec un ami et déposa un baiser sur sa joue.

Pendant un bref instant elle sentit sa main sur son épaule.

— Merci pour ce charmant après-midi, j'ai vraiment passé un bon moment, dit-elle.

— Le plaisir était pour moi.

Il chercha sa main et elle sentit ses doigts frais contre sa peau. Une légère pression pour qu'elle sache qu'il était sincère, puis il s'écarta et lui ouvrit la porte.

Elle se retrouva dehors dans l'air frais du soir et regagna sa voiture. Quelque part elle se sentait soulagée de n'avoir pas fait ce qu'elle voulait vraiment et embrassé John sur la bouche. Parce que la seule passion pour laquelle il y avait de la place dans sa vie était la musique, et la carrière qu'elle se construisait autour. Entraînée à se débrouiller par elle-même, elle espérait toujours le pardon et l'approbation de Hans. Ces moments de conversation tranquille lui avaient fait voir les choses sous une lumière différente.

Reba tomba sur John en allant travailler le mardi, et ils échangèrent un « hello » souriant. Puis elle se retira dans la salle de thérapie, où une succession de rendez-vous l'attendait.

Elle trouva le premier mot attaché à une des listes de patients.

Aimerais savoir comment se déroulent les séances de Meera. Merci de me tenir au courant.

Le second mot l'attendait dans son casier à l'heure du déjeuner.

Il manque une personne dans l'équipe des rounders. Ça vous tente ?

Quant au troisième, il fut apporté par Joanne qui passait par là. Apparemment John avait un besoin urgent de savoir où en étaient les recherches sur l'aide que la musicothérapie pouvait apporter aux enfants autistes. Ce mot était signé d'un simple « J » et cette intimité la troubla.

— L'Internet du Dr Thornton ne fonctionne pas ? demanda-t-elle, surprise.

— Si seulement, fit Joanne dans un soupir. Il m'a envoyé des e-mails toute la journée.

Donc John était d'humeur loquace et elle aurait parié que cela n'avait pas grand-chose à voir avec le contenu des messages. Il n'y avait qu'un moyen de le savoir.

Elle avait encore deux patients à voir, mais à 17 h 30 elle se rendit au bureau de John. Inutile de frapper, la porte était grande ouverte et il devait être à peine de retour de sa tournée des salles car il avait encore les manches relevées après s'être désinfecté les mains.

— Reba…

Son regard était si intense qu'elle sentit ses genoux flageoler et dut faire un effort pour se ressaisir. Sa relation avec John devait être basée avant tout sur l'honnêteté.

— J'ai des réponses pour vous.

Elle s'approcha de son bureau et il s'assit à l'angle du meuble, près d'elle.

— Premièrement…

Elle posa le premier mot sur le meuble.

— Moi aussi, j'ai hâte de voir comment la musique va pouvoir aider Meera. Ce n'est pas toujours un succès avec l'asthme, mais si quelqu'un aime chanter et faire de la musique, cela peut être très bénéfique. Je vous tiendrai informé.

— Super, merci.

Elle eut droit à son vrai sourire, celui qu'elle avait souvent guetté en vain.

— Deuxièmement… non, merci.

Il haussa les sourcils.

— Vous êtes sûre ? Les matchs de rounders sont pourtant plus drôles que le base-ball. Du moins, c'est ce que j'ai entendu dire.

— Je n'ai aucune envie de me retrouver avec des doigts écrasés ou un poignet foulé. Ce serait un vrai problème pour moi.

— Bien.

Il lui prit le second mot des mains et le posa sur son bureau.

— Ensuite ?

— Si vous voulez une réponse à propos de la recherche, envoyez-moi un e-mail et je vous répondrai en vous envoyant des liens très utiles.

Il prit le troisième bout de papier et en fit une boulette bien serrée qu'il lança en direction de la corbeille à papier. Elle frappa le mur et retomba par terre.

— Raté.

Soudain leurs regards s'accrochèrent, et elle sentit son cœur s'emballer.

— Quant à moi, je ne manque jamais mon but, dit-elle avec un sourire malicieux. C'est une question d'équilibre et de rythme. Je ne fais pas de sport, mais j'ai été coach.

John lui rendit son sourire.

— Vraiment ? Je serais curieux de voir ça.

Elle était tout à fait disposée à lui faire une démonstration. S'approchant d'un pas, elle lui prit le poignet et lui demanda de se lever. Il la dominait de toute sa hauteur et elle s'efforça de demeurer impassible.

— Vous devez viser le bon angle.

Elle lui souleva le bras et le tira vers l'arrière pour imiter l'arc qui se tend. Plus son bras était haut, plus elle était entraînée vers lui pour suivre son poignet, si bien qu'elle se retrouva serrée contre lui. Quand elle tenta de s'écarter, il entoura sa taille de son autre main.

— On ferait mieux d'arrêter, John…

Il la lâcha aussitôt et recula d'un pas.

— Je veux dire… *je* devrais arrêter. Parce que…

Elle désigna la porte restée entrouverte.

John sourit.

— Vous pouvez toujours la fermer, si vous voulez.

Sans hésiter, elle alla jusqu'à la porte et la referma. Quand elle se retourna, il la regardait avec attention.

— Et maintenant que fait-on ? On se dispute ? dit-elle avec défi.

Soudain, Reba sut ce qu'elle voulait, avec une netteté qui se faisait enfin jour après une succession d'erreurs.

— Je ne veux pas me disputer avec vous, John.

Elle le voyait dans ses yeux : il voulait exactement la même chose qu'elle, mais aucun des deux n'osait le demander. Apparemment tous deux avaient trop peur de chambouler leur vie. Mais depuis quand Reba craignait-elle les gestes irréfléchis ou audacieux ?

Depuis qu'elle avait quelque chose à perdre. Depuis qu'elle avait appris à mêler passion et ambition en cherchant à démontrer qu'elle était la meilleure dans ce qu'elle faisait… Toujours dans l'attente de la reconnaissance de Hans.

Elle avança vers John et posa ses doigts tremblants sur son torse. Elle sentit son cœur battre plus vite. John avait aussi beaucoup à perdre. Il s'était soigneusement construit sa vie, avec Rosalie dont il s'occupait avec diligence tout en apportant des améliorations au département qu'il dirigeait. Une vie qui risquait de s'effondrer s'il ne s'arrêtait pas pour donner à ses propres émotions une chance de s'exprimer.

— Qu'est-ce que tu veux, Reba ? murmura-t-il.

Et soudain, il l'embrassa. La passion qu'ils avaient niée tous les deux parce qu'elle était malvenue dans leur vie déferlait sur eux d'un seul coup…

Quand ils s'arrêtèrent, tous deux étaient haletants. John la serra contre lui, ses doigts caressant le point sensible derrière son oreille avant de se glisser dans ses cheveux.

Brusquement il s'écarta, la tenant toujours.

— Pas ici…

On frappa à la porte et ils eurent exactement deux secondes pour se donner une contenance avant que la porte ne s'ouvre. John fut le plus rapide et recula encore, laissant un espace d'environ un mètre entre eux.

Joanne s'immobilisa.

— Oh ! pardon. J'ignorais que vous étiez en réunion.

— Pas de problème, nous étions sur le point de terminer, répondit John.

— J'avais juste une question, mais je peux revenir, dit Joanne.

Elle se détourna pour repartir, mais il lui fit signe d'entrer.

— Demandez-moi maintenant. Vous serez en bas, Reba ?

— Oui, je… j'ai dû laisser les prospectus que vous vouliez dans ma voiture.

Curieusement, sa voix semblait normale et son cerveau fonctionnait de nouveau. John et elle devaient convenir d'un endroit pour se voir hors de l'hôpital.

— Je vous y retrouverai tout à l'heure. Pour une fois, essayons tous de finir à 17 h 30…

Il y avait juste un point dont John devait parler à Reba. Ensuite il laisserait les choses suivre leur cours, n'attendant rien. De toutes les fibres de son corps, il voulait tout ce que leur baiser l'avait laissé entrevoir et n'avait pas envie de la laisser repartir ce soir. Mais c'était à Reba de prendre la décision.

— Rosalie est chez mes parents cette nuit, lui dit-il quand il la rejoignit à sa voiture.

Maintenant Reba avait l'information, à elle d'en faire ce qu'elle voulait.

— On se voit chez moi, alors ? proposa-t-elle, ses cheveux brillant sous le soleil. Si c'est possible pour toi.

— Je suis joignable partout au téléphone…

Pas besoin d'en dire plus. Tout était déjà là, toute la passion et les réponses aux questions qu'il se posait se reflétaient dans les yeux de Reba.

Elle monta dans sa voiture et abaissa la vitre pour lui donner son adresse.

— Je te suis, dit-il.

Où qu'elle aille. Où que cette aventure les mène.

En dépit de toutes ses craintes que l'espèce de lâcher-prise qu'il connaissait avec Reba ne vienne ébranler les solides amarres de la vie qu'il s'était organisée…

Mais pendant le quart d'heure que dura le trajet, il ne changea pas d'avis. Ce qu'il vivait avec Reba, il ne l'avait jamais vécu avant – une relation qui ne restait pas là où tous les deux l'avaient décidé. Elle dépassait déjà les frontières qu'il s'était fixées et le faisait sourire tout seul parfois, quand personne ne le regardait.

La maison de Reba était au bout d'une impasse tranquille, non loin d'un petit cours d'eau. La porte d'entrée violette ouvrait sur un étroit couloir par où on apercevait le salon baigné du soleil de l'après-midi. John s'était souvent demandé à quoi ressemblait sa maison, mais il n'eut pas le loisir de découvrir davantage son environnement.

À peine eut-elle refermé la porte derrière elle qu'elle le prit dans ses bras.

— Tu ne peux pas me guérir. Tu le sais… ? murmura-t-il.

Il ne pensait pas que cela fasse partie de ses projets, mais il préférait poser la question.

— Je le sais. Je te prends juste tel que tu es.

Elle l'embrassa et il sentit une bouffée de joie exploser dans sa poitrine.

— Avec rien de plus à t'offrir que ce que j'ai là ?

— C'est ce que je veux, John. Tu ne peux pas me guérir non plus.

S'appuyant contre le mur, elle noua les bras autour de son cou et ils échangèrent une longue étreinte.

Les yeux de Reba devinrent encore plus sombres quand il descendit la fermeture Éclair de sa veste avec une fermeté qui l'étonna lui-même. Elle se colla à lui, les lèvres entrouvertes, prête à recevoir son baiser.

Quelques secondes leur avaient suffi pour allumer le feu en eux. Glissant la main sous sa veste, il sentit la chaleur de son corps sous son T-shirt. Il était tout à elle maintenant.

Il l'embrassa, et une vague de bonheur le submergea. Bientôt ils seraient ensemble au lit, mais il aurait volontiers prolongé encore un peu cet instant.

Il sentit le visage de Reba dans son cou et elle chuchota quelques mots contre son oreille.

— On monte dans la chambre. Maintenant.

9.

Ce matin, Reba avait jeté à la hâte la couette sur le lit avant de s'habiller en vitesse et de descendre grignoter un toast en buvant son café. Si elle avait su, elle aurait rangé un peu avant de partir travailler.

Mais rien n'aurait pu arrêter cette vague de passion, et John n'était sûrement pas là pour inspecter la poussière sur les meubles. Se dégageant de son étreinte, elle l'entraîna dans l'escalier, puis dans sa chambre.

Là elle s'abandonna de nouveau dans ses bras, perdant la notion du temps et de l'espace sous ses caresses.

— Préservatifs ? murmura-t-il.

Même ce côté pratique était plein de promesses. Elle lui tendit le paquet rangé dans son tiroir et il le lança sur le lit, avant de la prendre par la main et de l'allonger sur la couette. Puis il se pencha pour lui ôter ses boots et ses chaussettes.

Il enleva sa chemise. Merveilleux. Reba se voyait déjà en train de pianoter une mélodie du désir sur son torse musclé. Elle vit une lueur espiègle dans les yeux gris-bleu de John tandis qu'il se débarrassait du reste de ses vêtements.

Puis il lui consacra toute son attention et l'embrassa en lui murmurant combien il la désirait. Reba sentit enfin son poids sur elle et le contact de sa peau. Elle ne voulait plus attendre et le guida en elle, croyant qu'elle allait exploser quand il glissa une main sous son genou pour la pénétrer plus profondément. Tous deux se mirent à bouger ensemble, mais elle l'entraîna trop loin et trop vite. Après s'être abandonné au plaisir, il réussit à lui faire atteindre l'orgasme du bout des doigts.

— C'était… un peu court, dit-il en lui jetant un regard d'excuse.

Elle l'embrassa en riant.

— Est-ce que je t'ai laissé le choix ?

John rit à son tour.

— Pas vraiment. Ça va ?

Elle se blottit contre lui.

— J'ai adoré chaque moment. Surtout la dernière partie, ajouta-t-elle à son oreille.

Il parut rassuré et la serra dans ses bras.

— Je n'oublierai pas mes manières la prochaine fois. Les dames d'abord…

John aurait tant voulu être en elle quand Reba atteignit l'orgasme… Mais il devrait attendre un peu pour vivre cette expérience. Ils étaient maintenant au cœur du sujet, de ce qu'ils avaient à la fois craint et souhaité sans se l'avouer. Il y avait eu la passion générée par sa musique. Les discussions. L'insatiable curiosité de John pour tout ce qu'elle avait fait, et l'envie partagée qu'ils avaient de se guérir mutuellement. Tout cela les avait menés où ils étaient.

Elle se mit à remuer près de lui et il ouvrit un œil.

— Besoin de casser quelque chose ? s'enquit-il.

Reba l'embrassa sur la joue.

— Non. Je me disais juste que j'aurais dû faire un peu de rangement avant de partir ce matin.

John jeta un coup d'œil, regardant la chambre pour la première fois. Les meubles hétéroclites qui la garnissaient formaient un assortiment plus harmonieux que s'ils avaient été fabriqués pour aller ensemble. Les murs et les tissus étaient de couleur crème, et divers pots de céramique ornaient le rebord de la fenêtre.

— Si tu ressens le besoin de ranger, habille-toi et allons chez moi, lâcha-t-il.

Elle rit franchement.

— Mais toi, tu as une enfant de cinq ans à gérer.

— Il se trouve que Rosalie a un sens naturel de l'ordre. Ce qui ne veut pas toujours dire qu'elle soit ordonnée.

Il regarda de nouveau autour de lui.

— Je m'attendais à ce que tu aies au moins un instrument de musique dans chaque pièce…

— Ils sont tous rassemblés dans la chambre du fond, qui est ma salle de musique. À part le piano, qu'il n'aurait pas été simple de monter à l'étage. Et puis, un piano a plutôt sa place dans une salle de séjour, tu ne crois pas ?

Il hocha la tête.

— Et maintenant, que faisons-nous ?

— Je pourrais prendre une douche… Tu pourrais me rejoindre, si tu en as envie. Je te montrerais mon piano, puis je pourrais faire à manger.

— Pas de travail… ?

— Il y a *toujours* du travail à faire. Mais pas ce soir.

— Dans ce cas, on pourrait rester un peu plus longtemps au lit avant de se doucher ? Au cas où on n'aurait pas encore fini.

Reba sourit en laissant courir ses doigts sur son torse. À la façon dont elle se rapprocha de lui quand il lui caressa la hanche, il comprit qu'ils n'en avaient effectivement pas terminé l'un avec l'autre.

— Oui, dit-elle. Ce serait dommage de prendre la peine de remettre nos vêtements pour les retirer juste après…

John avait attendu que Reba prenne son plaisir avant de la rejoindre, et il avait été secoué par sa propre réaction. Ils avaient dormi un peu et s'étaient réveillés affamés.

La regarder attacher ses cheveux et marcher toute nue jusqu'à la salle de bains était un vrai bonheur. Se doucher, s'habiller, descendre l'escalier… Tout ce qu'elle faisait le fascinait et il la suivit en bas dans une espèce d'euphorie.

— Viens voir mon piano.

Il admira sa démarche dansante jusqu'au séjour. La grande pièce qui s'étendait sur toute la longueur de la maison était dans le même style que sa chambre. Un mélange éclectique de meubles et de tissus qui créait une harmonie inattendue, avec des murs couleur crème. Tout semblait être arrangé autour du piano droit qui se dressait au milieu de la pièce, avec le coin salon d'un côté et une table pour les repas de l'autre.

Reba s'assit sur le long banc de cuir, lui faisant signe de la rejoindre.

— C'est le piano que mon père emportait avec lui pour s'entraîner quand il voyageait. Il a un très bon son.

— Il ne s'en sert plus ?

— Non. C'est une star, maintenant. Il est écrit sur tous ses contrats qu'on doit lui fournir un grand piano quand il est en tournée. Il m'a donné celui-ci, sur lequel j'ai appris à jouer.

— Il est très beau…

Il avança une main hésitante et elle l'encouragea de la tête. Une note résonna, claire et pure dans le calme de la nuit.

— J'ai de la chance de l'avoir. Ce n'est pas un objet que je pourrais m'offrir facilement.

Elle commença à jouer, une simple mélodie qu'il reconnut sans pouvoir la nommer, et qui le toucha au cœur.

— Qu'est-ce que c'est ?

— Clair de *lune*, de Claude Debussy. Tu aimes ? demanda-t-elle en continuant.

Il acquiesça en silence. Lui qui avait parfois le cœur lourd se sentait maintenant sans défenses, et la musique lui faisait monter les larmes aux yeux.

Ce n'était pas le moment. Il se raidit, et Reba dut se rendre compte que quelque chose n'allait pas car elle arrêta brusquement et se mit à jouer autre chose. Cette fois il reconnut l'air : une valse de Chostakovitch, entraînante et romantique à souhait. Il sourit, cette nouvelle émotion étant mieux accueillie que la précédente.

Reba termina le morceau par un accord sonore.

— Si on mangeait ? Il n'y a pas grand-chose au frigo en ce moment, mais j'ai de quoi faire des sandwichs toastés au fromage.

Elle se leva du tabouret, son pas léger reproduisant les

mouvements de la valse. Elle ne se contentait pas de jouer, elle ressentait la musique avec toutes les fibres de son corps.

Peut-être n'aurait-il pas dû se lancer dans cette aventure. Mais John n'avait pas le choix, il était déjà fasciné par elle. Il devait juste apprendre à gérer cette nouvelle situation.

Reba avait mis l'alarme à 6 heures du matin, ce qui devait laisser le temps à John de rentrer chez lui avant de se rendre au travail. Elle s'était réveillée dans ses bras à 5 heures, et ils avaient assisté ensemble au lever du jour. Puis John s'était habillé, ils s'étaient retrouvés en bas et elle lui avait tendu une tasse de café pendant qu'il cherchait ses clés.

— Passe une bonne journée.

Il l'embrassa, l'air un peu distant. Peut-être était-il pressé de s'éloigner d'une situation qu'il ne voulait pas voir se reproduire. Elle avait eu son compte de brèves romances avec des partenaires qui s'étaient rendu compte que sa musique et sa carrière les reléguaient à la troisième place sur la liste de ses priorités. Mais elle n'avait encore jamais eu d'aventure d'une nuit auparavant et ne savait pas vraiment comment se comporter.

Elle n'avait pas encore connu non plus de nuit sensuelle comme celle-ci. Et c'était quelque chose qu'elle voulait garder.

— Toi aussi, répondit-elle en lui prenant sa tasse des mains.

Elle en but une gorgée, comme si cela pouvait le faire rester un peu plus longtemps.

— Peut-être… pourrions éviter de nous disputer quand nous nous reverrons au travail ? hasarda-t-elle.

Le regard de John s'adoucit.

— Ce qui s'est passé la nuit dernière n'était pas un exercice de médiation. Pas pour moi, en tout cas. J'en avais très envie, et j'ai adoré chaque instant passé ensemble.

— Moi aussi, John.

Bien. Très bien. Peut-être pouvait-elle lui poser la question…

Ils étaient debout dans le couloir, se regardant fixement comme un couple d'ados maladroits hésitant entre se dire « à bientôt » ou « adieu ». La nuit précédente, le désir avait tout emporté, mais ce matin c'était plus confus.

— Je voulais te demander…

Elle s'interrompit. John avait l'air aussi hésitant qu'elle.

— Demande-moi, je t'en prie.

Il sourit et reprit :

— Mes parents ont emmené Rosalie dans la région des lacs pour quelques jours et seront de retour vendredi. Je suppose que tu n'es pas libre ce soir et demain soir ?

— J'ai un client privé ce soir, mais je suis libre jeudi.

Son sourire s'élargit.

— Vraiment ? Si tu veux bien venir chez moi, je te ferai la cuisine.

— Ce serait super. On pourrait se dire qu'il n'est pas question que de sexe…

Reba pinça les lèvres. Ce n'était pas ainsi qu'elle avait voulu s'exprimer.

— Ce ne l'était pas pour moi, murmura-t-il.

Posant son café et ses clés sur une marche de l'escalier, il la prit dans ses bras.

— Il n'empêche que le sexe était… réellement incroyable.

Elle pouvait le laisser partir à présent. Ils savaient où ils en étaient, même si ce n'était un terrain facile pour aucun des deux. Sils continuaient à se parler, ils pourraient y arriver.

10.

John lui avait manqué. Pendant ces deux derniers jours, Reba avait ressenti en permanence une sorte de désir impalpable et elle avait été moins focalisée sur son travail. Mais personne n'avait paru le remarquer.

De son côté, elle s'était rendu compte qu'elle n'éprouvait plus seulement de la joie dans la musique pendant ses séances avec ses jeunes patients, mais aussi dans la vie elle-même.

La porte d'entrée de John s'ouvrit avant qu'elle ait eu le temps de sonner. Il souriait, son téléphone collé à l'oreille, et elle entra dans le hall en silence.

— Oui, mon cœur. Je vais manger une pizza ce soir. Mais je ne l'apprécierai pas autant sans toi.

À l'évidence il parlait au téléphone avec Rosalie. D'un signe de tête, il lui désigna la cuisine.

— Oui… Je suis content que tu aies passé une bonne journée avec papi et mamie. Dors bien et je te verrai demain. Est-ce que mamie veut me parler… ?

Il haussa les sourcils et regarda le téléphone avant de le poser sur le comptoir de la cuisine.

— Rosalie a raccroché ?

— Oui. Elle a dit ce qu'elle avait à dire. Je suppose que ma mère me rappellera en cas de besoin.

Il la rejoignit et entoura ses épaules de ses bras.

— Et comment s'est passée ta journée ?

Son baiser était aussi intense que deux jours plus tôt, mais ils avaient gagné en assurance.

— Mieux de minute en minute.

— Tu es la bienvenue pour manger une pizza avec moi. Seulement…

Reba posa un doigt sur ses lèvres.

— Je sais. Rosalie ne doit rien savoir. Pas de problème.

— Tu comprends, je ne voudrais pas créer de confusion en elle, alors qu'elle commence tout juste à retrouver un équilibre.

— Et moi, je ne voudrais pas que ta fille soit déstabilisée à cause de moi, John. Je savais dès le début à quoi m'attendre. J'ai aussi une vie…

— C'est-à-dire chercher à atteindre l'excellence dans la profession que tu t'es choisie ?

— Quelque chose comme ça. Je croyais que nous n'étions pas censés essayer de nous guérir mutuellement.

Il se mit à rire et se pencha pour l'embrasser.

— Tu as tout à fait raison. Et je n'ai nul besoin de te guérir, tu es parfaite telle que tu es.

— Ne me parle pas de perfection, ce serait mettre la barre trop haut. Prends-moi juste comme je suis.

Elle lui rendit son baiser, qui dura plus longtemps que le premier.

— Je prendrai ce que tu voudras me donner. Tout ce que j'ai à te donner en retour, c'est de la pizza, plaisanta-t-il.

Et un cœur passionné, qu'il cachait derrière une impassibilité de façade. Dommage qu'il n'exprime pas ses sentiments plus souvent. Mais elle avait promis, pas question d'essayer de le guérir.

— Je prendrai la pizza. Pour l'instant…

De la pizza, et un verre de vin. Ils s'installèrent dans le jardin d'hiver verdoyant tandis que le ciel s'assombrissait, parlant, se touchant et s'embrassant. Laissant le désir monter en eux jusqu'à ce qu'ils n'en puissent plus et se ruent dans l'escalier. Ce fut de nouveau un moment de passion partagée, puis ils s'endormirent dans les bras l'un de l'autre.

Mais lorsque Reba se réveilla pendant la nuit, John n'était

pas là. À mesure qu'elle attendait, le lit se refroidissait et elle frissonna. La maison était calme quand elle se leva et entoura ses épaules de l'écharpe vert émeraude qu'elle avait apportée. La porte de la salle de bains était entrouverte, mais il n'y avait personne.

En bas, la cuisine et le salon étaient plongés dans la pénombre, mais elle aperçut une silhouette assise dans le jardin d'hiver.

— John… ?

Il semblait perdu dans ses pensées et sursauta en l'entendant.

— Euh… j'espère que je ne t'ai pas réveillée ? dit-il.

— Non.

Elle hésita. Peut-être avait-il besoin d'être seul.

— Envie d'un peu de compagnie ?

Il sourit, mais c'était son sourire de commande. Quelque chose n'allait pas et il ne voulait peut-être pas en parler.

— Bien sûr.

Quand elle s'assit près de lui sur le grand canapé en osier, il ne fit pas un geste pour la toucher.

— Qu'est-ce qu'il y a ?

Silence. Après tout, elle pouvait juste lui tenir compagnie.

— Je… je ne sais pas si je peux continuer, Reba. J'ai cru que je pourrais, mais… ce n'est pas juste envers toi.

Quoi ? Ils en avaient pourtant discuté. Peut-être y avait-il autre chose qu'il ne lui avait pas encore dit. Son regard morne lui disait que le problème était sérieux, et elle eut un pincement de cœur. Peut-être John était-il sur le point de mettre fin à leur relation avant même qu'elle ait commencé. Mieux valait tenter une approche en douceur.

— Je t'ai dit que cela me convenait ainsi.

Il la regarda longuement et secoua la tête d'un air de regret.

— John, tu commences à me faire peur. S'il y a autre chose, s'il te plaît, dis-le moi.

— Mon intention n'est pas de t'effrayer, Reba.

— J'ai peur parce que j'ai l'impression que je vais te perdre, lâcha-t-elle d'un ton hésitant.

— De toute façon ce serait ma faute, pas la tienne.

— John ! Je t'en prie, dis-moi ce que tu penses. Ne me laisse pas dans l'incertitude, c'est trop dur.

— Je ne peux pas renoncer, Reba. Je ressens quelque chose pour toi, et cela m'inquiète. C'est comme si tout était sur le point de s'écrouler autour de moi. Je ne veux pas que ça se produise, mais je ne peux pas non plus te chasser de mon esprit.

Elle réfléchit un instant.

— Est-ce que c'est lié à la mort de ta sœur ? Et à celle de Cathy ?

Elle crut voir des larmes dans ses yeux, et son premier réflexe fut de vouloir le distraire pour qu'il change d'humeur, mais cela ne l'aiderait pas. S'il en avait besoin, il devait laisser son chagrin s'exprimer.

— Je dois prendre soin de Rosalie. Et j'ai un département à diriger.

— En effet. Mais aucune de ces tâches ne doit t'empêcher d'avoir du chagrin.

— Je ne peux pas…

John haussa les épaules.

— Je ne peux pas entendre ça.

— Pourquoi pas ?

Elle posa la main sur sa joue.

— Dis-moi pourquoi…

Il repoussa doucement sa main sans la regarder, puis commença à parler.

— Ma sœur, Cara, a quitté la maison quand j'avais dix-huit ans. Elle avait de mauvaises fréquentations, il y avait beaucoup d'alcool et de drogue. Nos parents savaient qu'ils ne pouvaient pas l'obliger à revenir, mais ils lui ont toujours dit qu'ils l'aimaient et qu'ils seraient là pour elle. Cara a fini par rentrer, six ans plus tard.

— Elle était enceinte ?

— Oui. Elle était redevenue clean dès qu'elle l'avait su, mais elle ignorait si elle serait capable de tenir sa résolution. Maman lui a fait intégrer un groupe de réhabilitation et ça l'a beaucoup aidée. J'ai pris un poste dans un hôpital local parce que je voulais aussi être près d'elle. Je l'amenais en voiture jusqu'à la côte et elle pratiquait des séances de cris face à la mer.

Une larme roula sur la joue de John. Il l'essuya d'un revers de main.

— Ne cherche pas à nier ces souvenirs parce qu'ils sont douloureux, murmura-t-elle. Est-ce que les cris l'ont aidée ?

Il haussa les épaules.

— Je n'en ai aucune idée. Personnellement, je n'ai jamais essayé. Peut-être… Quelque chose a dû l'aider, parce qu'elle a changé complètement de vie. Elle est restée clean et, quand Rosalie est née, c'était un bébé en bonne santé. Papa et maman l'ont aidée à prendre un appartement, et nous jouions tous régulièrement les baby-sitters pour qu'elle puisse souffler de temps en temps. Lorsque sa fille a eu deux ans, Cara m'a demandé si j'acceptais qu'elle me désigne comme le père adoptif de Rosalie dans son testament.

— Ta sœur était malade ?

— Personne n'était au courant alors, mais elle souffrait d'une insuffisance cardiaque due à la prise de drogues. Quand je lui ai demandé si tout allait bien, elle a répondu qu'elle voulait juste prendre ses précautions en tant que mère célibataire. Elle voulait être sûre qu'il y aurait toujours quelqu'un pour s'occuper de Rosalie. Dès qu'il a su qu'elle était enceinte, le type avec qui elle vivait l'a jetée dehors, ne voulant plus rien savoir d'elle ni du bébé. Son nom n'a pas été mentionné sur le certificat de naissance de Rosie, et le testament de Cara a donc fait foi.

— Parce que tu as accepté tout de suite ?

— Bien sûr. J'étais un oncle très présent et j'aimais Rosalie. Pour moi c'était un privilège d'être choisi. Je pensais savoir comment élever un enfant, mais je ne l'ai vraiment appris que quand je l'ai adoptée.

John se tut. Instinctivement, Reba sut qu'il y avait encore autre chose.

— Je suis tellement désolée, John. La perte de ta sœur a dû être un vrai drame pour toi et tes parents – et pour Rosalie. Vous semblez tous si soudés…

— Mes parents ont été incroyables, alors qu'ils avaient le cœur brisé. On ne se remet jamais de la perte d'un enfant. Mais ils adorent Rosalie.

— Leur as-tu déjà parlé de ce que tu ressentais ? Je ne me suis jamais trouvée dans cette situation, mais cela pourrait être un réconfort pour eux de savoir que quelqu'un d'autre a du chagrin.

Il secoua la tête.

— Je dois faire face.

C'était le cœur du problème. Personne ne pouvait tenir le coup sans en parler, mais John persistait à vouloir essayer et cela le rongeait intérieurement.

— Cela fait beaucoup, hasarda-t-elle. Rosalie et le département…

Il lui jeta un coup d'œil furieux.

— Je peux faire face, Reba, dit-il sèchement. Je le dois.

Elle le regarda en silence, choquée, et l'expression de John s'adoucit.

— Désolé, je ne voulais pas être aussi brusque.

— Pas de problème.

— Tu sais… J'étais avec quelqu'un quand Cara est morte. Elaine était au courant de la promesse que je lui avais faite et elle avait paru aussi heureuse que moi que je m'implique auprès de Rosalie. Je suppose qu'elle ne croyait pas vraiment que Cara puisse mourir aussi rapidement. Elle m'a dit alors que je ne pouvais pas adopter Rosalie, que je venais juste de prendre mon poste de directeur de département et que cela faisait trop. Que Rosalie serait mieux avec mes parents ou une autre famille adoptive.

— Est-ce que c'était à elle de prendre la décision ?

— Je ne le pense pas. Mes parents voulaient aussi être là pour aider. Bien sûr cela aurait affecté Elaine, tout comme moi, mais j'ai toujours prévu de prendre l'entière responsabilité de Rosalie. J'ai alors envisagé de renoncer à mon nouveau poste ou de prendre un temps partiel, mais Elaine n'était pas d'accord, car elle voulait cesser de travailler une fois que nous serions mariés pour avoir des enfants.

— Tu veux dire… que tu allais l'épouser ?

John fit la grimace.

— Apparemment. Mais elle ne m'avait pas mis au courant de ses projets et je me suis retrouvé devant un ultimatum. C'était Rosalie ou elle. Quand je lui ai répondu que je ne pouvais pas abandonner Rosalie et que je ferais en sorte que ça fonctionne, elle m'a dit que je n'y arriverais jamais et elle est partie.

Tout se mettait en place. Reba comprenait mieux qu'il lui ait affirmé qu'il n'avait rien à donner.

— Et Cathy est venue à ton secours et t'a aidé à devenir père, conclut-elle.

— Oui. Maman avait tant de chagrin d'avoir perdu sa fille. Cathy m'a appris à rendre Rosalie heureuse et je pense que, à sa façon, Rosalie aide maman à être heureuse de nouveau.

— Mais *toi,* tu n'es pas heureux. Et tu n'arrives pas vraiment à faire face non plus.

John allait-il accepter la vérité venant d'elle ?

— Je n'ai rien à te donner, Reba. Si tu avais une once de bon sens, tu te sauverais en courant.

Oh non. Il n'allait pas s'en tirer comme ça.

— Écoute-moi, John. C'est une situation terriblement triste, et je comprends ce que tu ressens. J'ignore ce que j'aurais fait à ta place. Tu peux m'empêcher d'entrer si tu veux, mais ne t'avise pas de me dire de m'enfuir.

Quelque chose brilla dans ses yeux.

— Tu prends ou tu laisses, John. Décide-toi, mais sois bien conscient que c'est *ta* décision, car en ce qui me concerne, je suis là pour toi.

Il la regarda longuement. Et soudain, il lui prit la main.

— Je ne sais pas quoi faire, Reba. Tu veux bien m'aider ?

— Je ne sais pas vraiment quoi faire non plus, mais je t'aiderai. Nous pataugerons ensemble et nous en sortirons.

Elle se jeta dans ses bras et sentit sa chaleur quand il l'étreignit. Elle avait besoin de cette chaleur, car si elle venait de gravir une montagne pour parvenir jusqu'à lui, il y avait un chemin encore plus raide à négocier.

— As-tu pris des congés depuis la mort de Cara ?

— Quelques jours. Surtout pour régler l'adoption de Rosalie. Mes parents l'ont emmenée avec eux deux semaines à Pâques.

— Serais-tu capable de prendre quelques jours de congé demain ?

Il réfléchit un moment.

— Probablement. Pour quoi faire ?

— Joanne m'a dit qu'on proposait à toutes les personnes du département qui étaient proches de Cathy une thérapie du deuil. Je suppose que tu n'as pas accepté l'offre ?

— Non.

— J'aimerais bien que tu réfléchisses à un rendez-vous. Demain, si possible. Peut-être que tu as besoin de t'arrêter un moment et de reconnaître ta peine. Fais une longue promenade, ou n'importe quoi d'autre qui te permette de faire baisser la pression. Penses-y, et prends ce rendez-vous. Cela risque de devenir difficile si tu veux que les choses marchent mais que tu n'es pas décidé à faire ce qu'il faut, tout en disant à la conseillère que tout va bien et que tu gères.

— Parce que ce ne serait pas honnête ?

— Non.

— C'est ce que j'ai pensé. Maintenant, tu veux bien venir te coucher ? Il ne nous reste plus beaucoup de temps.

— Pour que tu puisses oublier cette conversation ?

Il rit doucement.

— Non, ça aussi ce serait malhonnête. Pour que je te serre contre moi et que je puise en toi le courage de suivre ta suggestion.

Ils étaient restés au lit, assoupis dans les bras l'un de l'autre, jusqu'au dernier moment. John avait appelé son référent pour prendre quelques jours de congé et elle l'avait embrassé avant de partir en courant pour ne pas être en retard au travail.

John avait téléphoné en milieu de matinée pour l'informer

que Rosalie voulait venir à la soirée musicale, et Reba avait proposé de la ramener ensuite. Tout avait l'air de se mettre en place pour que John dispose d'un peu de temps seul. La question était de savoir s'il en ferait bon usage.

Arrivée devant la porte d'entrée, Reba lâcha la main de Rosalie quand John ouvrit, et la petite fille se précipita dans ses bras.

— Tu m'as tellement manqué ! s'exclama-t-il.

Il avait l'air fatigué, mais il souriait.

— As-tu passé de bonnes vacances ?

— Papi a dit que c'étaient des mini-vacances, répondit la fillette.

— Si tu entrais avec Reba me raconter tout ça ?

Rosalie ne lâcha pas son père d'une semelle et le suivit en babillant dans la cuisine. Il lui prépara un sandwich et un peu de gelée de fruits en guise de dessert. Elle demanda à manger dans le jardin d'hiver, puis John retourna dans la cuisine.

— Alors, comment s'est passée ta journée ? demanda Reba.

John sourit.

— Cela m'a fait des mini-vacances, à moi aussi. Je suis sorti de Londres en voiture et suis allé faire une longue promenade. J'ai envisagé de crier sur un arbre, mais j'y ai finalement renoncé. J'ai trouvé un endroit où m'asseoir et j'ai dressé mentalement la liste des sujets que je ne voulais pas aborder avec la conseillère chargée de la thérapie du deuil, et qui étaient probablement ceux dont j'avais besoin de parler.

— Bien. Moi, j'aurais crié.

— Je sais. Puis j'ai appelé la conseillère et nous avons eu une longue conversation au téléphone, ce que je n'aurais sans doute pas pu faire si j'avais été au travail. J'ai rendez-vous avec elle lundi après-midi.

— Wouah ! C'est rapide.

— Elle a eu une annulation, et elle pense qu'il y a beaucoup de choses à aborder.

— Et comment te sens-tu par rapport à ça ? demanda Reba.

— Honnêtement ? Pas très bien. Ce que j'ai compris

aujourd'hui, c'est qu'il y avait effectivement du travail et… je soupçonne que ça ne sera pas facile.

— Probablement. Est-ce que tu vas t'y tenir ?

Il se pencha pour lui voler un baiser.

— Oui. J'ai pris ma décision, et je vais m'accrocher.

Quelle que soit la difficulté. Même s'il devait parfois s'effondrer sous le poids de la peine. John était décidé, et son air détendu montrait qu'il savait qu'il ne reviendrait pas dessus et comprenait qu'il avait tout à y gagner.

— J'ai quelque chose pour toi, lui dit-elle. En fait, c'est pour Rosalie. Je lui ai apporté mon glockenspiel pour qu'elle fasse un essai.

Elle lui tendit ses clés de voiture.

— Tu veux bien le prendre ? Tu ne pourras pas le rater, c'est une grande mallette noire qui se trouve dans le coffre. Il y a aussi le sac de Rosalie que ta mère m'a donné quand elle l'a amenée pour la séance musicale du soir.

Quelques minutes plus tard il était de retour avec le sac à dos de Rosalie accroché à l'épaule, peinant un peu sous le poids de la mallette.

— Ce n'est pas un jouet pour enfant, dit-il.

— Non, et elle saura entendre la différence. Je lui ai pris une paire de baguettes en caoutchouc pour qu'elle ne risque pas de l'abîmer.

— On dirait que tu connais bien la capacité de destruction d'une gamine de cinq ans…

— Je sais aussi qu'un instrument de cette qualité est un bon moyen d'initier les enfants à la musique.

Même si John ne pouvait pas entendre la différence…

— Si tu le dis… Je garderai un œil sur elle, tout de même. Où vaudrait-il mieux le mettre ?

— Il a un support, donc pour le moment ce serait parfait en face du canapé.

Reba déplaça un peu la table basse, et John installa le glockenspiel. Puis elle ouvrit la mallette et déplia le support qu'elle installa à ce qu'elle estimait être la bonne hauteur pour

Rosalie. Elle posa une paire de baguettes sur la table basse et s'assit sur le canapé avec l'autre paire à la main.

Quand elle commença à jouer la valse de Chostakovitch, John s'immobilisa, l'air émerveillé, en écoutant le son aérien. C'était vraiment magique.

— C'est… ravissant, murmura-t-il en s'appuyant contre le comptoir de la cuisine.

Elle recommença en maniant les baguettes avec plus de force pour que le son atteigne Rosalie dans le jardin d'hiver. Quand elle entendit le bruit de la porte, elle ne bougea pas et continua à jouer jusqu'à ce qu'elle sente la main de la fillette sur son genou.

— Ça te plaît ?

Rosalie hocha la tête en silence.

— Ces baguettes sont à toi.

Elle lui désigna la seconde paire et se remit à jouer tandis que Rosalie s'emparait des baguettes et se glissait devant elle.

— Regarde comment je frappe les lames métalliques, dit-elle.

Elle joua quelques notes.

— Tu veux essayer ?

11.

Reba était épatante. Bon, il avait peut-être un préjugé favorable. Mais la manière habile avec laquelle elle avait amené Rosalie à avoir envie de jouer, puis l'avait aidée à tenir ses baguettes correctement pour frapper quelques notes était passionnante à observer. Elles avaient joué ensemble deux airs très simples, puis Reba avait sorti de son sac un petit livre de chansons sur lequel elle avait apposé des autocollants colorés sur certaines notes.

— Regarde, John. Tu pourras aider Rosalie si elle veut jouer demain.

— Demain ? s'écria Rosalie. On pourra le faire demain, papa ?

— Oui, mon cœur, répondit-il, espérant secrètement être capable de l'aider dans un domaine où il ne connaissait strictement rien. Reba va nous prêter son glockenspiel pendant quelques jours.

Il était sur le point de rappeler à Rosalie de dire merci quand il la vit jeter ses bras autour de la taille de Reba, dont le sourire était aussi rayonnant que celui de sa fille.

Puis il envoya Rosalie se brosser les dents à l'étage, lui rappelant que plus elle irait se coucher tôt, plus vite demain serait là.

Reba remit sa veste et il l'accompagna jusqu'à la porte.

— Merci.

Il se pencha pour effleurer ses lèvres et ne put résister à l'envie d'approfondir légèrement son baiser.

— Tout le plaisir est pour moi.

Elle entoura longuement sa taille de ses bras.

— Est-ce que nous allons bien, John ?

— Mieux que bien. Tu es sûre de ne pas vouloir déjeuner chez nous dimanche ?

— J'ai pensé faire un saut à l'hôpital pour voir les parents qui ne peuvent pas venir pendant la semaine. Mais appelle-moi si tu as besoin de compagnie.

— Fais ce que tu as à faire. Je crois que Rosie et moi allons aussi être occupés, nous avons tous les deux quelque chose à apprendre.

Il commençait à se demander si Reba n'avait pas prêté son instrument pour son propre bénéfice autant que pour celui de sa fille. Il avait hâte de pouvoir l'aider.

— J'ai écrit le nom des notes sur la plupart des morceaux. Et il y a un tableau à la fin qui t'indique quelle plaque frapper pour chaque note.

— Merci. Je me demandais comment j'allais m'en sortir ! Je vais y jeter un coup d'œil ce soir. Et je te verrai mardi…

Reba exerça une pression sur sa main. Ce geste signifiait plus qu'aucun mot qu'ils auraient pu prononcer et il se résolut à la laisser partir.

John était fatigué. Il avait travaillé jusqu'à 2 heures du matin les trois dernières nuits, embourbé dans un sentiment de vide et de perte qu'il ne pouvait pas admettre pendant la journée. Il en était arrivé à la conclusion que le mieux était peut-être de se laisser porter par le courant et était allé se coucher une heure plus tôt, se levant quand il se réveillait et faisant les cent pas sur toute la longueur du salon en martelant que Cara avait été enlevée trop tôt à sa famille, comme une répétition interminable de son chagrin.

Mais les journées étaient amusantes. Il avait laissé les baguettes du glockenspiel sur la table basse pour que Rosalie puisse s'en servir quand elle en aurait envie.

Ce fut le samedi matin à 8 heures. Auparavant John s'était entraîné à repérer quelle lame correspondait à quelle note, et Rosalie et lui avaient réussi à jouer un air ensemble.

Ils avaient pratiqué jusqu'à ce que Rosalie soit satisfaite, puis il avait envoyé un fichier à Reba. Cinq minutes plus tard elle l'appelait, demandant à parler à Rosalie pour la féliciter d'avoir aussi bien joué.

Plus tard dans la soirée, il reçut un autre fichier dans sa boîte de réception. C'était un accompagnement au piano pour l'air de Rosalie, sur lequel elle pourrait jouer.

Le mardi matin, il s'installa à son bureau à 8 heures et l'attendit. Reba ouvrit la porte sans frapper et appuya sur le bouton *occupé* allumant une lumière à l'extérieur.

— Bon week-end ? s'enquit-il d'un ton affable.

— En fait, oui.

Reba se laissa tomber sur une chaise. Ses cheveux étaient rassemblés à la va-vite.

— J'ai eu du pain sur la planche dimanche et je suis contente des progrès que chacun a réalisés.

De son côté, il avait profité du week-end ensoleillé en restant chez lui avec Rosalie. Mais Reba avait toujours l'air plus détendu quand les choses se passaient bien avec son travail, peu importait le temps qu'elle y passait. D'ailleurs il commençait à comprendre les propriétés thérapeutiques de la musique pour lui-même.

— Que me vaut le plaisir de cette visite ? demanda-t-il.

Elle sourit. La connexion qui était si palpable entre eux lors de leurs ébats nocturnes était toujours là, dans un simple échange de regards.

— Je me demandais, à propos de nous… Est-ce que tu crois que l'on devrait en parler à quelqu'un ?

— Tu pensais à qui ? interrogea-t-il, interloqué.

— Je ne sais pas. Avant toi, je n'avais encore jamais eu… d'histoire avec quelqu'un sur mon lieu de travail. Penses-tu que les ressources humaines devraient être au courant ?

John s'appuya sur son dossier en riant.

— J'en doute. Tu peux leur en parler si ça t'aide à te sentir mieux.

Curieusement, l'idée que Reba estimait leur relation

suffisamment importante pour la mentionner à quelqu'un lui faisait plaisir.

— Je n'y tiens pas spécialement. Toi qui es directeur, ne connais-tu pas la procédure correcte ?

— Eh bien… À moins d'une amitié très étroite, d'un lien familial ou d'une romance entre deux personnes dont l'une supervise l'autre au travail…

Reba leva les yeux en l'air

— Tu veux dire, si je couche avec mon patron…

— Oui. Et comme je ne suis pas ton patron et que nous n'avons pas les mêmes référents, la politique de l'hôpital est que ça ne regarde personne. À moins de travailler très intimement et que des problèmes personnels ressortent dans notre travail… Donc, on ne se dispute pas et on ne s'embrasse pas au bureau, ajouta-t-il avec un sourire. L'hôpital n'a pas à s'immiscer dans la vie des gens qui y travaillent, mais notre vie privée ne doit pas non plus déranger les personnes avec qui nous travaillons. Je le mentionnerai en passant à mon patron et tu peux faire la même chose avec le tien.

— Entendu. Comme ça, tout sera en ordre.

Reba se pencha pour éteindre la lumière *occupé.* Elle avait l'air assez pointilleuse sur la façon correcte de faire les choses. Elle ne laisserait certainement rien gâcher son travail. Nul doute que dorénavant elle serait très scrupuleuse dans sa conduite. Leurs nuits ensemble n'en seraient que plus appréciables.

— Autre chose ? demanda-t-il.

— Justement, oui. J'aimerais te parler de Meera.

La petite fille qui avait été admise à l'hôpital avec une fracture compliquée à la jambe faisait des crises d'asthme de plus en plus fréquentes. Lui-même était inquiet pour elle.

— Je voulais aussi t'en parler. Avant sa blessure à la jambe ses crises étaient rares et sous contrôle, mais depuis qu'elle est ici nous avons dû la mettre sous médication préventive.

— Elle subit beaucoup de stress. Sa mère a dit que sa blessure provenait d'une bousculade dans la cour de récréation. Sa conseillère est contente que j'essaie de rendre Meera plus calme à l'aide de la musique, et nous allons y travailler ensemble. J'aurai une séance avec elle chaque fois que je viendrai à l'hôpital, et dimanche je lui ai donné un fichier avec les chansons que nous avons jouées ensemble la première fois que je l'ai vue. Il y a une application qu'elle aime, c'est comme une lampe à bulles d'huile sensible aux sons et ça lui plaît.

— Je regarderai ça. Meera peut s'en servir quand tu n'es pas là ?

— Oui, elle a une tablette que ses parents lui ont apportée. J'ai insisté avec eux sur le fait que les techniques impliquant la relaxation et le contrôle de la respiration ne pouvaient pas remplacer les médicaments qu'elle prend pour l'asthme. Ils peuvent lui donner de la confiance et améliorer sa qualité de vie, mais si elle a une crise d'asthme elle doit utiliser un inhalateur. Je le dis à tous mes patients asthmatiques.

John hocha la tête.

— Je vois où tu veux en venir. L'infirmière m'a dit hier qu'à deux reprises la mère de Meera l'avait appelée parce que sa fille ne voulait pas se servir de son inhalateur. En fait elle ne faisait pas de crise, elle était juste contrariée par quelque chose et elle avait besoin d'un câlin.

— Oui. Sa mère a aussi été marquée par la façon dont Meera a été blessée. Elle a subi une brimade à laquelle elle ne s'attendait absolument pas et qui était organisée par d'autres filles censées être ses amies.

— Bon. Je pense que nous devons avoir une approche commune de ce cas, dit-il. Il faudrait que tu sois là quand je rendrai visite à Meera pendant mes tournées, et je viendrai à certaines de vos séances. Tout le monde doit comprendre que nos traitements sont différents mais complémentaires. Je connais un groupe de personnes qui s'est formé autour des problèmes d'asthme, il pourrait être un bon soutien pour la maman de Meera.

Il lui jeta un coup d'œil taquin.

— Penses-tu que tu pourras contrôler ton adoration évidente pour moi quand nous travaillerons ensemble dans la même pièce ?

— Rassure-toi, je ne t'adore pas du tout en ce moment, répliqua-t-elle avec un sourire en coin.

En tout cas, Reba était encore nouvelle ici et elle semblait accorder une grande importance au jugement des autres. L'influence de son père se faisait toujours sentir.

— Je sais que ta carrière est importante pour toi, dit-il en guise de conclusion. La mienne l'est aussi pour moi. Quoi qu'il se passe entre nous, je ne ferai jamais rien qui puisse t'embarrasser ou entacher ta réputation.

— Merci. Et tu es aussi en sécurité avec moi. Du moins, pendant les heures de travail…

Reba avait déjà beaucoup appris de John. Il avait certes des difficultés, mais il était une des personnes les plus courageuses qu'elle ait jamais rencontrées. Quand il avait tendu la main vers elle pour lui demander son aide, elle avait dû lutter pour retenir ses larmes tant son geste l'avait touchée profondément.

Aujourd'hui elle avait encore plus à apprendre. Quand il la fit entrer avec la mère de Meera dans la chambre où la petite fille était soignée, celle-ci sourit.

C'était plus facile de faire sourire un enfant quand sa musique préférée vous servait d'instrument de travail. C'était plus difficile quand il fallait utiliser des procédés inconfortables, des aiguilles et des médicaments avec un mauvais goût.

— Comment ça va aujourd'hui, Meera ?

John était calme et impassible, mais aussi très attentif, et son attitude était pleine de bonté. Les enfants avaient le chic pour sentir ceux qui étaient de leur côté, et Meera ne faisait pas exception à la règle.

— Bien.

Il l'examina en douceur tout en bavardant avec elle, la félicita parce que sa jambe allait de mieux en mieux, son cœur était très fort et elle respirait bien. Meera rayonnait littéralement.

— Alors, Reba t'a donné de la musique à écouter ?

Il s'assit sur la chaise en plastique près du lit comme s'il avait toute la vie devant lui, pendant que Meera prenait sa tablette pour lui montrer l'application. Ils rirent ensemble en voyant les personnages sur l'écran s'agiter au rythme de la musique. Il expliqua ensuite à Meera que la kinésithérapeute viendrait bientôt l'aider à marcher de nouveau, puis il alla retrouver sa maman.

— Comment va-t-elle vraiment ? demanda celle-ci dès que John referma la porte derrière lui.

Il dressa un bilan positif de la situation.

— L'état de sa jambe s'améliore de jour en jour, elle est stable et ses poumons sont clairs. Elle est contrôlée très régulièrement et nous espérons que les médicaments que nous lui donnons maintenant préviendront les crises d'asthme. Nous travaillons conjointement avec Reba, la conseillère de Meera et la kiné pour qu'elle puisse se remettre bientôt complètement.

— Merci, docteur.

— Et vous, comment allez-vous ?

Les yeux de la maman de Meera devinrent humides.

— Ça va. Je voudrais juste que ma fille aille mieux.

— Je veux que vous sachiez que nous sommes ici aussi pour vous. Si vous avez des questions, vous pouvez demander à la responsable de salle de me joindre. Cela vous aiderait peut-être de parler avec d'autres parents dont les enfants ont de l'asthme ?

Elle haussa les épaules.

— Peut-être. Je ne sais pas.

John sortit une carte de sa poche et la lui tendit.

— Cette personne a réuni un groupe de mamans qui ont décidé de se soutenir mutuellement. Vous pouvez l'appeler n'importe quand, elle viendra volontiers à l'hôpital pour vous rencontrer. C'est parfois bon de parler à des gens qui sont dans la même situation que vous.

Elle n'eut pas l'air convaincue, mais glissa la carte dans sa poche.

— Elle ne va pas appeler, n'est-ce pas ? murmura Reba quand ils sortirent ensemble de la salle.

— Pas cette fois, lâcha-t-il dans un soupir. J'espère seulement qu'elle n'attendra pas aussi longtemps que j'ai attendu…

12.

Certes Meera était la préoccupation de tous, mais personne n'abandonnerait sa mère non plus. Assis dans un coin de la salle de thérapie, John observa Reba tandis qu'elle commençait à travailler, leur parlant à toutes les deux et jouant les chansons qu'elles choisissaient. Derrière son apparente décontraction il y avait un but : trouver la musique que Meera et sa mère pourraient écouter ensemble et qui aiderait la fillette à mieux respirer et se détendre.

Sans en avoir l'air, Reba la guidait aussi pour qu'elle trouve un moyen d'exprimer ses sentiments. Elle l'invita à choisir un instrument parmi tous ceux qui étaient posés sur une table basse. Au bout d'un moment, Meera et sa mère ajoutèrent leurs propres sons aux airs que Reba jouait.

— C'est tout pour aujourd'hui, conclut-elle à la fin de la séance. On se revoit vendredi, et entre-temps j'enregistrerai les morceaux que vous avez choisis et les enverrai par e-mail au Dr Thornton.

Tout en parlant, Reba roulait une boulette de papier dans ses mains et soudain elle se retourna et la loba en direction de John.

— Vous pourrez les transférer sur la tablette de Meera, docteur ?

— La responsable de salle fera ça très bien.

Il avait saisi la boulette et la renvoya, aussitôt rattrapée par Reba.

Meera se mit à rire devant la soudaine vivacité de leurs mouvements. Reba lui envoya doucement la boulette, qui atterrit finalement dans les mains de sa maman.

C'était une façon agréable de clore la séance. Grâce au don

naturel de Reba pour l'amusement, même la maman sourit et elle serra sa fille dans ses bras, paraissant plus détendue.

En desserrant les freins de la chaise roulante de Meera, Reba se mit à chanter, répandant de la joie autour d'elle tandis qu'elles regagnaient ensemble la salle.

Est-ce que je peux t'accompagner jusqu'à ta voiture ?

Ces quelques mots ravirent Reba. Elle répondit à John par texto qu'elle n'avait pas encore tout à fait fini sa journée et qu'elle le retrouverait à son bureau dans une demi-heure.

Il l'accueillit, tout sourires.

— Je voulais savoir comme ton référent avait accueilli tes révélations…

— Il a souri poliment et m'a répondu que ce n'était pas un problème. Et la tienne ?

John rit doucement.

— Elle avait beaucoup à me dire.

Reba écarquilla les yeux avec appréhension.

— J'ai eu droit à toute l'histoire de sa rencontre avec son mari sur leur lieu de travail vingt ans auparavant. Elle a ajouté que c'était très appréciable d'être avec quelqu'un qui comprenait les exigences de notre métier.

Donc personne n'en avait fait toute une histoire. À part Reba, bien sûr. Et John. Pour eux, ce n'était pas rien.

Et personne ne parut remarquer à la fin de la journée qu'ils s'en allaient dans la même direction, à la même heure, depuis le bureau de John au troisième étage.

Aussi quand le biper sonna sur l'appareil de John, elle sursauta.

— Qu'est-ce que c'est ?

Son visage s'assombrit.

— Meera.

Elle suivit John en hâte jusqu'à la salle, où régnait une agitation inhabituelle. La maman de Meera pleurait tandis qu'une infirmière la faisait sortir gentiment, mais fermement, de la chambre. Quand ils entrèrent, la responsable était en train de soutenir Meera en position assise et la petite fille cherchait de l'air.

— Inhalateur ? demanda brièvement John en laissant tomber sa veste et son sac dans un coin.

— Oui, deux doses. Ça ne fait pas de différence.

— Sait-on ce qu'il s'est passé ?

— Apparemment elle a reçu un e-mail sur sa tablette. Sa mère a dit que c'était une fille de son école.

La tablette gisait sur le sol et John fronça les sourcils.

— Toute la sécurité de l'environnement hospitalier n'a pas pu la protéger de ça… Enlevez-moi cet appareil. Reba, par ici, dit-il en lui désignant l'autre côté du lit.

Malgré son calme apparent, il était clair d'après ses instructions que John était inquiet. La responsable de salle ramassa la tablette et se précipita pour aller chercher les médicaments qu'il était en train de lui demander, tandis que Reba prenait place en face de lui. Cette médication lui était familière et indiquait que John considérait la situation comme extrêmement grave.

Elle ne pouvait rien faire et sentit l'angoisse la gagner, n'osant imaginer dans quel état la maman de Meera devait se trouver. Elle s'assit et prit la main de la petite fille. Un autre médecin arriva. John et lui travaillèrent ensemble pour administrer les médicaments et l'oxygène. Les lèvres de Meera étaient devenues bleuâtres et elle cherchait toujours sa respiration.

Lorsque la responsable de salle revint avec un plateau portant les instruments nécessaires pour une intubation, Reba prit encore plus conscience de la gravité de la situation. Intuber un asthmatique était une mesure de dernier recours, qu'on employait seulement lorsque tout le reste avait échoué.

Ils n'en étaient pas encore là, et Reba préféra ne pas y penser. Elle embrassa le bout des doigts de la fillette, tout en écoutant John qui l'encourageait d'une voix calme.

Bats-toi, mon ange. Respire…

Elle martela ces mots en silence dans sa tête. Le petit corps de Meera commençait à entrer en lutte pour sa survie, et ses yeux effrayés se fermaient.

— Meera.

L'autre médecin se tournait déjà vers le plateau contenant l'équipement pour l'intubation.

Soudain, John secoua la tête.

— Donnez-lui une minute.

Juste une ? Une minute avant d'arriver à la conclusion que les médicaments ne fonctionnaient pas et qu'une autre intervention était nécessaire pour tenter de la sauver. Une minute avant que Meera ne soit intubée et emmenée en réanimation, avec tout le traumatisme et l'incertitude que cela impliquait. Et Reba ne pouvait rien faire pour empêcher ça.

John contrôlait attentivement Meera, qui était sous moniteur cardiaque, prêt à prendre sa décision. Et soudain Reba entendit sa propre voix, un peu rauque et tremblante, qui chantait les notes d'une des chansons préférées de Meera. Le regard de John croisa le sien une seconde et il fit un signe de tête pour qu'elle continue.

Alors elle chanta encore. Une minute s'écoula ainsi, et John contrôlait toujours Meera, surveillant l'écran qui indiquait ses signes vitaux. Reba mettait tout son espoir dans sa chanson tout en se demandant si Meera l'entendait.

— Elle répond…

C'étaient peut-être les médicaments, ou l'oxygène. Ou bien Meera avait entendu la chanson et continuait de se battre. Ou tout en même temps. Peu importait. Reba chantait toujours, tandis que John et l'autre médecin consolidaient leur travail.

Elle entama la troisième chanson tandis que la responsable de salle réajustait la canule insérée à la hâte dans le bras de la petite fille. Une infirmière entra et emporta le plateau d'intubation avec elle avant de faire entrer la maman de Meera dans la chambre. Celle-ci avait manifestement été réconfortée et avait compris qu'elle devait s'efforcer de rester calme. Reba se leva pour lui céder son siège.

— Est-ce qu'elle nous entend ? demanda la maman.

Difficile de répondre, mais John hocha la tête.

— Je pense que oui.

Elle prit une longue inspiration et commença à chanter d'une voix chevrotante. Reba l'entoura de son bras et chanta avec elle, tout en voyant John et la responsable de salle échanger de brefs sourires.

Meera cligna des yeux, puis les ouvrit en entendant la voix de sa mère, et ce fut à Reba de lutter contre les larmes.

Le père de Meera était arrivé, sans doute directement du travail car il était vêtu d'un costume. John avait jugé l'état de Meera suffisamment stable pour la laisser sous la surveillance d'une infirmière, tandis que ses parents, anxieux, étaient assis près de son lit. Il se retira dans son bureau et, après être restée assise un moment à l'extérieur de la salle à regarder les allées et venues de l'équipe du soir, Reba alla le retrouver.

Elle s'assit sur la chaise en face de lui, laissant la porte ouverte, et il sourit.

— Bon choix de chanson…

Elle lui jeta un coup d'œil interrogateur.

— C'est la chanson du film préféré de Rosalie, où le prince, déguisé en berger, est coincé dans une grotte alors que la princesse est dehors en train de déplacer des rochers. J'ai dû l'entendre à peu près deux cents fois…

— Ah, oui. Et elle chante pour qu'il sache qu'elle est là. Je me suis rappelé que c'était une chanson que Meera aimait beaucoup.

— Rosalie aussi.

— Tu as pu lui téléphoner ?

— J'ai appelé ma mère, qui m'a donné un compte rendu du match de football auquel mon père et Rosalie étaient en train de se livrer dans le jardin. Apparemment ça va se jouer aux pénaltys.

— Pourquoi ne vas-tu pas la retrouver ? Je suis sûre que Rosalie serait ravie de t'avoir dans son équipe.

— Non. Elle est en train de passer une bonne soirée. Et de mon côté je ne serais pas contre te serrer dans mes bras.

Les moments tendus qu'ils venaient de passer ensemble,

quand John avait attendu juste un peu plus longtemps que les médicaments fassent effet, les avaient rapprochés.

— J'aurais aimé pouvoir faire plus pour Meera.

— Qui sait ce que chacun de nous a fait ? Peut-être que les médicaments et l'oxygène ont agi, et peut-être que Meera a entendu la chanson et a su qu'elle devait se battre. La médecine n'est pas toujours une science, il y a parfois aussi une part d'inexplicable.

— Tu sais, je n'aurais même pas pensé à chanter si tu ne m'avais pas raconté cette histoire, quand tu as rencontré Cathy. C'est aussi grâce à elle…

Cette réflexion fit sourire John.

— À propos, tu ne me demandes pas comment s'est passée ma première séance de thérapie du deuil, hier ?

Elle lui avait envoyé un texto pour l'encourager, auquel il avait répondu de la même manière en l'assurant qu'il ne s'était pas dégonflé au dernier moment. C'était tout ce qu'elle avait eu besoin de savoir.

— En fait, j'avais préparé toute une liste de choses que je devais dire, et je suis ressorti en ayant dit des choses complètement différentes.

— Je trouve ça plutôt prometteur.

— Tu as sans doute raison. Finalement, tu es peut-être en train de me guérir. Je ne suis pas encore très sûr.

— Je n'ai pas besoin de te guérir. C'est toi qui vas le faire…

Elle s'interrompit en entendant du bruit à la porte. Une femme d'un certain âge vêtue d'un jean et d'une veste rouge se tenait sur le seuil, et John lui fit signe d'entrer.

— Lila ! Merci d'être venue.

— Bien que j'adore votre compagnie, je ne suis pas là pour vous, John, dit la femme en s'asseyant sur l'autre chaise prévue pour les visiteurs.

— Voici Reba, notre nouvelle musicothérapeute. Lila gère le groupe de parents d'enfants asthmatiques dont je t'ai parlé, Reba.

— Ah, voilà celle qui a remplacé Cathy.

Lila lui sourit.

— Elle était aussi une amie, dit-elle. Elle est venue quelquefois nous expliquer comment la musicothérapie pouvait aider les personnes souffrant d'asthme.

— Reba n'est là que deux jours par semaine, dit John.

Reba sourit à Lila.

— Je serais ravie de venir discuter avec votre groupe.

— Super ! Vous ne le regretterez pas. John a mon numéro, nous pourrons fixer une date qui vous convienne.

Décidément, cette femme commençait à lui plaire.

— Bon, si tout est arrangé…, marmonna John.

— Il paraît que vous avez eu ce soir une maman en détresse quand sa fille a fait une crise d'asthme, dit Lila.

Elle se tourna vers Reba.

— Je sais ce qu'on ressent, cela nous arrive à tous à un moment ou un autre.

— Elle a eu votre carte, mais elle n'a pas dit qu'elle vous appellerait.

— Ce n'est pas facile d'entrer dans une pièce remplie de gens qu'on ne connaît pas. Je serai très discrète, je vais juste me présenter et lui donner mon adresse et je repartirai. J'habite seulement à cinq minutes à pied de l'hôpital, et mon mari est médecin ici. Nous avons du monde qui passe à la maison tout le temps, alors n'hésitez pas à venir, Reba. Henry prépare un très bon thé, du lapsang souchong.

— Merci, je viendrai.

— John, pouvez-vous appeler la responsable et la prévenir que j'arrive ?

En quelques secondes Lila était repartie.

— Est-ce que le Henry qui prépare le thé est le même que le Henry qui dirige le service d'orthopédie ?

— Oui. Lila et lui sont de bonnes personnes.

John se pinça l'arête du nez, signe de fatigue et de stress.

— J'aimerais rester encore un peu afin de m'assurer que tout va bien pour Meera et ses parents. Est-ce qu'on se voit ce soir ? Je pourrais passer chez toi quand j'aurai terminé ici.

— Ça tombe bien, je voudrais rester ici pendant encore au

moins une heure. Il faut que je range mon placard. En rentrant nous passerons au restaurant chinois prendre un plat à emporter, et tu pourras chanter pour m'endormir.

— Le chinois est une bonne idée, répondit-il avec un petit sourire. Je ne suis pas sûr que tu tiennes vraiment à ce que je chante. Tout le mal que Rosalie t'a dit de ma façon de chanter n'a rien d'exagéré…

13.

Extérieurement, tout semblait se mettre en place. Pendant les trois dernières semaines, John avait passé toutes ses nuits libres avec Reba. Elle lui manquait les week-ends, mais il y avait les textos et les coups de fil qu'ils s'envoyaient et lui prouvaient qu'il lui manquait aussi, même quand elle travaillait.

Rosalie avait passé le cap du premier anniversaire de la mort de sa mère et avait l'air de s'épanouir de nouveau. John réagissait de façon beaucoup plus sereine aux exigences de son travail. Même si ses deux séances hebdomadaires avec la conseillère le déstabilisaient toujours, il sentait à chaque fois qu'elles débloquaient quelque chose en lui.

Intérieurement, la torpeur qui l'avait envahi pendant la dernière année était en train de disparaître. C'était à la fois bon et mauvais. La colère, la frustration et le chagrin se résorbaient difficilement, et il arrivait encore à John de se réveiller la nuit, brûlant d'une rage impuissante.

Mais Reba… Qui n'aurait pas voulu vivre chaque délicieux moment avec elle ? Pouvoir réagir à sa musique, et partager sa passion… Il n'avait pas encore parlé à sa conseillère de sa relation avec elle, parce qu'il ne la considérait pas comme un problème. Du même coup, il n'avait pas non plus décidé quand il demanderait à Reba si elle voulait passer du temps le week-end avec Rosalie et lui.

De son côté, sa fille, qui continuait à jouer du glockenspiel, avait des idées bien arrêtées.

— Est-ce qu'on ne pourrait pas envoyer à Reba un enregistrement de ce que tu fais ?

— Non !

Elle s'assit sur le canapé en croisant les bras.

— Je voudrais que Reba vienne m'écouter ici, et je lui ferai de la pizza.

Il sentit un pincement au cœur – un mélange de plaisir et de peine. Parfois elle ressemblait tellement à Cara…

— Et je vais lui demander moi-même.

Elle se dirigeait déjà vers la cuisine pour prendre le téléphone de son père. Comment Reba allait-elle réagir ?

— Non, Rosie.

— Je peux le faire, papa.

C'était bien le problème. Il s'empara du téléphone avant elle et envoya un texto à Reba. Habituée à leurs échanges téléphoniques du week-end, Rosalie n'insista pas et regagna le séjour.

Un instant plus tard, le téléphone sonna.

— Es-tu d'accord pour que je vienne, John ?

— Oui, tout à fait.

— Sur une échelle de un à dix, dix signifiant que tu as vraiment envie que je vienne et un…

— Dix, coupa-t-il.

Il alla fermer la porte de la cuisine.

— J'adorerais que tu viennes manger une pizza avec nous mais seulement si tu es prête, car c'est une façon d'officialiser la situation.

— Je ne suis pas prête du tout, répondit-elle en riant. Mais moi aussi j'adorerais manger une pizza avec vous. Nous sommes deux adultes, et si Rosalie réagit de façon surprenante, nous serons capables de gérer. Peux-tu me la passer ?

C'était une des nombreuses choses qu'il aimait chez Reba : elle n'avait pas peur. Elle n'était pas retenue par la prudence qui s'était enracinée en lui après les pertes qu'il avait subies.

Il se rendit dans le salon et tendit le téléphone à sa fille.

— Tu viens manger une pizza demain ? demanda celle-ci aussitôt. Je jouerai du glockenspiel pour toi.

La réponse de Reba fut un peu longue, et Rosalie l'écouta attentivement.

— Est-ce qu'on pourra aussi aller au bord de la mer ?

Il y eut une autre pause, puis Rosalie se tourna vers lui.

— Reba dit que je dois te demander, papa. Est-ce qu'on peut aller au bord de la mer ?

— C'est une bonne idée. Reba a dit qu'elle venait demain ?

Rosalie hocha la tête. Il l'entendit raconter à Reba qu'elle et lui pratiquaient le glockenspiel le week-end, puis elle mit fin à l'appel et lui rendit son téléphone avant de monter sur ses genoux et de se blottir dans ses bras. Manifestement il avait fait ce qu'il fallait.

Son téléphone vibra : c'était un texto de Reba.

— Elle sera là demain matin à 9 heures, Rosie. Il faudra qu'on soit prêts à partir…

Reba était moins sûre d'elle l'avait prétendu. Elle avait déjà passé des moments avec John et sa fille auparavant, mais lorsque leur relation s'était approfondie ils avaient passé un accord tacite pour qu'elle reste ignorée de Rosalie.

Et puis il y avait le travail qu'elle avait prévu de faire pour ce dimanche. Elle jeta un coup d'œil de regret aux partitions musicales qu'elle avait l'intention de convertir pour que les enfants dont elle s'occupait puissent jouer un court morceau ensemble. Certes, ce n'était pas grave si c'était repoussé d'une semaine, mais quelque part elle avait l'impression que son but dans la vie se diluait lentement. Comme si elle s'éloignait de tout ce que Hans lui avait enseigné.

Pourtant l'excitation de leur excursion à la mer par une matinée de dimanche ensoleillée ne tarda pas à l'emporter sur ses réticences. John avait préparé une glacière remplie de victuailles. Ils avaient décidé de rouler jusqu'à Brighton, puis de longer la côte jusqu'à une plage où John avait promis qu'ils trouveraient des trésors.

Les célèbres falaises de craie se déployaient sur des kilomètres à l'est de Brighton. John semblait savoir où il allait, et Rosalie avait déjà préparé un petit sac en plastique qu'elle tenait sur ses genoux. Il gara la voiture en haut des falaises, d'où ils surplombaient une plage de sable et de galets parsemée de gros rochers blancs polis par la mer. Devant eux se trouvaient des marches qui zigzaguaient le long de la paroi de la falaise jusqu'en bas.

John ne lâchait pas la main de Rosalie, qui sautillait d'enthousiasme.

— Qu'en penses-tu, Reba ? Ce n'est pas le genre d'endroit où on lézarde au soleil en laissant couler le sable entre ses doigts de pied et en sirotant des cocktails…

— C'est merveilleux ! Plus sportif et beaucoup plus intéressant que le sable et les cocktails.

— Je partage cet avis. Il ne reste plus qu'à équiper Rosie pour l'expédition.

La petite fille s'assit sur le hayon de la voiture, et John lui fit revêtir un anorak et un pantalon imperméable, puis elle enfila des chaussures aux semelles antidérapantes. Il lui passa un cordon autour du cou auquel était accrochée une loupe et glissa un calepin et un stylo dans sa poche. Un chapeau de marin à fleurs qu'il lui attacha sous le menton complétait la tenue.

Reba s'accroupit devant elle.

— Que tu es jolie, Rosalie !

— Qu'est-ce que nous sommes, Rosie ? questionna John en accrochant un sac à dos à ses épaules.

— Des explorateurs ! cria Rosalie d'une voix aiguë en levant les bras vers le ciel.

Il acquiesça en souriant et tendit à Reba un imperméable et une boîte en plastique.

— En route pour l'expédition !

Ils descendirent lentement les escaliers jusqu'à la plage, puis se retournèrent pour admirer la falaise blanche au-dessus d'eux. Rosalie partit sans attendre à la chasse aux trésors en explorant l'affleurement rocheux le plus proche.

— Tu as raison, elle est vraiment jolie, murmura John à l'oreille de Reba. Tout comme toi…

Ils passèrent des heures à trier des coquillages et des pierres sur la plage, se penchant sur les mares entre les rochers pour apercevoir de petits crabes qui détalaient de tous côtés et creusaient des trous dans le sable. Dans son sac, John avait un livre pour identifier la faune sauvage autour d'eux, une lampe torche et une visionneuse sous-marine pour permettre à Rosalie et Reba d'observer les habitants des mares sans les déranger.

Tout ce travail leur ayant donné faim, ils trouvèrent un rocher plat et lisse pour s'asseoir, et John retourna à la voiture chercher leur repas. Reba aida Rosalie à dénouer son chapeau et à le ranger dans sa poche avant qu'il ne soit emporté par le vent.

Rosalie se mit à regarder les trouvailles qu'elle avait rassemblées dans son petit seau.

— Je suis déjà venue ici avec maman et oncle John, dit-elle soudain. C'était il y a très, très longtemps. Oncle John est mon papa, maintenant.

Reba leva les yeux vers John, qui venait juste d'atteindre le haut de la falaise.

— Vous vous étiez amusés ?

— Oui, on était aussi des explorateurs.

Reba osa à peine poser la question.

— Et est-ce que tu t'amuses aujourd'hui ?

La maman de Rosalie n'était plus là, et peut-être qu'elle ne voulait pas que quelqu'un la remplace, même si c'était juste pour une excursion.

— Oui. Je suis plus grande maintenant, et je peux grimper plus haut. Est-ce que, toi, tu t'amuses ?

Reba sourit.

— Oh ! oui. Merci de m'avoir laissée venir avec vous.

— Tu peux revenir, si tu veux.

John avait préparé toute une pile de sandwichs et ils avaient presque tout mangé. Reba était assise avec lui et ils sirotaient leur café gardé au chaud dans une bouteille thermos tandis que Rosalie cherchait encore des pierres sur la plage.

— Rosalie m'a dit qu'elle se rappelait être déjà venue ici, avec toi et ta sœur.

Il haussa les sourcils de surprise.

— Elle s'en souvient encore ? On partait souvent en exploration ensemble. Cara adorait la mer. Mais on n'est venus ici qu'une fois.

Doucement… Reba ne devait pas le presser de questions.

— Elle t'a appelé oncle John.

— Oui, elle le fait encore quelquefois. Surtout quand elle parle de quelque chose qui s'est passé avant la mort de Cara. Je suppose que c'est sa façon de distinguer entre avant et maintenant.

— Elle a aussi dit que tu étais son papa maintenant.

John hocha la tête, pensif.

— C'est ce que je veux être pour elle.

Il avait été vigilant avec elle toute la journée, ne la perdant jamais de vue et restant toujours près d'elle quand ils grimpaient.

— On dirait qu'elle avait envie d'en parler, hasarda Reba en se demandant si elle n'allait pas trop loin.

— Parfois j'ai du mal à savoir ce que je dois lui dire. Je ne veux pas la brusquer. Mes parents sont bien meilleurs que moi pour ça. Rosalie revient souvent de chez eux avec des anecdotes qu'ils lui ont racontées sur Cara. Il est vrai qu'ils ont plus de pratique en tant que parents. Moi, j'apprends toujours.

— Peut-être qu'ils estiment eux aussi qu'ils continuent à apprendre ?

— C'est possible. Et toi, qu'est-ce que tu penses ?

Elle réprima une exclamation.

— J'en sais encore moins que toi sur la condition de parent. Mais tu es médecin, et tu as affaire à des enfants toute la journée. Comment approcherais-tu un enfant que tu soignes ?

— Je… lui laisserais de l'espace pour parler. Et je le laisserais décider s'il veut ou non s'exprimer.

— Oui. C'est aussi ce que je ferais. Sauf qu'en même temps je lui mettrais un instrument à percussion dans les mains, au cas où il voudrait faire du bruit.

John réfléchit un instant, puis il lui sourit avant de rejoindre Rosalie. Reba les vit bavarder un moment, puis il la prit dans ses bras et ils continuèrent à parler tandis qu'ils marchaient lentement vers le bord du rivage. Ils avaient l'air d'être dans leur monde, les petites mains de Rosalie s'agrippant aux solides épaules de son père. Reba cessa de les regarder pour rassembler les reliefs du repas et les ranger dans la glacière.

Quand ils revinrent vers elle, John souriait. Elle leur fit un signe et Rosalie agita la main à son tour.

— On a décidé de crier face à la mer, déclara John, dont le sourire s'élargit en la voyant écarquiller les yeux.

— Papa dit que tu aimes bien crier.

— Je n'ai pas tout à fait dit ça, Rosie…

— Il faut que tu viennes nous aider.

— D'accord. Si tu cries face à la mer, il faut que tu le fasses aussi fort que tu peux.

Ils regagnèrent le rivage ensemble, et Rosalie choisit leur endroit.

— Tiens-toi prête, Rosalie. Trois, deux, un !

Reba cria de toutes ses forces et la fillette se mit à sauter sur place, agitant les bras et poussant des cris stridents. Et soudain, une sorte de rugissement profond monta derrière elles, rempli de douleur et de désespoir. Mais quand il atteignit la mer, Reba sentit qu'il contenait aussi de l'espoir.

Ils avaient crié, et John avait effleuré la surface de l'eau en jetant des cailloux, pour le grand plaisir de sa fille. Reba et Rosalie avaient chanté dans la voiture pendant le trajet de retour, tandis qu'il pianotait sur son volant. En arrivant ils avaient pris une pizza à emporter pour le soir, puis s'étaient assis sur le canapé et avaient mangé devant la table basse recouverte des trésors de Rosalie.

Quand la petite fille se mit à bâiller, elle embrassa Reba, et John la porta jusqu'à l'étage pendant que Reba rangeait les pierres que Rosalie avait baptisées « os de dinosaures » en ligne sur la table.

John redescendit dix minutes plus tard.

— Pas besoin de berceuse. C'est à peine si elle a eu la force de se brosser les dents.

Il s'assit sur le canapé à côté de Reba.

— Merci d'être venue aujourd'hui. J'ai passé une excellente journée.

— Moi aussi. Merci de me l'avoir proposé.

Il s'enfonça sur le canapé, le bras posé sur les coussins derrière elle. Reba se rapprocha légèrement de lui, la tête appuyée contre son épaule.

Juste quelques instants. Puis elle rentrerait chez elle…

Reba émergea peu à peu, le bras de John autour de ses épaules. Il y avait de la lumière dans la cuisine… Avaient-il dormi longtemps ?

Elle se redressa brusquement et elle l'entendit grogner à côté d'elle. Il ouvrit les yeux à son tour et elle vit la panique dans ses yeux.

— Quelle heure est-il ?

Reba regarda sa montre.

— 2 heures du matin. Je vais rentrer.

— Tu sais quoi ? Tu n'as qu'à rester ici. Dans la chambre d'amis.

Mais elle voyait bien que ce n'était pas ce qu'il voulait. Et elle non plus, c'était trop compliqué.

— Je vais rentrer en voiture, je suis bien réveillée maintenant. Tu sais, j'ai l'habitude de conduire à n'importe quelle heure.

— Ce n'est pas nécessaire. Je sais que nous avons décidé de ne rien dire à Rosalie pour nous, mais elle le saura tôt ou tard.

Cependant, elle avait vu l'appréhension dans son regard. Et elle devait s'avouer que c'était la même chose pour elle. Pas par rapport à Rosalie, ça, elle pouvait le gérer. Il avait probablement les mêmes craintes qu'elle. Parler à Rosalie impliquait un engagement dans leur relation, alors qu'ils en étaient encore aux prémices et avaient besoin de consolider certaines choses entre eux.

— Écoute, John. Ce n'est pas la peine d'en faire une montagne. Je vais rentrer chez moi comme je l'avais prévu. Embrasse-moi et laisse-moi m'en aller.

— Entendu, fit-il avec un soupir en la serrant dans ses bras.

Elle se blottit un instant contre lui. N'était-ce pas exactement là qu'elle voulait être ? Il fallait qu'elle rentre…

Quand elle arriva chez elle un quart d'heure plus tard, elle appela John qui répondit à la première sonnerie.

— Je suis rentrée saine et sauve. On se voit mardi.

— Merci de m'avoir appelé. Et désolé de ma réaction.

— Tout va bien. On a passé une si belle journée. J'ai réagi un peu trop vivement, moi aussi.

— Premier désaccord ?

— Le premier d'une longue série, probablement.

Il rit doucement.

— Je me rattraperai quand je te verrai. Bonne nuit, chérie.

Reba mit fin à l'appel et poussa un soupir. John avait été un homme parfait pour elle depuis le début. Il était un médecin dévoué qui comprenait les choix qu'elle avait faits pour sa carrière. Il était perspicace et plein de bonté. Lui aussi avait lutté contre leur attirance mutuelle. Il avait connu des deuils douloureux, mais il était assez fort pour tenter de se libérer du passé et faire une place dans son cœur où ils pourraient être ensemble.

Reba aussi avait lutté. Son enfance avait été marquée par la poursuite de l'excellence et elle avait été affectée à l'âge adulte par la déception qu'elle avait représentée pour son père. Elle commençait à peine à s'en remettre.

Et si elle ne pouvait pas changer ? Si elle brisait le cœur de John, ou blessait Rosalie, qui avait déjà tant souffert ? Reba avait tenté d'équilibrer son travail avec cette nouvelle relation et c'était une bataille constante qu'elle parvenait à gagner parce que John avait des engagements de son côté.

Que se passerait-il si elle franchissait l'étape suivante et se rendait compte qu'elle n'était pas aussi forte que John et ne parvenait pas à laisser son passé derrière elle ?

Une fois dans sa chambre, elle sentit l'odeur de la mer en retirant ses vêtements. Elle était trop confuse pour pouvoir réfléchir correctement et se sentait désemparée.

Peu à peu, John se rendit compte que quelque chose n'allait pas. Leur conversation téléphonique du lundi soir n'avait pas duré aussi longtemps que d'habitude, mais à l'évidence Reba avait un projet sur le feu et il ne s'attarda pas là-dessus outre mesure. Le mardi, elle s'excusa de ne pas pouvoir venir le soir. Après tout elle avait sa vie, et elle ne s'accordait pas toujours avec la sienne. Ce qu'elle faisait devait vraiment l'accaparer, car elle s'excusa de nouveau le mercredi en disant qu'elle ne pourrait pas le voir le jeudi soir.

Ce n'était pas seulement le fait qu'elle lui manquait. Mais Reba ne s'excusait *jamais* de travailler, et habituellement elle n'était pas aussi vague sur ce qui lui arrivait. Ce qui lui manquait le plus, c'était la Reba qui parfois parlait d'abord et réfléchissait ensuite, mais lui disait toujours ce qu'elle avait en tête.

Les journées se traînèrent, ponctuées par les appels téléphoniques du soir qui avaient perdu l'étincelle que Reba leur insufflait habituellement. Le vendredi, il profita de sa position de chef du département pour demander à Joanne une copie des rendez-vous de Reba pour la journée, car il voulait savoir si elle était libre pour le déjeuner. Elle lui indiqua où regarder sur Internet, et John obtint l'information qu'il désirait.

14.

Sur le parking. Maintenant.

Il y avait une seule raison pour que le chef de l'unité des enfants veuille retrouver la musicothérapeute de l'hôpital à cet endroit. Reba allait devoir s'expliquer sur son attitude.

Elle avait travaillé avec un degré de concentration inhabituel – même pour elle –, aiguillonnée par la culpabilité et l'incertitude. Et elle avait été occupée pendant tout le temps qu'elle passait normalement avec lui, se persuadant qu'elle ne l'évitait pas réellement mais se donnait du temps pour réfléchir.

Maintenant, tout la rattrapait. Le pire était qu'elle ne se sentait pas plus avancée, et était tout aussi confuse qu'au début de la semaine.

Elle aurait pu lui répondre par texto, mais John méritait une explication. Même si elle n'en avait pas à lui donner. Elle passa par le jardin de la salle de thérapie pour gagner le parking. John était appuyé contre sa voiture et la regardait approcher.

— Tu as une heure pour déjeuner ?

— Oui, mais… Je ne veux pas la passer ici à me disputer avec toi, John.

— Nous n'allons pas nous disputer ici, répondit-il calmement en lui ouvrant la portière côté passager.

Le trajet d'un quart d'heure jusqu'à sa maison se fit en silence, Reba s'efforçant vainement de mettre de l'ordre dans ses pensées.

Il se gara devant sa maison, mais elle resta résolument assise sur son siège.

— Pourquoi nous avoir fait venir jusqu'ici ?

— Pour pouvoir échanger franchement nos points de vue. Comme on ne peut pas le faire au travail…

John avait vraiment l'air de penser que ceci n'était pas une dispute. Il sortit de la voiture et, quand il ouvrit la porte d'entrée, elle courut derrière lui.

— Écoute, nous en avons déjà discuté. Tu as dit que tu comprenais que je ne sois pas toujours disponible.

— C'est toujours le cas. Mais cette fois tu t'es excusée, ce que tu ne fais jamais. C'est une des choses que j'aime chez toi.

Ces derniers jours, elle n'avait cessé de se dire qu'elle n'était pas capable d'aimer quelqu'un autant qu'elle aimait son travail. Et voilà que John venait de prononcer le mot « aimer ». L'homme qui gardait ses sentiments secrets, qui faisait comme si tout allait bien alors qu'il enrageait à l'intérieur… Cela montrait où ils étaient arrivés ensemble, et elle ressentit un élan plein de chaleur pour lui qui la mit mal à l'aise.

— Tout ça est confus pour moi, John.

C'était la première phrase honnête qu'elle prononçait depuis le début de la semaine et il esquissa un sourire de triomphe.

— Super. C'est une base de départ. Reba, je sais que tu es ambitieuse. Je sais que ton travail compte beaucoup pour toi et que tu as quelque chose à prouver. Tu ne dois pas pour autant me tenir à l'écart…

— Si… Tu as raison, j'ai quelque chose à prouver et je n'en suis pas particulièrement fière. Tu es la seule personne qui me fait oublier mon but.

Il la dévisagea, interloqué.

— Tu es en train de me dire que notre relation se passe trop bien pour que ça marche ?

— Je ne veux pas te blesser, John. Notre relation a signifié un changement pour tous les deux, et je me rends compte que tu as réagi beaucoup mieux que moi. Et si je n'ai pas ce qu'il faut en moi pour changer ?

Il leva les bras en l'air en un geste d'impuissance.

— De quand date la dernière fois où tu as décidé de faire

quelque chose et que tu y as renoncé parce que tu ne t'en sentais pas capable ?

Reba ne sut que répondre.

— J'attends…

— Arrête, John. Tu es une personne normale. Tu es bon et courageux et tu sais comment le monde fonctionne. Moi, je n'ai pas grandi comme ça. J'ai appris que seule la réussite importait.

John baissa la tête en soupirant, et soudain elle éprouva une sensation de froid.

— Est-ce que tu croyais vraiment…

Il se redressa et la contempla, les yeux brillants.

— Tu crois vraiment que je ne serai pas là pour toi, Reba ? Alors que tu as été si présente pour moi, et si clairvoyante ?

— Je crains de ne pas pouvoir continuer et de devoir te laisser. Quand on s'est endormis chez toi, tu étais inquiet que Rosalie soit au courant pour nous, mais après y avoir réfléchi tu étais prêt à sauter le pas. Moi, quand j'y ai réfléchi, j'ai conclu que je n'étais pas prête et que ça me faisait peur.

— Mais en as-tu envie ?

— Oui. Ça n'a jamais changé. Il ne s'agit pas seulement de super sexe…

Même quand ils se disputaient, leurs échanges étaient toujours honnêtes, et l'amour flottait entre eux.

Il sourit et tendit la main vers elle.

— Prends-la, Reba. Je ne sais pas ce qu'il arrivera ensuite, et nous pourrions tous les deux souffrir de bien des façons. Mais je suis capable de prendre ce risque maintenant, et je voudrais que tu me fasses confiance et que tu le prennes avec moi.

Soudain elle fut dans ses bras. Tous les deux tremblaient et elle se sentait… tellement bien. Comme si John pouvait réellement la protéger d'un futur incertain, qui pourrait aboutir à un échec, mais aussi au plus grand succès qu'elle ait jamais connu.

Il y eut un bruit à l'étage et tous deux sursautèrent. Il mit un doigt sur ses lèvres et, la prenant par le bras, la conduisit jusqu'à la porte d'entrée.

— As-tu laissé une fenêtre ouverte ? chuchota-t-elle.

Il secoua la tête et voulut la pousser dehors. Mais s'il croyait qu'elle allait le laisser affronter seul un intrus, c'était mal la connaître.

Soudain ils entendirent des pas, puis une voix.

— John, mon chéri… ?

Il se figea.

— Maman ?

Babs apparut en haut de l'escalier, l'air troublé.

— John, je suis désolée si je vous ai fait peur. L'école a appelé pour me dire que Rosalie avait oublié son cahier d'exercices chez elle et je suis passée le prendre. J'étais en train de le chercher quand je vous ai entendus entrer. Vous aviez l'air engagés dans une conversation importante et je n'ai pas voulu vous déranger… Je me suis assise sur le lit et j'ai mis mes mains sur les oreilles…

John était visiblement mal à l'aise.

— J'aurais dû me douter que c'était toi.

— Tu avais sûrement d'autres choses en tête, dit Babs en descendant l'escalier, le cahier de Rosalie serré contre elle. Bonjour, Reba. Contente de vous revoir.

— Moi aussi, docteur Thornton.

— Étant donné le degré d'intimité que vous avez avec mon fils, je crois que vous pouvez m'appeler Babs.

Reba vit John fermer les yeux, l'air de plus en plus gêné.

— On dirait que vous avez besoin tous les deux d'éclaircir certaines choses ensemble, aussi je pense que Rosalie devrait rester chez moi cette nuit, poursuivit Babs. Tu pourras venir la chercher demain après-midi, John. Tu ne prends pas assez de temps pour toi. D'ailleurs vous pourriez venir déjeuner avant, Reba et toi.

John pouvait dire non. Mais elle et lui avaient effectivement besoin de discuter. Une phrase qu'il avait prononcée avait tout changé pour elle : *Tu crois que je ne serai pas là pour toi ?*

— Merci, maman. J'apprécie vraiment ton offre.

Il se tourna vers elle, le visage en feu.

— Qu'en penses-tu, Reba ?

— Je pense que si on disposait de vendredi soir et de samedi matin pour nous, ce serait parfait.

Elle vit une lueur espiègle dans les yeux de Babs.

— Pour parler…

— Bien sûr.

— Ne parlez pas trop, tout de même. Parfois l'action reflète mieux vos sentiments réels.

John ignora son commentaire.

— Merci, maman. Je te verrai samedi.

Babs serra son fils dans ses bras, puis elle prit la main de Reba et l'embrassa sur la joue.

Quand elle fut partie, John et elle se regardèrent en silence.

— Qu'est-ce que tu crois qu'elle a entendu ?

Reba n'était pas du tout sûre que Babs ait vraiment collé les mains sur ses oreilles, mais le doute subsistait.

— Mieux vaut ne pas savoir…

— Il y a une chose que je tiens à te dire, Reba. Je sais que nous ne pouvons pas nous guérir l'un l'autre, nous devons le faire par nous-mêmes. Mais tu m'as déjà donné l'espace qu'il me fallait, et ce serait pour moi un privilège de pouvoir à mon tour te donner celui dont tu as besoin. Si nous pouvons être honnêtes et nous accepter l'un l'autre sur ces bases, j'aimerais continuer à travailler, jouer, me disputer et faire l'amour avec toi.

— Moi aussi, John. J'avais des craintes, mais… je ne les ai plus à présent.

Elle se mit sur la pointe des pieds et posa doucement ses lèvres sur les siennes.

— On se revoit ce soir, alors.

Il la serra brièvement contre lui et ils retournèrent travailler.

John était un homme heureux avec toutes les femmes de sa vie.

Rosalie l'avait informé que sa grand-mère lui apprenait à tricoter et que dimanche matin elle devait aussi choisir des planches de bois avec son grand-père, qui allait construire une nouvelle remise.

— Comme il faudra se lever tôt, il vaut mieux que je reste encore cette nuit chez papi et mamie, dit Rosalie.

De toute évidence cette idée lui avait été soufflée par sa grand-mère, et il lui donna son approbation. Sa mère et Reba discutaient dans la cuisine, et il les entendait rire et plaisanter. Il décida qu'il valait mieux ne pas savoir de quoi il s'agissait.

Reba… Il lui avait clairement dit qu'il soutenait son ambition et elle en avait pris bonne note. Le temps qu'ils passeraient ensemble serait peut-être limité à cause de leurs plannings respectifs, mais il était plein de moments merveilleux qui l'aidaient à passer le reste de la semaine. Leurs retrouvailles du samedi soir furent intenses et ils finirent tout nus, haletants, roulés en boule sur son lit.

Il se doutait que dimanche, jour de la fête de l'hôpital, serait un vrai défi pour Reba : elle devrait passer tout un après-midi à ne rien faire.

Cette fête était une véritable institution. Il y avait une tente de jeux pour les enfants, de nombreux livres, des rafraîchissements et une fanfare, de même que quelques compétitions amicales pour ceux qui voulaient participer. C'était l'occasion pour le personnel, les patients et la moitié de la communauté locale de se rencontrer et de passer un après-midi au soleil.

Reba s'était discrètement renseignée sur la fanfare et avait appris qu'elle se produisait tous les ans depuis une vingtaine d'années. John savait qu'il lui aurait suffi de passer quelques coups de fil pour faire venir des musiciens de classe internationale, prêts à participer à une action charitable. Mais elle n'aimait pas marcher sur les plates-bandes des autres et il se demanda si elle allait rester assise sur une chaise tout l'après-midi.

Cependant Reba était quelqu'un de sociable et avait l'esprit d'équipe. Revêtue d'une robe légère, parfaite pour un dimanche après-midi, elle fit le tour des livres avec le père de John et encouragea Rosalie à jouer sous la tente. L'ambiance était agréable et beaucoup de rires fusaient.

— Est-ce que tu vas jouer ? lui demanda Rosalie.

Ils étaient assis sur l'herbe, à regarder les courses.

— Non, mon chou. Il y a une fanfare.

Rosalie fit la moue, nullement impressionnée.

— Ils jouent des notes fausses.

— Seulement une ou deux. Ça ne fait rien si tu joues avec ton cœur, tu es d'accord ?

Haussant les épaules, la fillette bondit sur ses pieds en entendant l'annonce de la course du personnel sur trois jambes, qui était celle qu'elle préférait.

— Papa… papa !

— Je ne fais que regarder, dit-il, appuyé paresseusement sur les coudes.

— Mais tu pourrais y aller avec papi, ou Reba, insista Rosalie d'un air implorant.

— Non, Rosie. Reba ne va pas salir sa robe.

Il se rappela qu'elle lui avait dit que les sports de contact n'étaient pas son truc.

Reba intervint en souriant.

— Pourquoi pas ? On le fait tous les deux ?

— Tu es sûre ?

— Qu'est-ce qui pourrait arriver ?

Ils prirent place sur la ligne de départ, et Reba ôta ses chaussures et noua le bord de sa robe pour ne pas être gênée. Tous les binômes de concurrents se préparèrent en attachant une jambe de l'un avec celle de l'autre au niveau des chevilles avec une bande de tissu. John retroussa sa jambe de pantalon et enleva aussi ses chaussures pour ne pas risquer d'écraser les doigts de pied de Reba.

— Comme mes jambes sont plus courtes que les tiennes, c'est moi qui donne le rythme, dit-elle.

— D'accord. Tu crois qu'on va gagner ?

Elle jeta un coup d'œil aux concurrents en ligne.

— Naturellement.

Pendant la première partie de la course, ils auraient pu le penser. Puis Rosalie se mit à pousser des cris d'excitation sur le bord de la piste improvisée, et Reba regarda autour d'elle, déconcentrée. Elle perdit l'équilibre et voulut se raccrocher à lui, mais ses doigts effleurèrent son bras et il ne put l'empêcher de tomber. Tout ce qu'il réussit à faire, c'est d'éviter de retomber sur elle et il atterrit sur ses deux mains, de part et d'autre de sa tête.

— Est-ce que ça va ?

Elle était tombée sur le côté, un bras coincé sous le corps.

— Oui…, répondit-elle en faisant la grimace tandis que les autres concurrents les dépassaient en trombe. Nous n'allons pas gagner cette fois.

— Ça ne fait rien. Est-ce que ça fait mal ?

— Quelques contusions, mais ça va. Aucune raison qu'on continue à se prélasser par terre plus longtemps.

Elle roula sur le côté en riant, mais quand elle étira son bras droit elle poussa un cri. John regarda sa main et comprit pourquoi. Son index et son majeur formaient un angle étrange, visiblement brisés ou luxés. Reba les regarda d'un air catastrophé…

L'avantage de se blesser à une fête d'hôpital, c'est qu'il y avait des tas de gens disponibles pour leur venir en aide. Quelqu'un détacha le bandage qui reliait leurs chevilles et, tandis qu'il s'écartait d'elle, un auxiliaire médical l'examina rapidement et l'aida à s'asseoir.

— John, mes doigts…

— Ne t'en fais pas, ce n'est pas si grave qu'il y paraît.

L'infirmier lui jeta un coup d'œil sans rien dire. Ce n'était peut-être pas très grave, mais Reba était maintenant au bord de l'hystérie. Nul doute qu'elle voyait ses chances de pouvoir reprendre bientôt la musique très compromises. Quelqu'un arriva avec une chaise roulante, mais elle ne voulait pas le lâcher et il la souleva doucement dans ses bras pour l'emporter à l'intérieur de l'hôpital.

Reba s'efforçait de rester maîtresse de la situation tandis que Babs arrivait avec ses chaussures. John l'aida à se relever pour entrer dans le service de radiologie, où il demanda une radio latérale et antéropostérieure de la main.

Comme dans un brouillard, elle vit le technicien s'agiter tandis que John lui posait doucement la main sur la tablette.

— Je ne sens plus mes doigts, John. Ils ne me font même pas mal.

— Parce que tu es encore sous le choc. Ils commenceront à être douloureux plus tard. Ne les regarde pas, contente-toi de fermer les yeux. Fais-moi confiance.

Cela ne l'aidait pas beaucoup. Comment allait-elle jouer du violon, maintenant ? Elle commença à avoir la nausée à cette pensée et ouvrit les yeux, avant de les refermer aussitôt à la vue de ses doigts blessés. C'était effectivement pire quand elle les regardait.

Elle avait l'impression que tout lui échappait. Elle se rappela avoir pris l'ascenseur jusqu'au bureau de John tandis que ses parents s'occupaient de Rosalie.

Puis John lui présenta Henry Poste, le mari de Lila, chef du service d'orthopédie.

— C'est le meilleur, assura John.

Il examina sa main dans l'attente des radios, que John reçut bientôt sur son ordinateur portable, puis les étudia attentivement.

— Bon, dit-il au bout d'un moment. C'est plutôt une bonne nouvelle, vos doigts ne sont que luxés, comme on peut le voir sur l'écran. Il n'y a pas de fracture. Nous pouvons réduire les luxations, vous mettre une attelle pour soutenir vos doigts, que vous devrez porter quelque temps, et tout rentrera dans l'ordre.

Reba poussa un soupir de soulagement.

— Merci. Mes doigts commencent à me lancer, maintenant.

— C'est normal. Voulez-vous voir les radios ?

— Non, merci.

C'était déjà assez dur de regarder ses doigts. Mais après l'explication de Henry, elle se sentait déjà un peu mieux.

— Je joue du violon, et du piano…

— Bien sûr vous allez devoir faire une pause pendant un moment, mais une fois que vos doigts seront guéris vous pourrez jouer comme avant.

Comme elle le craignait, le procédé pour redresser ses doigts fut pénible, mais Henry agit avec rapidité et précision et la douleur ne dura pas longtemps. Il appliqua une attelle matelassée sur chaque doigt et, d'un seul coup, Reba put de nouveau regarder sa main et examiner les bleus qui se formaient à la base de ses doigts sans se sentir mal. Puis sa main fut immobilisée dans une écharpe et ce fut beaucoup plus confortable.

John lui tendit deux cachets de paracétamol et un verre d'eau.

— Vous ramenez Reba chez elle ? demanda Henry.

— Oui, et je resterai avec elle pour m'assurer qu'elle va bien.

— Parfait. Vous saurez lui rappeler la liste des choses à faire et à ne pas faire dans son état.

Il prit la main gauche de Reba.

— J'ai été ravi de vous connaître, Reba. J'aurais préféré que ce soit dans de meilleures circonstances. Il faut que je rejoigne Lila, nous avons quatre petits-enfants à la maison, et nous ne sommes pas trop de deux pour les gérer.

Reba avait réussi à sourire quand John l'avait ramenée dehors dans la lumière du soleil. Babs était assise sous un parasol avec Rosalie dans un coin de la pelouse, alors que la fête battait toujours son plein.

Dès que la petite les vit, elle courut vers eux.

— Est-ce que tu vas bien ? demanda-t-elle à Reba, l'air impressionnée. Tes doigts étaient tordus, je les ai vus.

— Ça va, merci.

Elle se pencha pour lui montrer l'intérieur de l'écharpe et remua les doigts le plus qu'elle put.

Rosalie hocha la tête, rassurée.

— Grâce à mon papa, tu vas aller mieux.

Reba déglutit avec peine. Personne ne pouvait faire en sorte qu'elle aille mieux. Elle ne s'était pas gravement blessée, mais ce soudain revers lui donnait un avant-goût de ce qu'elle éprouverait si elle devait perdre tout ce pour quoi elle avait travaillé si dur. John était un homme bon, et il l'avait persuadée qu'elle pouvait changer. La panique et l'horreur qu'elle avait ressenties quand elle avait craint de ne plus pouvoir travailler lui avaient fait voir la vérité en face.

Elle ne pouvait pas changer, et John méritait mieux que ça.

— Je vais ramener Reba et m'occuper d'elle, dit John à sa fille. Tu seras gentille avec papi et mamie ce soir ?

— Oui, papa.

Babs l'emmena après avoir embrassé Reba, et John la fit monter dans sa voiture mais il ne démarra pas le moteur tout de suite.

— Je suis désolé, Reba.

— De quoi ? Tu t'es très bien occupé de moi.

— J'aurais dû t'arrêter.

— Tu peux me dire quelle est la probabilité de se luxer les doigts dans une course sur trois jambes ? D'ailleurs tu as répondu à Rosalie que je ne participerais pas et c'est moi qui ai insisté.

Rosalie avait fait son regard implorant, et elle avait voulu lui faire plaisir…

— Ramène-moi juste chez moi, tu n'as pas besoin de rester. Il vaut mieux que tu sois avec Rosalie.

Mais John secoua la tête.

— Non. Tu ne te débarrasseras pas de moi comme ça cette nuit.

Elle se sentait partagée entre l'envie d'être seule et celle de le voir rester. Juste une dernière nuit de sommeil près de lui, dans l'espoir qu'elle arriverait à se persuader qu'elle pouvait le mériter.

— Alors, c'est d'accord. Je ferai comme tu l'entends.

John esquissa une grimace en démarrant la voiture.

— Maintenant, je suis *certain* que tu ne vas pas assez bien pour être laissée seule.

15.

John avait quitté Reba le lundi matin avec l'instruction expresse de l'appeler si elle avait besoin de quoi que ce soit. Cette chute et la blessure l'avaient sérieusement secouée. N'importe qui l'aurait été à sa place, mais pour elle cela signifiait davantage que des répercussions physiques. Elle avait été ébranlée dans tout ce pour quoi elle avait travaillé si dur, et tout ce qu'elle était encore désireuse de réussir.

Le lundi soir, il avait emmené Rosalie la voir pendant une heure et elle avait paru mieux. Plus sereine, comme si elle avait accepté le fait qu'il ne s'agissait là que d'un revers temporaire. Aussi reçut-il un vrai choc quand Reba vint lui ouvrir le mardi soir.

Elle était pâle et défaite, comme si elle n'avait pas dormi de la nuit. Elle marcha jusqu'au salon et s'assit dans un fauteuil sans même un sourire.

— Qu'est-ce qui ne va pas, Reba ?

— J'ai réfléchi, John, et j'ai quelque chose à te dire.

— Je t'écoute, répondit-il tandis que l'appréhension montait en lui.

Il savait comment réagir lorsque la passion de Reba s'exprimait, que ce soit sous forme de colère ou d'amour. Mais il ne l'avait jamais vue aussi dépourvue d'émotion, et elle ne ressemblait plus à la femme qu'il connaissait.

— Je vais quitter mon travail à l'hôpital.

— Mais… ce n'est pas nécessaire. Henry a dit que tu devais juste soutenir tes doigts pendant un moment et que tout irait bien. T'a-t-il dit autre chose récemment ?

— Non. Quand je retournerai au travail, je me concentrerai sur ma patientèle privée pendant quelque temps.

Il fallut un moment à John pour accuser le coup.

— Je ne comprends pas. Es-tu en train de me dire que tu me quittes ?

— Oui. Je suis désolée, mais c'est exactement ce que je te dis.

Il lui sembla que quelque chose de froid s'insinuait dans son cœur. La passion qu'il y avait eue entre eux depuis le début de leur relation n'était plus là.

Il avait besoin de savoir.

— Pourquoi, Reba ?

— Tu t'es guéri, John. Et moi je ne peux pas. Je n'ai jamais eu une relation qui durait plus de quelques mois, parce que je ne peux pas me concentrer sur plus d'une chose à la fois. C'est comme ça que j'ai appris à être et je ne connais rien d'autre.

John eut l'impression que le monde se refermait autour de lui.

— Ne pouvons-nous pas juste nous aimer pour ce que nous sommes ?

La sensation de perte commençait à se manifester de nouveau, et il devrait porter ce fardeau et continuer à avancer.

— Je ne pense pas que ce soit possible. J'ai essayé de faire ce qu'il fallait pour que nous puissions avancer ensemble, mais je ne suis pas sûre de savoir comment faire. C'est ma faute et je suis désolée de la peine que je te cause, mais continuer ainsi ne fera que nous faire souffrir davantage.

De la peine ? Il ne la sentait même pas. Il aurait peut-être mal plus tard, mais pour l'instant il était juste choqué.

— Je me suis assurée que l'unité des enfants aurait une autre musicothérapeute. La collègue avec laquelle je suis associée dans le privé et qui m'a remplacée aujourd'hui a déjà travaillé dans différents hôpitaux, et elle prête à rester aussi longtemps qu'on aura besoin d'elle. Elle est très douée et je lui ai dit qu'elle pouvait m'appeler si elle avait des questions.

— Très bien. Je l'ai rencontrée aujourd'hui et elle semble très compétente.

Voilà. Ils avaient fait le tour. Il n'y avait rien de plus à dire.

Ils avaient connu des hauts et des bas, Reba l'avait aidé à se battre pour être mieux, puis il avait lutté pour la garder, mais chaque étape semblait l'avoir rendue moins apte à assumer leur relation.

Il avait échoué avec elle. Il savait que Reba était vulnérable, mais il n'avait pas été capable de l'atteindre où il fallait pour l'aider à avancer.

— Il vaut mieux que j'y aille.

Reba hocha la tête.

— Comme tu veux, John.

Non, il ne le voulait pas. Mais il était inutile de continuer à lui parler car sa décision était prise. La sienne aussi, désormais. En l'aimant, Reba avait payé le prix fort. Sa blessure guérirait, mais elle aurait continué à se sentir déchirée entre le temps qu'elle passait avec lui et celui consacré au travail pour apaiser les voix dans sa tête qui n'acceptaient que l'excellence.

— Je te renverrai le glockenspiel dans les prochains jours.

Il savait que les instruments de musique étaient précieux pour elle.

Quand Reba le suivit dans le couloir, elle parut perdre un peu de son assurance.

— Si… si Rosalie a envie de conserver le glockenspiel, il est à elle. J'aimerais vraiment qu'elle le garde. Dis-lui bien de jouer avec son cœur.

John ne sut pas quoi lui répondre. C'était un geste généreux, qui lui permettrait de ne pas avoir à expliquer à sa fille qu'elle allait devoir perdre l'instrument qu'elle adorait.

— Nous verrons, marmonna-t-il. Je ne sais pas.

Une fois dehors, il marcha jusqu'à sa voiture. Plus rien ne lui faisait mal.

John avait fini par laisser la porte de son bureau ouverte. Chaque fois que quelqu'un frappait et l'ouvrait un peu trop vite, il se rappelait les fois où Reba faisait irruption dans son bureau avec toutes sortes de défis pour lui. Le rappel constant qu'elle n'était plus là était une douleur dont il pouvait se passer.

Il avait discuté de leur séparation avec la conseillère, mais il aurait souhaité qu'elle lui donne une formule qui lui permette d'avoir un peu moins mal. Certains jours, il ne ressentait plus qu'une sorte de torpeur.

Quand sa mère lui demanda des nouvelles de Reba, il lui apprit qu'ils n'étaient plus ensemble.

— Je suis désolée de l'apprendre. J'aime beaucoup Reba. Voudrais-tu que je te prenne Rosalie pour une ou deux semaines ?

Il secoua la tête.

— Actuellement, Rosie est tout ce qui me permet d'avancer. On ne peut pas broyer du noir quand on a une enfant de cinq à la maison.

— C'est exact, dit sa mère. Tu sais, après la mort de Cara, il y avait des jours où je ne pouvais pas sortir du lit, mais toi tu as toujours tenu le coup. Tu t'occupais si bien de Rosalie…

— C'était différent.

— Peut-être. Mais la perte de Cara a été dure pour toi aussi. Je n'ai jamais vraiment pardonné à Elaine son attitude.

— Je ne pense plus beaucoup à elle à présent.

Elaine était devenue une vague ombre du passé, supplantée par les couleurs vibrantes de Reba.

Sa mère poussa un soupir.

— Écoute, John. Je ne veux pas être indiscrète, mais je vois bien que tu as de la peine. Je crois vraiment que tu devrais nous laisser prendre Rosalie un moment, ton père et moi. Il serait peut-être temps d'arrêter de tenir le coup.

Reba lui avait dit quelque chose du même genre. Une vague de chaleur et de tristesse emplit son cœur, et les larmes ne furent pas loin de lui monter aux yeux.

— Je devrais peut-être prendre deux semaines de congé…

— Fais-le. Tu n'as même pas pris tous les congés auxquels tu avais droit.

Avant de connaître Reba, John s'était senti paralysé et dans l'incapacité de prendre soin de lui-même. Mais elle lui avait donné les outils pour aller mieux et, maintenant, il savait comment faire. Ce ne serait pas facile, mais les choses qui en valaient la peine ne l'étaient jamais.

Une semaine plus tard, John partit à 6 heures du matin et se contenta de rouler. Il passa la nuit dans un pub vers Melton Mowbray, et la nuit suivante, dans un petit hôtel du Yorkshire. Il n'avait pas d'endroit particulier où aller et pas de point de chute.

Le quatrième jour, il se retrouva en Écosse et roula vers le nord, au-delà des montagnes et des lochs. Le paysage sauvage et le fait qu'il n'ait pratiquement parlé à personne les derniers jours ne lui avaient pas apporté de soudaines révélations sur la vie, et John ne savait toujours pas ce qu'il espérait.

Il s'arrêta pour déjeuner et descendit manger ses sandwichs dans un endroit désert au bord de l'eau. C'était d'une beauté à couper le souffle, et tout en mangeant il lui sembla *la* retrouver. Il crut voir le sourire de Reba dans le loch et se rappela comme elle admirait les oiseaux évoluant au-dessus du lac en parfaite harmonie.

Quelque chose glissa sur sa joue. Quand il leva la main pour l'enlever, il sentit des larmes.

— Reba. Reba.

Il murmura son prénom avant de le crier au-dessus de l'eau, par-delà les collines.

Reba !

Ça ne se passait pas très bien. Il fallait à Reba deux fois plus de temps pour effectuer même de simples tâches avec deux doigts en attelle, alors qu'elle était censée garder la main immobile le plus possible. Taper sur un clavier d'ordinateur ou de piano n'était pas très pratique et il lui était impossible d'écrire, puisqu'elle était droitière. S'habiller lui prenait énormément de temps.

Quant à jouer du violon ou du piano, c'était hors de question pour le moment. Et il lui était difficile de travailler si elle ne pouvait pas se donner à cent pour cent pour ses clients. Ses collègues de la pratique privée avaient pris en charge presque tous les cas, si bien que la plupart du temps Reba ne savait pas quoi faire.

Cependant ces désagréments ne dureraient pas, ils n'étaient que la partie émergée de l'iceberg. Tout aurait été supportable si John ne lui avait pas manqué autant. Elle était en colère contre elle-même pour avoir été celle qui avait rompu, et en colère contre lui… en fait elle ne savait pas pourquoi, puisqu'il n'avait rien fait de mal. Mais parfois la colère était un peu moins douloureuse que la sensation de manque.

Il n'y avait pas de retour en arrière possible, parce que c'était sa façon de vivre qui avait posé problème. Et quand elle se réveillait la nuit en criant son nom, il lui semblait qu'il continuerait à lui manquer jusqu'au dernier jour de sa vie.

Ce samedi matin, ce serait différent. C'était ce qu'elle se disait tous les jours, mais ça ne changeait pas.

Reba se leva en titubant et alla se doucher tant bien que mal d'une seule main avant de se coiffer et s'habiller. Aujourd'hui elle avait décidé d'enregistrer la musique de la rivière à côté de chez elle.

Elle monta avec précaution sur le talus longeant la rive et s'assit sur l'herbe. Un canard sans doute dérangé s'envola au-dessus de l'eau dans un grand battement d'ailes, avant qu'elle ait eu le temps de sortir son micro de sa poche.

Elle resta une heure au soleil sans obtenir grand-chose, mais c'était toujours plus constructif d'être dehors que de broyer du noir dans la maison. Quand elle entendit des pas dans l'herbe haute derrière elle, elle se demanda si elle devait enregistrer…

— Reba ?

Elle se figea, n'osant pas se retourner, et John vint s'asseoir à côté d'elle.

— Qu'est-ce que tu fais ici ? lui demanda-t-il.

— C'est quoi cette question ? répliqua-t-elle aussitôt.

Cela faisait déjà trois semaines qu'elle avait dû se passer de son sourire. Il avait l'air en forme. Ses cheveux étaient légèrement plus blonds, comme s'il avait été récemment au soleil, et elle le trouvait encore plus beau. Au bord de l'eau, ses yeux paraissaient nettement plus bleus.

Le cœur de Reba se mit à battre plus vite. Son air décontracté lui allait mieux que celui de l'homme un peu raide qu'elle avait connu au début. Elle se sentit soudain mal fagotée avec son sweat-shirt trop large, et ses cernes sous les yeux trahissaient le manque de sommeil.

Mais elle connaissait John. Il avait une raison pour être ici. Et malgré elle, même en sachant qu'il n'y avait plus d'espoir pour leur relation, elle voulait entendre ce qu'il avait à dire.

— J'enregistre des sons, ajouta-t-elle, adoucie. Peut-être pour les mixer ensuite avec de la musique.

John hocha la tête.

— En fait, tu t'ennuies.

— Oui. Et toi, que fais-tu ici ?

— Je n'ai pas aimé la façon dont les choses se sont terminées entre nous. Je voulais essayer de le faire correctement.

Clôture définitive, donc. C'était peut-être une suggestion de sa conseillère.

— Reba, il y a quelque chose que je voudrais te dire.

Pendant quelques secondes, il regarda l'eau couler devant lui.

— J'ai repensé au soir où tu m'as tendu la main en me défiant de la saisir. Je voulais te remercier d'avoir été là pour moi quand j'étais en crise. Et de m'avoir dit les vérités difficiles que je ne voulais pas entendre.

Reba sentit sa gorge se nouer.

— C'est toi qui as fait le travail, John. Cela en valait la peine.

— Je t'ai dit un jour que je te voulais telle que tu étais. C'était la vérité, mais quelque part je ne t'ai pas aidée en te le disant. Tu t'es suffisamment souciée de moi pour voir l'homme que je pouvais être et pas seulement l'image que je donnais, et tu m'as au défi de changer.

Il la regarda en esquissant un sourire.

— Alors je te renvoie le défi. Tu dois cesser de te voir à travers les yeux de ton père et attacher de l'importance à ce qui *te* rend heureuse.

C'était plus simple de juste continuer comme elle l'avait toujours fait, en considérant comme secondaire tout ce qui n'était pas son travail. Mais soudain, confrontée à tout ce qu'elle avait perdu, c'était trop douloureux pour pouvoir même y penser.

— Cette rupture sera donc la plus courtoise qui soit ? railla-t-elle. Et nous resterons des amis qui peuvent tout se dire…

Elle ne pouvait s'empêcher de répliquer de nouveau, s'efforçant d'ignorer sa propre douleur et la véracité de ses paroles.

— Non. Je ne peux pas être ton ami parce que je voudrai toujours plus. Je t'aime, mais je dois apprendre à vivre sans toi. Je ne sais pas encore comment je ferai, mais tu m'as donné l'espoir de pouvoir y arriver.

Reba sentit des larmes perler au coin de ses yeux.

— John… J'apprécie ce que tu viens de dire, mais là je ne peux plus. Pars, s'il te plaît.

Elle vit alors qu'il avait les yeux remplis de larmes. John *avait* changé, et elle aurait aimé être capable de faire de même.

— Encore une chose ?

— Une seule.

John fouilla dans sa poche, puis il lui prit la main et glissa quelque chose dedans en refermant ses doigts dessus.

— Je t'aimerai toujours et je serai là si tu as besoin de moi. Tu peux le jeter si tu veux. Mais d'abord tiens-le dans ta main en comptant jusqu'à dix, et sache que tu as là un morceau de mon cœur. Tu ne pourras jamais me le rendre parce que je te le donne librement, sans aucune attente en retour.

Ils tremblaient tous les deux.

— Pars, John. Je t'en prie.

Il se leva et marcha sans se retourner. Reba ouvrit la main et vit un morceau de verre marin bleu, faisant partie des trésors que John lui avait montrés et qu'il gardait depuis l'enfance. Il était maintenu en place par un entrelacs de fils métalliques et pendait au bout d'une chaîne en argent.

Elle leva lentement la main pour le jeter dans la rivière.

Compte jusqu'à dix…

Soudain il lui sembla que le creux de sa main était en feu, et avant même d'arriver jusqu'à dix elle se retrouva en train de serrer le morceau de verre contre son cœur en pleurant à chaudes larmes.

À présent Reba avait des choses à faire. Elle se leva, rangea le micro et l'appareil enregistreur dans sa poche, puis se dirigea vers la maison avec toute la détermination qui lui avait manqué depuis qu'elle avait perdu John.

La maison de Berlin était magnifique, avec de grands espaces peints en blanc et un superbe piano qui occupait toute une partie du rez-de-chaussée dépourvu de cloisons.

Reba étreignit sa mère et son père, sans s'attarder sur l'air consterné de Hans quand il vit les attelles.

— Tout va bien, je vais guérir. Le chef du service d'orthopédie de mon hôpital s'est occupé de moi.

— Je vais te prendre rendez-vous avec mon médecin. Tu dois voir le meilleur, Rebekah.

— Non, tu n'en feras rien, répondit-elle d'un ton ferme.

À peine arrivée, ça recommençait. Pourtant c'était bon de voir ses parents. Hans était un grand raconteur, drôle et créatif. Sa mère était le pilier de la famille, et sa décontraction chaleureuse lui avait manqué.

Ils sortirent dîner dans l'un des meilleurs restaurants de Berlin, puis flânèrent dans les rues avant de rentrer. Comme sa mère était une lève-tôt, elle laissa le père et la fille en train de bavarder dans leurs fauteuils et alla se coucher avec un livre.

Reba avait appréhendé ce moment. Elle posa la main sur le pendentif bleu qui ornait son cou, pour se rappeler qu'elle avait toutes les raisons de vouloir cette discussion.

— Tu m'as manqué, Reba. On était si proches.

— Toi aussi. C'est une des raisons de ma venue.

Il la regarda pensivement.

— Pour détendre l'atmosphère ?

— Oui. J'ignorais que tu étais conscient que l'atmosphère avait besoin d'être détendue.

— Tu crois que je n'ai pas remarqué que je ne t'avais pas vue depuis deux ans ?

— J'ai été très occupée. Et un peu en colère. Et je me demande toujours pourquoi je ne t'appelle pas papa.

— Tu as toujours été mon égale, Reba. Même quand tu étais une petite fille.

— Mais non, je n'étais pas ton égale. J'étais *ton enfant*.

Hans plissa les yeux.

— Tu penses que j'ai été un mauvais père ? Tu as peut-être raison.

— Je pense que tu as été un père formidable. Tu m'as montré des choses et des endroits que beaucoup de gens n'ont jamais vus et tu m'as appris à faire de la très bonne musique. Tu m'as aimée, et je te suis reconnaissante pour tout ça.

— Mais… ?

Reba prit une inspiration.

— Peux-tu aider un enfant qui a eu un traumatisme crânien à parler de nouveau ? Ou bien réconforter quelqu'un qui souffre, ou l'aider à s'exprimer ? Moi, je le peux. C'est ma vocation, ma passion. Ce n'est pas du second choix.

— Et donc, je ne dois pas te dire ça…

— Non, tu es libre de dire ce que tu veux. Mais je voudrais te demander quelque chose.

Le visage de Hans devint grave. Il avait compris que c'était sérieux.

— Tout ce que tu veux, Reba.

— Je voudrais que tu me soutiennes dans la carrière que je me suis choisie. Parce que c'était un bon choix et qu'il me rend heureuse. Je te demande de le faire même si ça va à l'encontre de toutes tes envies et pour une seule raison : parce que tu es mon père.

— Tu ne m'avais encore jamais parlé comme ça.

— Non. Parce que je suis ton enfant, et que ton jugement compte pour moi.

Elle craignait sa réaction, mais Hans semblait plus perplexe qu'en colère.

— Demain, je voudrais que tu me racontes tout sur ces enfants et sur la façon dont tu peux changer leur vie avec ta musique. Et je te promets de t'écouter. Mais en attendant… Pouvons-nous jouer ensemble ?

Peut-être qu'il s'était adouci. Et peut-être qu'elle avait un peu grandi. Ou bien les pierres lavées par la mer avaient réellement des propriétés magiques. La main de Reba toucha encore le verre marin.

— J'aimerais beaucoup, répondit-elle. Je n'ai pas joué depuis… ma main.

C'était super de s'asseoir de nouveau sur le long banc avec lui. Beethoven à trois mains nécessiterait un peu d'improvisation. Mais après tout, le musicien avait continué à composer malgré sa surdité, alors elle n'allait pas faire une montagne de deux doigts qui allaient guérir.

Ce fut elle qui mena la danse, et Hans la suivit. Ils jouèrent sans effort, confortés par des années de pratique commune. Et soudain, John lui manqua tellement…

— Papa…

Elle s'arrêta de jouer, les épaules tremblantes, le visage ruisselant de larmes. Concentré sur la musique, son père s'arrêta, saisi, quand il la vit.

— Qu'y a-t-il, Reba ?

— Papa, j'ai été une imbécile. Et je crois que j'ai tout gâché…

16.

Il y a des choses qui font souffrir, quoi que l'on fasse. John avait dit à Reba ce qu'il voulait lui dire et se sentait un peu plus en paix avec lui-même, comme s'il avait remboursé une petite partie de l'énorme dette qu'il avait envers elle. Mais cela n'effaçait pas la douleur de l'avoir perdue.

Le pire, c'était quand il se retrouvait seul chez lui. Sans l'agitation de l'extérieur, sans Rosalie, ni ses parents, ni les gens de l'hôpital dont la compagnie le distrayait de ce qu'il se passait dans son cœur. Quand il était seul, il devait faire face.

Il avait pris l'habitude de s'asseoir sous la véranda lorsque le ciel s'assombrissait, avec les portes donnant sur le jardin légèrement entrouvertes pour que les bruits de la nuit accompagnent ses pensées. Des accords de musique lui parvinrent au loin, et pendant un moment il ne bougea pas, écoutant la mélodie du *Clair de lune* qui flottait dans l'air tranquille.

Clair de lune… ? La façon de jouer semblait un peu différente de celle de Reba, mais la nostalgie était toujours là. Quand il se leva pour ouvrir les portes en grand, il la vit.

Elle était tout habillée de noir, comme si elle jouait devant le public d'une salle de concert. Son visage était éclairé par la lune et elle portait le pendentif qu'il lui avait offert. Elle était un peu gênée pour tenir l'archet à cause des deux attelles de sa main droite, mais la musique était là. Elle continua de jouer jusqu'à ce qu'il soit près d'elle au point de la toucher.

Quand elle s'arrêta, elle lui sourit ; cela lui faisait toujours le même effet.

— Je t'aime, John. Je ne pouvais pas rester loin de toi.

Sans un mot, il lui prit le violon et l'archet des mains, et elle le suivit à l'intérieur, où il posa soigneusement l'instrument sur le grand buffet.

— Est-ce que j'arrive trop tard ? demanda Reba en le regardant.

Il commençait à se remettre du choc de la revoir, et se rendit compte qu'il devait dire les mots qu'elle attendait.

— Je t'aime, Reba. Maintenant et pour toujours.

Elle tendit la main vers lui et il l'entoura de ses bras, son propre tremblement faisant écho au sien.

— J'ai beaucoup réfléchi, dit-elle. Beaucoup parlé, aussi. Je suis allée à Berlin voir mon père et je lui ai dit ce qu'il aurait dû entendre il y a longtemps.

Elle pourrait lui en parler plus tard. Il y avait juste encore une chose qu'il avait besoin de savoir.

— Est-ce que tu vas rester ?

— Oui. Tu es mon pilier, John. Celui qui soutient mon tout et lui donne du sens. Je suis ici pour avancer avec toi.

C'était tout ce qu'il avait besoin de savoir. Le reste trouverait sa place, et ils pourraient parler plus tard.

— Je peux t'embrasser ?

— Nous avons déjà attendu trop longtemps.

Il la serra dans ses bras et l'embrassa, retrouvant la passion qui courait dans leurs plus tendres étreintes.

— Ton amour est tout ce que je veux et tout ce dont j'ai besoin, Reba.

Épilogue

Un an plus tard

Reba avait tout planifié jusqu'au moindre détail. Elle avait donné à John un tableau récapitulatif indiquant le déroulé des opérations, avec la place de chacun et les horaires. Il y avait un seul espace vide, de 9 heures à 9 h 30, après la coiffeuse et avant l'arrivée des demoiselles d'honneur.

Tout était paisible. John entra dans la maison, qui avait bien changé. Quand Reba avait vendu la sienne, ils avaient d'abord stocké ses affaires dans le garage, le temps d'intégrer peu à peu le mobilier. Pour finir, l'exubérance éclectique de Reba s'accordait parfaitement avec son goût pour le calme et les espaces verts, leur maison étant la synthèse de ces deux tendances.

Quand il monta l'escalier, il vit une chaise dans le couloir, devant leur chambre à coucher. Il s'y assit et frappa doucement à la porte.

— Ça ne te ressemble pas de laisser une demi-heure vacante dans un emploi du temps, dit-il gaiement.

— Non, en effet. Mais où avais-je la tête ? répondit-elle derrière la porte sur le même ton.

Comme Reba avait voulu tout faire dans les règles, John avait passé la nuit avec Rosalie dans la maison de ses parents. Mais s'il ne devait pas risquer le mauvais œil en voyant la mariée le matin de ses noces, rien ne l'empêchait de l'entendre. Reba avait donc contourné les règles, comme elle le faisait toujours à sa manière délicieuse.

— Comment va mon père ?

— Étonnamment bien, répondit-il en riant. Je crois qu'il a bien compris le message, quand tu lui as dit qu'aujourd'hui était *notre* jour.

Le choix de la musique pour la cérémonie avait été un sujet sensible entre Reba et son père, mais elle était restée ferme sur ses positions et il avait fini par céder. Il continuait à dire ce qu'il pensait, mais maintenant qu'elle attendait de lui qu'il accepte ses choix, c'était ce qu'il faisait.

Reba avait apporté un soin particulier au choix des fleurs et des robes des demoiselles d'honneur. Rosalie adorait sa robe longue couleur lilas et les fleurs fraîches qu'elle portait sur un serre-tête.

— Je n'en peux plus d'attendre, dit Reba derrière la porte. Je t'aime tant, John.

Tous deux grattèrent la porte chacun de son côté.

— Est-ce que tu es allée voir ? demanda-t-il. Tu peux me le dire…

Elle se mit à rire. Depuis des mois, John la rappelait à l'ordre quand elle tentait de se glisser au fond du jardin, pour voir à l'intérieur de la grande salle de musique qu'il faisait construire pour elle comme cadeau de mariage.

— Non, je n'ai pas regardé. Où serait le plaisir, sinon ? Est-ce qu'elle est terminée ?

— Oui. On pourra déménager ta pièce de musique quand tu voudras et transformer la chambre d'amis en nursery. J'aime les couleurs que tu as choisies…

Cela avait valu la peine d'attendre. Reba apparut à l'entrée de l'église à l'heure prévue, et Hans remonta fièrement l'allée à côté de sa fille. Elle était si belle dans sa simple robe blanche, avec des fleurs dans les cheveux et un bouquet de toutes les couleurs à la main.

Rosalie fut la star du show. Elle exécuta au piano un morceau à quatre mains avec Hans, dans lequel il la mit habilement en avant. À la fin, quand il l'encouragea à se lever et s'incliner, toute l'assistance applaudit avec enthousiasme, y compris les mariés.

— Merci de me rendre aussi heureuse, John.

Reba dansait dans ses bras sous l'immense chapiteau, sur une musique que jouait tout un mélange d'invités musiciens.

— Je t'aimerai toujours, ajouta-t-elle.

— Je t'aime aussi, Reba, répondit-il en la faisant tourner sur elle-même. Pour toujours.

— Dans la santé et la maladie, les accords et les désaccords...

Il l'embrassa en riant.

— Surtout les désaccords.

LEAH MARTYN

Un odieux patron

Traduction française de

CAROLINE JUNG

BLANCHE

HARLEQUIN

Titre original :
REDEEMING DR RICCARDI

Ce roman a déjà été publié en 2018.

1.

Toni Morell se gara à sa place habituelle dans le parking de l'hôpital de Forrestdale.

Elle revenait tout juste d'une semaine de congé à Sydney et n'était pas mécontente de retrouver la campagne et le calme après l'agitation de la métropole.

Elle attrapa son sac sur le siège du passager en pensant à la longue journée qui l'attendait, avec la fête de ce soir.

Depuis des années, un gala de charité destiné à lever des fonds au profit de la structure hospitalière était organisé à l'occasion de la Saint-Valentin. Autant dire qu'il était délicat de ne pas y participer. Mais cette année, la Saint-Valentin tombait un lundi. Qui avait envie de faire la fête un lundi soir ?

L'ensemble du personnel qui n'était pas en service aujourd'hui, sans doute…

Elle espérait simplement qu'il lui resterait suffisamment d'énergie à la fin de son service pour enfiler une robe et des escarpins.

Un nouveau chef de service avait pris ses fonctions juste avant son départ en vacances. Rafe Riccardi. Elle n'avait pas eu l'occasion de lui parler longuement car des membres du conseil d'administration l'escortaient le jour où il s'était présenté, mais elle avait gardé le souvenir d'une poignée de main ferme et d'un regard à l'éclat particulier. En repensant à leur rencontre, elle se souvenait de lui comme d'un grand homme brun, non pas d'une beauté à couper le souffle mais doté d'un charisme et d'une présence indéniables.

Elle sentit son ventre se contracter légèrement.

Enfin, l'essentiel, c'était qu'il soit un bon collaborateur.

Les changements de personnel, en particulier au niveau du personnel d'encadrement, étaient toujours porteurs d'incertitude. Cela dit, le Dr Riccardi n'était là que pour remplacer Joe Lyons pendant trois mois. Après cela, il était prévu que Joe reprenne son poste.

Toni se dirigea vers la salle de repos du personnel.

Elle était partie tôt de chez elle, mais de toute évidence elle n'était pas la seule à avoir eu cette idée. La pièce était déjà en pleine effervescence. Le plafond était constellé de cœurs rouges gonflés à l'hélium, la radio diffusait une chanson d'amour, et certains heureux et heureuses avaient apparemment déjà reçu des cadeaux ou des bouquets de fleurs, dont les papiers d'emballage s'entassaient dans la poubelle.

Elle-même n'attendait ni fleurs ni ballotin de chocolats. Aucun homme ne partageait sa vie. Il y avait longtemps qu'elle n'avait pas eu de relation durable avec quelqu'un. Cela ne l'empêchait pas de penser qu'un jour viendrait *le* bon, mais ce jour n'était pas encore arrivé.

— Une revenante ! s'écria Liz Carey en arborant un grand sourire.

À peine plus âgée que Toni, Liz était l'une de ses plus proches amies depuis leur rencontre dans un des services de l'hôpital Royal North Shore de Sydney.

— Je ne suis partie qu'une semaine ! répondit Toni dans un gloussement.

— C'était bien ? demanda Liz en serrant entre ses mains sa tasse de café.

— Sydney est une ville toujours aussi fantastique. J'ai passé une bonne partie de mon temps à la plage.

— C'est ce que je vois, constata Liz. Quel bronzage !

Toni sourit, sensible à l'humour de son amie.

Avec ses cheveux auburn et sa peau claire, elle ne risquait pas de devenir caramel, même après un mois sous les tropiques !

— Et ici, quoi de neuf ? s'enquit-elle.

— Pas grand-chose.

— Et le nouveau chef de service ?

— Il fait son travail, répondit Liz en haussant les épaules. Il a l'air professionnel. Il a pris un café avec nous — un thé vert, en ce qui le concernait — afin de faire notre connaissance. Tiens, au fait, Amy Chan est revenue.

— Oh… Comment va-t-elle ?

— Tu vas pouvoir le lui demander directement. Regarde, la voilà.

— Amy ! s'écria Toni en posant son sac sur une chaise pour embrasser la jeune femme. Comment vas-tu ?

— Pas trop mal.

— Et Leo ?

— Il va bien. D'ailleurs, il se joint à moi pour vous remercier pour tout ce que vous avez fait.

— C'est bien normal. Si tu as besoin de quoi que ce soit, d'une pause de temps en temps, n'hésite pas à me demander.

En tant que surveillante, elle considérait son équipe comme une grande famille.

— Pour en revenir au nouveau chef de service, reprit Toni en se retournant vers Liz. Je me trompe, ou tu me caches quelque chose ?

Liz leva les yeux au ciel.

— C'est vrai que la semaine a été tendue pour tout le monde et que Riccardi s'est montré par moments difficile.

— Vis-à-vis du personnel ? demanda Toni, les sourcils froncés.

Elle savait pertinemment que son équipe était consciencieuse et efficace.

— Un accident est survenu sur Linton Road, sur un chantier de démolition. Une poutre est tombée sur un jeune apprenti et l'a tué.

— Mon Dieu… Riccardi a été appelé sur les lieux de l'accident ?

— Oui, acquiesça Liz. Cela s'est produit lundi. Je te laisse deviner l'ambiance de la semaine qui a suivi.

De fait, les mauvais jours ou les mauvaises semaines étaient le lot du personnel des urgences. C'était la nature même de cette structure, le Dr Riccardi devait le savoir. S'il n'était pas capable d'affronter ce genre de choses, pourquoi avait-il accepté ce poste ?

Toni ne poussa pas sa réflexion plus loin, car Rafe Riccardi en personne entra dans la salle de repos.

Elle retint son souffle.

Le médecin était aussi grand que dans son souvenir. Il arborait un air sévère, et il se dégageait de lui une virilité très affirmée. Il la fixa de ses yeux d'un bleu-vert aussi intense et profond que l'océan au lever du soleil.

— Antonia, dit-il dans un petit signe de tête. Je suis content de vous voir revenue parmi nous.

Mais ses efforts pour être courtois s'arrêtèrent là.

— Est-ce que quelqu'un pourrait arrêter ce raffut ? grogna-t-il tout en se dirigeant vers la table sur laquelle était branchée la bouilloire.

Il prit un sachet de thé qu'il jeta dans une tasse et attendit que l'eau chauffe.

Un jeune infirmier, Ed, s'exécuta, réduisant au silence les Beatles qui chantaient *All you need is love*.

— C'est la Saint-Valentin, docteur, protesta-t-il en riant. Il faut se mettre dans l'ambiance !

Riccardi lui adressa un regard glacial.

— Ce soir, nous allons tous danser. Venez donc, docteur, proposa Amy.

Le chef de service émit un rire méprisant.

— Plutôt me couper un pied. Et sans anesthésie, lâcha-t-il en versant l'eau sur son sachet.

Puis il quitta la pièce sous le regard médusé de l'assistance.

— Qu'est-ce qu'il lui prend ? demanda Amy d'une petite voix.

Devant l'expression affligée de la jeune femme qui se mordait nerveusement la lèvre, hésitant entre rire et pleurer, alors qu'elle avait simplement fait preuve de gentillesse à l'égard du chef de service, Toni sentit la colère monter.

Ce rustre passait manifestement ses nerfs sur le personnel. Elle ne pouvait pas laisser passer cela.

— Liz, tu peux t'occuper du changement d'équipe, s'il te plaît ? lança-t-elle avant de sortir dans le couloir.

Lorsque l'on s'en prenait à son personnel, elle pouvait se montrer aussi acharnée qu'une lionne défendant ses petits.

— Docteur Riccardi ! le héla-t-elle, avant de le rattraper devant la porte de son bureau. Puis-je vous parler un instant ?

— Appelez-moi Rafe, répondit-il. Y a-t-il un problème ?

— Oui : votre attitude, rétorqua-t-elle sans ménagement.

Elle vit ses sourcils se lever lentement au-dessus de ses yeux verts, et l'air sembla soudain se densifier.

— Parlons-en dans mon bureau, suggéra-t-il.

Elle n'avait pas l'intention de s'entretenir avec lui pendant des heures. Elle tenait simplement à clarifier les choses et à retourner au plus vite en salle de repos avant de commencer son service.

— Non merci, rétorqua-t-elle en secouant la tête. Je n'ai pas beaucoup de temps et je veux aller boire un café avant de prendre mon service.

— Je peux vous offrir un café dans mon bureau, dit-il en ouvrant la porte et en indiquant une cafetière sur la console près de la fenêtre. Maureen m'apporte du café tous les matins comme elle le faisait pour Joe, bien que je lui aie dit que je n'en buvais pas.

Toni réprima un sourire.

Maureen O'Dea n'était pas du genre à changer du jour au lendemain des habitudes ancrées depuis des lustres.

— Vous n'en buvez pas du tout ? demanda-t-elle poliment.

— Très rarement. Servez-vous, je vous en prie.

Elle avança jusqu'à la cafetière et huma l'arôme délicieux du café fraîchement passé.

Il serait certainement meilleur que la boisson instantanée un peu aqueuse de la salle de repos, mais cela ne devait pas lui faire oublier les raisons de sa présence dans le bureau du nouveau chef de service.

— Asseyez-vous, déclara-t-il en désignant le fauteuil qui lui faisait face.

Elle prit place, une tasse d'expresso fumant à la main.

— Je ne cherche pas l'affrontement, commença-t-elle.

— Je sais, répondit-il du tac au tac.

Il leva sa tasse de thé et but une gorgée, puis il la scruta un instant en silence.

— Je ne mords pas, Antonia. Vous pouvez me parler.

Elle prit une profonde inspiration.

— On m'appelle Toni, en général.

Il planta son regard dans le sien, brisant ses défenses en un éclair.

— C'est dommage. Antonia est un très joli prénom.

Elle se redressa, s'efforçant de ne pas perdre le fil de sa pensée.

— Amy Chan vient de perdre son bébé à vingt semaines de grossesse.

Le silence tomba sur le bureau.

Rafe Riccardi s'enfonça dans son fauteuil, attendant manifestement une explication.

— Et alors ?

— Vous avez répondu à son invitation de façon désagréable. À la limite de la grossièreté. Vous l'avez blessée. Or, elle vient juste de reprendre le travail. Elle est encore fragile. Et je suis convaincue que l'efficacité de notre travail d'équipe tient en grande partie au respect et à la courtoisie dont nous faisons preuve les uns envers les autres.

Le silence retomba lourdement.

Toni resserra ses mains autour de sa tasse.

Rafe Riccardi n'était sans doute pas homme à se laisser marcher sur les pieds. Était-elle allée trop loin ?

— Je sais que vous venez d'arriver, ajouta-t-elle pour modérer l'effet incisif de ses paroles. Et connaître le personnel prend du temps, mais…

Elle s'interrompit, à court de mots.

Que n'aurait-elle pas donné à cet instant précis pour se soustraire à ce regard troublant !

Un sourire contenu se dessina sur les lèvres de Rafe.

— Je comprends, déclara-t-il. Je vais aller m'expliquer avec Amy et les autres infirmières.

— Et vous viendrez à la soirée de Saint-Valentin ? tenta-t-elle.

La mâchoire de Rafe Riccardi se contracta.

— Vous ne lâchez rien, n'est-ce pas ? Pourquoi toute cette effervescence autour de la Saint-Valentin, d'ailleurs ? C'est la fête des amoureux, laissons donc les amoureux faire la fête.

— La Saint-Valentin n'a pas d'intérêt pour certains, mais pour d'autres elle est l'occasion d'exprimer l'amour qu'ils éprouvent à l'égard d'une personne.

Quelle étrange conversation elle menait avec un homme qu'elle venait à peine de rencontrer !

— C'est surtout une fête mercantile, bougonna-t-il.

— Aussi, convint-elle. Mais ici, à l'hôpital de Forrestdale, la Saint-Valentin est la date à laquelle nous organisons une grande soirée de bienfaisance. Cette année, nous voudrions acquérir un échographe ultramoderne pour la maternité…

Elle marqua une pause.

— Bref, reprit-elle. Pour nous, la Saint-Valentin sert à collecter des fonds.

— Je ferai un don, promit Rafe.

Elle hocha la tête, satisfaite de cette conclusion.

— Comme vous voudrez, dit-elle en se levant. À plus tard.

Antonia Morell se dirigea vers la porte après avoir adressé à Rafe un sourire chaleureux. Un sourire à la fois si naturel et si éclatant qu'il en eut le souffle coupé.

Il la rattrapa en deux enjambées pour lui ouvrir la porte et la regarda s'éloigner dans le couloir.

Quelle femme ! pensa-t-il, les yeux posés sur ses cheveux auburn, qu'elle portait détachés, flottant librement sur les épaules. Sa coiffure en disait long sur sa personnalité…

Dans son esprit se forma l'image d'Antonia sur un hors-bord dans la baie de Sydney, fendant les flots les cheveux au vent. Puis il l'imagina aux sports d'hiver, ses boucles rebelles aux reflets fauves s'échappant d'un bonnet. Ou étalées sur la taie blanche d'un oreiller…

Il se secoua pour chasser ces images.

Allons, il n'était pas ici pour séduire cette femme, aussi tentant que cela paraisse. De toute façon, il aurait quitté cet hôpital et cette région dans trois mois. Alors, il n'avait plus qu'à se concentrer sur son travail et à prouver aux experts qu'il était capable de se remettre en selle.

Différentes pensées se bousculaient dans l'esprit de Toni, tandis qu'elle regagnait la salle de repos.

Rafe Riccardi l'avait surprise. Intriguée, même. C'était un homme réservé, indépendant, solitaire. Et qui pourrait être sympathique s'il faisait un petit effort…

Que lui arrivait-il ? Personne ne lui avait demandé de faire un rapport détaillé sur lui !

Après avoir raccroché le téléphone, Liz leva les yeux vers elle.

— Alors, demanda-t-elle en souriant, il est encore entier ?

— Bien sûr ! Nous sommes les meilleurs amis du monde, ironisa Toni.

Liz éclata de rire.

— Oh ! Toni, comme tu m'as manqué !

— Toi aussi, tu m'as manqué, répondit-elle en hochant la tête. Alors, qui fait quoi, aujourd'hui ?

— Justin est en train de suturer dans la petite salle. Beryl Reilly a trébuché sur les marches de la poste, ce matin. Sa rotule s'est presque cassée en deux.

Toni grimaça.

Beryl était malheureusement une habituée des urgences.

— Qu'avait-elle de si urgent à faire à la poste, à 7 heures du matin ?

— Elle envoyait une réponse à un concours pour gagner une croisière ou quelque chose de ce genre. C'était la date limite.

— Une croisière ? Mais comment va-t-elle s'y prendre si elle gagne ? Elle n'est jamais partie toute seule.

— Oh, elle trouvera bien un vieil ami bouliste prêt à l'accompagner !

— Ne nous moquons pas, dit Toni en réprimant un sourire. C'est plutôt touchant de voir tous ces retraités s'occuper les uns des autres.

— De toute façon, Beryl a autant de chance de remporter ce prix que moi d'être augmentée le mois prochain.

— Trêve de bavardages. Dis-moi plutôt qui assiste Justin.

— C'est Harmony, la stagiaire. Elle aurait préféré qu'il en soit autrement, elle déteste voir du sang.

— C'est normal, au début. Les étudiants ne passent plus beaucoup de temps dans les services des hôpitaux durant leur formation. La confrontation avec la réalité est toujours éprouvante. Où est Ed ?

— Il fait un lavement oculaire à un ouvrier qui a reçu du sable sur le chantier du nouveau stade.

— Et comment va Amy ?

— Je l'ai envoyée trier les médicaments avec Mel. L'équipe de nuit a laissé un vrai bazar dans l'armoire à médicaments.

— Ils ont eu deux accidents de la route rapprochés, à ce que je vois, dit Toni en parcourant des yeux le compte rendu de l'équipe de nuit. D'ailleurs, c'est Riccardi qui était responsable des entrées à ce moment-là.

— Et alors ? demanda Liz en levant un sourcil.

— Cela signifie qu'il est à l'hôpital depuis 4 heures du matin. Pas étonnant qu'il se soit montré irritable.

— Certes, mais c'est son boulot, rétorqua Liz sans manifester la moindre compassion. On ne l'a pas obligé à signer !

— Hmm… Je me demande quel travail il exerçait avant de venir ici.

— Je n'en ai pas la moindre idée. Dis-moi, Toni, tu n'aurais pas un petit faible pour lui ? demanda son amie avec un sourire en coin.

— À ton avis ? répondit-elle en levant les yeux au ciel. Je dis simplement que nous devrions faire preuve d'un peu d'indulgence envers lui. Se retrouver à Forrestdale a dû être un grand changement.

— On ne fait pas ce genre de choix par hasard, c'est certain. Quoi qu'il en soit, je te promets d'être gentille avec ton protégé.

— Ce n'est pas « mon protégé », protesta Toni, exaspérée. Bref. Est-ce que Natalie et Samantha sont là ?

— Oui, heureusement ! Et le Dr Tennant est aussi dans le service au cas où l'on aurait besoin d'elle.

— Parfait. Je vais lui demander d'examiner l'œil de l'ouvrier. Il aura besoin d'un antibiotique et d'un certificat pour son employeur.

— Ah ! Un autre appel du centre ambulancier, dit Liz, les yeux rivés sur le voyant lumineux du standard téléphonique. Décidément, cela n'arrête pas, ce matin.

— J'y vais et je bipe Riccardi, dit Toni tout en accrochant son badge et vérifiant qu'il était bien placé.

Elle rejoignit le médecin à l'entrée des ambulances et lui rapporta les quelques informations qu'elle possédait.

— Un petit garçon de deux ans projeté contre le tableau de bord à la suite d'un coup de frein brutal. Apparemment, il s'est brièvement évanoui sur le moment, mais il a repris connaissance.

— Il était assis à l'avant de la voiture ? demanda Rafe, l'air incrédule.

— Apparemment, oui. J'ignore les circonstances de l'accident. C'est sa mère qui conduisait, mais elle n'est peut-être pas responsable.

— L'enfant non plus, dit Rafe d'un ton sinistre. Comment s'appellent-ils ?

— Ella et Michael, répondit Toni.

Lorsque l'ambulance arriva, elle comprit au premier coup d'œil que la mère de l'enfant était choquée.

— C'est ma faute ! répétait celle-ci en boucle en se tordant les mains. J'étais en retard. La nounou n'habite qu'à deux rues de chez nous, alors je l'ai assis à côté de moi, mais il a réussi à détacher sa ceinture tout seul, et…

Ella éclata en sanglots et leva vers Rafe un regard désespéré.

— Qu'est-ce qu'il va arriver, maintenant ?

En dépit de sa désapprobation devant la négligence de cette femme, Rafe sentit son cœur se serrer à la vue du petit corps allongé sous la couverture bleue de l'ambulance et qui le fixait de ses grands yeux interrogateurs.

Ce n'était pas le moment d'adresser des remontrances à la mère. De toute façon, lui-même était exténué et n'avait pas envie d'une confrontation. D'autant qu'Antonia avait elle aussi posé ses grands yeux bruns sur lui et attendait sa réaction.

Il rassembla ses esprits.

— Nous allons examiner Michael, dit-il. Essayez de ne pas vous inquiéter. Les enfants sont très résistants.

— Puis-je rester avec lui ?

— Bien sûr, intervint Toni.

Ella agrippa la main de son petit garçon tandis que l'on amenait la civière dans le service.

— Ella, pouvez-vous vous écarter un peu, s'il vous plaît ? demanda Toni une fois dans la salle d'examen. Le Dr Riccardi va examiner Michael.

Visiblement toujours sous le choc, la jeune femme recula et croisa les bras, les mains accrochées aux épaules dans une attitude tourmentée.

— Je suis là, mon chéri, dit-elle d'une voix brisée.

— Voyons comment tu te portes, Michael, dit Rafe en commençant l'examen. Plutôt bien, constata-t-il en stimulant les réflexes de l'enfant.

Les pupilles se révélèrent égales et réactives. Il posa sa lampe et examina les membres puis l'abdomen, qui, à leur tour, lui semblèrent en parfait état de santé. Il remonta la couverture sur le petit patient et se tourna vers sa mère.

— A-t-il vomi ?

— Non, mais il a eu l'air inconscient pendant une seconde ou deux.

— Par mesure de précaution, nous allons lui faire passer des radiographies et le garder quelques heures en observation, le temps de vérifier qu'il n'a pas de séquelles.

— C'était un accident, répéta Ella. Ce type a surgi brusquement, et j'ai freiné. Je sais que j'aurais dû attacher Michael dans son siège-auto à l'arrière…

— Mais vous ne l'avez pas fait, dit froidement Rafe en rédigeant son compte rendu.

— J'avais rendez-vous pour un nouveau travail, expliqua-t-elle d'une voix éteinte. Mais j'ai manqué l'entretien.

— Vous en passerez d'autres, conclut-il sur un ton qui signifiait que la conversation s'arrêtait là.

Puis il se tourna vers Toni.

— Après la radio de Michael, pourriez-vous vérifier si on peut l'accueillir en pédiatrie, s'il vous plaît ? Et demandez à Justin s'il peut examiner Ella.

— Bien sûr, répondit Toni.

Rafe se dirigea vers la porte, s'arrêta et revint sur ses pas. La lumière de la fenêtre éclairait le brun de sa barbe naissante.

— J'aimerais voir les résultats des radios, Antonia.

— Certainement, docteur, acquiesça-t-elle avec un sourire.

Pourquoi diable persistait-il à l'appeler Antonia, alors qu'elle avait précisé que tout le monde l'appelait Toni ?

Peut-être qu'il n'aimait pas employer les diminutifs à la place des prénoms ?

Quelle que soit la raison, cette distinction lui provoqua un étrange frisson le long de l'échine.

2.

Assis à son bureau, Rafe repoussa la revue médicale qu'il était en train de lire.

Elle aurait aussi bien pu être écrite dans une langue étrangère, cela n'aurait pas fait grande différence, vu le peu qu'il avait retenu de sa lecture.

Antonia Morell.

Le profil aux traits réguliers de l'infirmière en chef ne cessait de s'afficher sous ses yeux. Son teint de porcelaine et sa chevelure d'un auburn éclatant, son air vif et son sourire incroyable qui étirait la courbe sensuelle de ses lèvres.

Quelle bouche…

Il se passa la main sur le visage.

Il n'aimait pas être la proie de désirs incontrôlables. Il n'avait surtout pas besoin de cela. Tout ce qu'il lui fallait, c'était que les trois prochains mois se déroulent sans encombre et qu'il recouvre son énergie et sa joie de vivre.

Toni passa la tête dans l'entrebâillement de la porte.

— Rafe ?

La façon dont celui-ci leva la tête lui donna la nette impression d'arriver au mauvais moment.

— Je suis désolée, la porte était ouverte.

— Entrez, Antonia. Que voulez-vous ?

— Vous m'avez dit que vous vouliez voir les radios de Michael, dit-elle en ayant soudain l'impression de marcher avec des semelles de plomb.

Ses chevilles lui semblaient molles, comme si elles ne pouvaient plus supporter ses jambes.

— Il est en pédiatrie. Amy a demandé à s'occuper de lui.

— Est-ce une bonne idée ? demanda Rafe en levant un sourcil interrogateur.

— Insinuez-vous qu'il faille la tenir à l'écart des enfants sous prétexte qu'elle a perdu son bébé ?

— Pas le moins du monde, mais vous avez vous-même affirmé qu'elle était un peu fragile en ce moment.

— C'est elle qui en a fait la demande, dit-elle en posant une grande enveloppe sur le bureau. D'ailleurs, elle a clairement signifié qu'elle ne voulait pas être l'objet d'attentions particulières.

— Ce qui est encourageant.

Il sortit un premier cliché et l'accrocha sur l'écran lumineux.

— Je dois parler à Ella, murmura-t-il d'une voix mécanique. Demandez-lui de passer dans mon bureau quand vous en aurez l'occasion.

— Heu… Le fait est qu'elle n'est plus à l'hôpital.

Rafe pinça les lèvres.

— Elle est sortie ? En laissant son petit garçon ici ? Le traumatisme qu'a subi cet enfant est dû à l'incapacité de sa mère à respecter les consignes de sécurité minimales…

— Vous vous méprenez, docteur, le coupa sèchement Toni. Ella a reçu un appel téléphonique. Apparemment, on a accepté de lui faire passer tout de même son entretien d'embauche. Elle vit seule avec Michael. Elle a besoin d'un travail à temps plein, pas des petits boulots qu'elle a accumulés jusqu'ici. Vous avez bien vu à quel point elle était bouleversée par l'accident. Elle n'a certainement pas besoin qu'on lui fasse la morale de surcroît.

— Vous me brisez le cœur, grogna le médecin, apparemment insensible à ces arguments.

— Quel cœur ? lâcha Toni, acerbe.

Rafe la regarda, visiblement surpris.

— Pauvre Antonia, je vous mets des bâtons dans les roues à ce point ? la railla-t-il. En tout cas, les radios sont bonnes. Michael a eu de la chance.

Elle leva les yeux au ciel.

Décidément, cet homme était impossible.

— Il a une bosse sur le front, néanmoins, ajouta-t-elle en se rapprochant de l'écran.

— Nous allons le garder en observation. Je ne le laisserai pas sortir tant que je ne serai pas certain que son état s'est stabilisé. Je vais lui prescrire des analgésiques au cas où il aurait mal à la tête.

— C'est noté.

Toni quitta le bureau de Rafe et se dirigea vers le bureau des infirmières, où la frénésie matinale l'enveloppa comme une cape. Au bout d'une heure, elle alla remplacer Amy dans le service de pédiatrie.

Elle intercepta l'une des infirmières du service.

— Dans quelle chambre se trouve Michael Yates, Jenny ?

— Au fond du couloir, à droite. Le médecin est venu prendre de ses nouvelles. Il est beau !

— Michael ?

— Non ! dit la jeune femme en levant les yeux au ciel. Le Dr Riccardi.

Toni n'avait pas envie de se laisser entraîner sur ce terrain-là. Elle ne savait toujours pas que penser de Rafe Riccardi.

— Pas mal, si on aime les grands bruns têtus, dit-elle néanmoins.

— Oh mon Dieu, Toni, tu as un faible pour lui ! dit Jennifer en souriant.

Toni fit claquer sa langue dans une moue faussement dépitée, et elle prenait la direction indiquée, lorsqu'elle s'arrêta net en apercevant Rafe et Amy en grande conversation.

Soudain, Amy éclata de rire, et Rafe lui tapota chaleureusement l'épaule avant de se diriger vers l'autre extrémité du service.

Parfait. Il avait de toute évidence entendu son message et fait un effort pour rétablir la relation avec Amy. Cet homme tenait donc parole. Il remontait dans son estime.

Serait-elle en train de commencer à apprécier Rafe Riccardi ?

Elle marcha d'un pas rapide vers la chambre de Michael.

— Tout va bien ? murmura-t-elle une fois à son chevet.

— Il est un peu sonné, répondit Amy sans cesser de caresser le bras du petit garçon.

— Cela se comprend.

Toni jeta un coup d'œil au compte rendu de l'état du petit patient.

On lui avait administré un analgésique, et il était hydraté par perfusion. Il n'y avait pas grand-chose à faire à part surveiller ses réponses aux examens neurologiques. Si aucune anomalie ne survenait, Rafe autoriserait Ella à emmener son fils à la maison.

— Je crois qu'il va bientôt s'endormir.

Elle caressa la joue de Michael.

— Amy, si tu es amenée à le sortir de son lit, surtout, porte-le. Il ne faut pas prendre le risque qu'il tombe, d'accord ?

— Ce n'est pas le premier enfant dont je m'occupe, Toni, répondit Amy avec un sourire ironique.

— Je sais, excuse-moi. Je suis un peu distraite, ce matin.

Amy pouffa.

— Qui ne se laisserait pas distraire par le nouveau chef de service !

Amy n'allait pas s'y mettre, elle aussi !

Toni décida d'ignorer son commentaire.

— Mel va venir prendre la relève. Il faut que tu fasses une pause.

Tony retourna dans le service des urgences, où il régnait une ambiance agitée et joyeuse.

— Que se passe-t-il ? s'enquit-elle.

— On vient de recevoir cette corbeille de roses ! s'écria Harmony, dont la queue-de-cheval se balançait joyeusement de gauche à droite.

Le cœur de Toni cessa de battre.

Non, ce n'était pas possible ! Il n'avait pas pu.

Elle regarda désespérément la corbeille garnie de cœurs rouges et roses contenant plusieurs douzaines de roses multicolores dont le parfum délicieux embaumait.

— Ce sont des variétés anciennes, dit Liz sur un ton de

connaisseuse. Le jardin de mon grand-père est rempli de rosiers de ce genre.

— À qui sont-elles adressées ? demanda Toni, espérant être la seule à avoir décelé l'émotion dans sa propre voix.

— Apparemment, à tout le personnel des urgences, dit Liz en lui tendant une carte.

— Il y a quelqu'un qui nous trouve tous charmants et sexy, plaisanta Ed en topant avec Harmony.

— C'est peut-être le maire, se hasarda Justin. Joe l'avait opéré d'un ongle incarné juste avant de partir en congé.

— C'est une façon un peu extravagante de remercier le personnel médical pour un ongle incarné, nota Liz. Toni, tu n'as aucune idée ?

Si, elle en avait des tas, pensa-t-elle tandis que son cœur recouvrait tant bien que mal un rythme normal. Mais aucun son ne sortit de sa bouche.

Elle contourna adroitement la question.

— Il faudrait les mettre dans un vase. Voulez-vous vous en occuper, Sam ? demanda-t-elle à l'un des aides-soignants.

— Mais il y en a des dizaines ! Qu'est-ce qu'on va en faire ?

— Nous pourrions en apporter à la maternité.

— Non, ils en ont déjà des tonnes, répondit Liz.

— C'est bientôt l'heure de ma pause, dit Ed. Je pourrais en apporter à la maison de retraite d'un coup de vélo ? Cela ferait plaisir aux pensionnaires, non ?

— Je trouve que c'est une excellente idée, approuva Toni. Si tout le monde est d'accord ?

Un murmure d'approbation s'éleva. Puis, chacun retournant vaquer à ses occupations, le groupe se dispersa.

— C'est *lui* qui a envoyé les fleurs, non ? demanda Liz lorsqu'elles se retrouvèrent seules.

— C'est probable, répondit Toni.

— L'air s'est allégé et l'ambiance a changé du tout au tout dans le service depuis que les fleurs sont arrivées. Qu'est-ce que tu lui as dit ?

Elle esquissa un sourire au souvenir de leur discussion.

— Probablement trop de choses, avoua-t-elle.

Cela dit, pour ce qui était de la repartie, Rafe n'était pas en reste. Ils s'étaient affrontés comme des jouteurs. En fait, elle avait bien aimé jouter avec Rafe Riccardi. Et elle se demandait s'il avait éprouvé le même plaisir.

— En tout cas, il a eu un beau geste ! J'ignore ce que tu lui as fait, mais cela a produit un miracle. Je l'ai même vu sourire !

— Je suis sûre qu'il sera plus agréable après une bonne nuit de sommeil, affirma-t-elle, avant de se demander quels motifs la poussaient à conjecturer de la sorte.

Elle préféra changer de sujet.

— Vous venez à la soirée, Matt et toi ?

— Et comment ! Cela fait des semaines que nous ne sommes pas sortis. C'est maman qui va garder Lulu et William. Matt a promis de rentrer tôt du studio. Sinon, je l'étrangle, ajouta Liz en arrondissant les yeux.

Son mari était producteur au sein de la radio locale.

Toni sourit.

— Quelle chance tu as d'avoir deux enfants adorables et un mari qui rentre tous les soirs !

— Et toi ? Qui t'accompagne, ce soir ?

— Personne. Je crois que je vais venir au dîner et que je filerai tout de suite après.

— Tu ne veux pas rester pour les slows ? demanda Liz d'un air entendu.

— C'est pour les amoureux et les vieux couples comme vous ! Si je veux créer un contact rapproché avec quelqu'un, je serai plus à l'aise en lui proposant un match de tennis.

— Comme c'est romantique ! commenta Liz, ironique, en glissant un dossier dans un classeur.

— Tu n'imagines pas tout ce que l'on apprend d'une personne pendant une épreuve sportive, en particulier si cette personne perd. En tout cas, je crois que les billets pour ce soir se sont bien vendus. La moitié de la ville va s'y retrouver.

— Il faut dire que les prix de la tombola sont exceptionnels : les concessionnaires se sont regroupés pour offrir une voiture, le caviste a donné six caisses d'excellent vin, et la municipalité un week-end de rêve sur la Gold Coast.

— Dans ce cas, j'espère que les gens vont acheter des millions de tickets. La maternité a vraiment besoin d'un nouvel échographe.

Liz parcourut la pièce du regard.

— Le calme est revenu. Cela t'ennuie si je prends ma pause maintenant ? Je voudrais me laver les cheveux et me faire un brushing.

— Bien sûr, profites-en ! On ne sait jamais combien de temps va durer une accalmie.

Liz attrapa son sac et prit la direction de la sortie.

Toni prit appui sur le guichet, décidée à s'accorder elle aussi quelques instants de répit.

Derrière la grande porte vitrée se déployait le parc dont Kenny, le jardinier de l'hôpital, était si fier. En Australie, février était le mois le plus chaud de l'année. Malgré cela, grâce à ses soins attentifs, le jardin était verdoyant et luxuriant.

Quel bonheur de vivre dans cette petite ville où la nature n'était jamais loin…

Qu'est-ce que Rafe Riccardi était venu faire ici ? Seraient-ils un jour suffisamment proches pour qu'il le lui explique ?

La sonnerie du téléphone la ramena à la réalité. Après avoir raccroché, elle se dirigea d'un pas rapide vers le bureau de Rafe.

Elle frappa et entrouvrit la porte.

Rafe leva les yeux de son bureau et l'interrogea du regard.

— Une entrée en réanimation. Peut-être un arrêt cardiaque à la suite d'un accident de la route.

Rafe bondit sur ses pieds et l'accompagna jusqu'à la salle de réanimation.

— Dites-m'en plus !

— Carol McKay, cinquante-sept ans. Elle tient une boutique de vêtements en ville. Elle a des antécédents cardiaques. On lui a administré de l'arginine, sans effet.

— Dans ce cas, nous allons devoir improviser, en espérant tomber juste. On a prévenu sa famille ?

— Elle est veuve, mais elle a un fils qui travaille à l'école. Je vais le prévenir.

— Demandez à quelqu'un d'autre de s'en charger. Changez-vous et tenez-vous prête à poser un cathéter. Nous n'avons pas une minute à perdre. Harmony, venez, s'il vous plaît !

— Oui, docteur, répondit la jeune infirmière avec une lueur d'inquiétude dans le regard.

— Dès que la patiente entrera ici, il faut que le moniteur soit prêt à fonctionner. Si jamais elle fait un arrêt cardiaque, on compte sur vous.

— Moi ? s'étonna Harmony, les yeux écarquillés de surprise.

— Oui, vous écrirez sur le tableau blanc les médicaments que nous lui administrerons. Et vous nous aiderez pour la perfusion si nécessaire.

— Tout va bien se passer, Harmony, dit Toni avec un sourire d'encouragement, en enfilant sa blouse.

Manifestement gagnée par sa confiance, la jeune infirmière prépara le matériel d'intubation.

L'ambulance arriva, et la patiente fut transportée en salle de réanimation.

Rafe posa le tourniquet et la perfusion.

— Donnez-moi 60 mg de Lasix, ordonna-t-il. Préparez l'IDC et ouvrez cette poche, Toni.

D'un geste habile et assuré, Toni posa le cathéter en un instant.

— Parfait, murmura-t-il en regardant le liquide s'écouler dans la perfusion. Réglez le débit sur 800 millimètres. Encore 60 mg de Lasix, s'il vous plaît.

Harmony lui passa la dose.

— On en est à 120 mg, docteur.

— Augmentez l'oxygène au maximum, s'il vous plaît. Carol ? Carol ? Vous m'entendez ? demanda-t-il en se penchant au-dessus de la patiente. Vous êtes à l'hôpital, Carol. Avez-vous pris vos médicaments, aujourd'hui ?

Les paupières de la patiente tremblèrent et finirent par s'entrouvrir.

— Mmm… Désolée…, murmura-t-elle en secouant la tête.

— Ce n'est pas grave, dit-il doucement. Nous allons nous occuper de vous. Détendez-vous et respirez bien dans le masque. Antonia, où en est la tension artérielle ?

— 160/100. Pouls à 110, respiration à 30.

Il hocha la tête.

Jusque-là, les choses se déroulaient normalement, mais son instinct lui disait que le pire restait à venir.

Toni se mit à éponger le front de la patiente, dont l'état ne donnait pas de signe d'amélioration.

Pris d'un sentiment d'urgence, il reprit son pouls. Mais aucun battement ne se manifesta.

— Il faut intuber, dit-il sur un ton professionnel. Il me faut une dose d'adrénaline.

Harmony lui mit la dose dans la main.

— Une autre. Le pouls ?

— Toujours rien, répondit Toni, concentrée et tendue.

— Il faut défibriller, alors.

— En charge, dit Toni avant de se mordre la lèvre.

— Dégagez ! s'écria-t-il après avoir posé les palettes sur le corps de la patiente.

Tous les regards se tournèrent vers le moniteur.

— Bon sang… On recommence. Dégagez !

Un signal sonore retentit, s'atténua, puis reprit.

Toutes les personnes présentes échangèrent des regards pleins d'espoir.

— C'est bon, souffla-t-il enfin avec soulagement. Merci à tous.

— Vous vous êtes bien débrouillée, Harmony, dit Toni tandis qu'elles remettaient en ordre ensemble la salle de réanimation.

— Je me demandais si je serais capable de travailler aux urgences, avoua Harmony.

— Ce n'est pas un endroit facile, je vous le confirme. Dans quelle unité aimeriez-vous exercer ?

La jeune infirmière se mordilla la lèvre.

— Je ne sais pas, je viens juste de commencer. On est un peu protégés au cours des études. Mais maintenant que je suis confrontée à la réalité, les choses sont différentes.

— En tout cas, n'ayez pas peur de poser des questions. Vous n'êtes pas censée tout savoir sur tout. Avant que nous partions, avez-vous une autre question ?

— Que va devenir Carol ?

— Rafe est en train d'appeler son cardiologue à Sydney. Nous en saurons un peu plus à l'issue de cette conversation.

— Son magasin va rester fermé ?

— Elle va peut-être se faire remplacer. Elle vend vraiment de jolis vêtements. Etes-vous déjà allée dans sa boutique ?

Harmony eut l'air accablé.

— C'est là que j'ai acheté la robe que je devais mettre ce soir pour la Saint-Valentin. Elle l'a gardée pour y faire une retouche. J'étais censée aller la récupérer ce soir après le service.

— Oh… Vous n'avez rien d'autre à vous mettre ?

— Rien de neuf, en tout cas, répondit Harmony, dépitée. Je voulais tellement porter cette robe…

Ses joues s'empourprèrent.

— Justin m'a demandé s'il pourrait être mon cavalier ce soir.

Toni réprima un sourire.

Elle aussi était sortie avec des médecins, à une époque.

C'était avant sa rencontre avec le Dr Alex Nicol. Alex était arrivé à l'hôpital Saint-Vincent de Sydney pour effectuer un remplacement aux urgences où elle travaillait. Elle était tombée amoureuse de lui, de son accent écossais, de son visage buriné, de son sens de l'humour. Il lui avait dit qu'il était divorcé, et elle l'avait cru. Jusqu'au moment où…

Elle chassa de son esprit ce souvenir importun.

C'était du passé. De l'eau avait coulé sous les ponts depuis qu'Alex était reparti en Angleterre. Rejoindre sa femme, en l'occurrence.

— Bonjour tout le monde, dit Amy en entrouvrant la porte. Avez-vous besoin d'un coup de main ?

— Merci, Amy, nous avons pratiquement terminé.

— Carol est tirée d'affaire ? demanda Amy en la dévisageant.

— Oui, normalement. Mais Harmony a un petit problème pour ce soir.

Amy adressa un regard interrogateur à l'intéressée, qui lui expliqua son embarras.

— Je peux vous prêter quelque chose pour ce soir. Nous faisons à peu près la même taille, et j'ai des tas de vêtements que j'avais achetés à Singapour quand nous vivions là-bas, Leo et moi. Passez chez nous après le service, si vous voulez.

— C'est vrai ? demanda la jeune femme, incrédule. Comme c'est gentil, Amy ! En plus, j'adore votre style !

Toni les regarda s'éloigner en discutant joyeusement des festivités à venir.

Quel soulagement de voir qu'Amy avait retrouvé sa joie de vivre ! Professionnellement, elle serait un excellent modèle à suivre pour Harmony.

Décidément, la journée était emplie de bonnes ondes. Peut-être cela avait-il un lien avec la livraison de cette somptueuse corbeille de roses. Rafe avait-il conscience de l'impact de son geste généreux ?

Quoi qu'il en soit, ce serait un peu présomptueux de penser que ce geste était la conséquence de la conversation qu'elle avait eue avec lui.

Elle exhala un soupir, essayant de chasser les drôles de questions qui lui traversaient l'esprit et auxquelles il était vain qu'elle s'attende à trouver des réponses.

L'après-midi s'écoula dans une relative tranquillité, ponctué de quelques urgences auxquelles Justin et le personnel soignant firent face sans difficultés majeures.

— Tu es superbe ! dit-elle, sincère, à Liz revenue de sa pause chez le coiffeur les cheveux retenus dans un chignon souple dont s'échappaient quelques mèches dorées.

— J’aurais bien aimé mettre un peu d’autobronzant, mais je n’ai pas eu le temps, déplora Liz.

— Tu sais bien que Matt t’aime telle que tu es ! Vous semblez amoureux comme au premier jour.

— C’est vrai, admit son amie sur un ton ému que son regard ne démentait pas.

Toni consulta l’horloge.

La fin de son service était proche.

— Ma petite Liz, peux-tu me remplacer, s’il te plaît ? Je voudrais aller voir Rafe avant la fin du service.

— Bien sûr. De toute façon, on se voit ce soir ?

— Oui. Si tu arrives avant moi, garde-moi une place à côté de vous.

— J’en garderai deux, on ne sait jamais !

Quelques instants plus tard, elle frappait à la porte du bureau de Rafe.

En entendant son invitation à entrer, elle sentit les battements de son cœur s’accélérer.

Était-ce vraiment une bonne idée ?

Mais il était trop tard pour rebrousser chemin.

— Voici un peu d’énergie pour finir la journée, dit-elle en avançant vers le bureau. J’ai pris un café pour moi et un chocolat chaud pour vous.

Rafe lui adressa un regard perplexe. De toute évidence, il ne devait pas recevoir beaucoup de témoignages de sympathie.

— Merci, finit-il par dire. Comment avez-vous su que c’était exactement ce qu’il me fallait à ce moment précis ?

— Je suis très observatrice, répondit-elle en souriant.

Elle prit place dans le même fauteuil que lors de leur entretien, quelques heures plus tôt.

— Que fait-on de Carol McKay ? demanda-t-elle, les mains en coupe autour de sa tasse de café.

— J’ai parlé à son cardiologue en vidéoconférence. Il est d’avis que nous la gardions ici si son état ne se détériore pas.

— Tant mieux, ce sera plus agréable pour elle de rester à l’endroit où se trouvent tous ses amis.

— Son fils est avec elle en ce moment. Il va l'aider à s'organiser pour l'avenir.

— J'espère. Carol tient le seul magasin de vêtements décent de la ville. Où nous habillerions-nous si elle fermait boutique ?

— Je n'en sais rien, Antonia, répondit Rafe avec une lueur d'amusement dans le regard. Sur internet, peut-être ?

— J'en doute. Le commerce sur internet n'a pas encore séduit en masse les habitants de Forrestdale. De toute façon, les femmes aiment bien toucher avant d'acheter.

— J'en prends bonne note, dit Rafe en pinçant ironiquement la bouche.

Puis son sourire s'élargit et illumina tout son visage.

Elle lui sourit en retour, et ils se regardèrent ainsi pendant quelques secondes, avec l'air béat de gens qui ne comprennent pas trop ce qu'il est en train de se passer.

Elle gigota sur son fauteuil, le corps soudain parcouru d'une sensation proche du courant électrique.

Le regard de Rafe la réchauffait de la tête aux pieds. Que se passait-il ? Elle l'ignorait, mais elle sentait qu'il fallait que cela cesse. Elle avait l'impression d'avancer sur un champ de mines.

Rafe tourna la tête et se mit à regarder par la fenêtre. Puis il prit une profonde inspiration et consulta ostensiblement sa montre.

— Vous devriez rentrer vous préparer si vous avez l'intention de sortir ce soir.

Elle avala la dernière gorgée de son café et se leva.

— Vous aussi, vous devriez partir, vous avez l'air épuisé, lui fit-elle remarquer.

— Tant que cela ?

Des cernes ombraient ses yeux, et elle avait noté qu'il redressait sans cesse ses épaules, comme pour lutter contre un poids invisible mais accablant.

— Rentrez chez vous, Rafe, répéta-t-elle doucement.

— Mais qui donne des ordres, ici ? demanda-t-il en se déployant de toute sa hauteur.

— Vous, docteur Riccardi. Mais il faut savoir déléguer.

L'équipe de nuit est en train de prendre la relève. Elle est composée de personnes compétentes, qui sauront de toute façon vous joindre en cas de difficulté ingérable.

Rafe esquissa un sourire.

Il lui semblait que la seule difficulté ingérable de sa journée était Antonia Morell. Mais force était de constater qu'elle avait raison.

Il étira les bras devant lui et les fit monter au-dessus de sa tête, puis les relâcha dans un soupir sonore.

— Vous avez raison, je vais m'arrêter pour aujourd'hui.

— Bonne soirée, alors.

Après quelques pas vers la porte, Toni s'arrêta et se retourna.

— Cela dit, reprit-elle d'une voix hésitante, si vous aviez envie de passer à la soirée de bienfaisance, vous êtes le bienvenu.

Il la regarda sortir et refermer la porte derrière elle avec une sorte de soulagement, car sa présence avait déclenché en lui un tourbillon d'émotions qui ne semblait pas vouloir s'apaiser.

Il était venu à Forrestdale pour résoudre un problème, pas pour s'en créer de nouveaux. Il n'avait pas prévu de se retrouver dans une situation émotionnelle susceptible de le déstabiliser plus encore !

Il ressentit soudain le besoin de prendre l'air.

Peut-être quelques brasses l'aideraient-elles à se remettre les idées en place ?

Toni longea le couloir dans un état de confusion complète.

Que venait-il de se produire dans ce bureau ? Elle ne s'était pas montrée provocante, mais elle avait tout de même le sentiment d'avoir aguiché Rafe. Peut-être n'avait-il rien remarqué…

Elle secoua la tête, se fustigeant intérieurement.

Comment n'aurait-il pas remarqué son manège, puisqu'il y avait répondu sur le même ton ? À quoi le Dr Rafe Riccardi et elle jouaient-ils ?

Elle passa dans la salle du personnel prendre son sac puis sortit du bâtiment, toujours contrariée.

Elle ne pouvait pas se permettre le moindre faux pas. Encore moins avec un médecin de l'hôpital. De toute façon, elle n'avait pas besoin d'un homme dans sa vie, à plus forte raison si cet homme ne séjournait que trois mois à Forrestdale. N'avait-elle donc pas retenu la leçon ?

Tandis que sa voiture s'engouffrait dans les embouteillages de fin de journée, elle prit une grande inspiration.

Elle avait envie de courir, de bouger. De se débarrasser de cette frustration qui lui faisait faire n'importe quoi.

Elle aurait bien tapé dans une balle, mais ses partenaires de tennis ne venaient pas au club avant mardi… Qu'à cela ne tienne, elle irait courir, en espérant que cela lui remettrait un peu de plomb dans la tête.

3.

Estimant qu'elle s'était suffisamment défoulée, Toni s'arrêta de courir et fit d'amples respirations, avant de reprendre d'un pas alerte le chemin de chez elle.

Elle avait juste le temps de se préparer pour se rendre à la soirée. Elle avait fait des emplettes à Sydney pendant sa semaine de vacances, il ne lui restait plus qu'à décider quelle robe elle allait enfiler.

Une fois douchée, elle opta pour une robe de soie noire cache-cœur, sans manches, dont la jupe arrivait juste au-dessus du genou. Elle vaporisa un nuage de parfum et se maquilla légèrement : une touche de crème teintée, un voile d'ombre à paupières et un peu de gloss. Puis elle enfila des sandales à talons, un bracelet-jonc, et contempla le résultat dans le miroir, satisfaite.

La robe était sobre et élégante, le chatoiement de la soie mettait en valeur la clarté de son teint et les reflets auburn de ses cheveux.

La discothèque dans laquelle était organisée la soirée se trouvait à dix minutes en voiture. Elle prendrait un verre de vin, mais pas plus : il faisait trop chaud pour boire de l'alcool. Cela dit, il y avait fort à parier que cela ne dissuaderait pas bon nombre des convives de s'enivrer.

Elle se gara non loin de l'entrée du parking afin d'en sortir plus aisément à la fin de la fête.

— Toni ! entendit-elle en verrouillant les portières.

Liz et Matt descendaient tout juste d'un taxi.

— Tu es magnifique, Lizzie ! s'exclama-t-elle.

Celle-ci lui adressa un regard incrédule.

— Tu es sûre ? Ce n'est pas trop… ? demanda-t-elle en désignant le décolleté plongeant de sa robe longue d'un rouge flamboyant.

— Tu es resplendissante, ma chérie, la rassura Matt. Comment vas-tu, Toni ?

— Tout va bien, merci. La soirée s'annonce bien.

Ils pénétrèrent dans la grande salle, décorée pour l'occasion dans un style romantique.

La lueur des bougies conférait une ambiance intime et chaleureuse. Partout étaient accrochés des cœurs roses et rouges. Sur les tables rondes garnies de nappes d'un blanc immaculé se détachait le rouge des bouquets de roses.

Les roses étaient belles, mais moins que celles qu'ils avaient reçues à l'hôpital, constata Toni à part elle.

— Voici notre table. Je vais nous chercher à boire, annonça Matt. Toni, tu veux un verre de vin blanc, toi aussi ?

Une fois Matt parti en direction du bar, Liz et elle s'installèrent.

— Tu as fait des emplettes à Sydney, à ce que je vois, dit Liz en contemplant la petite robe noire de Toni.

— Oui, je suis allée dans la boutique que j'adore à Rose Bay.

— Dommage que Rafe ne soit pas venu ce soir, dit Liz en jetant un regard circulaire dans la salle.

Toni se garda de dire qu'elle lui avait réitéré avant de quitter le service son invitation à les rejoindre.

— Il avait l'air exténué, fit-elle observer d'un ton neutre.

Le dîner s'avéra très réussi et le buffet somptueux. La totalité des tickets de tombola en vente avaient été achetés. Tandis que des serveurs débarrassaient les tables avant d'apporter les desserts, les convives se mirent à converger vers la piste de danse.

Toni en profita pour aller se repoudrer le nez.

Après le dessert, il serait temps pour elle de s'éclipser.

En regagnant sa table, elle embrassa la salle du regard et sentit son cœur battre plus fort dans sa poitrine en apercevant au bar Rafe Riccardi qui portait à ses lèvres un verre de jus d'orange, ses larges épaules et son torse merveilleusement mis en valeur dans une chemise bleu pâle.

Force était de reconnaître que le physique de cet homme ne la laissait pas insensible.

Elle inspira profondément et avança.

— Bonsoir, lança-t-elle en arrivant à sa hauteur, sur un ton qu'elle espéra le plus détaché possible.

Rafe se retourna.

— Antonia…

D'un geste soudain et maladroit, il cogna son verre en le reposant sur le bar.

Un étrange silence les enveloppa pendant qu'ils se dévisageaient en souriant.

Elle resserra sa pochette contre elle et déglutit.

— Alors, vous êtes venu ? s'enquit-elle, regrettant aussitôt une question aussi idiote.

Mais Rafe répondit poliment.

— Bernie Maguire a insisté pour que je vienne remettre le prix.

— Ah, dit-elle, un peu déçue tout de même qu'il soit venu pour faire plaisir au président du conseil d'administration plutôt que parce qu'*elle* l'y avait invité. Venez, nous sommes tous installés là-bas.

— Merci, dit Rafe en saisissant son verre. Puis-je vous offrir quelque chose à boire, tant que nous sommes au bar ?

— Non, merci. Avez-vous dîné ?

— J'ai mangé un steak au pub.

— Les desserts du buffet ont l'air divins. Cela vous tente ?

— Peut-être. M'accompagnez-vous ? demanda-t-il en lui adressant un sourire outrageusement séduisant.

Elle cligna des yeux, sentant des ondes de choc se propager dans tout son corps.

Dommage qu'il ne sourie pas plus souvent.

— Avec plaisir, je ne vais pas vous laisser manger seul !

Elle s'efforça d'ignorer la consistance soudain cotonneuse de ses jambes et se dirigea vers le buffet, où ils se servirent des parts de desserts colorés et appétissants avant de gagner la table de Liz et Matt.

— Ma place est là, dit Toni en posant sa pochette sur sa chaise.

— Je ne prends la place de personne ? demanda Rafe en posant son verre et son assiette devant la chaise libre.

— Non, je suis venue seule, dit-elle, répondant à sa question implicite.

Liz et Matt engagèrent la conversation avec Rafe après l'avoir salué.

— Vous vous plaisez, à Forrestdale ? demanda Liz. Etes-vous bien installé ?

— Joe et Cathy me prêtent l'annexe de leur maison.

— Quelle bonne idée ! Ils l'avaient fait construire à l'origine pour recevoir le père de Joe, mais il n'y est pas resté longtemps. Ses amis de Sydney lui manquaient.

— C'est un endroit très agréable, proche de l'hôpital. Et j'apprécie vraiment la piscine par cette chaleur.

— J'imagine ! abonda Toni, tandis que son esprit se mettait à divaguer.

Elle avait été invitée à de nombreuses reprises chez Joe et Cathy Lyons. Le jardin et la piscine étaient magnifiques, en particulier le soir, lorsque les lumières éclairaient l'eau et la verdure luxuriante et que le jasmin exhalait son parfum. Cathy et Joe étaient parvenus à faire de cet endroit un havre de délices.

— Joe m'a dit que vous veniez parfois nager chez eux, dit Rafe, comme s'il avait lu dans ses pensées. Il ne faut pas que ma présence vous empêche de continuer.

— Je ne voudrais pas vous déranger…

— Au contraire, je m'ennuie un peu à nager tout seul.

Elle n'eut pas le temps de répondre, car Bernie Maguire apparut et se pencha sur leur table.

— Je pense que le moment est venu de procéder au tirage de la tombola, déclara le président du conseil d'administration de l'hôpital. M. le maire va tirer au sort le premier prix. Rafe, pourrez-vous tirer au sort le gagnant des caisses de vin ? Et vous, Toni, si vous n'y voyez pas d'inconvénient, vous pourriez désigner le gagnant du week-end de luxe, continua-t-il sur un ton qui ne leur laissait pas grand choix.

— Moi ? s'écria-t-elle en écarquillant les yeux de surprise. Je ne suis pas sûre que… Vous pourriez demander à un cadre de l'hôpital.

— Je pense que les gens auront plaisir à voir un joli couple sur l'estrade. Bon, conclut-il en se frottant les mains comme si le cas était résolu, j'y retourne.

Elle lança à Rafe un regard désespéré.

— Mais c'est affreux ! Les gens vont croire que nous formons un couple.

— Ne vous inquiétez pas, répondit-il en haussant les épaules. Même si c'est le cas, d'ici deux jours les gens auront trouvé un autre sujet de conversation.

Elle en doutait, mais elle n'eut pas le loisir de rétorquer. Des haut-parleurs, la voix de Bernie Maguire exhortait la foule à regagner les tables pour le tirage de la tombola.

Elle se leva, fataliste.

Le mal était fait, désormais. Plus vite ils accompliraient leur tâche, plus vite elle serait terminée.

Après le tirage de la tombola, Rafe et elle se frayèrent un chemin parmi les convives qui retournaient danser, vers leur table où Matt et Liz étaient toujours attablés.

— J'espérais vraiment gagner le week-end dans un hôtel chic, dit celle-ci en regardant d'un air dépité sa pile de tickets.

— Désolé, répondit Rafe avec dans le regard une lueur ironique qui contredisait son air navré. J'ai eu beau chercher, je n'ai pas trouvé votre ticket dans l'urne.

— Je vais au bar. Que voulez-vous boire ? demanda Matt.

— Je vous accompagne, proposa Rafe. Personnellement, je reprendrai un jus d'orange. Antonia ?

— De l'eau, merci.

Dès que les deux hommes furent partis, Liz se retourna vers Toni.

— Il est plutôt canon, non ?

Toni leva les yeux au ciel.

— Qui ? Matt ? demanda-t-elle, feignant la naïveté.

— Très malin ! Je te parle de Riccardi, évidemment. Et sa voix… Du velours ! Je suis sûre que tu lui plais !

Toni sentit son ventre se contracter.

Le courant qui passait entre eux était-il visible ?

Dans ce cas, cela signifiait peut-être qu'elle lui plaisait, ne serait-ce qu'un peu. Mais elle n'avait pas l'intention de laisser Liz marcher sur ce terrain-là.

— Occupe-toi de tes affaires, Lizzie.

— Vous étiez si mignons tous les deux, sur la scène ! poursuivit Liz comme si elle n'avait pas entendu.

— C'est Bernie Maguire qui a insisté pour que nous y allions ensemble, pas moi. De toute façon, cesse ces suppositions hasardeuses, Matt et Rafe reviennent.

Les deux hommes posèrent les verres sur la table et se rassirent. La conversation reprit sur un ton léger.

— Rafe, où travailliez-vous avant de prendre le poste de Joe ? demanda Matt, comme si le journaliste qu'il était ne pouvait s'empêcher de poser des questions aux gens sur leur vie.

Rafe fixa son verre de jus d'orange.

— J'ai travaillé quelque temps à l'étranger pour Médecins sans frontières. Au Cambodge.

Liz adressa un regard éloquent à Toni. « Maintenant, on sait », semblait-elle dire.

— Les séquelles de la dictature y sont encore perceptibles, j'imagine.

Rafe hocha gravement la tête.

— Le Cambodge demeure le pays le plus miné au monde. Un Cambodgien sur deux cent cinquante est amputé. Mais malgré tout, cela reste un pays magnifique.

— Et les enfants ? demanda Matt avec curiosité.

— Les Cambodgiens ont perdu une génération entière de talent et de savoir-faire. Les enfants en subissent évidemment les conséquences. La moitié d'entre eux souffre de malnutrition, et un enfant sur sept meurt avant l'âge de cinq ans…

Essentiellement de maladies que l'on pourrait prévenir par vaccination, ajouta Rafe, l'air soudain épuisé.

De toute évidence, son expérience cambodgienne ne l'avait pas laissé indemne. En tant que médecin, il avait dû être confronté à toutes sortes de situations plus terribles les unes que les autres.

Toni pria pour que Matt change de sujet, mais il n'en fut rien.

— Et pour les produits de première nécessité, comment cela se passe ? Pour l'eau potable ? L'hygiène ?

— À votre avis ? rétorqua Rafe d'un ton brusque.

— Vous savez, poursuivit Matt, je produis sur la radio locale une émission intitulée « Conversations ». Vous pourriez venir parler de cette expérience à la radio, un jour.

— Je vais y réfléchir, répondit Rafe, avec une expression qui confirmait le contraire.

— Prenez votre temps, dit Matt dans un haussement d'épaules.

Mais Rafe vida son verre d'un trait et se leva.

— Je vais y aller, déclara-t-il. Bonne fin de soirée.

Toni le suivit d'un regard inquiet, tandis qu'il s'acheminait vers la sortie de la salle.

— Maintenant, nous savons où il était avant de venir à Forrestdale, dit Liz d'un air songeur. Je me demande s'il a l'intention d'y retourner.

— Il y a des chances, répondit Matt. Les types qui sont en première ligne sont souvent accros.

Gagnée par l'irritation vis-à-vis de Matt et par un sentiment protecteur à l'égard de Rafe, Toni se sentit tout à coup en décalage par rapport à ses amis.

Personne à cette table ne savait ce qui avait poussé Rafe à se rendre au Cambodge. En dépit de ses bonnes intentions, Matt s'était montré insistant et indiscret.

Elle afficha un sourire de circonstance et se leva à son tour.

— Ce tirage de tombola m'a épuisée, mentit-elle. Je vais rentrer.

— Je t'accompagne jusqu'à ta voiture, proposa Matt.

— Ce n'est pas la peine, je me suis garée près de la sortie.

À demain, Liz. Matt, merci pour la publicité gratuite que tu as faite sur les ondes pour la soirée.

— Avec plaisir ! Rentre bien.

— Bonne soirée, les amoureux.

Elle rentra chez elle, la tête encombrée de pensées contradictoires.

Les questions de Matt ne manquaient jamais de pertinence, mais elle avait l'impression que Rafe s'était senti harcelé. Au moment même où il commençait à se détendre ! Il allait certainement se replier sur lui-même, et elle devrait redoubler d'effort pour le faire sortir de sa coquille, ne serait-ce que pour avoir simplement de bonnes relations de travail avec lui.

Énervée, elle jeta sa pochette sur la console de l'entrée, quitta ses sandales et avança jusqu'au plan de travail de la cuisine pour contempler par la fenêtre le paysage nocturne.

Elle repensa à la piscine de Joe et Cathy Lyons la nuit.

Voilà ce dont elle avait besoin : un plongeon et quelques brasses dans l'eau fraîche, pour se débarrasser de la tension qui l'habitait.

Mais il faudrait qu'elle trouve un autre moyen de se détendre, parce que c'était précisément chez Joe et Cathy que Rafe Riccardi avait élu domicile.

4.

Le lendemain matin au réveil, Toni décida de prendre du recul par rapport à Rafe.

D'accord, c'était le propre des infirmières de passer leur temps à s'occuper du bien-être des autres, mais elle avait autre chose à faire que se demander s'il allait bien !

Lorsqu'elle prit son service, les couloirs de l'hôpital étaient déserts.

Où était donc passée son équipe ?

— Toni ? l'interpella Samantha, dans le bureau des infirmières. Le vieux monsieur est revenu. Que dois-je faire de lui ?

— Tu veux parler de Denis O'Rourke ?

— Oui. On m'a dit qu'il ne venait là que pour faire la conversation. Dois-je le renvoyer ?

— Non, bien sûr que non. Propose-lui une tasse de thé.

— D'accord, je m'en occupe.

— Attends, il faut d'abord parler un peu avec lui, on ne sait jamais. Peut-être est-il vraiment mal en point. Mais où sont-ils tous passés ?

La jeune infirmière sembla hésiter.

— Heu… Toujours dans la salle du personnel, je crois.

— Encore ?

Décidément, la journée commençait de façon étrange. Elle n'avait vraiment pas besoin de cela. Elle détestait avoir à recadrer l'équipe, d'autant qu'ils avaient tous participé à la soirée de bienfaisance de la veille. Mais ce n'était pas parce qu'ils s'étaient couchés tard pour une bonne cause qu'ils devaient passer leur matinée à traîner.

Elle prit la direction de la salle d'attente et y trouva Denis O'Rourke, assis tout seul sur l'une des chaises vertes.

— Bonjour, Denis, dit-elle en s'asseyant à côté de lui. En quoi puis-je vous aider ?

— Une tasse de thé ne serait pas de refus, mademoiselle, répondit-il d'une voix rauque.

Elle lui adressa un sourire tout en lui prenant le poignet pour tâter son pouls.

— Je peux arranger cela. Comment vous sentez-vous, Denis ?

— Un peu faible. J'ai mal là quand je respire, dit-il en indiquant son torse.

Une quinte de toux le secoua de la tête aux pieds.

Le pouls lui semblait un peu filant. La peau était chaude.

— Vous allez voir un médecin, d'accord ? Samantha va vous conduire.

Elle sortit de la salle d'attente, jeta un coup d'œil dans l'unité déserte et poussa un soupir d'exaspération.

Où se cachaient les médecins quand on avait besoin d'eux ?

— Je peux vous aider ?

Elle sursauta et se retourna.

Rafe avait manifestement senti son désarroi.

Un peu agacée d'avoir été prise en défaut, elle rétorqua sur un ton peu affable.

— C'est vraiment le bazar, ce matin. Vous êtes en avance, non ? lui dit-elle sur un ton presque accusateur. Vous êtes tombé du lit ?

— J'ai très bien dormi, je vous remercie, répondit Rafe d'une voix calme. Ce qui ne semble pas être votre cas, si je ne m'abuse.

Elle haussa les épaules.

Elle avait passé la moitié de sa courte nuit à penser à lui et à se demander comment il allait. Ce qui lui paraissait à présent le comble du ridicule : dans son pantalon cargo et sa chemise de coton blanc, il avait l'air frais comme une rose.

— Il faisait trop chaud, ajouta-t-elle pour excuser sa mauvaise humeur.

— C'est vrai. D'ailleurs, j'ai fait quelques longueurs dans la piscine avant d'aller me coucher. Vous auriez dû venir nager avec moi.

Elle n'osa imaginer la scène.

— Voudriez-vous examiner un patient, s'il vous plaît ? Je ne trouve pas Justin.

— Bien sûr. De qui s'agit-il ?

— Denis O'Rourke, environ soixante-dix ans, un habitué des urgences, qui vient souvent pour bavarder un moment. En général on discute un peu, on lui offre un thé, et il s'en va.

— Mais aujourd'hui ? devina Rafe.

— Je ne veux pas vous faire perdre votre temps, mais j'ai l'impression qu'il couve quelque chose.

— Je ne perds pas mon temps, Antonia. Et vous faites bien d'écouter votre intuition.

Reconnaissante envers Rafe qu'il prenne sa préoccupation pour le vieil homme au sérieux, elle hocha la tête. Leurs regards se croisèrent un bref mais intense moment, et l'air sembla changer de consistance, avant qu'ils ne détournent les yeux chacun au même instant.

Une fois dans la salle de consultation, Rafe se mit à palper l'abdomen du patient. Puis, à l'aide du stéthoscope, il ausculta son cœur et sa poitrine.

— Depuis quand ne vous sentez-vous pas bien, Denis ?

— Depuis deux, trois jours. Mais ce matin, je me suis réveillé vraiment mal fichu, ahana le vieil homme.

— Vous avez bien fait de venir nous voir. On va arranger cela. Antonia, puis-je vous parler ? demanda Rafe en se lavant les mains.

Ils sortirent de la salle.

— J'ai décelé des symptômes de pneumonie. Et il est sérieusement déshydraté.

— Mieux vaut le garder, dans ce cas ?

— Oui, si on a de la place.

— Il reste des lits, j'ai vérifié en arrivant.

— Parfait, conclut Rafe en sortant son stylo. Il faudrait lui faire passer une radio des poumons et analyser un échantillon d'expectorations. Et nous commencerons une thérapie médicamenteuse, que nous adapterons en fonction des résultats des analyses : Amoxyl toutes les quatre heures, Bensyl toutes les six heures en perfusion, et avant tout une solution saline pour le réhydrater. Savez-vous de quelle façon il vit ?

— Oui. Denis est un vétéran de la Seconde Guerre mondiale. Il est très seul. Un jour, je l'ai déposé chez lui parce qu'il était chargé. Il vit dans une pension, plutôt modestement. Il y prend le petit déjeuner mais doit se débrouiller pour les autres repas.

— Il n'est donc pas sûr qu'il se nourrisse correctement, remarqua Rafe. Mais l'Association des vétérans devrait pouvoir l'aider, non ?

— Je doute qu'il se soit jamais adressé à eux.

— Il y a une bonne maison de retraite à Forrestdale. Ne peut-on pas lui trouver une place ?

Toni soupira, une boule de tristesse dans la gorge.

— Il faut que quelqu'un décède pour qu'une place se libère. Et de toute façon, cela coûte cher. J'espère qu'il s'en sortira…

Rafe se passa la main sur le visage.

— Je vais en toucher un mot à Bernie Maguire. Il est membre du Rotary, il peut peut-être lancer une initiative pour l'aider. Après tout ce que nous avons fait pour lui hier soir, il nous doit bien ça !

Elle lui rendit son sourire.

— Ce n'était pas si terrible, en fait.

Ce qui l'était, en revanche, c'était la façon dont Matt avait harponné Rafe. Mais ce n'était ni le lieu ni le moment de remettre ce sujet sur le tapis.

— Je vais m'occuper des radiographies, dit-elle.

— Merci, Antonia. Et si vous avez le temps, venez prendre un café.

Mais elle avait pour l'heure d'autres priorités que de siroter tranquillement un café dans le bureau de son chef de service, même un expresso onctueux, parfumé et offert de bon cœur.

— Je ne peux pas, désolée.

Elle vit la mâchoire de Rafe se contracter légèrement.

— Ce n'est pas grave, répondit-il en lui adressant un regard qui démentait ses paroles.

— Il est temps que je trouve mes infirmières et que le service se mette en route.

Rafe opina.

— Si je croise Justin, je vous l'envoie.

Elle le regarda s'éloigner à longues enjambées dans le couloir, prise de remords. Puis elle secoua la tête et se dirigea vers le bureau des infirmières.

Pourquoi devrait-elle se sentir coupable ?

— Est-ce que quelqu'un a vu Liz ? demanda-t-elle à la cantonade une fois qu'elle eut enfin donné ses instructions à son équipe.

Les infirmières prirent un air évasif. Puis Liz apparut à l'autre bout du couloir, manifestement en retard.

Toni soupira.

— Est-ce une heure pour arriver ? la sermonna-t-elle.

— Je suis désolée. Dis-moi ce que je dois faire, répondit son amie avec un drôle d'air.

— Liz ! Tu es sûre que tout va bien ?

— J'ai la tête qui tourne. Cela faisait des lustres que nous n'étions pas sortis, le vin blanc était frais et délicieux, mais…

— Je vois, dit Toni, compatissante. As-tu pris un cachet ?

Liz secoua la tête.

— Alors, prends du paracétamol et va t'allonger. Et bois des tonnes d'eau. Je t'appellerai si j'ai besoin de toi.

Avec le pressentiment que la journée allait être chargée, Toni se retourna vers le bureau et décrocha le téléphone qui sonnait.

— Un accident du travail à une dizaine de kilomètres d'ici, dit-elle en raccrochant à Rafe, qui venait d'entrer dans la pièce. La victime, Rhys Holland, est un jeune de vingt-deux ans.

— De quoi souffre-t-il ?

— Il s'est fiché un clou dans le pied avec un pistolet à clous. L'ambulance sera là d'ici trente minutes.

— Bien. Pour commencer, il faut faire venir un pompier pour couper sa chaussure. Et prévenir le bloc.

Et faire une analyse de sang dès l'arrivée du patient, se dit-elle en composant le numéro des pompiers.

Par chance, Dan Sessarago était disponible immédiatement. C'était un homme expérimenté, qui avait été confronté à bien pire qu'une découpe de chaussure, même une chaussure de protection.

Elle assigna Amy au bureau des infirmières.

— Harmony, voulez-vous nous aider sur ce cas ? proposa-t-elle à la jeune infirmière.

— C'est en forgeant qu'on devient forgeron, non ? répondit celle-ci d'une voix qui manquait néanmoins d'enthousiasme.

— Oui, et que l'on prend confiance en soi.

Quand l'ambulance arriva, Rafe se trouvait déjà sur place.

— Le trajet s'est bien déroulé ? demanda-t-il à l'un des ambulanciers.

— Il n'est pas en grande forme. Nous lui avons administré 10 milligrammes de Maxolon.

Toni observa le patient.

Il était pâle, les yeux fermés. Chacune de ses respirations lui arrachait un petit gémissement. On le déposa sur un lit pour l'emmener dans une salle.

— Tension et température, s'il vous plaît, ordonna Rafe.

— Tension artérielle : 85/15. Température : 35,5, répondit-elle.

— Merci. Rhys, vous m'entendez ?

Le jeune homme battit des paupières et émit un gémissement.

— Sentez-vous des picotements dans les bras ou les jambes ?

Rhys secoua la tête.

— Je suis foutu, docteur ?

— Mais non, vous n'êtes pas foutu, répondit sèchement le médecin. Vous êtes à l'hôpital, on va vous soigner.

Il se tourna vers Toni.

— Préparez la perfusion, s'il vous plaît.

— Quels médicaments ?

— 50 mg de pethidine.

Toni tendit les clés de l'armoire à médicaments à Harmony.

— Faites-vous accompagner par Mel. Revenez le plus vite possible.

Quelques minutes plus tard, comme la solution saline et l'analgésique commençaient à s'écouler dans la perfusion, le jeune homme sembla reprendre des couleurs, et tout le monde poussa un soupir de soulagement.

— Il est temps d'enlever cette botte, dit Rafe.

Dan Sessarago exécuta la tâche avec habileté et promptitude. Les parties charnues du dessus du pied étaient touchées et l'os fracturé.

— Harmony, pouvez-vous aller chercher une unité de radiographie mobile ? Moins on déplacera le patient, mieux ce sera.

— Tout de suite, docteur, répondit l'infirmière avant de quitter la salle.

— C'est gentil de la faire participer, observa Toni en mettant de l'ordre autour du lit du patient.

Rafe balaya l'air d'un revers de la main.

— C'est vous qui m'avez fait comprendre que nous formions une équipe, Antonia, dit-il en plongeant son regard dans le sien.

Elle cilla malgré elle.

Cet homme la déstabilisait. Il fallait qu'elle prenne de la distance. Et cela impliquait de s'éloigner physiquement de lui dès qu'elle en aurait l'occasion.

— Je vais assigner une autre infirmière au bloc opératoire. On m'attend ailleurs, balbutia-t-elle.

Elle quitta la salle à son tour et marcha jusqu'au bureau des infirmières d'un pas raide.

— Toni ?

— Liz, comment te sens-tu ?

— Mieux. Je suis désolée, cela n'arrivera plus. Où veux-tu que j'aille, maintenant ?

— Il y a une urgence au bloc numéro 1. Riccardi veut une radio avant qu'on déplace le patient. Puis il faudra superviser Harmony pendant l'opération.

— D'accord, je m'en charge, répondit Liz en la regardant non sans curiosité. Tu me sembles un peu tendue.

Elle lui posa la main sur l'épaule.

— Pourquoi n'en profites-tu pas pour faire une pause ? suggéra-t-elle. Va boire un café…

— Oui, peut-être.

Liz sourit.

— Ce matin, Ed a apporté des petits pains au sucre, ajouta-t-elle avec un clin d'œil complice.

À la fin de son service, Rafe regagna sa voiture et quitta le parking de l'hôpital dans une sorte de brouillard. Après avoir roulé quelques centaines de mètres, il pila devant un feu rouge, manquant d'écraser plusieurs piétons engagés sur le passage clouté.

Mais où diable avait-il la tête ?

Une fois chez lui, il se déshabilla, enfila son maillot de bain et plongea dans la piscine, où il enchaîna de nombreuses longueurs de bassin qui ne parvinrent pas à le détendre. Après un dîner sur le pouce, il alla se coucher et scruta le plafond un long moment sans pouvoir s'endormir, hanté par le visage d'Antonia.

Pour quelle raison l'avait-elle évité toute la journée ? se demanda-t-il pour la centième fois.

Il donna un coup de poing dans son oreiller.

Avec elle, il avait l'impression de faire un pas en avant et deux pas en arrière, et il détestait cela.

Il fallait qu'il tire la situation au clair. Il ignorait encore comment, mais il trouverait un moyen. Et vite. Pas question qu'il passe le week-end dans l'expectative !

Toni n'avait pas eu trop de difficulté à éviter Rafe tout au long de la semaine, d'autant qu'elle avait dû assister à plusieurs réunions dans d'autres services de l'hôpital. Liz, toujours un peu honteuse de sa défaillance du mardi matin, n'avait cessé de se rendre disponible, proposant de la remplacer chaque fois qu'elle en avait eu besoin. Le mercredi, elle avait même fait un échange avec une collègue, qu'elle avait remplacée toute la nuit.

L'après-midi du vendredi s'écoula dans une routine tranquille. Elle se réjouissait qu'il ne lui reste plus que quelques heures de travail. Il lui tardait de se poser et de se détendre pour réfléchir à la situation avec Rafe.

Une demi-heure avant la fin de son service, une jeune femme se présenta aux urgences, une petite fille dans les bras.

— Bonjour, je suis Toni, l'une des infirmières du service, dit Toni en allant à sa rencontre. Puis-je vous aider ?

— Puis-je voir un médecin ?

— Bien sûr. Asseyez-vous là, je vais chercher une fiche.

La jeune femme se nommait Joanne Carter, elle lui expliqua que sa fille Zoe renvoyait tout ce qu'elle avalait.

Comme pour confirmer qu'elle était souffrante, la petite fille releva les jambes en gémissant.

— Venez avec moi, Joanne, nous allons installer Zoe plus confortablement, dit Toni en les conduisant dans une salle de consultation. Voilà. Je vais aller chercher un médecin.

Avec un peu de chance, Grace serait encore là.

Mais elle eut beau chercher partout, le médecin demeura introuvable. De toute évidence, elle était déjà partie.

— Rafe est encore là, suggéra Liz. Il est dans la salle de traitement numéro 1.

Elle n'avait pas le choix, manifestement.

Avant d'entrer dans la pièce où il se trouvait, elle posa instinctivement la main sur sa poitrine, le cœur battant comme un oiseau pris au piège, et s'efforça d'afficher une expression neutre et professionnelle.

Pourquoi, mais pourquoi le fait de se retrouver face à Rafe Riccardi la mettait-il dans un tel état ?

Elle retourna dans la salle de consultation, suivie de peu par le médecin.

— Voici Joanne Carter, docteur. Sa fille Zoe n'arrête pas de vomir.

Rafe examina l'enfant.

— Que lui avez-vous donné ?

— Pas grand-chose, parce qu'elle rejette tout. J'ai essayé de lui donner du lait, un peu de flan… D'habitude, elle adore ça !

— Avez-vous un médecin généraliste ? demanda-t-il, visiblement dans l'espoir d'obtenir des informations supplémentaires sur les antécédents médicaux de la petite fille.

— Non. Nous venons juste d'arriver, expliqua Joanne. Mon mari a perdu son poste à Sydney et a trouvé un travail à la mine à Forrestdale. Il est chauffeur de camion.

— Où habitez-vous ? demanda-t-il après avoir palpé le ventre de la petite fille.

Joanne baissa les yeux.

— Au camping, pour l'instant. Les équipements sont sommaires, et le gérant est un peu bizarre. Mais c'est provisoire.

— Pour le moment, il faudrait que Zoe évite le lait et les produits laitiers. En revanche, donnez-lui fréquemment à boire, en petite quantité. Pas plus de 30 millilitres à chaque prise. Vous avez un verre gradué chez vous ?

— Peut-être, mais il est dans les cartons…

— Ce n'est pas grave. Nous allons vous en trouver un ici, dit Rafe en adressant un regard interrogateur à Toni, qui confirma d'un signe de tête. Ne lui donnez aucun aliment solide. Je vais vous faire une ordonnance pour des poudres que vous pouvez mélanger à l'eau et qui contiennent tous les nutriments dont Zoe a besoin et qu'elle n'assimile pas tant qu'elle vomit.

— Je vois, dit Joanne. Mais si elle vomit les médicaments ?

— Si cela se produit, essayez de lui donner de la limonade coupée d'eau. Disons un cinquième de limonade pour quatre cinquièmes d'eau. Si elle apprécie, vous verrez son état s'améliorer très rapidement.

Joanne sembla soulagée par ses paroles.

— À quelle fréquence dois-je lui donner ces boissons ?

— Commencez par lui en administrer tous les quarts

d'heure puis, si elle ne les vomit pas, toutes les demi-heures. Par contre, si elle continue à vomir, ramenez-la aux urgences, car elle risque de se déshydrater.

Il adressa un sourire à la jeune femme.

— D'accord ?

— D'accord, répondit celle-ci en lui rendant timidement son sourire. Merci beaucoup, docteur.

Rafe s'apprêtait à quitter la salle, quand il s'arrêta, l'air soucieux.

— Joanne, encore une chose : pour Zoe, n'utilisez que de l'eau minérale pour le moment.

— Oh… Très bien. Je vais en acheter en rentrant.

— Venez vous asseoir dans la salle d'attente, Joanne, proposa Toni. Je vais chercher le verre doseur.

Comme elle s'élançait dans le couloir, elle entendit qu'on l'appelait et prit conscience que Rafe se trouvait derrière elle. Elle s'arrêta et attendit qu'il soit à sa hauteur.

— Faut-il autre chose ? demanda-t-elle.

— Oui, répondit-il, les poings sur les hanches. Je vais envoyer un e-mail à toutes les équipes des services d'urgence et l'imprimer en plusieurs exemplaires. Voudriez-vous en afficher quelques-uns aux endroits où il risque d'être vu ?

— Et lu, surtout, dit-elle en souriant.

Mais le médecin conserva un air grave.

— Vous avez conseillé à Joanne de n'utiliser que de l'eau minérale. Pensez-vous qu'il s'agisse d'une épidémie de gastro ?

— Vu l'état de cette petite fille, je vais lancer l'alerte. Lorsque j'étais au Cambodge, la gastro-entérite constituait une menace grave. Ici, nous sommes relativement protégés, mais il vaut mieux rester vigilant quand un cas se déclare, en particulier chez les jeunes enfants et les personnes âgées.

— Mais si la contamination s'était faite par l'eau, nous devrions tous être malades, fit-elle remarquer.

— Alertons les équipes soignantes de ce cas, et si d'autres cas se présentent au cours du week-end, nous lancerons une enquête.

— Bien, acquiesça-t-elle.

Elle reprit sa marche dans le couloir.

— Antonia…, dit Rafe, hésitant.

Quand elle se retourna, il sentit son cœur tambouriner dans sa poitrine. Mais c'était le moment ou jamais.

— Puis-je vous parler ?

Antonia se raidit et demeura immobile.

— Maintenant ?

C'était encourageant, elle n'avait pas rejeté d'emblée sa demande. Il s'efforça de calmer son esprit soudain confus pour émettre une proposition intelligente sans bafouiller.

— Pas ici, parvint-il seulement à dire.

— Non.

Ils étaient au moins d'accord sur un point.

— Si vous terminez vous aussi votre service, venez vous baigner à la piscine.

— Je ne pense pas que ce soit une bonne idée, dit-elle d'une voix calme et déterminée.

— Bon…

Le silence retomba, encore plus pesant, et il passa sa main sur son front.

Il était manifestement allé trop loin. Et trop vite.

— Où vous voulez, alors.

Antonia hésita un instant.

— Au café, en ville. La Théière d'argent, dans la grand-rue.

— Parfait, répondit-il, le cœur battant. Dans vingt minutes ?

— Disons trente, répondit Antonia.

Il hocha la tête.

Il lui faudrait bien dix minutes de plus pour reprendre ses esprits.

5.

Toni scruta son uniforme bleu d'infirmière et grimaça. Pourquoi n'avait-elle pas pensé à laisser une tenue de rechange dans son casier ?

Elle se contenterait donc de donner un vague mouvement à ses cheveux et de mettre un peu de gloss sur ses lèvres.

Son cœur se mit à battre la chamade.

Elle n'en revenait pas d'avoir rendez-vous avec Rafe Riccardi d'ici cinq minutes. Elle était contente qu'il ait fait le premier pas. Elle n'aurait pas pu continuer longtemps à l'éviter comme elle l'avait fait cette semaine.

Assis à une table du petit salon de thé, les yeux rivés sur la porte, Rafe guettait les personnes entrant dans le café.

Il s'efforçait de calmer la multitude de pensées qui tourbillonnaient dans son esprit en se remémorant les différentes étapes de sa journée de travail, mais à chaque instant surgissait l'image d'Antonia, avec sur les lèvres ce sourire qui le faisait littéralement chavirer.

Il prit une profonde inspiration et jeta un coup d'œil circulaire sur la salle.

Un groupe de jeunes filles — des lycéennes, à en juger par leur uniforme bleu marine et blanc — bavardaient avec enthousiasme en sirotant des boissons colorées.

Peut-être avaient-elles l'habitude de se réunir tous les vendredis soir comme il le faisait lui-même lorsqu'il était étudiant à Sydney.

Il sourit en se remémorant ses années d'études.

De belles années. C'était avant que…

Des éclats de rire le ramenèrent à la réalité. Dans un grand vacarme, les jeunes filles se levaient et se dirigeaient vers la sortie du café.

Ce fut alors qu'il aperçut Toni, tel un ange, à contre-jour dans la lumière du soleil couchant.

Il se leva lentement, presque hébété.

Le groupe de filles s'écarta pour laisser entrer l'infirmière.

— Bonjour Toni ! dirent-elles en chœur.

— Bonjour les filles, répondit Toni en souriant.

Puis elle aperçut Rafe et se dirigea vers lui avec empressement.

— Je suis désolée, je suis un peu en retard.

— Ce n'est rien, répondit-il en se rasseyant. Je ne me suis pas ennuyé, il y avait du spectacle dans la salle.

— Les filles ? C'est vrai qu'elles sont drôles.

— Vous les connaissez ?

Elle lui adressa un sourire renversant.

— Oui, je fais régulièrement des interventions sur la santé au lycée. Bon, que diriez-vous d'un bon thé ?

— Bonne idée, parvint-il à articuler.

— Et d'une tranche de gâteau au chocolat ?

— Entre les desserts de la Saint-Valentin et le gâteau au chocolat d'aujourd'hui, j'ai l'impression que vous êtes gourmande, Antonia.

Elle haussa les épaules.

— Très. Mais je fais du sport pour éliminer.

Il leva les yeux vers la serveuse qui venait de se matérialiser devant leur table, passa commande et reposa le menu sur la table.

— Merci d'être venue, dit-il.

— Je vous en prie. De quoi vouliez-vous me parler ? demanda Toni, les sourcils levés.

Comme si elle ne le savait pas !

— On ne s'est pas vus beaucoup, cette semaine. J'ai eu l'impression que vous m'évitiez.

La franchise de Rafe déstabilisa Toni. Elle ne s'attendait pas à ce qu'il lui parle de façon aussi directe.

— En tant que cadre-infirmière, je suis amenée à sortir du service. Cela ne vous a pas causé de tort, j'espère ?

Il lui adressa un regard intense.

— Pas d'un point de vue professionnel. Mais sur un plan plus personnel, j'ai craint de vous avoir offensée et j'ai pensé que vous m'évitiez.

— C'était le cas, admit-elle. Je suis désolée.

Avec le recul, son attitude lui paraissait soudain ridicule.

— Ai-je dit ou fait quelque chose qui vous a contrariée ? demanda Rafe d'une voix douce.

Elle soupira, consciente que le moment de vérité était venu.

— Le lendemain de la Saint-Valentin, les choses se sont un peu embrouillées. J'avais mal dormi, mon équipe était éparpillée, ils avaient du mal à s'y mettre…

— Personnellement, j'étais enjoué, ce matin-là. Mais maintenant, je me souviens que vous étiez un peu agacée.

— J'avais mal dormi, répéta-t-elle.

— Il avait fait très chaud cette nuit-là, c'est vrai. Vous n'aviez pourtant pas bu d'alcool au cours de la soirée ?

Comme si Rafe ne savait pas que son principal sujet de préoccupation cette nuit-là, c'était *lui* !

L'espace d'un instant, elle fut tentée de le lui dire.

Mais cela reviendrait à avouer qu'elle était amoureuse de lui. Or, c'était une chose qu'elle n'était pas prête à admettre, pas même à elle-même.

— Non, c'est juste que je n'aime pas beaucoup me coucher tard et travailler le lendemain.

Depuis quand n'aimait-elle pas se coucher tard ? Elle était infirmière, bon sang !

Elle regarda la serveuse déposer le contenu de son plateau sur la table.

— Oh, s'écria-t-elle, ravie de la diversion, quelles jolies tasses ! Je vous sers ?

— Oui, merci, marmonna Rafe.

— Vous ne travaillez pas ce week-end ?

— Non, sauf si un cas de traumatisme multiple est admis aux urgences.

— Avez-vous des projets ? Allez-vous en profiter pour visiter la région ?

— J'aimerais bien, dit-il, l'air pensif. Voudriez-vous me servir de guide ?

Elle demeura bouche bée un instant.

Décidément, cet homme se révélait encore plus imprévisible qu'elle ne le pensait. Mais elle n'était pas certaine que ce soit une idée pertinente.

Les paroles de sa mère lui revinrent à l'esprit :

« Quand tu n'es pas sûre, abstiens-toi. »

Mais quelle personne serait-elle pour refuser son aide à un homme qui venait de débarquer à Forrestdale et ne connaissait pas la région ? Un minimum de courtoisie impliquait de se montrer amicale.

— D'accord, dit-elle lentement. Je peux réfléchir à un itinéraire pour demain.

Rafe la regarda, une lueur ironique dans l'œil.

— N'en faites pas trop, Antonia ! Je préférerais que les choses n'aillent pas trop vite entre nous.

— J'en prends bonne note, répondit-elle, tentant d'ignorer l'accélération des battements de son cœur.

La conversation se poursuivit sur un ton plus léger. Ils parlèrent de choses et d'autres, jusqu'au moment où elle consulta sa montre.

— Il faut que je file, je dois passer faire quelques courses avant de rentrer. Merci pour le thé.

— Merci pour la conversation. À demain, alors.

— D'accord. À 10 heures ?

— Parfait. Je passe vous prendre ?

La proposition était galante, mais cela risquait de donner un caractère un peu trop formel à leur sortie.

— Ne vous dérangez pas, je viendrai directement chez vous, ce sera plus simple.

— Comme vous voudrez, Antonia.

Elle agrippa l'anse de son sac, avec une telle force que ses ongles laissèrent une marque dans la paume de sa main.

— À demain, dit-elle en adressant à Rafe un bref sourire.

— Dormez bien !

L'ironie de ses paroles ne lui échappa pas, et le sentiment d'avoir eu le dessus s'évanouit.

Il était évident que ses justifications hasardeuses ne l'avaient pas convaincu.

Elle entra dans le supermarché et prit un panier. Puis elle s'arrêta net au milieu de l'allée centrale.

Qu'était-elle venue acheter ?

Pour cette journée en plein air, Toni opta pour une robe d'été légère et des sandales plates. Elle jeta un coup d'œil à l'image que reflétait le miroir et remarqua la légère rougeur de ses joues.

Cela se verrait moins après quelques pas au grand air. Mais comment empêcher ses yeux de briller d'excitation ?

Allons, ce n'était pas la première fois qu'elle sortait en compagnie d'un homme !

Son regard fut attiré par les rayures rouges et blanches de son bikini posé sur le dossier d'une chaise.

Peut-être aurait-elle l'occasion de se baigner dans la piscine de Cathy et Joe ?

Elle le fourra dans son sac, enfila sa montre et sortit.

Quelques minutes lui suffirent pour arriver devant chez Rafe. Elle se gara, prit une profonde inspiration et sortit de voiture.

Le temps était magnifique. Les cigales étaient à l'œuvre, crissant de toute leur énergie dans les buissons. L'air déjà chaud était chargé de l'odeur acidulée des arbres à thé.

Et de promesses.

Rafe attendait sur la terrasse. Assis dans un confortable fauteuil, il feuilletait un magazine depuis une quinzaine de minutes sans distinguer les pages l'une de l'autre.

Rien à faire, il ne parvenait pas à se concentrer sur quoi que ce soit. Et il avait mal au ventre. Le sandwich au bacon qu'il s'était forcé à avaler afin de ne pas partir le ventre vide lui restait sur l'estomac, comme s'il avait mangé du ciment.

Quel idiot ! Comment avait-il pu penser, ne serait-ce qu'un instant, qu'il était de nouveau prêt à sortir avec une femme ?

Certes, il allait simplement passer la journée avec Antonia, cela ne l'engageait à rien, mais…

Mais tout allait bien se passer. Pourquoi s'inquiétait-il ?

Il consulta sa montre et pesta.

Que faisait-elle donc ?

Toni contourna la maison et trouva Rafe installé dans le salon de jardin sur la terrasse. Il portait un short cargo et un polo bleu pâle qui soulignait son bronzage.

Manifestement, il l'attendait.

— Bonjour ! lança-t-elle en avançant. Vous êtes prêt, à ce que je vois.

Rafe bondit sur ses pieds comme si une guêpe l'avait piqué.

— Vous êtes en retard, bougonna-t-il.

Elle ne comptait pas se laisser réprimander comme une enfant pour quelques minutes de retard, alors qu'elle était en week-end et qu'elle avait eu la gentillesse de lui proposer une visite de la région.

— Je ne suis *jamais* en retard, rétorqua-t-elle avec décision. C'est votre montre qui avance, vraisemblablement.

Elle déglutit, sentant la tension monter en elle.

Encore une conversation ridicule !

Elle avait envie de bouger, de lui proposer de prendre la route, mais ses pieds refusaient d'obtempérer, comme s'ils étaient ancrés dans le sol, loin sous la surface du gazon. La seule chose dont elle était capable consistait à fixer ce visage fier et viril, et ces yeux qui, a en retour, fixèrent sa bouche.

Instinctivement, elle se mordit la lèvre.

Rafe prit une profonde inspiration.

Antonia semblait irréellement belle, avec sa jolie petite robe, ses cheveux détachés, sa peau satinée et sa bouche si sensuelle. Il se sentait irrémédiablement attiré par elle.

Depuis quand cela ne lui était-il pas arrivé ?

En tout cas, il lui semblait avoir recommencé à éprouver cette sensation à l'instant où Antonia Morell était entrée dans sa vie et lui avait souri.

— Vous êtes prêt, donc ? demanda-t-elle en mettant ses lunettes de soleil sur son nez.

— Je suis prêt.

Il la rejoignit, et ils marchèrent côte à côte vers les voitures. Il s'arrêta net, médusé, devant la petite voiture de sport anthracite.

— C'est vous qui conduisez cette BMW ?

— C'est un cadeau de mes parents, expliqua Toni d'un ton détaché. Ils sont obsédés par la sécurité routière. Mais je présume que vous préférez prendre votre voiture.

— Je préférerais conduire, si vous n'y voyez pas d'inconvénient.

— D'accord, je ferai le copilote.

Une fois assise à ses côtés, elle boucla sa ceinture, leva la tête et lui adressa un bref sourire.

— Alors, qu'avez-vous envie de faire ?

Rafe lui rendit son sourire, et son regard s'attarda un instant.

— Je suis certain que vous avez préparé un programme parfait, Antonia.

Elle sentit son cœur s'emballer.

— Nous pourrions emprunter l'ancienne route de Cobb and Co., comme au bon vieux temps, suggéra-t-elle.

— Le temps des diligences et des chevaux ? dit gaiement Rafe. D'accord. Quelle direction dois-je prendre ?

Elle se détendit.

Elle était sur le point de faire connaissance avec un nouveau Rafe Riccardi. De plus, elle aimait le parfum à la fois frais et viril qui émanait de sa personne et emplissait l'habitacle.

— Racontez-moi un peu l'histoire de cette route.

— N'avez-vous pas appris vos leçons d'histoire de l'Australie ? le taquina-t-elle.

— Je me suis concentré sur l'histoire britannique, pour être honnête. Quand j'ai quitté le lycée, je connaissais par cœur la liste de tous les rois et reines d'Angleterre, mais je n'étais pas fichu de donner le nom de notre Premier ministre.

— Alors, arrêtez-moi quand je commencerai à vous ennuyer.

— Vous ne m'ennuyez jamais, Antonia, dit-il sur un ton qui lui donna des frissons.

— Bien, reprit-elle dans un soupir. L'histoire commence en 1850 : on venait de découvrir de l'or à Victoria, et il fallait acheminer les gens depuis Melbourne. La compagnie Cobb and Co. a construit la route et assumé le transport des chercheurs d'or, mais aussi de la poste et des marchandises. Vers 1860, la route a été prolongée jusqu'en Nouvelle-Galles du Sud, puis elle a rejoint le Queensland.

— J'imagine qu'il fallait une quantité phénoménale de chevaux pour parcourir de telles distances.

— La compagnie en possédait des milliers. Ainsi que des ateliers tout le long du trajet pour construire et réparer les diligences. Il fallait réserver le voyage longtemps à l'avance.

— J'imagine l'état des routes à l'époque, dit Rafe, songeur.

— Et le confort des véhicules ! ajouta-t-elle en souriant.

— Vous avez raison. Combien de temps la compagnie a-t-elle duré ?

— Soixante-quinze ans… Et j'ai suffisamment parlé, maintenant. Parlez-moi un peu de vous.

Rafe sentit ses épaules se contracter.

Il n'était pas certain d'avoir envie de s'épancher sur sa vie. Le principal attrait de cette journée au grand air était précisément de lui permettre de s'éloigner de lui-même.

Mais avant qu'il ait le temps de trouver une réponse pertinente, Toni reprit la parole.

— Vous avez grandi à Sydney ?

— Oui. Dans le quartier de Dover Height, plus précisément, dit-il avec un sourire forcé.

— Oh ? Ma famille vit à Rose Bay. Nous étions pratiquement voisins ! Vous avez des frères et sœurs ?

— Un frère. Il est reporter-photographe et parcourt le monde.

— Il faut avoir une sacrée force pour voyager tout le temps. Personnellement, j'en serais incapable. J'ai besoin de m'enraciner.

Il demeura un instant silencieux. La réponse qui lui venait à l'esprit était trop sombre pour cette belle journée.

Il préféra changer le cours de la conversation.

— Et vous, avez-vous des frères et sœurs ?

— Non, je suis fille unique.

— Gâtée ? demanda-t-il en adressant un clin d'œil à Toni.

— Je ne pense pas. Mes parents ont les pieds sur terre. Mon père est otorhinolaryngologiste, et ma mère collecte des fonds pour des organismes de bienfaisance.

— Maintenant, je comprends d'où provient votre sens de l'organisation. Avez-vous toujours voulu être infirmière ?

Toni grimaça.

— En fait, j'ai fait un an et demi de faculté de médecine. Je me suis trouvée en contact avec la réalité de l'hôpital suffisamment tôt pour pouvoir observer les infirmières à l'œuvre et comprendre que c'était *ce* métier que je voulais exercer.

— Et c'est un métier dans lequel vous excellez, la complimenta-t-il.

Elle rougit, avant de tourner la tête vers lui.

— Merci. En tout cas, c'est un métier que j'aime. Et vous, êtes-vous issu d'une famille de médecins ?

— Pas du tout. Mon père est un bookmaker et ma mère une artiste.

— C'est fantastique ! Fait-elle des expositions ?

— Oui. Elle tient une petite galerie à Rose Bay.

— Incroyable ! J'ai dû passer devant des millions de fois !

— Vous auriez dû entrer, plutôt.

— La prochaine fois que j'irai voir mes parents, je n'y manquerai pas.

Il n'en revenait pas. Toni et lui avaient certainement arpenté les mêmes rues, pris le soleil sur les mêmes plages. Ils avaient dû se croiser sans le savoir dans les couloirs de l'hôpital de Sydney… Leur rencontre était-elle dictée par le destin ?

Non, c'était ridicule. Il n'était là que pour peu de temps. Dans trois mois, il irait vivre sous d'autres cieux. Toni, en revanche, allait vraisemblablement s'installer ici, se marier, fonder une famille.

Mais quelque chose dans l'idée qu'ils étaient condamnés à rester amis lui fendait le cœur.

Il lui jeta un coup d'œil.

— Vous êtes bien silencieuse, fit-il remarquer.

Pour toute réponse, Toni indiqua un panneau indicatif.

— Prenez la prochaine à droite, direction Maeburn. Et je ne parle pas sans arrêt, vous savez. D'ailleurs, vous aussi vous êtes silencieux.

— Je réfléchis.

— Puis-je savoir à quoi ?

Il pouvait difficilement lui révéler à quel point il se sentait bien à ses côtés. Et qu'il deviendrait probablement fou s'il ne l'avait pas embrassée d'ici la fin de la journée.

Le seul son qu'il parvint à émettre fut un ricanement.

— Je vous le dirai peut-être plus tard.

Ils entrèrent dans la périphérie de Maeburn, et Toni guida Rafe jusqu'à un parking d'où, dûment munis de bouteilles d'eau fraîche, ils partirent à pied visiter la petite ville.

Sur la place principale, ils s'attardèrent à examiner la vieille diligence de bois peint brun et or exposée devant le bâtiment de la fameuse compagnie routière.

— C'est plus petit que dans mon imagination, observa Rafe. Ce rebord à l'arrière, c'était sûrement prévu en cas de surplus de passagers…

— Je n'ose m'imaginer assise là un jour d'orage, déclara-t-elle avec un frisson.

Rafe but une gorgée d'eau, l'œil moqueur.

— Nos aïeux étaient probablement des forces de la nature.

— Je suppose que nous nous adaptons aux conditions dans lesquelles nous évoluons, dit-elle, pensive.

Il la prit par le bras.

— Cette conversation est bien trop sérieuse pour une si belle journée. Venez, mademoiselle Morell, poursuivons notre visite.

Elle se retourna, contraignant Rafe à lâcher son bras. Mais elle eut l'impression que sa peau gardait l'empreinte de ce contact et sentit le rouge lui monter aux joues.

— Allons voir l'église, proposa-t-elle, se raccrochant consciencieusement à son rôle de guide.

— D'accord. Ensuite, je suggère que nous trouvions un endroit pour déjeuner.

Elle lui adressa un sourire ironique.

— Je pensais que vous nous auriez préparé un petit pique-nique.

— Pas aujourd'hui. Mais une autre fois, pourquoi pas ?

— Je vous prends au mot, dit-elle en riant.

« J'espère bien, Antonia. Je l'espère de tout mon cœur », répondit Rafe à part lui.

— Voulez-vous entrer ? Ils ne ferment la porte à clé que la nuit, l'église n'a jamais été vandalisée.

— Les anges veillent sur elle…

L'intérieur de la vieille église dégageait une délicieuse impression de paix. La lumière traversant les vitraux déposait des taches colorées sur les bancs en érable. Il faisait frais.

— Voulez-vous vous asseoir un moment ? dit Toni doucement.

Prêt à accepter tout ce qu'elle proposait, il la suivit dans l'allée, prit place sur le banc à ses côtés et se laissa gagner par l'atmosphère.

Il y avait longtemps qu'il ne s'était senti aussi serein. Il avait l'impression d'avoir laissé tous ses problèmes et ses responsabilités à l'extérieur et que rien de mauvais ne pouvait l'atteindre dans ce lieu si paisible.

Il regarda Toni à la dérobée, et au même moment elle tourna la tête vers lui. Ils échangèrent un sourire timide.

— Merci, dit-il dans un murmure.

Elle hocha légèrement la tête. Comme si elle savait exactement ce que ce « merci » signifiait.

Lorsqu'ils sortirent de l'église, il prit la main de Toni dans la sienne, et elle n'éprouva apparemment pas le besoin de l'enlever.

La journée prenait un tour magique.

— N'est-ce pas une bonne odeur de barbecue qui parvient à mes narines ? demanda-t-il en roulant des yeux comme un ogre.

Toni pouffa de rire.

— Il y a un pub là-bas qui fait un menu spécial le samedi. Le déjeuner est servi en plein air. L'ambiance est agréable et le repas excellent.

— Que demander de plus ? dit-il avec enthousiasme en l'attirant vers le pub. Là, il y a une table de libre ! Asseyez-vous, Antonia, je vais chercher des boissons. Que désirez-vous ?

— Une bière légère, avec plaisir.

Quelques minutes plus tard, ils dégustaient une bière bien fraîche après avoir commandé les plats.

— Je meurs de faim ! s'écria Toni.

— Vous avez sauté le petit déjeuner ?

— Moi ? Jamais de la vie. Et vous ?

Peut-être aurait-il mieux fait, vu le poids de son sandwich au bacon dans son estomac.

Il se contenta de hausser une épaule.

— Vous étiez tendu à l'idée de passer la journée avec moi, c'est cela ? murmura Toni comme si elle avait lu dans ses pensées.

— Cela fait longtemps que je ne suis pas sorti avec quelqu'un, admit-il.

— Nous sortons ensemble, donc ? dit-elle en levant un sourcil.

— Cela m'en a tout l'air, répondit-il en piquant un morceau de tomate dans son assiette.

Ils poursuivirent le repas en bavardant, se révélant l'un à l'autre une multitude de petits détails de leur vie.

Il était en train de rire de bon cœur à une anecdote que lui racontait Toni, quand un cri désespéré brisa soudain l'ambiance décontractée du déjeuner.

Un homme fit irruption sur la terrasse, l'air bouleversé.

— Y a-t-il un médecin parmi vous ? demanda-t-il.

Rafe bondit sur ses pieds.

— Je suis médecin. Que se passe-t-il ?

— Nous étions dans la montgolfière, mais nous avons traversé des turbulences, et le ballon est tombé dans le parc. Ma fille est blessée. Vite !

— Allez chercher ma trousse, dit-il en tendant les clés de sa voiture à Toni. Elle est dans le coffre. Vous savez où se trouve le parc ?

Toni hocha la tête et quitta le restaurant à petites foulées.

— Geoff Mullins, dit l'homme en guise de présentation, tandis que tous deux se dirigeaient vers le lieu de l'accident.

— Rafe Riccardi. Quel âge a votre fille ?

— Simone a dix-huit ans aujourd'hui. Le tour en montgolfière était son cadeau d'anniversaire. Si j'avais su… Le ballon a heurté un arbre en descendant. Une branche s'est cassée et lui est rentrée dans le ventre, sous les côtes.

Rafe se mordit la lèvre.

Il ne pouvait pas établir de diagnostic tant qu'il n'aurait pas vu la jeune fille.

— Geoff ! Merci mon Dieu ! s'écria une femme agenouillée près de la jeune fille au milieu d'un groupe de badauds.

— Je suis médecin, dit-il en s'agenouillant à son tour.

La blessée lui adressa un regard désespéré.

— Je… peux plus… respirer…, ahana-t-elle.

Au premier coup d'œil, il vit que son état était préoccupant.

— A-t-on appelé une ambulance ? demanda-t-il en relevant la tête.

— Oui. Elle vient de Forrestdale, répondit un jeune homme du groupe qui les encerclait. Puis-je me rendre utile ?

— Guettez l'ambulance et guidez-la jusqu'ici, merci.

Il ramena son attention sur la jeune fille.

— Tenez bon, Simone. Ma collègue arrive avec ma trousse. On va s'occuper de vous.

Comme pour illustrer ses paroles, Toni se matérialisa, haletante d'avoir couru.

— Pneumothorax ? demanda-t-elle de but en blanc.

— On dirait, oui, admit-il en sortant son stéthoscope.

— C'est grave ? demanda la mère de Simone dans un filet de voix.

— Votre fille a un poumon perforé, c'est pourquoi elle a tant de mal à respirer. Je dois intervenir sans attendre l'ambulance.

— Qu'allez-vous faire, docteur ?

— Je vais introduire une aiguille, afin de lui permettre de respirer plus librement.

— Mon Dieu… C'est douloureux ?

— Ce sera douloureux pendant une seconde, intervint Toni, tandis qu'il désinfectait la zone qu'il s'apprêtait à piquer.

— Maintenant, Simone, ne bougez plus et n'essayez plus de parler.

— Nous vous donnerons de l'oxygène quand l'ambulance sera là, ajouta Toni. Avez-vous de quoi la couvrir ? demanda-t-elle.

Les parents de Simone aidèrent Toni à envelopper la jeune fille dans les vêtements chauds qu'ils avaient emportés pour l'excursion. Puis Rafe procéda à la décompression.

— Bravo, vous avez été très courageuse, dit-il enfin. Vous passerez une radio à l'hôpital.

— Merci, docteur ! dit la mère de la victime.

— Oui, merci à vous deux, répéta le père. Sacré boulot.

— Nous étions au bon endroit au bon moment, dit Rafe dans un haussement d'épaules. Personne d'autre n'a été blessé, parmi les autres passagers du ballon ?

— Non, répondit Mme Mullins. Le pilote est allé appeler sa base. Pauvre homme, il est bouleversé.

— Comment ça, « pauvre homme » ? s'écria son époux. Il mérite qu'on l'attaque en justice ! On aurait pu tous mourir !

— Geoff, du calme. C'est un accident. L'entreprise est assurée, je suis sûre que nous serons dédommagés.

— L'ambulance arrive ! cria quelqu'un, mettant fin au différend entre les parents de la jeune fille.

Rafe se tourna vers Toni.

— Je monte dans l'ambulance avec Simone. Vous nous suivez avec ma voiture ?

— Bien sûr !

Ils échangèrent un regard complice.

— Drôle de fin pour cette journée, observa Toni.

— La journée n'est pas terminée, Antonia, rétorqua-t-il d'une voix douce.

6.

Dans l'unité de réanimation, Keith Sutherland accueillit Rafe, qui marchait à côté de la civière, avec un sourire.

— Qu'est-ce que vous fabriquez ? Non content que les patients arrivent en urgence à l'hôpital, vous allez les chercher vous-même sur les lieux d'accident ?

— Voici Simone Mullins, dix-huit ans, répliqua Rafe sans relever la plaisanterie. Ses parents arrivent.

Il posa doucement la main sur le poignet de la jeune fille.

— Simone, c'est le Dr Sutherland qui va s'occuper de vous. Je viendrai vous rendre visite demain. En attendant, prenez soin de vous, d'accord ?

Toni l'attendait dans le parking de l'hôpital.

— Comment va Simone ? s'enquit-elle.

— Elle est épuisée, mais je pense qu'elle est tirée d'affaire.

Elle lui adressa un bref regard.

— Où allons-nous, maintenant ?

— Cela vous dit de venir faire quelques longueurs dans la piscine ? Nous pourrons terminer cet après-midi d'une façon plus agréable qu'il n'a commencé.

— Excellente idée.

Une fois garés devant la maison, Rafe et Toni marchèrent en silence jusqu'à l'annexe.

— Puis-je utiliser la salle de bains ? demanda Toni tandis que Rafe ouvrait la porte d'entrée. Je n'ai pas mon maillot sur moi.

Il se retourna vers elle et déglutit lentement, l'air bizarre.

— Qu'y a-t-il ? demanda-t-elle, tandis qu'il fixait ses lèvres avec une expression hagarde, comme s'il était envoûté.

L'atmosphère avait changé. Elle avait l'impression que ses propres sens s'éveillaient après des mois d'engourdissement.

Nerveusement, elle lâcha son sac, qui s'affaissa bruyamment sur le sol.

Rafe s'approcha d'elle lentement, jusqu'à ce qu'elle sente son souffle effleurer sa joue. Puis il lui prit le visage entre ses mains, se pencha et posa délicatement ses lèvres sur sa joue, sa pommette, son cou, goûtant chaque centimètre carré de peau sans jamais l'embrasser sur la bouche.

Comment survivre à un tel supplice ?

Ses lèvres s'entrouvrirent, et tout bascula. Elle eut l'impression que tout son être se fondait dans ce baiser. Elle était incapable de penser à quoi cela menait. Elle était seulement émerveillée d'être en train de vivre un moment dont, sans se l'être avoué, elle rêvait depuis longtemps.

— Je n'ai jamais embrassé une femme comme toi, murmura Rafe lorsque leurs lèvres se séparèrent. Tu es une personne vraiment incroyable.

— Nous sommes deux, dans ce cas, répondit-elle en souriant.

Elle recula d'un pas.

— Et si nous allions nager ? suggéra-t-elle, pressentant l'urgence de s'éloigner de ce corps si attirant.

— Il vaut mieux, approuva Rafe d'un air entendu.

Lorsqu'elle se fut changée dans la salle de bains, elle le rejoignit dans la piscine où il additionnait les longueurs.

S'immergeant avec délice dans l'eau fraîche, elle fit paresseusement quelques brasses. Puis, s'arrêtant de nager, elle se laissa flotter et contempla le ciel serein qui s'étendait au-dessus d'elle.

Le bleu du ciel, la fraîcheur de l'eau, le lourd parfum du jasmin enivraient ses sens. Un sentiment de joie intense s'empara d'elle. La beauté du monde, de *son* monde, l'enveloppait de toutes parts. Rafe se trouvait avec elle au cœur de cet endroit de rêve, et rien ne paraissait plus normal.

Elle le savait à présent, elle avait envie de partager avec lui bien davantage qu'un simple après-midi de farniente au bord d'une piscine.

— Rafe ? dit-elle quand il suspendit enfin ses longueurs et se laissa glisser sur le dos. Ouvre les yeux.

— Ils sont ouverts.

— Lève la tête. Que vois-tu ? demanda-t-elle, la voix chargée d'émotion.

— Le bleu du ciel.

— Fais un peu preuve d'imagination ! dit-elle en frappant la surface de l'eau du plat de la main, l'éclaboussant au passage.

Il fit mine de se ruer sur elle. Elle avait pris les devants et s'était déjà éloignée, mais il la rattrapa en deux brasses.

Elle poussa un cri, se raccrocha à lui. L'un contre l'autre, ils continuèrent de rire entre deux baisers.

Elle ne savait pas comment, leurs jeux d'eau se transformèrent en un corps à corps passionné. Plantant son regard dans le sien avec une intensité qui lui coupa le souffle, Rafe posa sa main sur son ventre nu. Puis il se pencha et se mit à embrasser la courbe de son sein au-dessus de son haut de bikini.

— Rafe…, murmura-t-elle.

— Viens, se contenta-t-il de répondre en la guidant jusqu'aux marches de la piscine.

— Tu m'accordes une minute ?

— Soit. Si tu veux prendre une douche, la salle de bains est là, à côté de la chambre.

Elle se précipita à l'intérieur de l'annexe comme si elle avait été piquée par une guêpe.

Étaient-ils encore en train de jouer ? se demanda-t-elle en faisant mousser le gel douche sur sa peau. Y avait-il une chance que ce jeu soit sérieux ?

Sans avoir trouvé de réponse à cette question, elle tendit le bras en quête d'un drap de bain, et son regard se posa sur le porte-serviettes, sur lequel étaient accrochées deux serviettes propres.

Elle sourit toute seule.

Rafe avait pensé à tout. Comment ne pas aimer un homme soucieux des petits détails qui embellissent l'existence ?

Elle se rhabilla au son strident des cigales, dans la chaleur de la chambre où l'air conditionné n'avait pas été activé.

Ils pourraient faire l'amour ici, maintenant, se dit-elle, certaine que ce serait une expérience parfaite. Mais elle ignorait tant de choses au sujet de Rafe. Lui laisserait-il l'occasion de le connaître mieux ?

— La douche est libre, dit-elle en venant s'asseoir à ses côtés sur la terrasse.

Rafe engloba le jardin écrasé de chaleur dans un regard circulaire.

— Joe et Cathy ont vraiment fait de cet endroit un havre de paix. J'espère que leur séjour en Italie se passe bien.

— Mes parents m'ont emmenée en Europe quand j'avais quinze ans. C'est à peu près l'âge de Marcus, leur fils aîné. Je suis sûre qu'il va adorer.

— Tu les connais bien, fit-il remarquer en se levant à son tour de sa chaise longue.

— Oui, je les aime beaucoup. J'aide de temps en temps Cathy à récolter des fonds pour l'école où vont ses enfants.

— Comment élève-t-on cinq enfants, de nos jours ?

— Comme le font Cathy et Joe : avec beaucoup d'imagination, quelques règles de base et une bonne dose d'amour.

Rafe poussa un grand soupir et se passa la main dans les cheveux.

Cela avait l'air si simple, dans la bouche d'Antonia !

— Je vais prendre ma douche. Fais comme chez toi.

Il fallait qu'il apprenne à se détendre, se dit-il en faisant couler l'eau. Il pourrait prendre exemple sur Antonia. Cette femme était incroyable, elle prenait tout avec simplicité.

La journée s'était bien déroulée jusqu'ici, à part la parenthèse de l'accident de montgolfière. Ils avaient fait plus ample connaissance et s'étaient plutôt bien entendus.

Et, surtout, ils s'étaient embrassés.

Jamais il n'oublierait ce moment.

Il se sécha, enfila un jean et un T-shirt noir et sortit.

Une légère brise s'était levée et plissait la surface de l'eau. Toni était toujours allongée sur sa chaise longue dans la lumière déclinante de cette fin d'après-midi.

La journée avait été riche en émotions. Cela dit, il ne se sentait pas fatigué. Et surtout, il n'avait aucune envie que ce moment magique se termine.

— Un verre de vin ? proposa-t-il.

Antonia se retourna et lui sourit.

— Avec plaisir.

— Je ne suis pas un grand spécialiste, avoua-t-il en rapportant un plateau de deux verres, mais celui-ci a gagné un prix, il ne devrait pas être mauvais.

— Il est délicieux, dit-elle après avoir bu une gorgée. Pourquoi as-tu choisi de faire partie de Médecins sans frontières ? demanda-t-elle en posant son verre.

Il sentit ses épaules se crisper imperceptiblement.

— J'ai assisté à une réunion d'information de MSF, un jour. Ce que j'y ai vu et compris m'a donné envie de participer à leur action. Je me suis inscrit, et après une formation, on m'a envoyé à Siem Reap, une ville dans le nord-ouest du Cambodge, dans un hôpital où l'on s'occupe surtout d'enfants.

Antonia secoua la tête, compatissante.

— Soigner des enfants malades à longueur de journée, cela ne laisse personne indemne, fit-elle observer. À part la malnutrition, de quoi souffraient-ils ?

— La dingue, la malaria et l'impétigo étaient les maladies les plus courantes. Mais là-bas, la pneumonie et la diarrhée peuvent également tuer. Nous examinions beaucoup d'enfants provenant des villages environnants, parfois à une journée de marche du centre, et qui faisaient la queue pendant des heures.

— Nous n'avons vraiment pas à nous plaindre, ici !

— Nous sommes plus exigeants envers notre système de

santé. Là-bas, ils sont contents du simple fait de pouvoir être examinés par un médecin.

Elle but une gorgée de vin, l'air hésitant, puis elle releva sur lui ses grands yeux.

— Es-tu content d'être rentré au pays ?

Il réfléchit quelques instants.

Bien sûr, il était content, à plus d'un égard. L'avoir rencontrée, par exemple, c'était une expérience qu'il ne regrettait pas.

— En fait, je suis en congé, finit-il par répondre. C'est obligatoire au bout d'un an.

C'était faux, mais il ne pouvait décemment pas lui parler du SSPT. Ni lui dire qu'on lui avait *donné l'ordre* de quitter le Cambodge.

Pour Toni, les dernières paroles de Rafe sonnaient comme un avertissement : d'ici quelques semaines, il serait de nouveau parti. Si elle ne comprenait pas maintenant qu'il ne fallait pas qu'elle s'engage dans une relation plus poussée avec lui, elle ne le comprendrait jamais.

Son cerveau raisonnait, mais son cœur refusait d'adhérer à ses conclusions.

— Je vais rentrer, dit-elle en se levant comme une somnambule.

Rafe ne réagit pas.

Elle se dirigea vers la chambre et revint, son sac à la main.

— Je te raccompagne, dit-il.

Devant la BMW, il la serra brièvement dans ses bras.

— Merci d'être venue.

— Merci à toi. J'ai passé une excellente journée.

Rafe hocha la tête mais ne releva pas. Il semblait détaché, comme s'ils avaient passé une journée à faire du jardinage.

— Bonne nuit, alors.

Elle déverrouilla la portière et se glissa au volant.

Quelle drôle de fin, songea-t-elle en roulant. Avait-elle commis une erreur en interrogeant Rafe sur son expérience au Cambodge ? D'ailleurs, à y repenser, il ne lui avait pas dit ce qui l'avait poussé à partir là-bas.

Cet homme avait des secrets. Il en avait le droit, certes. Mais quels qu'ils soient, ils ne le rendaient pas heureux.

Quel idiot ! pesta Rafe contre lui-même en rapportant le plateau dans la cuisine. Il venait de passer la plus belle journée de sa vie. Pourquoi s'était-elle terminée d'une manière aussi minable ?

Antonia devait le prendre pour un abruti.

Dans un geste de désespoir, il passa ses mains dans ses cheveux. Il fallait qu'il trouve un moyen de se faire pardonner. Mais lequel ?

Le dimanche matin, Toni se réveilla avec une idée en tête.

Elle n'allait pas passer sa journée à analyser ce qu'il s'était passé avec Rafe, décida-t-elle en prenant son petit déjeuner. Elle avait apprécié plus que tout sa compagnie et avait l'impression qu'il ne la trouvait pas antipathique. Après tout, ils étaient adultes, ils pouvaient tout à fait travailler ensemble *et* avoir une vie privée. Cela valait la peine d'être vécu.

Elle saisit le téléphone.

Rafe décrocha à la seconde sonnerie.

— Riccardi.

— Bonjour, c'est moi, dit-elle.

— Bonjour, répondit-il d'une voix soudain plus chaleureuse. Que puis-je faire pour toi ?

— Euh… Je me demandais si tu jouais au tennis.

— Un peu. Nous avions un court près de l'hôpital à Siem Reap, où nous allions taper quelques balles. Tu veux venir ici ?

— Si tu veux, mais pas tout de suite, dit-elle pour ne pas avoir l'air empressée. J'ai deux ou trois choses à faire avant.

— Moi aussi, répondit-il. Je m'apprêtais à passer à l'hôpital pour voir Simone. Dans une heure, cela te va ?

— Très bien.

Elle raccrocha, le cœur battant.

— Le filet est rangé dans l'abri de jardin, dit-elle en arrivant. Il y a aussi des raquettes. J'ai apporté la mienne.

— Tu joues souvent, si je comprends bien ? s'enquit Rafe.

— Tous les jeudis soir, au club. D'ailleurs, tu peux venir. L'ambiance est vraiment sympathique.

— Prêt ? cria-t-elle une fois qu'ils eurent installé le filet et se furent échauffés.

Elle remporta le set, mais de justesse.

— On en fait un autre, pour que j'égalise ?

Elle secoua la tête en riant.

— Il faut que tu t'entraînes encore un peu, répondit-elle en riant.

— Ça, c'est ce que tu crois ! dit Rafe en la coursant jusqu'à l'annexe.

— Seriez-vous un mauvais perdant, docteur Riccardi ?

— Non, juste un peu humilié. En tout cas, bravo, tu joues vraiment bien.

— Nous avions un court à la maison. J'ai beaucoup joué avec mon père. Et j'ai fait la finale du championnat d'État junior quand j'avais seize ans.

— Je dois m'estimer heureux de n'avoir perdu que d'un point, alors, dit Rafe en riant.

Il lui désigna les deux chaises longues.

— Veux-tu boire quelque chose ?

— Quelque chose de frais, volontiers.

Il revint avec deux verres et prit place sur la chaise longue à côté de la sienne. Puis il s'éclaircit la gorge.

— Je suis désolé, pour hier soir, dit-il. Tu as passé tout ton samedi à me faire visiter la région. C'était une journée divine.

— Ce n'est rien, répondit-elle en haussant les épaules.

— *Tu* as été divine.

Elle sentit ses joues rosir.

— Ne t'inquiète pas, moi aussi j'ai passé une journée magnifique. J'ai compris que tu n'avais pas apprécié de parler du Cambodge… Je crois que cette expérience t'a touché bien plus que tu ne le dis.

Elle marqua une pause.

— Je respecte ta vie privée, mais sache que si tu veux en parler, je t'écouterai avec attention.

Rafe exhala un long soupir.

— Je voulais t'en parler mais je… En fait, quand je t'ai dit que je suis allé au Cambodge, j'aurais dû dire *nous* sommes allés au Cambodge, ma femme et moi.

— Tu es marié ! s'écria-t-elle.

Sa tête se mit à tourner.

Il ne pouvait pas lui faire ça ! Comment s'était-elle fourrée dans ce pétrin ? Dans le même pétrin qu'avec Alex.

— J'*étais* marié, répondit calmement Rafe. Nous avons divorcé, depuis.

Elle déglutit, mais sa gorge était devenue sèche.

— Gabrielle et moi sommes restés mariés six mois, reprit Rafe. Nous voulions tous les deux travailler pour une organisation humanitaire. Nous nous sommes engagés ensemble à MSF.

— Elle était médecin ?

— Pédiatre.

— Elle a dû être ravie de travailler là-bas, alors.

— Elle n'est pas venue. Après avoir signé le contrat, elle m'a dit qu'elle ne pouvait pas partir, qu'il fallait que j'y aille seul. Après des heures de discussion, elle a fini par me dire qu'elle avait quelqu'un d'autre et voulait demander le divorce.

— Oh ! Rafe !

Il eut un sourire grimaçant.

— Le pire, c'est que leur histoire avait commencé le jour de notre mariage. Avait *recommencé*, devrais-je dire.

Toni était bouche bée.

Quel genre de femme Rafe avait-il épousée ?

— En fait, Gabrielle et lui se connaissaient depuis longtemps, continua-t-il. Leurs parents étaient amis. C'était un avocat qui travaillait aux États-Unis. Quand il est revenu en Australie quelques jours avant notre mariage, la mère de Gabrielle l'a invité pour faire une surprise à sa fille. Il était là à nous regarder de toute sa hauteur, le sourire aux lèvres, pendant que nous marchions vers l'autel.

Elle fronça les sourcils, imaginant la scène.

— Il a monopolisé Gabrielle pendant toute la réception, reprit Rafe, l'air abattu comme s'il revivait ses souvenirs. Elle a à peine parlé aux autres invités.

— Et tu n'as pas senti le vent venir ?

— Si, au point que j'ai pris ce type en aparté et que je lui ai demandé de partir. Nous sommes partis en lune de miel, après quoi nous avons retrouvé la routine des journées de travail. Je finissais ma spécialisation en chirurgie, j'étais très occupé… Je ne l'ai pas vue s'éloigner de moi. Jusqu'au moment où elle a parlé de divorce. Alors, j'ai reporté mon départ. Mais quand le divorce a été prononcé, je suis parti au Cambodge, et Gabrielle a épousé ce type.

— Tu devais être en colère.

— Oui. Je me sentais trahi.

— Je sais exactement de quoi tu parles, avoua-t-elle.

Comme Rafe levait des sourcils interrogateurs, elle lui raconta son aventure malheureuse avec Alex.

— Comment a-t-il pu te faire une chose pareille ! s'exclama Rafe.

— Je m'en suis voulu, au début, d'avoir cru si fort en cette relation alors qu'elle n'était construite que sur du vent. Mais c'est du passé… C'est loin, maintenant.

Elle se leva.

— Il faut que je rentre, dit-elle. Merci pour le match et pour le jus de fruit.

Se levant à son tour, Rafe tendit les bras et l'enlaça.

— Tu ne veux pas rester un peu ? demanda-t-il, les yeux brûlants de désir.

Comme c'était tentant de tout oublier dans les bras l'un de l'autre ! Mais était-ce vraiment la bonne solution ?

— Je ne crois pas que ce soit une bonne idée, Rafe. Il faut du temps pour guérir de ses blessures.

— Qui te dit que je ne suis pas guéri ?

Mais qui lui disait qu'il ne l'utilisait pas comme une bouée de sauvetage ? C'était un rôle qu'elle n'était pas prête à jouer. Plus maintenant, en tout cas.

Elle repoussa doucement ses bras.

— À demain.

7.

Lorsqu'elle arriva à l'hôpital, le lendemain matin, Toni sentait son cœur tambouriner dans sa poitrine. Elle avait passé une bonne partie de la nuit à penser à Rafe.

Pourvu qu'il ne regrette pas de s'être confié à elle et qu'ils gardent de bonnes relations !

Mais son inquiétude se révéla infondée. Rafe fonça droit sur elle dès qu'elle apparut dans son champ de vision, professionnel et efficace.

— Nous avons un problème, annonça-t-il.

Il l'emmena dans son bureau et lui fit signe de s'asseoir.

— Trois jeunes enfants se sont présentés avec des vomissements et des diarrhées. L'un d'entre eux doit être hospitalisé. Ils viennent tous du camping. Il va falloir agir vite et bien si nous voulons éviter une épidémie.

Et une véritable tragédie, ajouta-t-elle en silence.

— J'en ai touché un mot à Bernie Maguire. On a enquêté discrètement sur les conditions générales du camping… Ce n'est pas terrible, révéla Rafe sur un ton grave. À ce stade, on présume que l'infection vient de l'eau. Apparemment, Tyler Bendix, le gérant, considère que l'eau de la commune coûte trop cher. Il a installé des réservoirs dans le camping. Dieu seul sait d'où provient cette eau…

— Cela fait froid dans le dos ! Il faut aller prélever un échantillon tout de suite !

— Du calme, dit Rafe en levant une main. Nous avons un protocole à suivre.

— Mais on ne peut pas laisser les enfants tomber malades les uns après les autres ! s'écria-t-elle, outrée.

— Je sais, acquiesça-t-il patiemment. Je dois me rendre à la mairie afin de consulter la juridiction sur la réglementation dans les campings. Ce sont eux qui auront le pouvoir de prélever un échantillon pour analyse.

— Je viens avec toi, décida-t-elle en se levant.

— Bien. C'est ce que j'espérais.

À la mairie, Mary Gilchrist sortit de son bureau pour les accueillir. C'était une femme d'une petite cinquantaine d'années, au sourire amical.

— Bonjour, Toni, dit-elle.

— Mary, je vous présente le Dr Rafe Riccardi, qui remplace le Dr Lyons le temps de son congé.

Une fois assis à son bureau, Rafe résuma le peu qu'ils connaissaient des faits.

— Je vois. Voyons les informations dont nous disposons au sujet de ce monsieur Bendix, dit Mary Gilchrist en tapant sur son clavier d'ordinateur. Ah, voilà… Il n'est pas propriétaire du camping, mais le gérant de la société Gretel Holdings.

— Ce qui signifie que Tyler Bendix a décidé lui-même de procéder à ces changements, dit Rafe en échangeant un bref coup d'œil avec Toni.

— On peut l'imaginer, dit prudemment Mary. Je vais envoyer un agent pour prélever un échantillon de l'eau du réservoir. Il va falloir l'envoyer à Sydney pour l'analyse.

— Mais la vie d'enfants étant en jeu, ne pourrait-on pas procéder simultanément à des analyses préliminaires ici ? demanda Rafe. On saurait au moins si l'eau contient un virus.

Ils quittèrent Mary Gilchrist avec l'assurance qu'ils recevraient un échantillon d'eau dans l'heure.

Mais les heures s'égrenèrent, et ils n'en virent pas la moindre trace. Pendant ce temps, un quatrième enfant fut admis à l'hôpital avec les mêmes symptômes que les autres.

Toni était préoccupée, mais elle ne pouvait rien révéler aux membres de l'équipe sous peine de déclencher une panique générale.

— Tu as l'air bizarre, ce matin, nota Liz. Que se passe-t-il ?

— Je t'en dirai davantage quand ce sera le moment.

— Tu as passé un bon week-end, au moins ?

— Oui, magnifique, répondit Toni d'un air absent.

Mais autant elle pouvait garder un secret professionnel, autant elle ne put se retenir de s'épancher auprès de son amie de ce qui la bouleversait depuis deux jours.

— Rafe voulait visiter la région. Je l'ai emmené à Maeburn samedi. Et dimanche, nous avons joué au tennis ensemble.

— Ah ! Je me disais bien que tu étais un peu songeuse… Ne me dis pas que vous avez passé la nuit ensemble !

— Bien sûr que non ! se défendit-elle, un peu trop fort à son goût. Liz, quand tu auras fini de dire n'importe quoi, tu me donneras les résultats des analyses sanguines de vendredi…

— Antonia, je peux vous voir ? dit une voix grave dans l'encadrement de la porte.

— Bien sûr, répondit-elle en sortant du bureau des infirmières.

Rafe s'arrêta lorsqu'ils furent hors de portée de voix.

— L'échantillon d'eau est là.

— Pourquoi a-t-il mis tout ce temps pour arriver ?

— Le fameux Bendix a d'abord refusé de laisser entrer l'agent sur le terrain sans mandat de perquisition.

— C'est le signe qu'il a quelque chose à se reprocher.

— Allons faire les analyses au labo tant que les biologistes font leur pause. Je ne veux pas que l'alerte soit donnée avant que nous ayons décelé l'origine du problème.

Les résultats des analyses dépassèrent leurs pires craintes.

— Mon Dieu, murmura Rafe. Si cette eau a été filtrée une seule fois, je veux bien payer à boire à toute l'équipe pendant un mois.

— Oh ! Rafe, c'est terrible ! dit Toni, penchée sur son propre microscope. Ça grouille de polluants.

— Et de cryptosporidium, de giardia, et Dieu sait de quels autres parasites.

— Mais il faut des mois pour éradiquer la giardia, si je ne m'abuse ! s'écria Toni.

— Voire des années, dit sombrement Rafe.

— Que vont devenir les familles qui ont été contaminées et qui ont quitté le camping ? Il faut les contacter de toute urgence !

— D'après ce que m'a dit Bernie, les réservoirs n'ont été installés que récemment. Mais il n'y a plus une minute à perdre. Il faut prévenir la police et donner les résultats de nos analyses à Mary.

— Vas-y. Je range le labo, et je te rejoins dans ton bureau.

— Alors ? demanda-t-elle quelques minutes plus tard, en s'asseyant face à Rafe.

— La mairie va distribuer de l'eau minérale aux résidents du camping.

— Et le gérant ?

— Son sort est entre les mains de la police, maintenant.

— Bien, dit-elle en opinant. En tout cas, bravo à toi !

Rafe la regarda d'un air entendu.

— Bravo à nous, tu veux dire.

Le lendemain matin, une agitation inhabituelle régnait dans la salle du personnel. Malgré cela, Rafe, assis au milieu des membres du service, buvait tranquillement son thé vert.

— Et ce type, le gérant, qu'est-il devenu ? demanda Ed.

— Il a pris la fuite sans attendre que les autorités reviennent avec un mandat. Mais la police a envoyé un message à toutes les patrouilles.

Toni, demeurée silencieuse jusque-là, intervint.

— Où en est la situation de l'eau dans le camping ?

Rafe se tourna vers elle.

— On a reconnecté le camping au réseau de la ville hier soir. Les résidents sont de nouveau en sécurité.

— Heureusement que vous avez donné l'alerte, docteur ! dit Ed, pour une fois sérieux.

— Je me suis trouvé au bon endroit au bon moment, rétorqua modestement Rafe.

— Puisque tout le monde est là, dit Liz en faisant tinter sa cuillère sur sa tasse pour attirer l'attention, j'en profite pour vous inviter à la fête qu'organise mon grand-père samedi, pour ses quatre-vingts ans. Si vous avez envie de passer une journée entre amis et au grand air, vous êtes les bienvenus.

— Tom a quatre-vingts ans ? s'écria Amy. Il ne fait vraiment pas son âge !

— La ferme se trouve à Blue Hills, à vingt kilomètres au nord de Forrestdale, reprit Liz. Il y a une rivière dans laquelle on peut se baigner en toute sécurité, ainsi que des poneys que les enfants pourront monter.

— Je ne pourrai pas venir. J'ai permuté avec Dayle Burton, qui a un mariage ce jour-là, dit Amy, l'air dépité.

— Qu'est-ce qu'on peut apporter ? demanda Mel.

— Rien. Nous ferons un grand barbecue, dit Liz. Tout est prévu. Rafe, ajouta-t-elle, cela vous permettra de connaître encore mieux la région, maintenant que Toni vous a fait visiter Maeburn.

— Merci, Liz, répondit Rafe en hochant la tête. J'essaierai de venir. C'était magnifique.

Les yeux de l'assemblée se tournèrent soudain vers Toni, qui décocha un regard noir à Liz, avant de lui adresser un sourire faussement aimable.

— À quelle heure sommes-nous attendus, Liz ?

— Venez quand bon vous semble et restez aussi longtemps que vous voudrez, répondit Liz en lui rendant son sourire.

Durant toute la semaine, Toni s'efforça de réduire au maximum ses contacts avec Rafe, consciente des regards spéculatifs qui se posaient sur elle. Mais le vendredi, tout en se félicitant d'y être parvenue, elle se demanda soudain pour quelle raison elle l'avait fait.

De quoi se cachait-elle ?

À la fin de son service, elle se rendit dans le bureau de Rafe.

— Je peux ? demanda-t-elle en passant la tête par la porte entrebâillée. Je ne vais pas te prendre trop de temps, ne t'inquiète pas.

— J'aime bien quand tu me prends du temps, répliqua-t-il avec un sourire indolent.

Elle leva les yeux au ciel.

— Je voulais juste savoir si tu avais l'intention d'aller à l'anniversaire de Tom Marchant, demain.

Rafe se redressa.

— Nous pourrions y aller ensemble, suggéra-t-il.

— Tu te rends compte que cela va faire jaser ?

— Dans ce cas, donnons-en-leur pour leur argent ! dit-il en riant. À quelle heure veux-tu que je passe te prendre ?

Elle se mordilla la lèvre.

— Tu es sûr, Rafe ?

— Oui. Pas toi ?

L'idée de passer une journée avec lui au bord de la rivière lui fit battre le cœur.

— J'adorerais, dit-elle simplement.

Le cœur léger, Toni scruta son image dans le miroir.

Elle se sentait bien dans son pantalon en coton blanc et sa chemise blanche à fines rayures vertes, chic et décontractée. Elle avait mis une capeline assortie dans son sac.

Elle entendit un coup sur la porte.

Manifestement, Rafe s'était réveillé de bonne heure.

— Tu es prête ? demanda-t-il, affichant un sourire contagieux, quand elle lui eut ouvert la porte.

— Oui, je vais chercher mon sac.

— Attends…

Il se pencha et, prenant doucement son visage dans ses mains, déposa un baiser sur ses lèvres.

— Bonjour, Antonia, murmura-t-il avant de plonger le visage dans son cou.

Elle sentit ses mains descendre le long de ses épaules et lui parcourir le dos tandis que sa bouche revenait se poser sur la sienne. Ils échangèrent un baiser fougueux, auquel elle s'abandonna totalement, plaquant son corps contre le sien.

— Sommes-nous tenus d'aller à cette fête ?

Les paroles de Rafe étaient sans équivoque.

Elle prit conscience qu'ils étaient seuls, sans personne pour les déranger, quoi qu'ils décident de faire de leur matinée…

— Rafe, murmura-t-elle en sentant son torse contre sa poitrine et ses mains chaudes plaquées sur ses reins.

— Tu n'as qu'un mot à dire, souffla-t-il dans son cou.

Elle passa les mains derrière sa nuque et ferma les yeux.

En imaginant leurs corps nus sur un lit, elle sentit le désir monter en elle. Lorsque Rafe posa de nouveau sa bouche sur la sienne, elle éprouva une sensation d'unité si pleine, si intense qu'elle faillit prononcer le mot qu'il attendait.

Mais une petite voix continuait de lui répéter qu'une fois cette étape franchie, ils ne pourraient plus revenir en arrière. Les choses ne seraient plus jamais aussi simples.

Elle se détacha doucement de lui et croisa les bras.

— Ce n'est pas que je n'aie pas envie, Rafe. Mais je ne peux pas prendre cette situation à la légère.

— Estimes-tu que c'est mon cas ?

— Non, je n'ai pas dit cela. Mais je pense qu'il ne faut pas précipiter les choses.

Pour toute réponse, Rafe émit un grognement en s'éloignant d'un pas.

— Tu es vulnérable, poursuivit-elle.

Il planta son regard dans le sien.

— N'es-tu pas aussi vulnérable que moi, Antonia ?

Elle leva les mains dans un geste d'acceptation.

— D'accord, nous sommes vulnérables l'un et l'autre. Nous avons fait confiance à des gens qui nous ont trahis. Je ne veux pas que les choses deviennent compliquées entre nous.

Rafe enfonça les mains dans ses poches.

— Tu as raison, admit-il. Notre relation est belle telle qu'elle est. Ne me regarde pas comme cela, Antonia. Tout le monde va penser que nous nous sommes disputés !

Elle s'efforça de lui rendre son sourire.

— Ce serait dommage de les décevoir, tu as raison.

— J'avais oublié à quel point les ragots de l'hôpital pouvaient être redoutables. Alors, on reste amis ?

— Bien sûr !

— Va chercher ton sac et allons-y.

— Attends, dit-elle en se rapprochant de lui. Tu as une trace de rouge à lèvres… Voilà, dit-elle en frottant doucement. Même Liz n'y verra que du feu.

— Qui est ce Tom Marchant qui fête ses quatre-vingts ans ? demanda Rafe une fois au volant. Il semble être populaire à Forrestdale.

Toni se détendit. La conversation reprenait un tour anodin.

— C'est l'une des personnes âgées les plus respectées du district. Sa femme Jeannie et lui étaient des champions d'équitation dans leur jeunesse. Ensemble, ils ont fondé un centre d'équitation pour enfants handicapés, avec sur le terrain des petits chalets dans lesquels les parents pouvaient loger et passer des sortes de vacances. Ils n'ont jamais voulu être payés. Ils demandaient simplement aux parents de prendre en charge leurs propres repas.

— C'est incroyable ! Cela fait du bien d'entendre qu'une telle générosité existe.

— Oui. Tom est le grand-père paternel de Liz.

— Vous êtes très proches, toutes les deux, non ?

— Liz est venue à Sydney pour effectuer son stage d'infirmière. Nous nous sommes rencontrées à l'hôpital Royal North Shore. Nous nous sommes plu tout de suite. J'ai été témoin à son mariage. Et quand j'ai eu envie de quitter Sydney et que Liz m'a informée que ce poste de cadre était libre ici, j'ai postulé.

— L'atmosphère de la ville ne t'a jamais manqué ?

— Si, parfois, reconnut-elle en haussant les épaules. Mais mon travail me passionne, et les gens d'ici sont adorables. Je retourne à Sydney de temps en temps, mais je suis toujours contente de rentrer à Forrestdale. Et toi, tu te plais ici ?

— J'apprécie la douceur de vivre. Et le fait que l'hôpital

soit bien géré. Ici, on n'est pas obligé de quémander pour avoir des médicaments.

— Le Cambodge a changé ta vision du monde, non ?

Quelle question stupide ! se dit-elle en voyant les mains de Rafe serrer le volant. Il avait peut-être vécu des choses qu'il préférait oublier.

— Bien sûr. On ne peut pas rester indifférent à ce que l'on voit là-bas.

— J'imagine que tu ne vas pas participer à l'interview de Matt, se hasarda-t-elle.

— Non. Je l'ai appelé, et il a compris. En fait, lorsque j'étais à Siem Reap, une journaliste travaillant pour la télévision a voulu m'interviewer. Elle avait promis de rester objective et discrète, mais dès qu'elle l'a pu, elle m'a demandé comment un médecin pouvait se protéger émotionnellement dans un pays aussi ravagé. Au lieu de répondre simplement que c'était difficile, je suis resté muet et me suis mis à verser des larmes face à la caméra.

Il jeta un coup d'œil de côté.

— Je lui ai apporté sur un plateau des images de rêve. Elle est partie quelques instants plus tard. Elle avait eu ce qu'elle voulait.

— Oh ! Rafe ! Est-ce pour cette raison que tu as quitté le Cambodge ?

— On m'a donné l'ordre de partir, répondit-il froidement.

Elle serra les lèvres.

Il avait été contraint de revenir dans un pays qu'il avait fui après une trahison amoureuse.

— Comme tu as dû souffrir…

— Ne t'inquiète pas, j'ai encore des ressources. D'ici moins de trois mois, je serai parti.

Le silence retomba dans l'habitacle.

— Je suis désolée, Rafe, murmura-t-elle au bout d'un moment.

— De quoi ?

— De t'avoir jugé. Je te voyais comme quelqu'un de froid et d'arrogant. C'est moi qui me suis montrée grossière.

— Tu plaisantes, Antonia, dit-il en lui embrassant la main. Tu es arrivée dans ma vie au bon moment. J'avais besoin de quelqu'un comme toi.

Il lui adressa un regard plein de douceur.

— J'*ai* besoin de quelqu'un comme toi, rectifia-t-il.

Elle demeura silencieuse, trop émue pour répondre.

— Regarde ! s'exclama-t-elle après qu'ils eurent roulé encore quelques kilomètres. Ces ballons indiquent l'entrée du terrain de Tom Marchant.

Dès les premiers instants, Rafe se sentit à l'aise. Il ne regrettait pas d'être venu, au contraire. Un air de fête flottait dans la propriété, les invités semblaient partager la même joie de faire honneur au fringant octogénaire.

Il embrassa du regard la campagne environnante, des collines bleutées à la rivière bordée d'arbres, et huma l'air chargé des effluves des eucalyptus et des chèvrefeuilles sauvages. Le bruit des cigales était omniprésent, et pourtant il se sentait enveloppé dans un silence profond et paisible, qui lui procura une impression qu'il n'avait jamais éprouvée auparavant.

— Voici Tom, dit Toni en posant sa main sur son avant-bras. Viens, je vais te présenter.

Le vieil homme lui tendit une poignée de main ferme. Sous les bords de son chapeau Akubra, son regard bleu était vif et chaleureux.

— Liz m'a dit que vous avez travaillé à l'étranger pour une organisation humanitaire, lui dit le vieil homme.

— En effet, répondit Rafe sans développer.

— Vous devez être content de rentrer au pays ?

— Oui, c'est bon d'être là. Mais ne parlons pas de moi. C'est pour vous que nous sommes venus aujourd'hui, monsieur Marchant. Bon anniversaire !

— Appelez-moi Tom. Et toi, Toni, comment vas-tu ?

— Bien, merci. Bon anniversaire, Tom ! répondit Toni en l'embrassant. Merci de nous avoir invités.

Tom fit un geste de la main.

— Ce sont les enfants qui ont eu cette idée, mais je dois dire que c'est agréable d'avoir du monde.

Ils se dirigèrent vers la maison, laissant le vieil homme saluer d'autres invités.

— Je vais donner un coup de main à Ed, dit-il en apercevant l'infirmier aux prises avec les poneys et les enfants.

— D'accord, on se retrouve tout à l'heure.

— Oui, si j'en sors vivant !

Toni retrouva Liz dans la cuisine près d'une montagne de brioches et de petits pains.

— Tu arrives à point nommé, Toni. Maman est encore chez le pâtissier, qui a du retard dans la préparation du gâteau d'anniversaire de grand-père. Elle était censée m'aider à préparer le thé pour 11 heures. Au fait, tu as amené Rafe ?

Elle leva les yeux au ciel.

— Je ne l'ai pas *amené*. Nous sommes venus ici ensemble. Il est en train d'aider Ed à organiser les tours de poney.

— Mais je croyais que Todd s'en occupait. Rafe va savoir s'y prendre, avec les poneys ?

— Son oncle avait un élevage de chevaux de course. Il monte depuis son plus jeune âge, expliqua Toni en coupant des tranches de cake.

— Tu en sais des choses !

— Eh oui, rétorqua-t-elle sans la moindre gêne.

Liz lui adressa un regard sévère.

— Oh ! Toni… Tu n'es pas partie pour souffrir encore une fois ?

— Ne t'inquiète pas, je sais ce que je fais.

Liz secoua la tête.

— Tu sais qu'il va repartir, n'est-ce pas ?

Toni étendit un torchon propre sur les gâteaux.

— Rien n'est encore sûr.

C'est du moins ce qu'elle espérait de toutes ses forces.

8.

La plupart des invités étaient partis, et Rafe avait suggéré qu'ils aillent marcher le long de la rivière.

— Quelle bonne journée nous avons passée ! dit Toni en s'asseyant sous un grand saule. Tu ne regrettes pas d'être venu ?

— Mmm…, répondit Rafe paresseusement en cherchant une position confortable contre le tronc. Il allongea les jambes et ferma les yeux comme pour mieux profiter du murmure de la rivière et du chant des cigales.

Elle se blottit contre lui.

Jamais elle n'oublierait cette journée. Elle se sentait en totale harmonie avec Rafe. Leur relation avait quelque chose d'évident, de tellement naturel qu'elle n'imaginait même plus qu'il puisse en être autrement.

Ils se mirent à somnoler, chacun dans ses pensées, lorsque des cris les sortirent soudain de leur torpeur.

— C'est la voix de Liz, constata-t-elle. Que se passe-t-il ?

Ils se levèrent et se précipitèrent vers la maison.

Liz courait dans leur direction.

— C'est grand-père ! s'écria-t-elle. Il est tombé de l'échelle en allant nourrir les poneys. Venez ! Vite !

— Il est dans la grange ? demanda Rafe. Ne le déplacez surtout pas. Je vais chercher ma trousse.

— Oh ! Pourquoi s'obstine-t-il à grimper sur une échelle, à son âge ? s'écria Liz, le visage défait.

— Ne t'inquiète pas, Liz, la rassura Toni en la prenant par le bras. Mets-toi dans la peau de l'infirmière que tu es et non dans celle de la petite-fille de Tom. Pour commencer, allons chercher un oreiller et des couvertures. Quels sont ses antécédents médicaux ? Suit-il un traitement particulier ?

— Mon Dieu, je n'en sais trop rien, geignit Liz, les lèvres tremblantes.

— Qui est son médecin ?

— Reid McAndrew, depuis des années.

— Alors, appelle-le.

Liz secoua la tête.

— On est samedi. Je ne sais pas où je vais le trouver !

— Appelle, Liz, répéta patiemment Toni. Son répondeur te dira où le trouver. Sinon, appelle sa femme. Quelqu'un a-t-il appelé une ambulance ?

— Maman s'en est chargée.

— Bien. Alors, va chercher les couvertures et téléphone au médecin. Rejoins-moi dans la grange.

En arrivant dans la grange, le souffle court, elle évalua d'un coup d'œil la situation.

Tom s'était manifestement fracturé le col du fémur. Sa jambe droite, légèrement plus courte que l'autre, était déboîtée.

— C'est pas vrai ! C'est pas vrai ! répétait en boucle Cliff Marchant. Je lui ai pourtant dit que je pouvais nourrir les poneys. Mais rien à faire : il veut tout faire lui-même…

— Cliff, je sais que vous êtes en colère, mais râler contre votre père ne va pas améliorer son état, le sermonna Rafe. Toni, de quelles informations disposons-nous ?

Elle lui adressa un regard plein de reconnaissance.

— De peu, pour le moment. Son pouls est faible et filant, dit-elle en caressant la main du vieil homme. Tu vas lui donner un analgésique, non ?

— Une piqûre de morphine et du Maxolon contre la nausée. Mais sans connaître ses antécédents, je ne peux pas faire grand-chose de plus jusqu'à l'arrivée de l'ambulance.

Liz arriva soudain, haletante, brandissant un téléphone.

— J'ai le Dr McAndrew en ligne. Il a dit qu'il lui avait prescrit de la digoxine.

— Merci, Liz, dit Rafe, l'air soudain soucieux. La digoxine

est utilisée pour renforcer la contraction du cœur. Peut-être Tom a-t-il eu un malaise…

— Viens m'aider à l'installer plus confortablement, Liz, demanda Toni.

Liz se précipita, manifestement contente de pouvoir se rendre utile.

— Et, Cliff, allez voir si l'ambulance arrive et montrez-lui le chemin de la grange, voulez-vous ? suggéra Rafe avec fermeté.

Cliff se leva à contrecœur et regarda sa fille.

— Où est ta mère ? demanda-t-il.

— Elle est en train de rassembler des affaires pour le séjour de grand-père à l'hôpital, dit Liz en se redressant.

Elle regarda son père dans les yeux.

— Ne t'inquiète pas, papa. Avec Rafe, grand-père est entre de très bonnes mains.

Quelques instants plus tard, l'ambulance vint se garer près de la grange.

— Il faut le mettre sous oxygène, dit Rafe. Antonia, tu veux bien le surveiller ?

Il s'adressa aux ambulanciers.

— Mettez M. Marchant sous perfusion d'Haemaccel. Antonia, où en est la saturation en oxygène ?

— Elle est basse. 89 %.

Rafe secoua la tête.

Il n'était pas surpris, et le moniteur cardiaque confirma son idée : Tom montrait tous les signes d'une fibrillation auriculaire. Ce qui n'engageait pas le pronostic vital mais prouvait que sa santé n'était pas si bonne qu'elle en avait l'air.

Il procéderait à des examens plus approfondis à l'hôpital. Il faudrait peut-être faire une perfusion de digoxine.

— Il faut l'opérer ? demanda Liz.

— Je pense que oui, dit-il doucement. Mais ton grand-père est une force de la nature, ne t'inquiète pas.

Tout en s'éloignant, il composa le numéro d'urgence de l'hôpital.

— Amy ? C'est Rafe Riccardi. Tom Marchant s'est probablement fracturé le col du fémur. Nous serons à l'hôpital d'ici trente minutes. Pouvez-vous prévenir Keith, s'il vous plaît ?

— Je suis désolée, Keith est déjà au bloc. Il est en train d'opérer un jeune motard.

— Ah… Y a-t-il suffisamment de personnel pour opérer au bloc numéro 2 ?

— Oui. Je peux toujours rappeler le personnel de garde, si besoin est.

— Parfait. Je vais opérer moi-même, dans ce cas. Pouvez-vous faire préparer des chariots orthopédiques ?

— Je m'en occupe.

— Merci, Amy, dit-il avant de raccrocher.

— Rafe, tu montes avec Tom dans l'ambulance ? demanda Antonia.

— Oui. Je suis désolé de te faire encore une fois ramener ma voiture. Tu pourras laisser les clés au bureau des infirmières. N'attends pas, cela risque de durer.

Bien sûr que si, elle attendrait ! s'insurgea Toni. Elle voulait être là, pour Liz et sa famille… Et peut-être pour quelqu'un d'autre — mais ce détail précis ne regardait qu'elle.

Il était près de 20 heures lorsqu'elle vint s'asseoir avec Liz dans la salle du personnel.

Celle-ci avait envoyé ses parents se restaurer à la cafétéria. Elle regardait le fond de sa tasse d'un air sombre.

— Il suffit parfois d'un instant pour que la vie bascule, dit-elle gravement.

Toni hocha la tête en silence.

Oui, quelques simples mots pouvaient faire basculer une existence : « Vous avez un cancer », « Le bébé n'est pas viable », « Je suis marié »…

— Veux-tu un autre café ? proposa-t-elle en se levant.

Liz soupira.

— Non, merci. Je crois que j'en ai suffisamment bu. Crois-tu qu'ils en ont encore pour longtemps ?

En réponse à sa question, Rafe ouvrit la porte et apparut.

Toni sentit son estomac se contracter en voyant son air grave.

Liz bondit sur ses pieds.

— Comment va-t-il ? J'ai demandé au bloc qu'on vienne me prévenir quand…

— Je voulais venir vous le dire moi-même, dit Rafe.

Liz leva vers lui des yeux inquiets.

— Tout s'est bien passé. Tom est en salle de réveil. Vous devriez pouvoir le voir d'ici une demi-heure.

— Je vais prévenir mes parents. Ils sont descendus à la cafétéria. Merci, Rafe ! dit-elle, les yeux pleins de reconnaissance. Et merci, Toni !

— Je t'en prie, Liz. Va vite les rejoindre.

Toni se leva à son tour.

— Veux-tu une tasse de thé ? proposa-t-elle à Rafe.

— Pourquoi es-tu restée, Antonia ? demanda celui-ci sans répondre à sa question.

— Pour Liz et ses parents.

— Ils n'avaient pas besoin que tu attendes ici des heures ! Et je t'avais demandé de ne pas rester.

— Tu m'en as donné l'ordre, plus que demandé, rétorqua-t-elle vivement. Quel est le problème, Rafe ?

— C'est toi qui en as un, apparemment. Avec moi.

— Avec toi ? répéta-t-elle, les yeux écarquillés de surprise.

— Je n'ai pas besoin de garde du corps, Antonia.

Elle sentit ses joues s'empourprer.

— Pour qui te prends-tu, Rafe ? Personne ne m'a forcée à rester. Je l'ai fait pour Liz, bien sûr, mais aussi parce que j'ai bêtement pensé que tu apprécierais mon soutien après une telle opération, qu'avoir quelqu'un à qui parler te ferait du bien.

Rafe la regarda, la mâchoire serrée.

— Tu voulais voir si le médecin n'allait pas s'écrouler au

beau milieu du bloc, juste pour avoir le plaisir de dire : « Tu vois, je te l'avais bien dit » ?

— Loin de moi une idée aussi tordue ! Je ne sais pas ce que tu as dans la tête, Rafe, mais le fait que tu n'apprécies pas que je sois restée ne t'autorise pas à me manquer de respect.

Elle attrapa son sac, jeta les clés de Rafe sur la table puis se dirigea vers la porte sans un regard vers lui.

— Antonia ! Attends !

Mais elle accéléra le pas jusqu'à la sortie de l'hôpital.

Quel crime avait-elle commis ? Elle avait tenu compagnie à Liz, parce qu'elle était son amie. Et si elle était encore là quand Rafe était sorti du bloc, où était le mal ? Au lieu de se sentir soutenu, il considérait qu'elle était restée pour l'espionner. Comment se permettait-il de lui imputer de telles arrière-pensées ? Se sentait-il vulnérable parce qu'il s'était confié à elle ?

En tout cas, il était clair qu'il ne lui faisait pas confiance. Ni comme collègue, ni comme amie, ni comme…

Après la colère, elle sentit monter en elle la tristesse.

Une fois de plus, les mots avaient fait mal. La colère les avait fait naître et ils avaient blessé un cœur, tuant dans l'œuf la promesse d'une histoire d'amour.

Sa gorge se serra tandis qu'elle se dirigeait vers le couloir des taxis et levait la main pour en héler un.

— Où est-ce que je vous amène, ma jolie ?

Elle donna son adresse puis s'enfonça dans son siège, impatiente de retrouver l'intimité de son appartement.

Rafe se retint de frapper le mur du poing.

N'avait-il donc rien appris des leçons du passé ?

De toute évidence, il n'était pas capable de faire la différence entre la générosité d'Antonia et l'hypocrisie de Gabrielle. Antonia valait cent fois Gabrielle. Mille fois, même ! Elle n'avait rien fait d'autre que lui proposer son soutien. Elle l'avait patiemment écouté tandis qu'il lui confiait son chagrin d'amour, elle lui avait accordé toute sa confiance au point de lui raconter la sienne.

Mais il avait tout gâché en quelques minutes. Il avait frappé tel un boxeur craignant de perdre le round, juste pour ne pas être frappé en premier. La proximité d'une femme l'effrayait-elle au point de ne pouvoir s'empêcher de piétiner les germes d'une relation prometteuse ?

Quel idiot ! C'est Antonia qui était blessée, à présent. Il l'avait irrévocablement meurtrie. Et perdue.

Il se dirigea vers la fenêtre et inspira l'air encore chaud de la soirée.

Il fallait qu'il trouve le moyen de lui présenter ses excuses. Mais serait-elle prête à les entendre ?

Toni entra dans son appartement et regarda autour d'elle, un goût amer dans la bouche.

Elle avait l'impression qu'une éternité s'était écoulée depuis que Rafe était passé la prendre chez elle le matin même. Cette matinée semblait si riche de nouveautés et de promesses ! Pour la première fois depuis longtemps, elle s'était remise à avoir confiance. Mais à présent ses espoirs n'étaient plus que cendres.

Ce qui lui faisait le plus mal, c'était de constater que Rafe ne lui faisait pas confiance.

Complètement abattue, elle laissa glisser ses vêtements à ses pieds et entra dans la cabine de douche, avec l'espoir que l'eau chaude la lave un peu de sa déception. Puis elle enfila un petit pyjama de soie et ouvrit le réfrigérateur.

Rien à l'intérieur ne lui parut susceptible de soulager sa peine, mais le congélateur recelait un trésor de crème glacée aux pépites de chocolat dont quelques cuillérées lui remontèrent un peu le moral. Après avoir replacé le bac de glace au frais, elle empoignait la bouilloire pour se préparer une infusion lorsque la sonnette de la porte d'entrée retentit.

Elle s'immobilisa, comme pétrifiée.

Si Rafe était derrière la porte — et qui d'autre cela pouvait-il être ? — elle n'ouvrirait pas.

« Va-t'en ! » le supplia-t-elle mentalement.

Mais le visiteur importun ne semblait pas disposé à s'en aller.

Les jambes en coton, elle se dirigea vers la porte, tout en constatant qu'elle était court vêtue.

Mais après tout, Rafe ne l'avait-il pas vue en bikini ?

Elle ouvrit la porte, et ils se regardèrent.

Selon toute vraisemblance, il était passé chez lui se changer. Ses cheveux étaient encore mouillés.

Elle sentit un frisson lui remonter le dos. Le bonheur qu'elle ressentait à sa vue lui faisait presque mal.

Elle prit une grande inspiration et releva le menton.

— As-tu l'intention de dormir sur le palier ou veux-tu entrer ? demanda-t-elle sur le ton le plus détaché possible.

Il inclina la tête dans un mouvement presque imperceptible.

— Je veux bien entrer, si cela te convient.

Elle s'écarta pour le laisser passer, referma la porte puis se retourna vers lui, croisant les bras.

Rafe sentit son cœur cesser de battre. Passant d'un pied sur l'autre, il enfonça nerveusement ses mains dans les poches arrière de son pantalon.

— Antonia, je tiens à m'excuser pour mon comportement odieux de tout à l'heure. Je suis sincèrement désolé de t'avoir blessée.

Antonia inclina la tête, indulgente.

— Je comprends que tu te méfies, après ce qu'il t'est arrivé avec ta femme. Mais je ne suis pas Gabrielle, Rafe, je ne le serai jamais. Tu dois me faire confiance, si toutefois tu veux…

Elle s'interrompit.

Il avait suffisamment hésité jusque-là. Il n'avait plus envie de cogiter, de peser le pour et le contre. Tout ce dont il avait envie et besoin se trouvait là, sous ses yeux, en cette femme à l'esprit généreux et au cœur empli de compréhension.

— Bien sûr que je le veux, répondit-il du tac au tac, en lui tendant les bras.

— Oh ! Rafe ! s'écria Toni en se jetant dans ses bras.

— Toni, murmura Rafe en humant son parfum.

Il la serra très fort, puis elle sentit ses mains parcourir son dos, remonter doucement sur ses épaules, encadrer son visage avec une infinie douceur. Il la regarda intensément, et avec une immense tendresse posa ses lèvres sur les siennes.

Surgi de nulle part, un sentiment de liberté l'enveloppa. Elle plaqua son corps contre le sien et accueillit son baiser avec passion.

Jamais elle ne s'était sentie autant à sa place qu'en ce moment précis, jamais elle n'avait autant désiré un homme.

Elle laissa échapper un petit gémissement et sentit Rafe la plaquer contre lui avec plus d'ardeur encore.

— Ne restons pas là, murmura-t-il. Allons nous allonger… Si tu en as envie autant que moi.

— Oui, répondit-elle simplement.

De joie, Rafe la souleva de terre et, sans cesser de s'embrasser, ils se dirigèrent vers la chambre.

Ils firent l'amour lentement, dans une explosion des sens entrecoupée de pauses pendant lesquelles ils se regardaient, heureux et haletants, oublieux du reste du monde.

Ils refirent l'amour, s'endormirent un moment, puis allèrent prendre une douche pleine de caresses secrètes et de gémissements de plaisir. Enfin, tenaillés par une faim impérieuse, ils se dirigèrent vers la cuisine, où ils dînèrent à minuit passé d'œufs au bacon et de thé.

— Je ne me suis jamais sentie aussi heureuse de ma vie, confia Toni.

Rafe lui prit la main par-dessus la table.

— Avec toi, je me sens un autre homme, dit-il en passant son pouce sur la paume de sa main.

Puis son regard se rembrunit.

— Je n'en reviens pas… Comment as-tu pu être aussi indulgente, après les horreurs que je t'ai dites ?

— Je suis quelqu'un de simple, dit-elle en haussant une épaule. Quand la situation se complique, je ne la laisse pas pourrir. Je préfère la régler. D'ailleurs, ajouta-t-elle avec un regard entendu, nous avons trouvé un terrain d'entente, non ?

— Il me semble, en effet…

Rafe joua avec les doigts d'Antonia, pensif.

Il avait envie de lui parler de son SSPT. Mais le moment était-il bien choisi ? Il trouverait une autre occasion de le faire. De toute façon, elle avait déjà compris beaucoup de lui.

— Quand je pense que, si tu n'étais pas venu ce soir, je t'aurais évité à l'hôpital pendant des semaines…

— J'aurais détesté, avoua-t-il en toute franchise.

Elle se mit à bâiller.

— Moi aussi ! Si on allait se coucher ?

— Euh…, se contenta-t-il de répondre.

Pas question de prendre de risques. Il n'avait pas fait de cauchemar depuis longtemps, mais mieux valait rester prudent. La plupart du temps, cela survenait au petit matin. Mieux valait partir. Et trouver une excuse plausible.

— Je vais rentrer, dit-il. Il faut que je… Que je réfléchisse.

— Ah, je vois, répliqua Antonia, qui n'en avait pas l'air. Tout va bien ? demanda-t-elle tout de même.

— Oh oui, ne t'inquiète pas ! Mais je veux me réveiller tôt et aller voir Tom.

— Tu veux dire que si tu restes ici, tu risques de ne pas être à l'heure, c'est cela ? demanda-t-elle, une lueur malicieuse dans le regard.

— C'est plus que probable, en effet.

Il était navré de sa piètre excuse, mais content qu'elle réagisse avec autant de calme.

— On se voit demain… Enfin, tout à l'heure ?

— Oui. Fais la grasse matinée et viens nager à la maison, si tu veux. Nous pourrons déjeuner ensemble.

— Avec plaisir.

Au lieu de se lever, il l'enlaça encore une fois, étonné de

l'attirance de leurs corps l'un pour l'autre et de leur parfaite entente, et ils s'embrassèrent longuement.

— Va-t'en, maintenant, finit par dire Antonia. Il faut que tu dormes un peu, toi aussi.

Il se redressa, passa la main sur sa joue.

— J'ai l'impression de rêver, Antonia.

— Moi aussi, murmura-t-elle dans un filet de voix.

9.

Lundi matin, Toni se rendit à l'hôpital de bonne heure, mais Liz était déjà à son poste.

— Quel bonheur ! s'écria Toni en constatant qu'elles étaient seules dans la salle du personnel.

Elle posa son sac et se dirigea vers l'évier pour y prendre une tasse.

— Cela ne va pas durer longtemps, répondit Liz.

— As-tu vu le temps qu'il fait ? C'est la journée idéale pour faire l'école buissonnière !

Liz leva la tête et la dévisagea.

— Tiens, tiens… Vous me semblez bien enjouée, mademoiselle Morell. Que vous est-il arrivé, ce week-end ?

Toni adressa à son amie un sourire digne de la Joconde et demeura silencieuse. Elle prit sa tasse de café et vint s'asseoir face à elle.

— Comment va ton grand-père ?

— Nous sommes passés le voir. Il a l'air fragile, le pauvre.

— C'est à cause de l'anesthésie. D'ici un jour ou deux, l'effet se sera dissipé.

— Je sais, dit Liz d'une voix résignée. Mais je n'ai tellement pas l'habitude de le voir immobile, sans énergie.

— Rafe dit qu'il va s'en remettre rapidement et qu'il sera debout dans un jour ou deux. Il pourra même commencer la rééducation avec un déambulateur.

— Déjà ? s'écria Liz. Rafe s'est vraiment bien occupé de lui. À propos, avez-vous passé une bonne journée, chez grand-père ?

— Oh oui !

« Et une soirée excellente », ajouta à part elle Toni, préférant garder cette information pour elle.

— Qui va s'occuper de la ferme, en l'absence de Tom ?

— Papa et les garçons se relaient pour prendre soin des animaux. Je ne crois pas que papa laissera grand-père gérer la ferme tout seul, à présent.

— Vous aurez le temps d'y réfléchir, Tom doit faire des séances de rééducation pendant quelques semaines. En tout cas, dis-moi si je peux faire quelque chose.

Elle se leva, sa tasse à la main.

— Il me semble entendre des pas. J'organise le changement d'équipe et je file voir Rafe. Veux-tu te charger de l'assignation des tâches, ou préfères-tu rester au calme ?

— Non, je veux bien du travail. Tu peux aller voir ton fiancé, ajouta-t-elle d'un air entendu.

— Nous n'en sommes pas encore là, Lizzie.

— Peut-être, mais en tout cas vous allez bien ensemble.

Rafe n'en revenait pas d'avoir autant d'énergie, surtout un lundi matin. Il se sentait comme un adolescent amoureux arborant un sourire niais permanent.

Un coup à la porte de son bureau le sortit de ses réflexions.

— Rafe ? dit Antonia en passant la tête dans l'embrasure, je me demandais si tu étais déjà là.

— Comme tu peux le constater, dit-il en tendant les bras.

Elle vint se blottir contre lui.

— Bonjour, dit-il avec tendresse. As-tu bien dormi ?

— Oui, j'ai passé une excellente nuit.

— Je m'apprêtais à venir te voir pour t'apporter de bonnes nouvelles : Bernie Maguire m'a appelé. Le Rotary a fait l'acquisition d'un terrain en périphérie de la ville, ils ont l'intention d'y bâtir un complexe d'habitations pour personnes âgées, équipé d'une unité médicale.

— C'est fantastique ! s'écria Antonia.

— Oui, ils veulent créer une sorte de village, avec des petites maisons indépendantes dans lesquelles les pensionnaires qui le souhaitent pourront avoir un animal de compagnie et faire un peu de jardinage.

— Ce qui signifie que des gens comme Tom pourront enfin vivre dans un endroit agréable, tout en conservant leur indépendance. Tu as vraiment fait du bon travail, Rafe !

— C'est toi qui m'inspires, Antonia.

Elle s'empourpra joliment.

— Nous nous inspirons l'un l'autre… Il faut que j'y aille, docteur, j'ai un service d'urgences à faire tourner !

— Embrasse-moi avant de partir.

Quelques heures plus tard, Tom Marchant put sortir de l'hôpital, son fils et son épouse ayant proposé de l'accueillir chez eux pendant sa convalescence.

— Grand-père aurait préféré rentrer à Blue Hills, marmonna Liz en regardant la voiture s'éloigner.

— Cela se comprend, mais il n'est pas encore capable de se débrouiller seul dans la vie quotidienne, dit Rafe.

— Le sera-t-il un jour ? demanda-t-elle en adressant à celui-ci un regard plein d'espoir.

— Si son état de santé est bon et qu'il fait correctement la rééducation, les chances qu'il se remette tout à fait sont grandes.

— Allez, viens, Lizzie, dit Toni. Ne t'inquiète pas, Tom est une force de la nature. Il sera bientôt sur pied et fringant comme on l'a toujours connu !

— En tout cas, merci pour la façon dont vous vous êtes occupés de lui.

Rafe haussa les épaules tout en consultant sa montre.

— Cela m'a fait plaisir. Tom est un homme adorable. Maintenant, si vous voulez bien m'excuser, j'ai une réunion.

— Alors, comment cela se passe-t-il avec Rafe ? s'enquit Liz en retournant au bureau des infirmières.

— Bien, déclara Toni.

Bien sûr, ils n'avaient pas encore passé une nuit *entière*

ensemble. Mais Rafe avait de bonnes raisons de ne pas rester, et elle n'avait pas cherché à le retenir.

— Bien ? C'est tout ? insista Liz.

Elle s'arrêta au milieu du couloir et lui fit face.

— Toni, es-tu sûre que tout va bien ?

Toni se raidit légèrement.

Elle appréciait le jugement de son amie, mais dans ce cas précis elle n'avait pas envie de se répandre en détails.

Elle se contenta de lever les yeux au ciel.

— D'accord, bougonna Liz. Cela ne me regarde pas.

Vers la fin du service, Rafe passa la tête par la porte de la chambre où se trouvait Toni.

— Antonia, pouvez-vous vous faire remplacer un instant ? On signale un accident sur la North Road. Ils ont besoin d'un médecin. J'aimerais que vous m'accompagniez, si possible.

— Je suis à vous dans deux minutes, docteur.

Toni présenta ses excuses à son patient et demanda à Amy de la remplacer pour la fin de ses soins. Puis elle se précipita dans la salle du personnel, prit deux vestes fluorescentes et rejoignit Rafe.

— Liz, peux-tu t'occuper de la relève ? Je ne sais pas combien de temps je vais m'absenter.

— Bien sûr ! Va vite ! répondit celle-ci en faisant un signe de la main.

— De quoi s'agit-il ? s'enquit Toni une fois qu'ils furent en route.

— Un camion réfrigéré a foncé dans une Land Rover qui roulait en sens inverse. Le chauffeur du camion a été tué sur le coup. La Land Rover est sortie de la route et a dévalé la pente. Par chance, sa course a été arrêtée par des buissons.

— Oh ! mon Dieu… Sait-on combien de personnes se trouvent à bord ?

— Une famille.

— Avec des enfants ?

Rafe serra la mâchoire sans répondre.

Dan Sessarago vint à leur rencontre.

— Le chauffeur du camion a peut-être été victime d'un arrêt cardiaque, expliqua-t-elle. Son camion a heurté un rail de sécurité. Dieu seul sait quels autres dégâts il aurait causés si ce n'avait pas été le cas.

— Qui se trouve dans la Land Rover ? demanda Rafe en enfilant sa veste.

— Une famille. Les portes du véhicule se sont bloquées sous le choc. Les pompiers sont en train de dégager les branchages pour accéder à l'intérieur. Heureusement que la voiture n'a pas fait de tonneaux !

On entendait le son des tronçonneuses dans la vallée au-dessous.

— Stuart et Chris sont sur place. Brandon est resté près du chauffeur en attendant que la police ait fini son travail.

— Alors descendons, Toni. Dan, pouvez-vous amener deux ambulances le plus près possible du véhicule, s'il vous plaît ?

— Soyez prudent, Dan, cette pente est vraiment escarpée.

Quelques instants plus tard, Rafe et Toni se retrouvaient près du véhicule accidenté.

— Le père et la mère sont à l'avant, il y a deux enfants à l'arrière, expliqua Stuart. Le père n'a pas l'air blessé, la mère est coincée et semble évanouie.

Il baissa la voix.

— Par contre, on ne peut pas ouvrir les portières correctement pour examiner les enfants. Il faut que quelqu'un entre dans le véhicule.

— J'y vais, dit Toni en entendant les gémissements provenant de l'arrière de la voiture.

Elle baissa la tête et se faufila par la portière entrouverte.

— Que se passe-t-il, Toni ? demanda Rafe avec impatience.

— Ce sont deux petits garçons. L'un semble aller bien. Je suis en train d'examiner le second, qui a une blessure au cou.

Ce qu'elle observait l'inquiétait. La poitrine du petit garçon se soulevait et s'abaissait régulièrement sous sa ceinture de sécurité toujours attachée, mais sa respiration semblait pénible.

— La portière arrière est dégagée !

Étant parvenus à dégonder la lourde masse de métal, les pompiers la posèrent à quelques mètres de la voiture.

— Il faut s'occuper de cet enfant, Rafe, vite ! s'écria Toni. Il s'est blessé à la gorge avec son petit avion. Il est cyanosé. Sa gorge est gonflée.

Rafe se pencha au-dessus du petit garçon et fit la grimace. Il fallait sans tarder intuber l'enfant afin de protéger ses voies respiratoires, sans quoi il devrait effectuer une laryngotomie, ce qui serait compliqué en ces circonstances.

— Tu crois qu'on peut le déplacer ? demanda Toni.

— Nous n'en avons pas le temps.

Il sortit la tête de l'habitacle.

— Est-ce que quelqu'un peut sortir l'autre petit du véhicule ? Et il faut un masque à oxygène.

— Je vous en prie, gémit la maman, sauvez mon enfant…

— Antonia, j'ai besoin de toi, dit Rafe.

De fait, il avait besoin d'un endroit stérile pour opérer. Ainsi que d'un peu de place pour ses jambes.

— Donne-lui 100 % d'oxygène, s'il te plaît.

Toni posa le masque à oxygène sur le visage du petit garçon.

— Peux-tu exercer une pression cricoïdienne, s'il te plaît ?

Elle s'exécuta aussitôt, comprimant l'œsophage de l'enfant afin d'empêcher d'éventuels reflux de l'estomac dans les voies respiratoires.

Il inséra promptement la canule dans une veine et injecta un anesthésiant, afin que l'intubation ne stresse pas davantage son petit patient.

Le décontractant musculaire eut un effet immédiat.

Alors, sans bouger le cou de l'enfant, il desserra sa mâchoire, glissa le laryngoscope dans sa bouche puis le tube.

— Relâche la pression cricoïdienne, ordonna-t-il en reliant le tube à la bouteille d'oxygène.

Il saisit son stéthoscope et écouta sa respiration.

— Il semble aller mieux, nota Toni d'une voix dans laquelle transparaissait son soulagement.

Rafe acquiesça.

— Il faut le sortir d'ici. Erin, apportez le plan dur, s'il vous plaît, dit-il à une ambulancière qu'il reconnaissait. Et surveillez l'évolution de son état de très près.

— Je ne vais pas le quitter d'une semelle, promit Erin. En tout cas, bravo, docteur. Vous lui avez sauvé la vie.

Pendant que Toni et lui s'occupaient de l'enfant, les ambulanciers avaient extirpé les parents de l'habitacle. En dehors de quelques hématomes, le père semblait indemne. La mère, elle, était choquée et entaillée en plusieurs endroits, mais tout portait à croire qu'elle se remettrait rapidement.

Toni regarda la seconde ambulance démarrer et remonter lentement le terrain pentu jusqu'à la route.

— Pour quelles raisons exerçons-nous ce métier ? demanda soudain Rafe à ses côtés.

Elle haussa les épaules.

— Penses-tu que nous soyons dérangés ?

Rafe émit un rire forcé.

— C'est possible. En tout cas, tu as été fantastique, Toni.

— Je ne suis qu'un rouage dans le mécanisme.

— Tu pourrais être médecin, tu sais.

— Peut-être, mais j'adore mon métier. Et je laisse les opérations plus délicates aux brillants médecins comme toi.

Rafe lui sourit.

— Je suis content que cette petite famille s'en soit sortie. Keith va s'occuper d'eux.

Il pencha la tête et l'embrassa tendrement.

— Tu viens chez moi ? demanda-t-il.

Enfin !

Elle exhala un long soupir.

— Avec plaisir.

Rafe se réveilla aux aurores.

La respiration apaisée de Toni et le battement léger de ses cils sur sa joue indiquaient qu'elle dormait encore. Ses cheveux étaient étalés sur la taie blanche de l'oreiller.

Il savait que, s'il se penchait pour déposer un baiser sur son épaule, sa peau serait douce et chaude. Il s'immobilisa, émerveillé, lorsqu'elle se retourna dans son sommeil, résistant à l'envie de caresser les courbes de son épaule et de sa hanche.

Sans bruit, il se leva et se dirigea vers la fenêtre. Les yeux rivés sur le jardin florissant, il regarda le jour se lever.

Mais il était encore trop tôt pour réveiller Toni.

Alors il se glissa sous les draps et ferma les yeux.

Ce n'était pas la peine de s'inquiéter. Il avait passé auprès d'elle une nuit sans angoisse ni cauchemar.

Un hurlement réveilla Toni en sursaut.

D'un bond, elle se leva, le cœur battant à tout rompre. Puis elle tendit la main vers Rafe entortillé entre les draps, dans un état entre la veille et le sommeil, manifestement aux prises avec un terrible cauchemar.

— Rafe, je suis là, dit-elle en lui caressant l'épaule. Ce n'est rien, tout va bien…

Les gémissements de Rafe se transformèrent en un halètement bruyant.

Elle s'assit au bord du lit et prit sa tête brune contre elle en murmurant des paroles de réconfort.

Il finit par se calmer et se réveiller tout à fait, mais il n'esquissa aucun geste pendant encore un long moment. Puis ses paupières clignèrent, et il ouvrit les yeux.

— Maintenant, tu sais, dit-il avec amertume.

Elle resserra son étreinte, prenant conscience de ce qu'il venait de lui dire.

Voilà pourquoi il avait retardé le moment de passer une nuit entière à ses côtés. Ce cauchemar était de toute évidence le symptôme d'un stress post-traumatique qu'il avait tenté de dissimuler jusque-là.

Elle le regarda dans les yeux.

— Veux-tu en parler ?

Il secoua la tête.

— Pas maintenant, répondit-il brièvement.

— Quand, alors ?

Mais pour toute réponse, Rafe secoua de nouveau la tête.

Ce comportement était immature. Elle méritait mieux que cela. Ils méritaient mieux que cela…

Elle se redressa et prit une décision éclair.

— Je vais rentrer. Je veux me doucher et me changer avant d'aller travailler.

— Tu peux te doucher ici, proposa Rafe.

Non, elle ne pouvait pas. Il lui était impossible de faire comme si tout était normal, alors qu'il portait un fardeau manifestement trop lourd pour lui et qu'il refusait de partager avec elle.

— Il vaut mieux que j'y aille. Tu as besoin de place.

— Je suis désolé, murmura-t-il, le regard fiévreux.

— Désolé de quoi ?

— De toute cette débâcle.

— Ce n'est pas de ta faute, Rafe, murmura-t-elle en se levant. On se voit tout à l'heure à l'hôpital.

Toni arriva à l'hôpital l'esprit bouillonnant.

Il fallait qu'elle parle avec Rafe. Et surtout, qu'il parle avec elle, qu'il se confie, qu'il lui explique. D'autant que les semaines s'écoulaient, d'ici moins d'un mois il serait parti.

Confiant la relève à Liz, elle se dirigea vers le deuxième étage où devait se tenir une réunion de cadres-infirmières.

La réunion ne s'éternisa pas, et tout le monde put rapidement reprendre le cours de sa matinée de travail.

— Dieu merci tu es revenue ! s'exclama Liz en la voyant entrer dans le bureau des infirmières.

— Que se passe-t-il ?

Liz grimaça.

— Le bus du lycée est sorti de la route et a heurté un arbre. Par chance, la tournée venait de commencer, et il n'y avait pas beaucoup d'élèves dans le bus.

— Qui est le chauffeur ?

— Gordon Aspinall, comme d'habitude. Il est fiable et consciencieux. Il s'agit peut-être d'un problème technique.

— Ce sera à la police de l'élucider. En ce qui nous concerne, quelles sont les urgences ?

— Gordon lui-même doit être examiné, ainsi que deux élèves. Une fille de seize ans blessée au genou et un garçon de quatorze, Damon Spiteri, dont la tête a heurté la barre métallique du siège devant lui. Il saignait beaucoup et avait l'air choqué en arrivant. Justin est en train de lui faire des points de suture.

— D'accord, dit-elle en exhalant un soupir résigné.

Après la collision de la veille, elle se serait passée d'un nouvel accident. Les victimes aussi, se dit-elle avec empathie.

— Est-ce que Rafe est là ?

— Je crois qu'il vient d'arriver. Je le bipe.

— Merci. Pendant ce temps, je vais voir la jeune fille. Comment s'appelle-t-elle ?

— Kristal Holmes. Tu vas devoir déployer toutes tes aptitudes aux relations publiques. Sa mère vient d'arriver, et elle est sur le sentier de la guerre. Si j'ai bien compris, Kristal a manqué une audition de pom-pom girl. Si tu veux mon avis, Mme Holmes retournera la terre tant que Gordon ne sera pas derrière les barreaux.

— Bon. Je vais voir ce que je peux faire…

— Tu es douée pour parler aux gens, l'encouragea Liz en lui jetant un coup d'œil en biais.

« Pas toujours, hélas ! » se dit Toni en repensant à la scène chez Rafe.

— Madame Holmes ? dit-elle en entrant dans la salle de consultation.

— Ce n'est pas trop tôt ! s'exclama en se retournant une femme blonde et sèche à l'allure impeccable.

— Bonjour, Kristal, je suis Toni. Pouvez-vous me dire où vous avez mal ?

— Au genou, répondit la jeune fille allongée sur la table.

Elle s'efforça de se redresser, mais Toni l'en empêcha.

— Ne bougez pas. Le médecin va venir vous examiner.

— Ce Gordon Aspinall devrait être jeté en prison pour ce qu'il a fait, intervint la mère. Kristal était sélectionnée pour passer une audition. Elle aurait pu être pom-pom girl pour l'une des grandes équipes de football de Sydney, la semaine prochaine. Elle a un agent et tout. Et regardez-moi dans quel état elle est, maintenant !

Toutes trois se tournèrent à l'unisson quand Rafe entra dans la pièce. À en juger par le pincement de ses lèvres, Liz avait dû lui toucher un mot de la situation.

— Je vous présente le Dr Riccardi, s'empressa de dire Toni. Docteur, voici Mme Holmes et sa fille Kristal, qui a été impliquée dans l'accident du bus du lycée.

Rafe accueillit les informations dispensées par Toni d'un hochement de tête et prit appui sur la table d'examen.

— Où avez-vous mal, Kristal ? demanda-t-il.

— Elle a mal au genou ! s'écria Mme Holmes en levant les yeux au ciel. Combien de fois devra-t-on vous le répéter avant que vous ne fassiez quelque chose pour elle ?

— Madame Holmes, dit Rafe en croisant les bras, je vais vous demander de laisser votre fille s'exprimer, sans quoi vous devrez quitter cette pièce.

— Vous ne pouvez pas faire cela ! Ma fille est mineure, je dois être à ses côtés, affirma-t-elle d'un ton exaspéré.

Rafe sentit sa mâchoire se contracter. Après le réveil atroce qu'il avait vécu, son seuil de tolérance n'était pas très élevé.

— Alors, asseyez-vous pendant que je l'examine.

Avec une mimique pleine de dédain, la mère recula d'un pas et prit place sur la chaise que Toni lui présenta.

— Kristal, reprit-il d'une voix radoucie, pouvez-vous me raconter ce qu'il s'est passé ?

La jeune fille déglutit, et des larmes perlèrent au bord de ses paupières.

— J'ai été éjectée de mon siège quand le bus a foncé dans l'arbre, et j'ai atterri sur le genou. On a eu peur, mais M. Aspinall s'est occupé de nous. Il a appelé nos parents et l'ambulance et nous a dit de garder notre calme…

— Bien, dit Rafe en hochant la tête. Avez-vous ressenti la douleur immédiatement ?

— Je ne sais pas… J'ai eu l'impression que mon genou était tout mou.

— D'accord. Antonia, voulez-vous m'aider à installer Kristal plus confortablement, s'il vous plaît ?

Toni adressa un sourire rassurant à la jeune patiente tout en lui ôtant ses tennis. Par chance, elle portait un short qui laissait libre l'accès à son genou.

Rafe se pencha sur sa jambe et la scruta attentivement.

— N'y a-t-il pas là une vieille blessure de sport, par hasard ?

— Je ne sais pas. Parfois, j'ai une sensation bizarre. Ce n'est pas vraiment douloureux, mais…

— Inconfortable ?

Kristal opina.

— A-t-elle quelque chose de cassé ? s'enquit Mme Holmes sur un ton accusateur.

— Non, rien de cassé, répondit-il calmement. Mais, vous vous êtes partiellement démis la rotule, Kristal. Je vais vous administrer un analgésique et remettre votre genou en place.

— D'accord, dit la jeune fille avec un sourire timide.

— Comment cela se passe-t-il au lycée ? demanda-t-il en attendant que l'analgésique fasse son effet.

— Bien. Je suis capitaine de l'équipe de netball. Et je prends des cours de danse.

Il écouta l'adolescente tout en manipulant son genou, puis s'assura qu'il était complètement remis.

— Voilà, j'ai fini, conclut-il au bout de quelques minutes.

Nous allons mettre un bandage. Il faudra éviter tout stress sur le genou. Si vous avez le moindre problème, revenez nous voir aux urgences. Je suis désolé, mais il faudra reporter l'audition à plus tard.

— C'est scandaleux ! s'écria Mme Holmes en bondissant sur ses pieds. C'était une chance unique pour Kristal ! Elle aurait même pu passer à la télévision.

Elle fit un pas vers Rafe.

— Ce Gordon Aspinall va devoir rendre des comptes. Je suis sûre qu'il avait bu et j'espère que vous lui avez fait une prise de sang, docteur. Il a certainement dépassé le seuil. D'ailleurs…

— Avez-vous fait des études de médecine ? la coupa Rafe sur un ton glacial.

Elle s'interrompit.

— Non, pourquoi ?

— Moi, si. Aussi suis-je le mieux à même de décider le traitement que devra suivre M. Aspinall.

Mme Holmes devint écarlate. Puis son agressivité retomba tout à coup, et elle éclata en sanglots.

— Maman, ça va…

— Non, ça ne va pas, dit la femme entre deux sanglots. Je voulais tellement que tu réussisses, Kristal !

Il décida qu'il en avait fait assez et sortit du box.

— Madame Holmes, je vous en prie, asseyez-vous, entendit-il dire Antonia. Je sais que vous êtes très déçue pour elle…

La femme se moucha.

— Merci, mademoiselle, dit-elle en reniflant. Vous êtes très gentille.

Après réflexion, il attendit Antonia en faisant les cent pas. Lorsqu'elle sortit à son tour de la pièce, il s'arrêta et la dévisagea.

Sa frustration et sa déception à son égard étaient palpables dans le regard qu'elle lui lança.

— Peux-tu déléguer ce que tu as à faire et m'assister pendant que j'examine le chauffeur ? demanda-t-il néanmoins.

Elle fronça les sourcils.

— Tu veux que je serve de témoin ?

— Après la performance de Mme Holmes, je pense que ce ne sera pas inutile.

Antonia appela Mel, qui prit le relais auprès de Kristal.

— Gordon Aspinall est dans la salle 3. Par pitié, ne lui saute pas dessus !

— Tu trouves que j'ai été brutal avec Mme Holmes ?

— Elle aurait ébranlé la patience d'un saint, certes... Mais tu aurais pu te montrer plus indulgent.

Il se frotta machinalement la nuque.

Vu la façon dont les événements avaient tourné le matin même entre eux, il aurait peut-être mieux fait de se faire porter pâle et de prendre sa journée.

Il prit une profonde inspiration et soupira.

— De quelles informations disposons-nous ?

— Gordon Aspinall est un homme que tout le monde apprécie, toujours égal à lui-même. Cela m'étonnerait qu'il ait bu avant de prendre la route. Et qu'il mette en danger la vie de ses passagers en montant à bord d'un véhicule défaillant.

— Quel âge a-t-il ?

— La soixantaine.

Ce qui rendait la situation complexe et les causes possibles d'accident plus variées. Malheureusement pour Gordon, on ne pouvait pour l'instant écarter aucune piste.

— Je vais voir comment s'en sort Liz, dit Antonia. Veux-tu rendre visite à Gordon, et je te rejoins ?

— Oui. Merci pour les infos.

— Je t'en prie. Tu peux me demander de l'aide quand tu veux, tu le sais.

Il fit un effort pour se détendre.

La sincérité d'Antonia était indubitable, et il avait envie de résoudre les problèmes en suspens. Mais son esprit était confus.

Le cœur serré, il la regarda s'éloigner d'un pas alerte.

— Gordon Aspinall ? demanda-t-il en entrant dans la salle de consultation.

L'homme sursauta.

Il lui serra brièvement la main et tira une chaise.

— Je suis Rafe Riccardi. Je remplace le Dr Lyons en son absence.

— Je pensais voir Joe, avoua Gordon avec embarras. Je le connais bien, nous sommes tous les deux membres du Rotary.

— Désolé, répondit Rafe en parcourant des yeux la fiche accrochée au pied du lit. Si je comprends bien, vous avez eu un incident avec votre autobus ce matin ?

— C'est plus qu'un incident. Deux jeunes ont été blessés. Mme Holmes veut porter plainte contre moi.

— C'est à la police d'en décider. Leur avez-vous parlé ?

— Non, pas encore. Ils sont toujours sur les lieux de l'accident, il me semble.

— Bon. Quel est votre état de santé général, Gordon ?

— Je me sens bien. Je ne suis jamais malade.

— Et ce matin ? Avez-vous ressenti à un moment donné que vous ne maîtrisiez plus l'autobus ? Avez-vous eu une absence, par exemple ?

Gordon fronça les sourcils.

— Je me suis senti bizarre à un moment. Mais je ne sais pas comment l'expliquer.

— Prenez votre temps, dit Rafe d'un ton calme.

Le chauffeur le fixa dans les yeux.

— J'ai vu un obstacle sur le côté, mais quand j'ai voulu l'éviter, c'était comme si je n'avais plus de force dans les mains pour tourner le volant. Alors j'ai voulu freiner, mais mes jambes ne répondaient plus non plus. Le bus est sorti de la route sans que je puisse faire quoi que ce soit. Tout ça s'est enchaîné très vite.

— Il ne peut pas s'agir d'un problème mécanique sur le bus ?

— Il vient d'être entièrement révisé.

La porte s'entrouvrit, et Toni entra dans la pièce.

— Tout va bien ? demanda Rafe, un sourcil levé.

— Oui, pour l'instant.

Il se tourna vers son patient.

— Gordon, je vais vous examiner afin de déceler d'éventuelles blessures, traumatismes et faiblesses dans les membres.

— Faites ce que vous avez à faire, docteur, répondit l'homme en adressant un regard désespéré à Toni, qui le rassura d'un sourire.

— Antonia, voulez-vous noter les résultats de l'examen ?

Rafe procéda à un examen minutieux, mais qui ne le satisfit pas.

— Voulez-vous vous lever, s'il vous plaît ? Marchez jusqu'au mur et revenez.

— Je n'ai rien bu, docteur.

— C'est la procédure habituelle, Gordon. Nous allons également faire une prise de sang.

Quelques minutes plus tard, Gordon baissait sa manche.

— Quand aurons-nous les résultats, docteur ? s'enquit-il.

— Je vais m'entretenir avec votre généraliste, et il se peut que vous ayez à revenir cet après-midi pour un scanner.

Liz fit irruption dans la pièce.

— L'officier de police est là. Il souhaite parler à M. Aspinall. Dois-je le faire patienter dans la salle d'attente ?

— Non, nous avons terminé. Installez-le dans mon bureau.

En quelques minutes, Antonia remit la salle de consultation en ordre.

— Tu suspectes un début de Parkinson ?

— J'ai noté plusieurs signes de détérioration de la coordination des mouvements.

— Pourquoi une prise de sang, dans ce cas ? Ce n'est pas utile pour diagnostiquer la maladie de Parkinson. Et il est évident que Gordon n'a pas bu une goutte d'alcool.

— Simple précaution, répondit-il brièvement en lui tendant la fiche, avant de se diriger vers la porte.

10.

Toni demeura immobile, incrédule.

Comment Rafe pouvait-il partir comme si de rien n'était ? Comme s'ils étaient de simples collègues ?

Elle sentit la colère monter en elle.

Quelle idiote elle avait été de laisser sa vie privée interférer avec sa vie professionnelle. D'autant que ce n'était pas la première fois qu'elle commettait une telle erreur !

Après avoir jeté un coup d'œil circulaire pour vérifier que la salle de consultation était en ordre, elle fonça au bureau des infirmières.

— Alors, qu'a donné l'examen de Gordon ? demanda Liz en levant la tête.

— Il faut faire des examens plus approfondis. Le Dr Riccardi va parler avec son généraliste.

Le visage de Liz exprima un étonnement inquiet.

— Viens, on va boire un thé, ordonna-t-elle.

— Tu crois que c'est possible ? demanda Toni, dubitative.

Son amie exhala un soupir théâtral.

— C'est toi le chef, Toni. Évidemment que c'est possible ! Allez, viens, je nous donne la permission.

Après s'être fait remplacer, elles se servirent un thé, prirent quelques muffins apportés le matin même par une généreuse collègue et sortirent.

— Voilà ! s'exclama Liz avec un sourire de satisfaction en posant sa tasse sur la table, sous le grand orme. Si on a besoin de nous, nous serons à notre poste en une minute. Nous devrions venir ici plus souvent, n'est-ce pas ?

Toni but une gorgée de thé.

— Je te vois venir, Lizzie. Mais tu as raison, j'avais besoin de sortir.

Liz demeura silencieuse, les yeux rivés sur les gouttes d'eau jaillissant du tuyau d'arrosage.

Au bout de quelques minutes, Toni reprit la parole.

— Pourquoi nous donnons-nous autant de mal avec les hommes ?

Son amie tourna la tête vers elle.

— Parce que nous avons besoin d'eux, répondit-elle d'une voix douce. Et parce que, même s'ils préféreraient prendre de la mort-aux-rats plutôt que de l'avouer, eux aussi ont besoin de nous.

Elle marqua une pause.

— Tout va bien, avec Rafe ? demanda-t-elle d'un ton désinvolte.

Toni prit sa tasse dans ses deux mains et plongea son regard dans le liquide ambré.

— On traverse un moment difficile.

— As-tu envie d'en parler ?

— Je ne saurais pas par où commencer, répondit-elle d'une voix étranglée. En tout cas, merci…

— Maudit Rafe ! bougonna Liz. S'il te fait le moindre mal, il va entendre parler de moi…

Elle mordit rageusement dans son muffin.

— Tu as des tas d'heures à rattraper, reprit-elle. Pourquoi ne prends-tu pas ta journée ?

Toni secoua la tête.

— Ce n'est pas mon genre de fuir. Oh ! Liz… Qu'est-ce que je donnerais pour qu'il comprenne !

Son amie pouffa.

— Si tu savais le nombre de fois où je me suis dit la même chose de Matt !

— Mais vous avez l'air de si bien vous entendre !

— Nous avons trouvé un terrain d'entente. Mais au début, nous nous disputions souvent. Une fois même, j'ai fait ma valise, j'ai pris les enfants et je suis partie chez ma mère.

— Non ! Pour combien de temps ?

— Une heure, répondit Liz avec une lueur ironique dans le regard. Matt est venu me chercher avec un gros bouquet de fleurs.

Elle sourit en se remémorant l'épisode.

— Les retrouvailles ont été torrides.

— Oh ! Lizzie, tu es impayable !

— Écoute, Toni, si tu ne veux pas rentrer chez toi, va au moins travailler ailleurs. Je te remplace dans le service. Va en pédiatrie, va voir le petit Harry que vous avez sauvé de l'accident de voiture. Lis-lui des histoires, change-toi les idées. Et si le Dr Riccardi te demande, j'en fais mon affaire.

— Mais tu ne lui dis rien, n'est-ce pas ?

Liz afficha un air grave.

— Pas un mot. Je suis la discrétion incarnée — quand il le faut.

— Je sais, je sais, dit Toni d'une voix redevenue joyeuse.

Pour la énième fois, Rafe arpenta les couloirs du service avant de rentrer dans son bureau, serrant les poings de frustration.

Antonia avait disparu. Elle l'évitait, c'était évident.

Il n'en revenait pas de s'être montré si maladroit avec elle. Elle qui ne cherchait qu'à l'aider et qu'il ne parvenait qu'à faire fuir à cause de son orgueil mal placé !

Pourquoi diable était-il incapable de lui faire confiance ? Quand comprendrait-il qu'elle n'était pas Gabrielle ?

L'esprit encombré de questions sans réponses, il finit son service et rentra chez lui.

Une fois couché, il eut l'impression qu'Antonia était là, près de lui. Il sentait sa présence, son odeur sur l'oreiller.

S'il continuait à tout gâcher, c'est tout ce qu'il lui resterait d'elle, se dit-il, les yeux rivés sur le plafond.

Le lendemain matin, Toni se rendit à l'hôpital avec une confiance renouvelée : elle ne pouvait pas croire que leur histoire n'ait pas d'avenir.

Le service des urgences était en effervescence, mais Justin et Grace se chargèrent des urgences médicales sans qu'il soit nécessaire d'appeler Rafe à la rescousse. Elle le croisa néanmoins lors de sa tournée matinale et échangea avec lui une brève salutation. Il lui sembla sentir le poids de son regard dans son dos lorsqu'elle poursuivit son chemin.

— Toni, puis-je vous parler ? demanda Harmony une fois qu'elle fut revenue dans son bureau.

— Bien sûr, répondit Toni en lui faisant signe de s'installer. Que puis-je faire pour vous ?

Harmony s'éclaircit la gorge, manifestement embarrassée.

— Je souhaite donner ma démission.

— Vous nous quittez ? Vous ne vous plaisez pas ici ?

— En fait, cela n'a rien à voir avec vous, ni avec l'équipe. Tout le monde est adorable. Je crois simplement que le métier d'infirmière n'est pas fait pour moi.

Elle marqua une pause.

— Je n'aime pas l'odeur de l'hôpital, le bruit des machines. Et encore moins le sang, ajouta-t-elle avec une moue de dégoût.

— Je comprends, dit Toni en opinant. Mais on peut aussi être infirmière en dehors de l'hôpital. Y avez-vous pensé ?

— En fait, j'aime bien le contact avec les patients, c'est l'aspect clinique du métier qui ne me plaît pas.

— C'est à vous de décider, dit Toni d'un ton calme. Avez-vous une idée de ce que vous voulez faire ?

— Oui. J'ai trouvé un poste d'hôtesse de l'air, dit-elle en affichant un large sourire. Je dois simplement passer une visite médicale. Il me faut aussi quelques recommandations. Seriez-vous d'accord pour m'écrire une lettre ?

— Bien sûr ! Vous avez fait un bon travail parmi nous, et vos qualités relationnelles seront un atout indéniable dans votre prochain travail.

— C'est ce que mes proches m'ont dit. Je sens que je fais le bon choix.

— De plus, l'uniforme devrait être un peu plus seyant, dit Toni avec malice. Quand voulez-vous partir ?

— Je sais que le préavis est officiellement de deux semaines…

— Nous pouvons le raccourcir, si cela vous arrange. Vous allez vivre à Sydney ?

— Oui. Je suis tellement contente d'y retourner !

— Disons… Dans une semaine ? proposa Toni en consultant son calendrier.

— Merci beaucoup, Toni ! s'écria Harmony, débordante de reconnaissance. Pensez-vous que je peux aussi demander une lettre de recommandation au Dr Riccardi ?

Toni se figea. La simple évocation de Rafe la rendait nerveuse.

— Je…

On frappa, et la porte s'entrouvrit.

— Oh, désolé ! Je ne voulais pas vous déranger, dit Rafe en reculant d'un pas.

— Non, au contraire, dit-elle en lui décochant un regard glacial. Harmony nous quitte, et elle aurait besoin d'une lettre de recommandation de votre part.

— Bien sûr ! répondit Rafe, dont les yeux passèrent de l'une à l'autre. Vous avez trouvé un autre poste, Harmony ?

— Je vais travailler pour une compagnie aérienne, comme hôtesse.

— Vous avez raison. Il vaut mieux ne pas s'acharner lorsqu'une situation ne vous rend pas heureux.

Toni se raidit.

Les mots de Rafe contenaient-ils un message qui lui était adressé ?

— Puis-je dire aux autres que je m'en vais, alors ? demanda la jeune infirmière.

— Bien sûr, répondit Toni avec effort. Et nous demanderons à Ed d'organiser un pot de départ.

— Bonne chance, dit Rafe en tendant la main.

Harmony sortit du bureau, les laissant en tête à tête.

— Tu voulais me voir ? demanda Toni.

Il tiqua.

— Évidemment que je veux te voir ! Puis-je te parler ? finit-il par dire sans détour.

— Cela me paraît être une excellente idée, répondit Toni avec calme, à son propre étonnement.

— Où et quand ?

— Chez moi. Mais à une condition.

— Laquelle ?

— Que nous parlions *vraiment*. C'est-à-dire que nous ayons un vrai échange, une conversation avec un début et une fin. D'accord ?

— D'accord. Quand ?

— Ce soir, à 20 heures.

Rafe se dirigea vers la porte et se retourna, la main sur la poignée.

— J'y serai.

Toni regarda de nouveau la pendule, l'estomac contracté. Et lorsque la sonnette retentit une demi-minute plus tard, elle sursauta comme si elle n'attendait pas la visite de Rafe.

— Merci d'être venu, dit-elle en guise de salutation, avant de s'écarter pour le laisser entrer. Cela ne te dérange pas si on va dans la cuisine ? J'ai fait un gâteau pour la kermesse de vendredi. Il est dans le four, il faut que je surveille la cuisson.

— Cela me va, répondit Rafe. Quelle bonne odeur !

Dans la cuisine, il accepta nerveusement un verre de vin.

Conscient de leur soudaine proximité, elle s'efforça de stabiliser ses mains tremblantes et servit le vin avec précaution.

— C'est un gâteau à cuire, tout prêt. Ils sont bons, en général. Personne ne fait la différence avec les gâteaux maison, dit-elle en lui tendant un verre.

Était-ce bien utile de débiter des fadaises de cet acabit ? se dit-elle en s'asseyant en face de lui.

Le silence tomba dans la pièce avec la pesanteur d'un brouillard d'hiver.

— Je ne veux pas me fâcher avec toi, Antonia, commença Rafe en faisant tourner le pied de son verre. Je voudrais simplement te parler.

Elle sentit son cœur se serrer. Allait-il lui dire qu'il s'apprêtait à la quitter. Était-ce ce qu'il voulait ?

Elle exhala un long soupir.

— Je ne demande que cela. Si tu veux que notre relation s'arrête là, dis-le franchement.

— Bon sang, Toni ! Qu'est-ce qui te fait penser que je veuille mettre un terme à notre relation ? s'exclama-t-il.

— Je croyais que…

— Non, je veux seulement te parler de quelque chose… De quelque chose qu'il faut que tu saches.

Elle but une gorgée de vin et leva les yeux.

— Pourquoi as-tu jugé bon de me cacher le fait que tu faisais des cauchemars, Rafe ?

— Je ne voulais pas que tu t'affoles.

— Tu sais comme moi que je ne vais pas avaler cela. Cela fait des années que je travaille à l'hôpital, aux urgences en l'occurrence. Je ne pense pas que des cauchemars soient de nature à m'affoler.

— Tu as raison, répondit Rafe en agitant la main. Mets ça sur le compte de mon orgueil de mâle ou de mon instinct de conservation. Ou des deux.

— On a diagnostiqué un syndrome de stress post-traumatique, c'est cela ? demanda-t-elle d'une voix radoucie.

Rafe opina.

— Et que t'a-t-on dit ?

— Que les cauchemars s'arrêteront probablement d'eux-mêmes.

— C'est un peu vague, fit-elle remarquer en plissant le front. As-tu vu quelqu'un depuis ton retour ?

Il haussa une épaule.

— J'ai fait quelques séances chez un psy, qui m'ont fait du bien. Les cauchemars ont cessé pendant quelques semaines.

— C'est encourageant. Et t'a-t-on donné des moyens d'améliorer ton bien-être ?

— La natation m'aide.

Elle hocha la tête.

Il était prouvé que la pratique d'un sport augmentait le taux d'endorphines et réduisait le stress.

— Peut-être l'épisode de l'accident avec les deux petits garçons a-t-il réveillé des angoisses ?

— C'est possible, répondit Rafe avec lassitude. Mais je ne vais pas éviter de soigner des enfants, Antonia.

— Ce n'est pas ce que je te demande de faire, Rafe.

Elle posa son verre et le regarda dans les yeux.

— Qu'éprouves-tu à l'idée que je sois au courant ?

— Je ne me sens pas bien.

— Pourquoi ? Te sens-tu diminué parce que tu as subi un stress post-traumatique ? Cela fait-il de toi un homme moins bien ?

Rafe vida son verre d'un trait.

Antonia avait sans doute raison, mais il n'avait pas envie de s'aventurer sur ce terrain-là.

— Cela ne prouve-t-il pas le contraire, justement ? reprit-elle. Que tu es un être humain compatissant, un médecin dévoué. Tu es bien placé pour savoir que la maladie isole lorsqu'elle est cachée. En aucun cas on ne doit en avoir honte !

Il émit un grognement indistinct.

— Tu as fait des choses merveilleuses, Rafe !

— Le penses-tu vraiment ? répondit-il en esquissant un sourire douloureux.

— Bien sûr ! Et il faut être réaliste, c'est un problème qui peut se résoudre. Qui *va* se résoudre. Ce n'est pas comme si tu avais perdu un bras et que tu ne pouvais plus exercer la médecine.

— J'adore ton bon sens, Antonia ! dit-il en lui prenant la main.

— Alors, parle-moi quand tu as des problèmes. Nous les affronterons ensemble. D'accord ?

Il sentit le poids de ses doutes s'alléger.

Voilà ce qu'il aurait dû faire depuis des semaines. Il pouvait, il *devait* avoir confiance en elle. Il tâcherait de s'en souvenir, à l'avenir. D'autant qu'elle ne lui laisserait peut-être pas beaucoup d'autres occasions de se rattraper.

— D'accord, répondit-il simplement.

Les journées s'enchaînaient à une allure étourdissante. Harmony avait quitté le service, remplacée par un jeune infirmier, David Kerwin. Il était diplômé depuis trois ans, et toute l'équipe appréciait ses compétences professionnelles aussi bien que son caractère égal.

Le terme du contrat de Rafe à l'hôpital approchait. Chaque jour qui passait rendait l'avenir plus difficile à envisager pour Toni.

Elle n'avait pas l'impression que Rafe ait établi un programme pour la suite. Du moins, s'il l'avait fait, il ne lui en avait pas parlé. Or, il lui semblait avoir suffisamment mis les choses au clair pour que la communication entre eux soit fluide. Pour sa part, elle avait du mal à envisager l'avenir sans lui. Mais elle ne voulait pas le brusquer. Il faudrait peut-être commencer à évoquer le problème avec lui.

Elle regarda sa montre et sourit.

Elle était censée prendre sa pause dans deux minutes. Peut-être pourrait-elle acheter de quoi déjeuner à la cafétéria et s'installer avec lui dans le parc ?

Elle quitta son bureau et se dirigea vers le bureau des infirmières.

— Je prends ma pause, Lizzie.

— Si tu veux, répondit distraitement cette dernière, les yeux rivés sur l'écran de son ordinateur. Oh ! Il va falloir s'occuper du départ de Rafe. Où en êtes-vous, tous les deux ? Avez-vous fait des projets d'avenir ?

— Pas encore. Mais cela va se régler tout seul, déclara Toni sur un ton qu'elle espérait détaché.

— Bien sûr ! la railla Liz d'un air entendu. Cela se fera tout seul, mais il ne serait pas inutile de lui tendre la perche.

— Comme toujours, Lizzie, tu as lu dans mes pensées. J'y vais, justement.

Elle prit la direction du bureau de Rafe.

— J'en ai pour un instant, dit-il en levant les yeux. J'envoie cet e-mail, et je suis à toi.

Elle passa derrière lui et posa les mains sur ses larges épaules. Instinctivement, elle se pencha et déposa un baiser furtif sur sa nuque.

Une fois le courrier envoyé, Rafe fit pivoter son fauteuil et planta son regard dans le sien.

— J'allais justement venir te voir. Il faut que je te parle.

— Moi aussi. J'ai pensé que nous pourrions faire notre pause déjeuner dans le parc.

— Désolé, c'est impossible.

Il se leva brusquement et se dirigea vers la fenêtre, puis se retourna.

— Il s'est passé beaucoup de choses dans les douze dernières heures.

Rafe semblait joyeux et impatient, mais il lui sembla que son excitation ne la concernait pas.

Elle déglutit lentement, soudain nauséeuse.

— Dis-moi, murmura-t-elle.

— Hier soir, j'ai reçu un appel d'Ari Cohen, mon supérieur à Siem Reap. Une épidémie de coqueluche s'est déclarée chez les enfants, face à laquelle une campagne de vaccination de masse semble urgente. Il m'a demandé de revenir leur donner un coup de main.

Elle sentit ses jambes se dérober sous elle.

— Pourquoi toi ? N'ont-ils pas suffisamment de personnel qualifié pour vacciner les enfants ?

— Parce que j'ai déjà les autorisations pour travailler là-bas et qu'il y a urgence.

— Tu y vas ?

— Oui. Si on ne vaccine pas ces enfants, on court à la catastrophe.

Mais pour quelle raison se sentait-il responsable de cette éventuelle catastrophe ?

— N'as-tu pas besoin de passer une visite médicale ?

— Keith s'en est chargé ce matin.

— Lui as-tu parlé des cauchemars ?

— Ils ont cessé.

— Mais ne prends-tu pas des risques à te retrouver dans cet environnement ? Personne ne s'en inquiète ?

— Bien sûr qu'ils s'en inquiètent ! Ari a soulevé le problème…

Rafe s'interrompit, semblant chercher ses mots.

— Antonia, *il faut* que j'y aille.

— Et nous, alors ? Tu n'as pas éprouvé le besoin de m'en parler avant de prendre ta décision.

— Qu'est-ce que je suis en train de faire ? répliqua-t-il en haussant le ton. Il s'agit d'une urgence, tu es bien placée pour comprendre ce que cela implique !

— Bien sûr. Mais si c'était à moi qu'on avait fait une telle proposition, je serais venue t'en parler avant de prendre quelque décision que ce soit.

Elle prit une profonde inspiration.

— Qu'est-ce que je suis pour toi, Rafe ? Suis-je autre chose qu'une aventure entre deux missions ?

Il eut un mouvement de recul, comme si elle l'avait giflé.

— Cette question n'est pas digne de toi, ni de nous, Antonia. Tu sais bien que mes sentiments pour toi sont sincères et profonds. De toute façon, je vais revenir.

— Tu parles ! lâcha-t-elle.

Sa gorge était sèche et râpeuse comme du papier de verre. Mais elle n'avait pas encore dit le fond de sa pensée.

— Et ton poste ici ? Tu le lâches de la même façon ?

— L'hôpital est assuré contre ce genre d'événements. Et Joe revient dans deux semaines.

— Quand pars-tu ?

— Je vais à Sydney cet après-midi. Mon avion décolle demain matin.

Il marqua une pause.

— Tu as laissé quelques affaires dans l'annexe. Si tu veux venir les récupérer, je laisse la clé au même endroit que d'habitude.

— J'irai les chercher quand tu seras parti, rétorqua-t-elle sèchement.

— Antonia, je t'en prie ! Je n'ai jamais eu l'intention de te faire du mal, dit-il en s'approchant d'elle.

Mais elle lui fit signe de s'éloigner, même si elle souhaitait malgré elle qu'il n'en tienne pas compte.

S'il savait ce que cela lui coûtait de refuser la chaleur et la force de ses bras !

— C'est trop tard, Rafe.

Les yeux emplis de larmes, elle se dirigea vers la porte.

— Antonia ! cria-t-il en la rattrapant. Ne pars pas comme ça !

La main sur la poignée de la porte, elle fit un effort surhumain pour se retourner et le regarder dans les yeux.

— Ce n'est pas moi qui pars, Rafe. C'est *toi* !

En quelques minutes, Rafe avait mis sa vie sens dessus dessous. Et il avait le culot de prétendre qu'il avait des sentiments pour elle !

Elle fit irruption dans le bureau des infirmières, en larmes.

— Oh mon Dieu ! Que se passe-t-il, Toni ? demanda Liz en bondissant de sa chaise.

Au diable la discrétion. D'ici quelques heures, tout l'hôpital serait au courant du départ de Rafe.

— Rafe s'en va. Il retourne au Cambodge.

— Oh.

D'un geste sûr, Liz la prit par le bras et la conduisit dans une salle de consultation vide.

— Assieds-toi, ordonna-t-elle. Je vais te chercher un verre d'eau.

Elle attendit qu'elle ait bu quelques gorgées avant de reprendre la parole.

— Maintenant, dis-moi ce qu'il s'est passé. Si tu en as envie, ajouta-t-elle avec diplomatie.

Toni lui relata tant bien que mal les dix minutes qui venaient de s'écouler.

— Il a dit qu'il reviendrait, conclut-elle dans un soupir.

Liz se mordit la lèvre.

— C'est peut-être ce qu'il va se passer, tu sais.

— Oui, si l'on croit aux contes de fées…

— Rentre chez toi, décida son amie sur un ton qui n'admettait pas la contradiction. Tu seras mieux là-bas qu'ici.

— Si tu le dis, répondit-elle d'une voix hachée de sanglots.

Rafe se laissa tomber dans son fauteuil comme une marionnette dont on aurait coupé les ficelles.

Quel désastre ! Il ne s'attendait pas à une telle réaction de la part d'Antonia. Il pensait qu'elle le soutiendrait dans sa décision. Qu'elle comprendrait.

Il fallait qu'il retourne au Cambodge, et pas seulement pour aider les équipes médicales aux prises avec un nouveau fléau. Il devait y retourner pour boucler la boucle.

Il se passa la main sur le visage.

Comment pouvait-elle penser un instant qu'il ne l'aimait pas ? Ce n'était pas uniquement pour les enfants, ni uniquement pour lui, qu'il partait au Cambodge. Il le faisait aussi pour *eux*.

La sonnerie du téléphone le sortit de sa torpeur.

— Oui, Maureen ?

— Votre vol pour Bangkok est confirmé.

— Pouvez-vous me donner le numéro de vol ? Ainsi que la correspondance pour Siem Reap ?

Il griffonna les informations sur son bloc.

— Merci, Maureen. Je transmets les informations à MSF.

— Bon voyage, docteur.

— Merci encore, Maureen. Merci pour tout.

Il poussa un profond soupir en raccrochant le combiné et se leva lentement.

Il lui restait maintenant à informer le reste du service.

11.

Toni leva les yeux de son écran d'ordinateur et regarda dans le vague.

Rafe n'était parti que depuis quelques semaines, mais elle avait l'impression qu'une éternité s'était écoulée depuis le jour où il lui avait annoncé sa décision de retourner au Cambodge.

En dépit de ses efforts pour se protéger de son souvenir, elle ne pouvait s'empêcher de se remémorer les moments heureux qu'ils avaient partagés. Le sentiment de complétude qu'elle avait éprouvé auprès de lui surgissait sans prévenir et venait la bousculer dans la routine de sa vie quotidienne.

C'était peut-être sa façon d'aimer à lui. Mais de toute évidence, ils n'étaient pas sur la même longueur d'onde !

Pourquoi, d'ailleurs ? Qu'est-ce qui l'empêchait d'être sur la même longueur d'onde que lui ?

Cette pensée lui fit tourner la tête. Une lueur de compréhension s'insinua dans son esprit.

Après tout, Rafe n'était pas à blâmer parce qu'il avait voulu mettre ses compétences au service d'enfants malades dans une autre partie de la planète. En quoi cela serait-il condamnable ?

Au lieu de chercher à comprendre les raisons qui l'avaient poussé à repartir au Cambodge, elle s'était égoïstement refermée comme une huître sur sa peur d'être abandonnée, tout en lui assénant des leçons de morale plus que contestables. Et maintenant, elle l'avait perdu.

Elle ferma les yeux.

Malheureusement, elle ne pouvait pas remonter le temps et changer le cours des choses…

Mais elle pouvait néanmoins tenter une action. Comme le rejoindre au Cambodge, par exemple ?

Prise de vertige, elle s'efforça d'inspirer calmement.

Maintenant, procéder avec ordre et méthode.

Elle décrocha le combiné et composa le numéro de Larissa Grant, sa supérieure.

— Larissa, j'ai besoin d'un congé. Je dois régler une affaire familiale le plus tôt possible… D'accord, j'attends.

Elle tapota nerveusement le bureau d'une main en attendant la réponse.

— Demain ? s'écria-t-elle, le cœur battant. Parfait. Merci infiniment, Larissa.

Elle avait reposé le combiné depuis quelques minutes à peine lorsque Liz surgit dans son bureau.

Sans cérémonie, celle-ci tira une chaise et s'assit face à elle.

— Toni, je viens d'avoir Larissa au téléphone. Elle m'a demandé de te remplacer pendant les trois prochaines semaines. Peux-tu m'expliquer ce qu'il se passe ?

— Je vais voir Rafe.

— Au Cambodge ? Il t'a appelée ?

— Non, c'est moi qui prends l'initiative. Il faut que je le voie.

— Ne crois-tu pas que tu devrais l'appeler, d'abord ? demanda Liz d'un air incrédule.

— Non. J'en ai assez de flotter dans les limbes. Je l'aime, et je dois savoir si lui m'aime aussi.

— Bien… Je vois que tu es déterminée.

Elle consulta sa montre.

— Pourquoi ne termines-tu pas ton service dès maintenant ? Tu as encore le temps d'aller réserver un billet dans une agence de voyages.

— Cela ne te dérange pas ? demanda Toni en se levant.

— Bien sûr que non, sinon je ne te l'aurais pas proposé. De toute façon, c'est moi le chef, maintenant. Mademoiselle Morell, je vous accorde la permission de partir en avance ce soir. Et si tu as besoin de quoi que ce soit, appelle. Matt a des contacts un peu partout.

Toni prit son amie dans ses bras.

— Merci, Lizzie.

Elle commençait à peine à prendre conscience que, d'ici vingt-quatre heures, elle serait au Cambodge avec Rafe…

Voudrait-il d'elle autant qu'elle voulait de lui ?

Toni employa les heures de vol de Sydney à Bangkok à éplucher son guide touristique, et son excitation redoubla lorsqu'elle monta à bord de l'avion pour Siem Reap.

Un doute l'assaillit alors : n'aurait-elle pas dû informer Rafe de sa venue ?

L'hôtel de Siem Reap où elle avait réservé une chambre ne la déçut pas. Il était charmant. Restait à joindre le principal intéressé et à lui annoncer son arrivée.

Priant pour qu'il travaille toujours dans la région et qu'il ait conservé le même numéro, elle appela son téléphone portable.

Alors qu'elle se préparait à laisser un message sur son répondeur, la voix de Rafe la prit totalement au dépourvu.

— Dr Riccardi.

— Rafe ? C'est moi…

— Antonia ? demanda-t-il d'une voix stupéfaite. Où es-tu ?

— Ici, à Siem Reap. Est-ce qu'on pourrait se voir ? Enfin… Si tu veux.

Rafe ne répondit pas directement à la question.

— Où loges-tu ?

Elle lui donna le nom de son hôtel, sans grand espoir.

— J'arrive.

— Mais, mais, bafouilla-t-elle. Tu n'es pas à l'hôpital ?

— Je ne travaille pas aujourd'hui.

— Oh ! Tu… Tu me trouveras sur la terrasse, près de la piscine…

— D'accord, la coupa-t-il. Ne bouge pas, j'arrive tout de suite.

Comment aurait-elle pu bouger ? Elle était paralysée. Elle tenait à peine debout sur ses jambes cotonneuses. La réalité dépassait de très loin les hypothèses qu'elle avait formulées dans ses rêves les plus fous : dans quelques minutes elle verrait Rafe, elle se jetterait dans ses bras !

Ou pas. Rafe ne semblait pas enchanté de sa visite.

Quoi qu'il en soit, maintenant, autant aller jusqu'au bout de sa démarche.

Avec le peu de forces qu'il lui restait, elle tira une chaise et s'y laissa choir, les yeux rivés sur la porte encadrée de bougainvillées donnant sur le hall de l'hôtel.

D'ici quelques minutes, elle vivrait l'une des expériences les plus importantes de sa vie.

Son cœur cessa un instant de battre lorsqu'elle vit Rafe jouer des coudes dans le hall bondé.

Vêtu d'un pantalon de toile et d'une chemise en coton bleu pâle, il lui parut si familier que sa vue en fut presque douloureuse.

Elle se leva mais se retint de se jeter dans ses bras, le guide touristique préconisant d'éviter les démonstrations d'affection en public dans le pays.

Le cœur battant, Rafe se fraya un chemin dans le tumulte du hall de l'hôtel.

Il avait du mal à croire qu'Antonia était là, à Siem Reap. Elle était probablement venue pour qu'ils se réconcilient, sans quoi elle n'aurait pas pris la peine de se déplacer. Mais mieux valait attendre de l'avoir vue au lieu de se perdre en conjectures.

En la voyant debout sur la terrasse, il eut envie de courir la prendre dans ses bras. Mais il savait que ce genre de comportement était mal vu, et il s'abstint.

D'ailleurs, peut-être Toni n'avait-elle pas envie qu'il la prenne dans ses bras ? Après la façon dont ils s'étaient quittés, il ne pouvait présumer de rien.

— Bonjour, dit-il en lui prenant les mains et en la regardant de la tête aux pieds.

— C'est bien moi, dit-elle en pouffant, les joues roses.

— Je vois cela… Depuis quand es-tu là ?

— Depuis deux heures.

— Il est midi. As-tu faim ? Veux-tu boire une bière ?

— Volontiers, répondit-elle avec un sourire fugace.

Il revint avec deux bières légères bien fraîches.

— Combien de temps restes-tu ? s'enquit-il prudemment.

— Cinq jours, répondit Toni. Cet hôtel est un peu au-dessus de mes moyens mais, à l'agence de voyages, on m'a dit que j'y serais en sécurité si je voyageais seule.

C'est le voyagiste qui lui avait proposé ce séjour au prix attractif. De plus, elle souhaitait avoir le temps de tirer les choses au clair avec Rafe.

— Alors, à tes vacances ! dit-il en levant son verre. On peut voir un tas de choses en cinq jours. L'hôtel peut certainement te trouver un guide.

Elle sentit son esprit se brouiller tandis que Rafe faisait la liste de tous les endroits à ne pas manquer au cours de son séjour. Comme si elle était venue là en touriste.

Combien de fois avait-elle rêvé de visiter les temples d'Angkor avec lui ? Mais c'était sans compter sur le fait qu'il travaillait.

— Tu as l'air d'aller bien, finit-elle par dire, un peu nauséeuse.

— Je *vais* bien.

— Et le programme de vaccination ?

— Oh ! répondit-il en haussant les épaules. L'épidémie a pu être contenue.

Il semblait si calme, si professionnel, si détaché. En fait, sa vie était ici.

Elle se sentit exclue. Pour une fois, son instinct l'avait conduite sur une fausse piste.

— Je… Je n'aurais pas dû venir, murmura-t-elle, prenant conscience qu'elle avait fait le voyage pour rien.

Rafe prit une profonde inspiration qui souleva sa poitrine.

— Dans ce cas, pourquoi es-tu venue ?

Elle émit un ricanement plein d'amertume.

— Parce que je suis idiote. Parce que tu me manquais et que j'ai bêtement pensé que notre relation avait encore une chance.

Mais je comprends maintenant que je me suis leurrée. Tu es dans ton élément, ici. Tu as tourné la page.

Elle se leva.

— D'ailleurs, il serait temps que j'en fasse autant.

— Antonia, attends ! Ne te fais pas de fausses idées. Je suis un peu sous le choc. Ne pars pas, je t'en prie. Trouvons un endroit plus tranquille pour parler.

— Ma chambre ? suggéra-t-elle en réprimant un sanglot.

— Donne-moi ton numéro. Je vais prendre une chambre au même étage. Monte et attends-moi. Je te rejoins.

Elle monta dans sa chambre, aux prises avec un tourbillon de pensées contradictoires.

Lorsque l'on frappa à la porte, elle s'efforça de prendre une inspiration ample avant d'aller ouvrir.

— Tu as trouvé une chambre ?

— Oui, répondit Rafe en la dévisageant.

— Oh ! Rafe, je suis désolée ! lâcha-t-elle en laissant enfin couler ses larmes. Je ne t'ai pas soutenu quand tu es parti…

Il se mit à caresser doucement ses cheveux, avant de prendre son visage dans ses mains. Il déposa une multitude de petits baisers tendres sur son front, ses pommettes, ses yeux mouillés, jusqu'à ce que sa bouche se pose enfin sur ses lèvres.

— Ne t'excuse pas. C'est moi qui ai foncé tête baissée sans tenir compte de ce que tu pouvais ressentir. Je t'aime, Antonia. J'aurais dû te le dire bien plus tôt.

— Et j'aurais dû te répondre « moi aussi ».

— Alors, dis-le-moi maintenant.

— Je… Je t'aime, Rafe. Je t'aime tellement.

Le soulagement de Rafe parut tel qu'elle se mit à rire.

Il la dévisagea et sourit à son tour.

— Alors… Comment allons-nous occuper tes cinq jours de vacances ?

— Il faut s'organiser en fonction de tes services à l'hôpital. Tu ne travailles pas jour et nuit, n'est-ce pas ?

— Non. En fait, je ne travaille plus du tout.

Elle le regarda, les yeux écarquillés.

— Ma mission s'est achevée hier. Je n'ai plus rien à faire ici, professionnellement parlant. Je m'apprêtais à rentrer à Forrestdale. Pour te rejoindre.

— Alors, nous avons cinq jours pour nous ?

— Oui. Et pas une minute à perdre…

Le lendemain, Toni n'ouvrit les yeux que vers midi sous les baisers de Rafe, après une nuit mémorable.

Il était habillé et tenait dans sa main un petit sac de soie sombre qu'il lui tendit.

— J'ai été heureux de donner de mon temps et de mon énergie aux plus défavorisés. Mais à présent, je n'ai qu'une envie : rentrer à Forrestdale et m'installer avec toi. Veux-tu devenir ma femme, Antonia ?

— Oh ! Rafe ! Oui, je veux devenir ta femme.

Envahie d'un sentiment de plénitude, elle ouvrit le petit sac, dont elle sortit une bague.

— Elle est magnifique ! s'écria-t-elle, sentant les larmes perler au coin de ses yeux.

— Je l'ai fait faire ici. Je comptais te l'offrir à mon retour. Que penses-tu de l'église Sainte-Anne que tu m'as fait visiter à Maeburn pour échanger nos consentements ? suggéra-t-il en passant la bague à son doigt.

— Et il nous faudra trouver un logement, dit-elle, les yeux brillants d'émotion.

— C'est comme si c'était fait.

Elle le dévisagea d'un air interrogateur.

— Joe et Cathy sont revenus d'Italie, mais ils ont envie de changement. On a proposé à Joe un poste de chef de service à l'hôpital Randwick de Sydney. Mais l'hôpital de Forrestdale ne le laissera pas partir tant qu'il n'aura pas trouvé de successeur.

— Je vois où tu veux en venir…

— De plus, Joe et Cathy veulent vendre leur maison. Je leur ai fait une offre. Mais je n'aurais pris aucune décision sans ton consentement, s'empressa-t-il d'ajouter.

— J'adorerais vivre dans cette maison. Elle est magnifique ! Et idéale pour y élever des enfants.

Elle se mordit la lèvre.

— Enfin… Si tu veux des enfants.

Rafe contempla Antonia enroulée dans le drap, les cheveux en bataille tombant sur ses épaules à la peau satinée, si attendrissante et sexy.

À ce moment-là, il prit conscience d'une évidence à laquelle il n'aurait jamais cru un an plus tôt : il tenait le monde dans ses mains. L'amour qu'il portait à Antonia lui avait changé la vie. Jamais il ne s'était senti aussi fort et aussi solide. Il ne faisait aucun doute que les enfants qu'elle lui donnerait seraient comblés d'amour et de grâce.

Il s'agenouilla près du lit et écarta les bras.

— Je veux me marier et faire des enfants avec toi, Antonia, dit-il d'un ton solennel. Et je te promets que, désormais, j'oserai te dire les choses et ferai tout pour te rendre heureuse.

— Il ne me manque plus rien pour être heureuse, Rafe ! J'ai déjà tout ce que je désire, répondit-elle en se blottissant dans ses bras.

BLANCHE

HARLEQUIN

Retrouvez prochainement,
dans votre collection

BLANCHE

Un père pour Jack, de Louisa Heaton - N°1681

SÉRIE : MÉDECINS DE VILLAGE - 1/2

Stacey est de retour à Greenbeck, le village de son enfance où elle a été si heureuse... Dans ce cadre paisible, elle espère que son fils Jack retrouvera le sourire. Tandis qu'elle-même intègre le cabinet médical local, auprès du séduisant Dr Daniel Prior, elle est surprise par le lien puissant qui se tisse entre le chirurgien, son enfant et elle, à mesure qu'ils apprennent à se connaître. Se pourrait-il que son confrère puisse être celui qui manquait à sa vie ?

L'infirmière de Greenbeck, de Louisa Heaton

SÉRIE : MÉDECINS DE VILLAGE - 2/2

Depuis l'accident qui l'a laissée handicapée, Hannah s'efforce de reprendre le contrôle de sa vie, étape par étape. Et ce nouveau poste d'infirmière au cabinet médical de Greenbeck est exactement ce qu'il lui fallait. L'équipe est formidable ; quant à son patron, le Dr Zachary Fletcher, il fait battre son cœur comme jamais. Aussi Hannah est-elle particulièrement troublée quand Zach l'invite à abandonner sa réserve et sa prudence habituelles pour sortir avec lui !

Le chirurgien du passé, de Karin Baine - N°1682

Autrefois, Jessie a dû quitter Cameron Holmes, la mort dans l'âme... Quel choc de le retrouver auprès d'un de ses patients, quinze ans plus tard. Devenu chirurgien orthopédique, son amour de jeunesse est plus séduisant que jamais ! Le destin les a-t-il réunis pour leur offrir une seconde chance ? Rien n'est moins sûr : papa d'un garçon de dix ans, jamais Cameron ne mettra en péril l'équilibre de son enfant pour celle qui lui a brisé le cœur...

Séduction en montagne, d'Amy Ruttan

Fuyant un scandale qui a entaché sa carrière, le Dr Penny Burman accepte un poste à l'hôpital de Fort Little Buffalo, dans le Grand Nord canadien. Même s'il ne s'agit pas de l'affectation dont elle rêvait, elle a l'intention de prouver qu'elle est une chirurgienne pédiatrique de talent. Dès son arrivée, hélas, elle se heurte à l'hostilité revêche d'un montagnard. Un homme qui se trouve être le Dr Atticus Spike. Son idole. Son nouveau patron.

Leur mission : sauver des vies.
Leur destin : trouver l'amour.

BLANCHE

HARLEQUIN

Un patron pour voisin, d'Alison Roberts - N°1683

Obstétricienne reconnue par ses pairs, le Dr Ella Grisham n'apprécie guère la méfiance dont fait preuve le Dr Logan Walsh à son égard. Certes, son patron est un ponte dans leur domaine, mais elle connaît son métier elle aussi ! Résolue à lui montrer l'étendue de ses capacités, Ella s'efforce d'ignorer l'attirance qu'elle ressent pour Logan. Un défi d'autant plus grand qu'ils sont voisins et doivent donc se côtoyer à la maison comme à l'hôpital...

L'espoir d'une sage-femme, de Rachel Dove

Voilà des années que Molly partage secrets et fous rires avec le Dr Matt Loren, son meilleur ami. Jusqu'au jour où ils succombent à une nuit de délices dans les bras l'un de l'autre. Alors que tous deux voudraient oublier ce moment d'égarement qui pourrait mettre en péril leur relation, Molly se découvre enceinte. Sous le choc, elle se demande alors si en portant l'enfant de Matt, elle peut taire plus longtemps les sentiments amoureux qu'elle nourrit pour lui en secret...

Le secret de Jena, de Wendy S. Marcus - N°1684

Le cœur battant la chamade, Jena s'efforce de rassembler son courage. Derrière la porte se trouve Justin, l'homme qu'elle a toujours aimé, et qu'elle n'a pas revu depuis plusieurs mois. Depuis cette unique nuit d'amour qui a bouleversé sa vie à jamais... en lui laissant bien plus qu'un souvenir impérissable : deux adorables jumelles, qu'elle vient de mettre au monde dans la plus grande discrétion. Pourtant, même si elle est décidée à les élever seules, Jena sait qu'il est temps de révéler à Justin son secret...

Un médecin au bout du monde, de Tina Beckett

Rien ne pourra décourager Stevie de mener à bien la mission médicale et humanitaire pour laquelle elle a embarqué sur le bateau-hôpital circulant sur le fleuve Amazone. Pas même la jungle, les moustiques et la chaleur moite. Et encore moins le Dr Matt Palermo qui, convaincu qu'elle ne s'adaptera jamais à ces conditions difficiles, fait tout pour l'écarter du *Projeto Vida*. Pour convaincre cet homme arrogant de la garder auprès de lui, Stevie est prête à lui tenir tête, et, si c'est nécessaire, à partager son étroite cabine sur l'eau...

Leur mission : sauver des vies.
Leur destin : trouver l'amour.

HARLEQUIN
www.harlequin.fr

BLANCHE

Coup de foudre pour le Dr Conway, d'Annie Claydon - N°1685

La veille au soir, Kate a cru sa dernière heure arrivée. Et seule l'intervention inattendue du Dr Ethan Conway l'a sauvée des griffes de son agresseur. Pourtant, alors qu'il continue aujourd'hui de s'inquiéter pour elle, Kate sent l'agacement l'envahir : pourquoi la traite-t-il ainsi en victime ? Où est passé le séducteur qui lui rendait visite à la clinique vétérinaire où elle travaille pour flirter avec elle ? Kate est tout sauf une fleur délicate, et elle compte bien le prouver à Ethan !

L'envoyé du destin, de Judy Duarte

Kara n'a qu'un rêve : adopter Eric et Ashley, les adorables petits orphelins qu'elle a pris en affection. Hélas, comment convaincre les autorités qu'elle peut offrir un foyer – une famille ! – aux enfants, alors qu'elle est toujours célibataire ? Désemparée, elle sent l'espoir renaître quand Michael Harper entre dans sa vie. Beau, prévenant, attentionné envers Eric et Ashley, son nouveau voisin a tout pour plaire. Serait-il l'homme de sa vie ?

HARLEQUIN

Leur mission : sauver des vies.
Leur destin : trouver l'amour.

HARLEQUIN
www.harlequin.fr